W0066288

Berge, Quallen

# 6. September

## Das Kleid

Auf Błaszczykowskis Schreibtisch stand neben übereinandergestapelten Bänden eines Medizinlexikons ein gräulich flackernder Computerbildschirm. Seit mehreren Minuten versuchte Błaszczykowski, die Stirn in die linke Hand gepresst, seiner Müdigkeit einen Angriffsplan über den Königsflügel abzuringen, doch das Schachbrett zerfloss immer wieder vor den zufallenden Lidern. »Dr. Błaszczykowski!« Eine Frauenstimme riss ihn aus dem Halbschlaf, die Deckenlampen gingen an. »Sie müssen in die Notaufnahme!« In der Tür stand eine Krankenschwester, mit Hüften, die breiter als ihre Schultern waren. »Es ist dringend, Herr Doktor!« Błaszczykowski schaute die Schwester an und schwieg. Erst als sie sich nach seinem Wohlbefinden erkundigte, »ist alles in Ordnung, Herr Doktor? Sie sind so bleich«, entgegnete Błaszczykowski schleppend: »Was ist denn passiert?« – »Eine Frau. Mit schweren spasmodischen Anfällen.« Błaszczykowski schaute auf den Monitor. Er könnte den Läufer ziehen und eine Fesselung des Springers androhen, das war ihm vorher noch gar nicht durch den Kopf gegangen. »Nun gut.« Er zog den Läufer und stand auf.

Sie gingen durch den Flur in Richtung des C-Trakts. Die Krankenschwester berichtete über die Patientin, während Błaszczykowski versuchte, seinen Kittel im Gehen richtig zuzuknöpfen. »Minutenlang hält sie den Atem an, ihre Glieder werden steinhart. Ich habe so etwas noch nie gesehen. Auch nicht bei schweren Fällen von Katatonie.« Am Ende des Ganges bogen sie in einen Durchgangsraum, in dem Kranke und Verletzte auf Tragebahren lagen. Aus einer Ecke kam ein trockener Husten. Irgendwo stöhnte eine Frau, als verdurste sie. Es roch nach

Urin und Verfaultem. »Hin und wieder«, fuhr die Krankenschwester fort, »fängt sie an zu kreischen, ›ich, ich‹, immer nur dieses eine Wort, ›ich‹. Sonst sagt sie nichts. Zumindest nichts Verständliches.« Sie hielt Błaszczykowski eine Flügeltür auf, die in einen dunklen Korridor führte. Aus dem Innenhof gelangte verwaschenes Licht in den Flur, ein Licht, das keine Schatten warf. »So, da wären wir.« Die Schwester öffnete die Tür zu einem grell gefluteten Raum. »Hier.« In der Mitte des Zimmers kauerte eine Frau in einem roten Kleid auf dem Boden. Neben ihr hockte ein Krankenpfleger, der sich zu Błaszczykowski drehte: »Herr Doktor.« Błaszczykowski stellte fest, dass er seinen Kittel falsch zugeknöpft hatte, beschloss jedoch, dieses Detail zu ignorieren. Auch wenn es ihn störte. Die Krankenpfleger sahen ihn an. »Schauen wir doch mal«, sagte er mit gemessener Langsamkeit und bückte sich zur Frau. Er musterte sie kurz, stieß den Oberarm an. Die Beschreibung der Krankenschwester traf zu. Die Frau war wie versteinert und atmete kaum. »Wie lange liegt sie so da?«, fragte er den Krankenpfleger. »Drei Minuten vielleicht. Oder vier, ich weiß es nicht. Bevor sie sich auf den Boden warf, hat sie wild an ihren Haaren gezogen und gebrüllt. Wir hatten ernsthafte Schwierigkeiten, sie festzuhalten. Dann verfiel sie plötzlich in diese Starre.« – »Plötzlich«, murmelte Błaszczykowski. Etwas missfiel ihm an diesem Wort. »Nun, außergewöhnlich ist das ja alles nicht«, sagte er, während er die Atemwege überprüfte. Von ihrem Hals ging ein holzig warmer Duft aus. Błaszczykowski griff nach seinem Abtastgerät und nahm eine Geruchsprobe. Das Gerät piepte, auf der Anzeige erschien das Ergebnis der Analyse. »Moschus«, las Błaszczykowski und griff nach ihrem Puls. Sofort stieß ihn ein Schlag zurück und die Frau gab einen gellenden Schrei von sich, der in der Tat wie ein langgezerrtes »ich« klang. Sie ruderte mit den Armen und schlug sich mit Wucht auf die Brust. Der Krankenpfleger griff nach einer Zwangsjacke, drei Krankenschwestern hielten die Frau fest. Nach einigen Sekunden brach das Geschrei jäh ab, die Frau verdrehte die Augen, sank zurück und blieb auf dem Boden liegen. Sie atmete jetzt ruhig und regte sich nicht, als man ihr das Korsett anlegen wollte. »Lassen Sie das bitte«, sagte Błaszczykowski, der sich mit dem Daumen über die Lippen fuhr. »Sie bluten, Herr Doktor«, bemerkte eine der Schwestern. »Lassen Sie die Frau bitte so liegen«, sagte Błaszczykowski mit strenger Geste. »Ja, aber Herr Doktor, Sie haben doch gesehen.« Błaszczykowskis Mund schmeckte nach Metall, die Unterlippe war aufgeplatzt. »Ich muss sie beobachten«, sagte er. Das Gesicht der Frau war hell, mit kantigen Zügen und einer verschwitzten Stirn, die mit Haarsträhnen verklebt war. Ihr rotes Sommerkleid verriet zwei runde Brüste, die in steifen Spitzen endeten. Die Atmung ging jetzt regelmäßig und ruhig. Das Personal beobachtete den Arzt beim Beobachten. »Name? Alter? Beruf?«, fragte Błaszczykowski. Eine Krankenschwester schüttelte den Kopf, der Krankenpfleger übersetzte die Geste in ein redundantes »wissen wir nicht«. Er hielt immer noch die Zwangsjacke in der Hand. »Und wo hat man sie gefunden?« – »Auf einer Straße, nicht weit vom Stadtpark. Sie hatte Glück, dass ein Passant sah, wie sie zusammenbrach.« – »Und sie hatte keinen Ausweis, kein Handy, nichts dabei?« Der Krankenpfleger verneinte stumm. Błaszczykowski schaute auf die Namenlose. Ihre Wirbelsäule war nach hinten gekurvt, der Kopf zurückgeworfen, als hätte ihn eine unsichtbare Hand aufgefangen. Die Haltung erinnerte an Abbildungen, die Błaszczykowski aus Medizinbüchern des späten 19. Jahrhunderts kannte. Wäre nicht das Kleid, hätte er den verdrehten Frauenkörper für ein lebendes Schwarzweißfoto aus einer Studie von Charcot oder Gilles de la Tourette halten können. Vielleicht war es das, was die Krankenschwester als so eigenartig empfunden hatte. Vielleicht war es die Ahnung eines Anachronismus, der sie beunruhigte. Błaszczykowski hätte sie am liebsten gefragt, ob sie ein Problem mit Anachronismen habe, unterließ es aber. »Bitte bringen Sie die junge Dame auf ein Einzelzimmer und verabreichen Sie ihr zunächst zehn Milligramm Diazepam, siebeneinhalb Milligramm Haloperidol.« Der Krankenpfleger blickte auf. »Jetzt sofort?« – »Jetzt sofort.« Błaszczykowski saugte sich das Blut von der Unterlippe. Drei Krankenschwestern mühten sich, die Frau auf eine Trage zu hieven. Es schien, als hätten sie die Last eines Steinbilds zu tragen. Selbst das rote Kleid störte diese Illusion nicht, im Gegenteil; es verlieh der Figur den Glanz von Erhabenem. Das Kleid war kein bloßes Accessoire, sondern

Bestandteil ihres Körpers, ein Glied, das man nicht einfach amputieren durfte. Unter keinen Umständen dürfte man ihr dieses Kleid abnehmen. »Warten Sie«, rief Błaszczykowski. Die Schwestern, die gerade die Rolltrage über die Türschwelle schoben, blieben stehen und schauten den Arzt an. Błaszczykowski sah, dass sein Handrücken mit Blut verschmiert war. Er rieb sich die Hand und sog an der Lippe. »Fünf Milligramm Haloperidol reichen.« – »Gut«, sagte eine der Schwestern. Dann verschwand die Rolltrage im Flur.

Am späten Nachmittag schaute Błaszczykowski nach der Patientin. Sie lag auf einem Krankenbett und starrte regungslos an die Decke. Das rote Kleid hatte man inzwischen durch eine Hose und ein Hemd aus hellgrünen Kunstfasern ersetzt. Ein Bildschirm am Bettkopf zeigte die Kurven verschiedener Körpermesswerte. Sie verliefen regelmäßig. Błaszczykowski ging zum Kontrollpult, um die Einstellungen zu überprüfen. Eine Pflegerin mit dunklen Zöpfen schaute ihm zu. »Die Diazepamdosis können wir auf fünf Milligramm herunterfahren. Einmal täglich. Abends.« Die Schwester notierte die Anweisung in einem Digitalheft. Błaszczykowski ging ans Fenster. Draußen fiel Regen. »Sonst noch etwas?«, fragte die Krankenschwester. Am Fensterglas perlten Diagonalen herab. »Weiß man inzwischen, wer die junge Frau ist?« Die Schwester verneinte leise »m-m. Der Status ist nach wie vor ›Name unbekannt‹«. Sie deutete auf die Anzeige am Patientenmonitor. »Name unbekannt«, wiederholte Błaszczykowski und tastete mit der Zunge die angeschwollene Unterlippe ab. »Wie kann es sein, dass niemand etwas über diese Frau weiß?« Er schaute die Krankenschwester vorwurfsvoll an, als hätte sie der Patientin nicht nur das Kleid, sondern auch den Namen abgenommen. Die Schwester verteidigte sich mit einem Schweigen. »Gut. Sie können gehen«, sagte Błaszczykowski. »Ich werde noch einmal die Wahrnehmungswerte überprüfen, vielleicht lässt sich ja schon bald ein Gehirnscan machen.« Die Schwester steckte ihr Digitalheft ein. »In Ordnung«, sagte sie und verließ den Raum.

Błaszczykowski trat an den Datenbildschirm, der die Atmungs- und Schweißsekretionskurven zeigte. Er blickte auf die namenlose Frau hinab, die in der Zwischenzeit wieder eingeschlummert war. Ihr Gesicht kam Błaszczykowski eigentümlich fremd vor. Ohne das rote Kleid sah sie wie eine andere Person aus. Die Konturen waren weicher, die Haut glatter. Es war eine Schönheit, die sich erst allmählich einstellte, dann aber mit jedem Atemzug zunahm. »Schlafen Sie?«, flüsterte Błaszczykowski. Die Atmung ging ruhig. Er knipste das Neonlicht aus und machte stattdessen die Leuchte am Nachttisch an. Mit dem Lichtwechsel schien sich die Frau erneut zu verwandeln, wie eine Schauspielerin, die in die nächste Rolle schlüpft. In diesem wärmeren Licht erschien die Haut wie aus Stein, oder vielmehr aus hellem, nahezu durchsichtigem Marmor. Langsam beugte sich Błaszczykowski über ihr Gesicht. Er spürte ihren Atem auf seiner Wange. »Hören Sie mich?« Ein süßlicher Duft stieg aus ihrem Mund. Błaszczykowski schloss die Augen. Er zitterte, als er ihre Lippen mit seinem Mund streifte, seine Hand schwebte über ihrer Brust. Ihre Haut war eine elektrische Ladung, die durch den rauen Stoff des Pflegehemdes strahlte. Błaszczykowski spürte ein Kribbeln an den Fingerkuppen, ihre Brust wogte magnetisch in seiner leeren Handkuhle. »Nein, Błaszczykowski«, schluckte er trocken. Er richtete sich auf und knipste das Licht aus. Durch das Fenster fiel ein bläulicher Strahl.

## Die Mispeln

Die letzten Nächte konnte ich nicht schlafen. Gegen fünf oder sechs Uhr morgens wache ich auf und wälze mich im Bett hin und her. Es juckt an den Beinen, ich habe mir die linke Wade wundgekratzt, vorgestern. Als ich aufstand, waren die Bettlaken mit braunem Blut beschmiert. Ich habe dem Dienstmädchen gesagt, dass ich meine Tage habe, und sie hat mich schräg angeschaut, mit einem Lächeln, das mir bedeutete, dass sie mir mein Geheimnis – denn sie ging wohl davon aus, dass ich etwas zu verbergen hatte – gönnte. Wenn ich auf dem Bauch liege, verspüre ich eine Art Seitenstechen unterhalb der linken Brust. Deshalb liege ich auf dem Rücken und schaue auf den Ventilator an der Decke. Um halb sieben geht im Garten der Rasensprenger an. Dann zischt und rattert es. Um diese Uhrzeit macht der Gärtner den ersten Rundgang. Er angelt Laubblätter und tote Insekten aus dem Schwimmbad und setzt sich nach getaner Arbeit in einen Baumschatten, um zu rauchen.

Ich dusche dieser Tage länger als üblich, wechselwarm. Letztens stand ich eine halbe Stunde unterm Wasser. Meine Haut war ganz verschrumpelt, als ich aus dem Bad kam. Ich wickelte mich ins Handtuch, warf mich aufs Bett und wusste, dass ich nach Europa will, sobald die letzte Schulprüfung abgelegt ist. Am Frühstückstisch erzählte ich meinem Vater davon. Wir saßen auf der Terrasse und eine Biene surrte um sein Marmeladenbrot. Er war damit beschäftigt, das Insekt mit seiner Serviette zu verscheuchen, was auch als Rechtfertigung dafür diente, meine Frage unbeantwortet zu lassen. »Papa, hör mir doch zu.« Er faltete die Serviette zusammen, legte sie auf den Tisch und blickte mich an. An seinem Schnurrbart hing eine Milchschaumwolke. »Was weißt du eigentlich von Europa?« – »Nicht viel. Ich möchte aber mehr wissen!« Es war dreist von mir, auf meinem Standpunkt zu beharren, und ich war überzeugt, dass mein Vater im nächsten Moment aufstehen und mir eine scheuern würde. Er blieb aber sitzen. »Dein Kaffee wird kalt.« Ich habe den Eindruck, wir werden uns immer fremder. »Ich will weg aus Mexiko.« Er nestelte an seiner Serviette, faltete sie sorgfältig zusammen und stand schließlich auf, um sie auf die Biene zu donnern. Seine Kaffeetasse und eine Karaffe mit Orangensaft kippten um, gelbe und braune Flüssigkeit lief aus. Mein Vater verließ schnaubend den Tisch und verschwand im Haus. Mar, die einige Schritte von uns entfernt gestanden hatte, eilte herbei, um sauber zu machen. »Vivi«, keifte sie mich an. In der Lache auf dem Tisch schwamm die tote Biene. Ich stand auf und bohrte meinen Blick in die Augen von Mar. »Vivi, einen Scheißdreck«, was nennen die mich noch Vivi! Meine Brüste sind viel größer als die von Mar, da müsste sie doch verstehen, dass ich eine Frau bin und nicht mehr die kleine Vivi mit dem silberglitzernden Haarreifen, die im Wohnzimmer eingerahmt an der Wand hängt. Überhaupt sind diese Fotos wie schlechte Fiktionen und seit langem schon hege ich den Verdacht, dass man die Motive irgendwann gestellt hat, nur um mir einzureden, dass das, was ich dort sehe, einer tatsächlich gewesenen Vergangenheit entspricht. Einmal sieht man mich in Weiß, wie ich krumm ins Bild schiele. Neben mir steht meine Cousine in einem hellblauen Kleidchen und blickt, verschämt oder einfach nur zerstreut, zu Boden. Wir stehen auf einem Platz – wahrscheinlich der Rathausplatz einer Kleinstadt – vor einer Pizzeria. Pizeria Caltanissetta steht da groß, nur mit einem »z«. Auf einem anderen Bild sieht man mich zwischen meinen Eltern stehen, irgendwo auf dem Land. Mein Vater trug damals keinen Schnurrbart und hatte noch Haare. Meine Mutter hatte ein schönes, wenn auch kränklich anmutendes Gesicht, mit tiefen Augenringen und bleichen Lippen. Als sie im Sarg lag, sah sie nicht anders aus. Da war ich vierzehn und entdeckte gerade die Sinnlosigkeit des Daseins. Zu dieser Zeit ging ich einmal in die Küche. Die Wanduhr tickte, die Spülmaschine surrte, die Köchin schälte Kartoffeln im Hof. Ich nahm ein Küchenmesser und setzte es an den Puls.

Ich drückte ein bisschen, aber es wollte nicht bluten. Vielleicht war die Klinge stumpf, vielleicht machte ich es einfach nicht richtig. Es wurde mir jedenfalls klar, dass es wirklich wehtun musste, wenn man freiwillig von dieser Welt gehen wollte. Das war mir dann doch zu viel. Jetzt denke ich gar nicht mehr daran zu sterben, sondern ich will einfach nur nach Europa, zu meinen Tanten in Madrid oder meinetwegen sogar nach Russland, warum nicht nach Russland. Ich weiß zwar nichts über Russland, aber es wird mit Sicherheit nicht schlimmer sein als hier.

Zwei Männer mit Maschinengewehren laufen den Hang herauf. Den einen nennen sie Luisito, den anderen kenne ich nicht. Ich habe inzwischen den Überblick verloren über alle Leute mit Waffen, die hier ständig durch den Garten laufen. Seit dem Blutbad in Casillas de la Piedad, als eine Gruppe von Söldnern auf die Gäste einer Geburtstagsparty das Feuer eröffnete und am Ende die Leichen auf den Bahngleisen aneinanderreihte, um sie von El Chepe zermalmen zu lassen, hat mein Vater beschlossen, die Sicherheit zu erhöhen und Scharfschützen auf dem Dach zu postieren. In dem alten Werkstattschuppen am Rande des Grundstücks, wo früher die Sägewerkstatt war, steht ein Flugabwehrraketensystem bereit, wer weiß, wozu. Es liegt eine Unruhe in der Luft, wie ich sie vorher nie gekannt habe. Seit Monaten gibt mein Vater keine Feste mehr im Garten und fürs erste bin ich in der Schule krankgemeldet. Bis vor Kurzem durfte ich noch Besuch von Freundinnen bekommen, aber seitdem nun des öfteren eine Stute mit meinem Namen im Fernsehen zu sehen ist, ist es auch damit vorbei. Den »Affront« – ich habe ihn nur ein einziges Mal darüber sprechen hören und er nannte es einen »Affront« – hat der Alte immer noch nicht verkraftet. Dabei läge es doch an mir zu entscheiden, ob das Ganze ein Affront ist oder nicht. Mit Daniela habe ich noch darüber gelacht, sie war mein letzter Besuch. Als sie kam, haben wir eine Whiskyflasche aus dem Wohnzimmer stibitzt und uns bei mir oben auf der Terrasse betrunken und geküsst und gegenseitig an den Brustwarzen gelutscht. Am Morgen mussten wir beide kotzen, es gab einen Höllenärger mit Mar, die damit drohte, uns zu verpetzen. Daniela sprach den ganzen Tag über kein Wort und seitdem habe ich weder sie noch irgendeine andere meiner Freundinnen wiedergesehen. Wir telefonieren manchmal oder schicken uns Sachen zu, das ist alles.

Tagsüber empfängt mein Vater Leute in seinem Büro. Was sie hier wollen, weiß ich nicht. Es sind auch Sachen, von denen ich lieber nichts mitbekommen möchte. Ich weiß nur, dass es sich meist um klebrige Männer mit dicken Wampen handelt. Vor wenigen Tagen war aber auch der hübsche Silvio Fórster zu Gast. Sein Vater ist, wenn ich es richtig verstanden habe, todkrank und wird bald krepieren. Dabei wirkte der Alte, als wir vor nicht einmal einer Woche in Cuernavaca bei ihm waren, kerngesund, auf Silvios Geburtstagsparty hat er sogar getanzt. Jetzt liegt er im Sterben und sein Sohn führt die Familiengeschäfte. Nach seiner Ankunft verbrachten er und mein Vater den Tag im Besprechungszimmer. Am frühen Abend musste mein Vater auf die Finca von Don Antonio, und der junge Fórster blieb zurück. Er machte es sich im Garten zwischen zwei Mispelbäumen bequem und las in einem Buch. Mar war dabei, das Abendessen vorzubereiten und bat mich, den Gast zu fragen, ob man ihm einen Aperitif bringen könne. Ich lief in den Garten, die letzten Sonnenstrahlen schimmerten durch die Baumkronen. Als Silvio mich herannahen sah, klappte er das Buch zusammen und legte es auf den Schoß. »Unser Dienstmädchen fragt, ob du vielleicht einen Aperitif trinken möchtest?« Er blickte mich von unten aus seinen silberblauen Augen an und lächelte: »Danke.« Mit der Nase deutete er auf die Mispelbäume: »Was ist das eigentlich für Obst, das an den Bäumen wächst?« – »Wollmispeln.« – »Ach –– das sind also Mispeln.« Ich nickte. Das waren Mispeln. »Warum wunderst du dich so?« Er deutete auf den Umschlag seines Buches. Auf der Titelseite war ein Baum zu sehen, von dem kleine Erdkugeln herabhingen wie Obst. *The Worlds Within,* von einem gewissen R. Goldman. Es sah nach billiger Esoteriklektüre aus. »Ich lese gerade über Mispeln, genauer gesagt über eine alte japanische Sage, der zufolge jede einzelne Mispel eine Welt wie unsere enthält. In jeder Mispel doppelt sich unsere Welt, und auch in dieser Welt gibt es wiederum Mispelbäume, an denen andere Welten gedeihen, und so weiter und so fort.« Ich wusste nicht, wie ernst Silvio es mit seiner Begeisterung für die japanische Sage meinte.

Er hatte aber Humor. »Wenn ich jetzt also eine Mispel von diesem Baum pflücke«, ich reckte mich und griff nach einer Mispel, die zwar noch nicht reif, aber mit Sicherheit essbar war, »und wenn ich sie dann esse, verschlinge ich also auch uns?« Silvio zuckte mit den Schultern. »Natürlich.« Ich biss in die grüne Mispel, er verzog das Gesicht. »Es ist aber nicht so, dass es uns nur einmal gibt. Wir sind verdoppelt und vertausendfacht. In jeder Mispel gibt es uns. Aber immer anders.« Ich musste lange kauen, das Fruchtfleisch war noch zäh. »Vivi!« Mar stand auf der Terrasse und schrie: »Vivi!« – »Ahora voy!« Silvio zwinkerte mir zu, »geh nur«.

»Will der junge Mann nun einen Aperitif oder nicht?«, fragte Mar, die Hände an den Hüften. In ihren Augen schimmerten Vorwürfe, womöglich auch etwas anderes, Neid oder verbissene Scham. »Du bist nicht meine Mutter, Mar.« – »Kind, mach mir keine Mätzchen. Ich hatte dich gebeten, den jungen Mann zu fragen, ob er einen Aperitif möchte.« – »Er möchte keinen.« Ich stapfte durch die Küche und knallte die Tür zu. Im Flur stieß ich mit Luisito zusammen. Was hatten diese Leute jetzt im Haus zu suchen? »Entschuldigen Sie, señorita!« Er blickte bang um sich, so wie Tiere, die um ihr Leben fürchten. »Schau doch, wo du hinläufst, du Trottel!«

Bis zum Essen sperrte ich mich in meinem Zimmer ein. Ich blätterte in den alten Fotoalben meiner Mutter und in Gedichtheften, in die ich seit Jahren meine Gedanken in Versform eintrage. Die meisten Sachen sind mir peinlich, aber hier und da finden sich auch überraschend reife Stellen. Zwei Wochen nach dem Tod meiner Mutter habe ich diese Zeilen geschrieben: »Das Blut brannte / der Chef ließ den Leib in Scheiben zerlegen / eine Blume eingeäscherter Gedanken goss ich mit meinem Urin / mit Steinen.« Das ist zwar wirr, aber keine schlechte Poesie für eine Vierzehnjährige. Ansonsten geht es in meinen Texten fast immer nur um Liebe, um Hass und um andere niedere Gefühle. So verstrich der Nachmittag, bis es irgendwann an meiner Tür klopfte. Es war Mar, die mich zum Abendessen rief.

Meinem Vater war anzusehen, dass er sich Sorgen machte oder dass ihm etwas nicht passte. Vielleicht bildete er sich ein, dass der junge

Fórster hinter mir her war, es war ja nicht auszuschließen, dass Mar ihm irgendwelche Äffchen in den Kopf gesetzt hatte. Während des Essens sprach er kaum und überließ dem jungen Fórster die Rolle des Unterhalters. Er erzählte von Geisterstädten in den USA, wo er bis vor Kurzem noch gelebt hatte, und der hohen Arbeitslosigkeit, sprang dann über zu seinem Vater und dessen Vater, Nikolai, der im Alter von 25 Jahren aus Osteuropa in die USA ausgewandert war und von dort aus nach Mexiko. Es war eine Erzählung voller Sprünge und Ungereimtheiten, der mein Vater nur wenig Aufmerksamkeit schenkte. Entgegen seiner Gewohnheit aß er fast nichts, sondern stocherte nur in seinem Filet, das zur Hälfte auf dem Teller blieb. Nach dem Essen setzten sich die beiden ins Rauchzimmer und ich verabschiedete mich. Silvio wünschte mir eine gute Nacht und fragte, ob wir uns vielleicht noch am Frühstück, vor seiner Abfahrt, sehen würden. Ich sagte ihm »ja, wir sehen uns zum Frühstück« und wünschte meinem Vater gute Nacht. Er antwortete nicht, sondern steckte eine Zigarre an und paffte einen Totenschädel in die Luft.

In der Nacht weckte mich das Geräusch eines Wagens, der vor dem Haus gehalten hatte. Ein Dieselmotor ging im Leerlauf, Männerstimmen riefen sich Sachen zu. Ich stand auf, das Herz in den Händen, und schlich über den Flur in ein leer stehendes Gästezimmer mit Fenster zum Vorhof. Draußen stand ein Pick-up, auf den zwei Männer etwas Schweres luden. Irgendwann tauchte mein Vater auf und unterhielt sich mit einem der beiden Männer. Ich meinte ihn zu erkennen, war mir aber nicht sicher, ob es Luisito war. Gemeinsam mit einem hochgewachsenen Mann stieg er in den Wagen ein und sie fuhren los. Danach konnte ich nicht mehr schlafen.

Als mich Mar zum Frühstück rief, hatte ich fürchterliche Kopfschmerzen. Ich duschte lange. Trotzdem war ich als erste auf der Terrasse, was mich überraschte, denn wenn es eine positive Eigenschaft gibt, die man meinem Vater nicht abstreiten kann, dann ist es seine Pünktlichkeit. Dass der junge Fórster verschlief, konnte ich mir vorstellen. Dass aber mein Vater – mochte er noch bis tief in die Nacht wach geblieben sein – spät kam, war neu. Ich nahm ein Stück Brot, belegte es mit Käse und strich Mispelkompott darauf. Mar brachte den Kaffee. »Wo ist Papa?« – »Er kommt gleich. Er ist noch am Telefon.« – »Und Fórster?« – »Fórster? Der ist doch längst weg.« – »Er wollte aber heute hier frühstücken.« Sie winkte ab. »Der ist über alle Berge.« Sie schenkte mir Kaffee ein und ging. Ich starrte auf die angebissene Brotscheibe auf dem Teller. Als mein Vater auch nach einer halben Stunde nicht erschien, stand ich auf und setzte mich in den Garten unter eine Akazie. Den ganzen Tag echote es in meinem Ohr »über alle Berge, über alle Berge«, den ganzen Tag konnte ich nichts essen und nichts trinken. Am Abend stieß ich im Wohnzimmer auf Silvios Lektüre, *The Worlds Within*, und dachte, mein Kopf würde explodieren. Ich musste Mar um zwei Tabletten anflehen, obwohl ich eigentlich zweihundert gebraucht hätte. Trotz der Kopfschmerzen versuchte ich in dem Buch zu lesen, ich schaffte keine zwei Sätze. Schlafen konnte ich die ganze Nacht nicht, vielleicht dämmerte ich eine Stunde in irgendeinem Schwellenzustand, vielleicht auch nur eine halbe oder auch gar nicht. Es ist inzwischen auch viel zu hell, um zu schlafen. Unten im Garten lehnt der Gärtner den Laubkescher an eine Pappel. Er nimmt eine Zigarette aus der Brusttasche seiner Latzhose und steckt sie sich an. Langsam schlendert er am Schwimmbad entlang und raucht. Wahrscheinlich könnte ich ihn, so wie er da geht, mit dem kleinen Finger ins Wasser stürzen. In der Ferne verschwimmen die Berge in der Wüstenglut. Es wird unerträglich heiß heute.

# Das Heim

Das Büro war in Neonlicht gebadet. Błaszczykowski saß am Schreibtisch und blätterte in einem Aktenordner. An einer Stelle machte er halt und ließ die Metallringe aufspringen. Er nahm einen zusammengehefteten Papierstoß heraus: Die Akte Palański. Błaszczykowski überflog das Deckblatt, nahm einen Papierbogen, der auf dem Schreibtisch lag, und heftete diesen an die Akte. Es handelte sich um eine Kopie der Todesurkunde von Antoni Palański, versehen mit dem Stempel »Original lag vor«. Für Błaszczykowski war das Abstempeln und Einheften solcher Zeugnisse Routine. Insbesondere in den letzten Monaten hatte er den Ablauf zur Genüge wiederholt, fast eine ganze Generation hatte es innerhalb kürzester Zeit dahingerafft. Die meisten starben an Altersschwäche, doch es ereigneten sich mitunter Stürze und alles in allem vermeidbare Unfälle, so wie im Falle der alten Podgórna, die wenige Tage vor ihrem hundertsten Geburtstag – wahrscheinlich wegen der glitschigen Fliesen – im Badezimmer ausrutschte und so unglücklich stürzte, dass sie mit dem Kopf auf dem Boden aufschlug und auf der Stelle starb. Auch der Tod des alten Młynarczyk, der seit Jahren an Alzheimer erkrankt war, hätte vermieden werden können. Man fand ihn an einem frühen Morgen völlig nackt in einem Haferfeld nicht unweit des Heims. Offenbar hatte er die Anlage in einem Moment geistiger Verwirrung verlassen, ohne dass es die Pfleger bemerkt hätten. Er musste stundenlang durch die Weiden geirrt sein, bis er schließlich mitten im Nichts zusammensank und erfror. Um derartigen Vorfällen in Zukunft vorzubeugen, hatte Błaszczykowski unmittelbar nach Młynarczyks Tod die Pfleger einberufen und zu mehr Wachsamkeit aufgefordert. Er verordnete, die Heimtür künftig nach neunzehn Uhr abzusperren und erst um sechs Uhr wieder zu öffnen. Trotz dieser Maßnahmen starb auch der alte Palański unter äußerst unglücklichen Umständen. Er wurde nämlich vom eigenen Schal, der sich auf sonderbare Weise im Speiseaufzug verfangen hatte, erdrosselt. Da Palański keine Angehörigen mehr hatte und da sich bis auf die anderen Gäste des Heims niemand für seinen Tod interessierte, unterließ man letztlich jegliche Nachforschungen über die Todesursache, und fand sich damit ab, auch diesen Fall mit dem Etikett des Schicksalsschlags zu versehen.

Błaszczykowski blätterte in den großenteils zerfledderten, vergilbten Unterlagen. Unter diesen befand sich die Fotokopie eines Personalausweises, ausgestellt im Juli 1948. Ein gutaussehender junger Mann war Palański gewesen, mit seinen dunklen Haaren und dem Zigeunerschnurrbart. Błaszczykowski stellte den Ordner zurück ins Wandregal. Bevor er ging, beugte er sich über das Schachbrett auf dem Schreibtisch. Er überlegte nicht lange, sondern rückte den C-Bauern um zwei Felder vor. Ein defensiver Zug. Błaszczykowski spielte in letzter Zeit immer defensiver, am liebsten mit Schwarz, sizilianisch. Er nahm den Mantel vom Kleiderhaken und verließ das Büro.

Błaszczykowskis Schritte hallten durch den Flur, dessen Leere sich wie ein Abgrund vor ihm öffnete. Die Alten schliefen, wahrscheinlich schlief auch das Personal, das den Nachtdienst versah. Als er vor dem Haupteingang Halt machte, wurde es leise im Flur. Błaszczykowski steckte den Schlüssel ins Schloss und wollte gerade aufschließen, als er einen Schrei vernahm. Er hielt inne und horchte in die Leere. Als er bereits beschlossen hatte, dass es sich um eine Sinnestäuschung gehandelt haben musste, vernahm er ein gedämpftes Gelächter, das zweifelsohne aus der Kantine kam. Błaszczykowski zog den Schlüssel aus dem Schloss und lief geradewegs zur Kantine. Immer wieder schallten Gelächtersalven durch den Gang. Bis Błaszczykowski die Kantinentür aufriss und den Trubel unterbrach. Den Pflegerinnen gefror das Lachen im Gesicht. Sie saßen an einem der Esstische um Sgarby versammelt, dem einzigen Mann in der Gruppe. Eine von ihnen stieß vor

Schreck einen abgehackten Schrei aus und alle bis auf Konopka, die den Direktor geradezu empört anstarrte, blickten verschämt auf ihre Schöße oder auf den Tisch. Anscheinend hatte Błaszczykowski die Versammelten dabei erwischt, wie sie sich ein Video auf Sgarbys Handy anschauten. Dieser hatte ein wenig unbeholfen versucht, das Gerät in seiner Hosentasche zu verstecken, dabei aber vergessen, die Wiedergabe zu stoppen. Bisweilen tönten schrille Geräusche aus Sgarbys Hosentasche, die ebenso gut als Schreie eines gequälten Ochsen wie als Jubel von Fußballfans aufgefasst werden konnten. »Sie wissen, dass Sie die Nachtruhe zu wahren haben«, sagte Błaszczykowski. Sgarby nickte widerwillig. Eine Pflegerin murmelte »es tut uns leid, Herr Direktor, es wird nicht noch einmal vorkommen«, worauf Błaszczykowski zunächst nichts sagte. Erst als das Krakeelen in Sgarbys Tasche aussetzte, sagte der Direktor, da ihm nichts Geeigneteres einfallen wollte: »Ich will doch schwer hoffen.« Er lief die Runde mit militärischem Blick ab. Außer der Konopka, die den Direktor weiterhin stumm anstarrte, hielten alle die Köpfe gesenkt, wie Lausebengel, die sich vor der drohenden Standpauke ducken. Błaszczykowski beließ es jedoch bei seiner knapp formulierten Aufforderung zur Einhaltung der Nachtruhe und fügte sogar noch, bevor er die Tür hinter sich zuzog, ein eher freundliches als schroffes »Gute Nacht« hinzu.

Błaszczykowski fuhr mit heruntergekurbeltem Fenster durch die milde Septembernacht. Aus dem Radio klang ein Refrain, den er mitsummte, »komm zurück, komm zu mir«, ein Lied aus den Fünfzigern, das neulich zum Coverhit verballhornt worden war. Ein galliger Geschmack lag ihm auf der Zunge, die nächtliche Versammlung der Pflegerinnen um den klebrigen Sgarby ging ihm nicht aus dem Sinn. Schlecht ausgebildetes Personal – regelrechtes Dorfgesindel – hatte das Heim in letzter Zeit aus finanziellen Gründen einstellen müssen. Sgarby, mit seinem nasenlosen Gesicht. Allein diese Provokation von einer Fratze hätte eine schärfere Zurechtweisung verdient. Mit Folgen hätte er drohen müssen, mit Suspendierungen, zumal ja ein offensichtlicher Verstoß gegen die Hausordnung und die Dienstpflichten vorlag. Vor allem angesichts der jüngsten Todesfälle, die zumindest teilweise auf das fahrlässige Verhalten der Pfleger zurückzuführen waren, und aus denen sogar ernsthaftere Probleme für das Heim hätten erwachsen können, wäre ein härteres Durchgreifen geboten gewesen. Was fiel diesen Leuten eigentlich ein? Anstatt ihren Pflichten nachzugehen, versammelte sich die Nachtschicht um diesen Scharlatan und unterhielt sich mit irgendwelchen lustigen Videos. Und wer wusste schon, was nicht sonst so in seiner Abwesenheit vorging, denn diesem Sgarby – da war sich Błaszczykowski jetzt mehr als sicher – war noch vieles andere zuzutrauen.

Der Idiot! Mit einer scharfen Bremsung brachte Błaszczykowski den Wagen zum Stillstand. Er schaltete den Motor aus. Die Radiostimme wiederholte den Refrain, »komm zurück, komm zu mir«. Das Original war unvergleichlich schöner als die neue Version. Błaszczykowski zündete eine Zigarette an. Mit seiner halbherzigen Mahnung hatte er den Pflegern möglicherweise sogar eine weitere Spottvorlage zugespielt. Die mussten sich noch schiefgelacht haben nach seinem Abgang. Er hätte strenger sein müssen. Im Grunde war er mit seiner übertriebenen Milde seinen Pflichten als Direktor ebenso wenig nachgekommen wie die Pfleger den ihrigen. Auch er hatte also einen Fehler wiedergutzumachen. Als erstes müsste ein Disziplinarverfahren eingeleitet werden, wenn nicht gegen alle, so zumindest gegen den Unruhestifter Sgarby. Und gegen die Konopka könnte man auf Anhieb zwei Verfahren einleiten: eins gegen ihre Person und das andere gegen ihren unausstehlichen Blick. Was die sich erdreistete, ihn mit ihren durchsichtigen Augen so anzuglotzen! Die Fotze! Morgen früh würde er beide vorsprechen lassen. Und dann würde man schauen, wie lange die Suspendierung ausfallen würde, denn es war klar, dass die Mindeststrafe in diesem Fall eine Suspendierung war. Błaszczykowski schlug mit der Handfläche auf das Steuer und stieß ein zufriedenes »Ja!« aus. Doch da fiel ihm ein, dass der Schichtwechsel bereits um halb sieben stattfinden würde und dass er sich bei seinem Dienstantritt um acht Uhr weder Sgarby noch die Konopka würde vorknöpfen können. Er blickte geradeaus in die Finsternis. »Dann eben jetzt.« Er schnipste die Zigarette aus dem Fenster und ließ den Motor anspringen, wendete mit einem Quietschen und raste denselben Weg wieder zurück.

Błaszczykowski parkte in einiger Entfernung des Heims und folgte einem Trampelpfad bis zur Ostseite des Grundstücks. Über einen morschen Lattenzaun gelangte er in den Garten des Heims und schlich bis an die Hintertür, die er mit einem Quietschen öffnete. Er war sicher, dass er die Pfleger, die sich nun in Sicherheit wähnten, noch einmal auf frischer Tat ertappen würde. Im Flur, der zur Kantine führte, herrschte Todesstille. Kein Lachen, kein Kreischen, nichts war zu vernehmen, und dennoch zweifelte Błaszczykowski keine Sekunde lang, dass die Pflegerinnen immer noch um Sgarby versammelt waren. Lange blieb er vor der Kantinentür stehen und horchte. Da er aber auch nach einer längeren Weile nichts vernahm, öffnete er vorsichtig die Tür. Nichts. Alles dunkel. Błaszczykowski tastete sich an der Wand bis zum Schalter vor und machte Licht. Der Raum war leer. Vielleicht haben sie sich ja wirklich zusammengerissen, dachte er, obwohl er nicht recht daran glauben wollte. Ein plötzlicher Knall, der durch den Flur hallte, bestätigte ihn in dem Verdacht. Nach einigen Sekunden folgte ein Scheppern, dann ein Kreischen. Błaszczykowski spürte seinen Puls. Er eilte den Flur entlang, dem immer lauter werdenden Lärm entgegen. In einer Einbuchtung am Ende des Gangs befand sich der Zugang zum Bad. Dort brannte Licht. Błaszczykowski blieb stehen. Er hörte ein Wimmern und ein heiseres Röcheln. Den Rücken an die Wand gepresst, schlich er bis zur Badezimmertür vor. Sein Herz schlug ihm in der Kehle, als er durch die weit offenstehende Tür in den hell gekachelten Raum blickte. In einer Ecke sah er die Rücken von zwei Pflegerinnen. Als eine der beiden sich vornüber beugte, erkannte er auch Sgarby, der sein Handy eine Hand weit vor den Augen hielt und offenbar etwas filmte, was sich auf dem Boden zutrug. Eine perfide Neugier ermutigte Błaszczykowski, einen Schritt weit in den Raum vorzudringen, um zu sehen, was Sgarbys Kamera einfing. Was sich seinem Blick darbot, überwältigte ihn derart, dass er das Gleichgewicht verlor und beinahe zu Boden gestürzt wäre, hätte er sich nicht reflexartig an einem Wasserrohr festgeklammert. Auf dem Boden zusammengekauert lag ein alter

Mann, Nieszpułka, völlig nackt und mit blutüberströmtem Gesicht. Eine der Pflegerinnen, die durch die Zähne fauchte, schien mit einer Zange in einer Wunde an seinem Unterkörper zu stochern, während zwei weitere Pflegerinnen damit beschäftigt waren, seinen Kopf mit Fäkalien zu beschmieren. Sgarby stand mit weit aufgerissenen Augen daneben und hielt die Handykamera auf diese unsägliche Gewalt. Der Alte röchelte leise oder vielleicht bildete sich Błaszczykowski nur ein, so etwas wie ein Röcheln zu hören. Seine Knie flatterten, das Wasserrohr schien sich in seiner Hand zu biegen wie Gummi. Was hier vor sich ging, ließ sich alles nicht mehr mit Maßregelung und Suspendierung erledigen, das war ein Fall für die Polizei. Błaszczykowski tastete die Hosentasche nach seinem Handy ab. Dann spürte er nur noch ein metallenes Krachen, das ihm den Hinterkopf zerbarst wie Eis.

# Der Fotograf

Als ich gerade sechzehn Jahre alt geworden war, fuhr ich für zwei Wochen nach Sizilien, zu einem Onkel, der mit seiner Familie in einem Reihenhäuschen am Rande von Caltanissetta lebte. An den Tag der Ankunft erinnere ich mich noch genau, es war der 6. September, zwei Tage nach meinem Geburtstag. Als ich aus dem Zug ausstieg, lag der Geruch von verbrannten Pinien in der Luft. Mein Onkel erklärte mir, dass das Hinterland seit Tagen brannte. Am Horizont türmten sich graue Rauchwolken, bei Südostwind legte sich ein Schleier über die Stadt. Halb Sizilien muss in jenem Jahr abgebrannt sein. Meinen Cousin – er hieß Franco, wie mein großer Bruder – habe ich damals gar nicht zu Gesicht bekommen, weil er bei der Freiwilligen Feuerwehr im Dauereinsatz war. Am Abend betete meine Tante Rosenkränze für ihn, während sich meine Cousine Daniela schön machte für den Abend. Daniela war viel älter als ich, fünf Jahre, wenn nicht mehr. Auf meine Frage, was sie vorhabe, entgegnete sie »du kommst mit« und packte mich an der Hand. Auf der Piazza tranken wir mit ihren Freunden einen Aperitivo, später gingen wir auf ein Fest in einem Tanzsaal, auf einer Anhöhe ein wenig außerhalb der Stadt. Wir tanzten stundenlang und machten uns den größten Spaß daraus, den Jungen, die uns wie Mücken umschwirrten, Körbe zu verpassen. Als wir spät nachts zurückkehrten, erzählte mir Daniela, wie sie, sehr gegen den Willen ihres Vaters, mit vierzehn die Schule geschmissen und seitdem ein bisschen von allem gemacht hatte. Bäckergehilfin war sie eine Zeit lang gewesen, dann Näherin und Metzgerin. Sie erzählte von ihren vielen Affären und von Antonio, ihrer einzigen wahren Liebe. »So eine Liebe gibt es nur einmal«, sagte sie ernst. Antonio war mit ihrem Bruder befreundet gewesen, ein junger Soldat. Zwei Wochen lang trafen sie sich in einer alten Hütte am Waldrand. Danach musste er nach Treviso. Aeronautica Militare. »Ich habe ihn zum Bahnhof begleitet, er hat mir einen Kuss auf die Wange gedrückt und ist in den Zug gestiegen.« Daniela gab einen lauten Kuss in die Luft, sprang vom Weg ab und kletterte auf einen Felsen. Der Wald bildete eine schwarze Kulisse hinter ihr, von Weitem war noch die Musik aus dem Tanzsaal zu hören. »Komm!« Sie steckte eine Zigarette an, kippte den Kopf zurück und blies den Qualm in die Luft. Ich kletterte zu ihr hinauf. »Es ist schön, dass du nach Sizilien gekommen bist«, sagte sie. Ich wollte etwas Freundliches erwidern, ihr für den schönen Abend danken, aber sie redete weiter: »Ich brauche nämlich morgen deine Hilfe.« – »Meine Hilfe?« Sie zog lange an der Zigarette. »Es ist einfach: Ich habe einen Fotografen kennengelernt. Einen Ausländer.« – »Hast du dich verliebt?« Daniela winkte ab. »Man verliebt sich nur ein Mal, das habe ich dir doch eben erst erklärt.« Sie nahm die Spange aus dem Haar und glättete die Frisur. »Er möchte mich fotografieren«, zischelte sie mit der Zigarette im Mund. Ich hatte keine Ahnung, worauf sie hinauswollte. »Er möchte dich fotografieren?« Daniela klemmte die Spange ins Haar. »Er möchte mich nackt fotografieren.« Mein Gesicht wurde heiß. »Ich habe schon ein Mal für einen Maler gesessen. Keine schwierige Arbeit. Man sitzt da. Man wird gemalt. Und am Ende bekommt man sogar Geld.« Ich schüttelte zwei Steine zwischen meinen Handkuhlen, wie beim Würfeln. »Ein Foto ist kein Gemälde«, gab ich zu bedenken, doch sie hörte nicht einmal zu. »Du musst morgen mitkommen«, sagte sie und drückte die Zigarette am Stein aus. »Ich? Auf keinen Fall!« Ich protestierte, wie ich nur konnte, doch sie schob sich an mich heran und setzte mir einen nikotinbitteren Finger auf den Mund. »Er möchte mich in der Natur fotografieren, im Wald.« Ich schüttelte den Kopf. Daniela griff nach meinen Händen, ihre Augen – in der Dämmerung konnte ich es genau erkennen – waren feucht. Sie hatte runde schwarze Augen, ein schönes maurisches Gesicht. Große Brüste. Sie musste wunderschön sein, nackt, ich schüttelte aber den Kopf und wiederholte leise »Nein«. »Tesoro«, sagte sie und fasste mir ans Knie, »wenn du dabei bist, macht es doch viel mehr Spaß.« Ich blickte hinab auf meine neuen Sandalen, die mir mein Vater zum Geburtstag geschenkt hatte, während sie meine Beine streichelte und auf mich einredete. Bis ich schließlich nachgab – denn es war aussichtslos – und sie mir vor Freude einen feuchten Kuss, halb auf die Wange, halb auf die Lippen, drückte. Um die Waldsilhouette lief der Himmel rötlich an.

Zu Hause konnte ich kaum schlafen. Die Hitze war unerträglich, die Bettlaken nass und klebrig. Einmal erwachte Daniela aus ihrem Schlaf und fragte, ob alles in Ordnung sei. »Es ist zu heiß«, sagte ich. Sie rückte ihr Kopfkissen zurecht und kehrte mir den Rücken zu. »Schlaf lieber«, murmelte sie zur Wand, »wir haben morgen einen langen Tag.« Als ich es nicht mehr länger aushielt, stand ich auf und schlich in die Küche. Weil ich nichts anderes zu tun wusste, bereitete ich das Frühstück vor. Ich kochte Kaffee, toastete Brot vom Vortag, stellte Butter und Marmelade auf den Tisch und wartete, bis alle aufstanden. Zum Frühstück erschien Daniela in einem mattgrünen Kleid. Ein Ledergürtel hing lose um die Hüfte. Dazu trug sie eine weiße Schute mit Schleife, die sie auch bei Tisch nicht absetzte. Sie trank eine Tasse Kaffee und aß einen Keks. Mein Onkel blätterte stumm in der Gazzetta dello Sport, meine Tante fragte mich misstrauisch, was wir denn vorhätten bei der Hitze. Ich merkte, wie meine Stimme stumm zitterte, aber Daniela ließ mich gar nicht zu Wort kommen, sondern erzählte von einem Schneider aus San Cataldo, der Aushilfen bräuchte wegen der vielen Hochzeiten im September. »Wir machen da heute ein paar Stunden.« Sie lächelte mich an, und ich wusste nicht, was ich sagen sollte. »Fein«, sagte die Tante, »fein, ein bisschen Arbeit steht euch jungen Damen nicht schlecht.«

Draußen war es drückend heiß. Wir liefen zu einem kleinen Hotel in der Nähe des Rathauses. Ich folgte meiner Cousine ins Gebäude, sie grüßte den Portier, ungeniert, als kenne sie ihn schon ein Leben lang. Zielstrebig lief sie auf eine schmale Holztreppe zu. Die Stufen knirschten unter unseren Füßen, wir gingen in den zweiten Stock. Am Ende eines krummen, an buckligen Wänden verlaufenden Flurs klopfte Daniela an eine Tür. Im Rahmen erschien ein gutaussehender Mann mit glattgegelten, hellen Haaren und dünnem Oberlippenbart. Er grüßte Daniela mit einem Handkuss. »Roman«, stellte er sich vor und gab mir die Hand, die weich war wie eine Frauenhand. »Das ist meine Cousine«, sagte Daniela und trat ins Zimmer ein, noch ehe Roman dazu einlud. Auf einem Metallbett lagen Klamotten herum. Am Fenster zum Corso stand ein holzwurmzerfressener Schreibtisch, auf dem Roman eine Landkarte von Sizilien ausgebreitet hatte. Caltanissetta war schwarz umkringelt und mit einer unleserlichen Notiz versehen, anscheinend in einer fremden Sprache. Neben der Karte reihten sich mehrere Kameraobjektive aneinander, die Linsen nach unten. »Wenn ihr wollt, kann ich euch ein paar ältere Fotos zeigen«, sagte er. Trotz des unverkennbaren Akzents sprach er ein sehr schönes Italienisch, in dem alle Sätze weich abklangen. Daniela klatschte in die Hände: »Ja, zeig!« Aus einer Ledermappe, die er unter dem Bett hervorholte, nahm er einen Stapel Bilder. »Hier.« Er hielt Daniela die Fotos hin. Beim Anblick des ersten schrak ich zusammen. Auch Daniela verstummte und wechselte rasch zum nächsten Bild und dann zum übernächsten. Sie waren alle sehr ähnlich. »Was sind das eigentlich für Bilder?«, fragte ich. Roman lächelte schelmisch, ein bisschen stolz auch. »Sie sehen echt aus, nicht? Das Bild da zum Beispiel finde ich fantastisch.« – »Das hier?«, fragte Daniela und zeigte auf einen schwarzen Lurch, der auf einem Stein lauerte. Von seinem Schwanz, der zu einem Kringel eingerollt war, verlief ein dunkler Streifen über den Rücken. »In Wirklichkeit sind das alles gar keine Lurche, sondern Kunstobjekte eines berühmten Künstlers. Oskar Kottwitz. Der ist auch in Italien bekannt.« Daniela ging die Molchbilder durch. »Hast du denn keine Fotos von Menschen?« Roman fuhr mit der Zunge über die Unterlippe. In der Ferne setzten wieder die Feuersirenen ein. »Ekelt ihr euch etwa vor diesen Tieren, die gar keine sind?« Daniela schaute ihn an. »Nein. Sie sind nur ein wenig besonders.« Sie legte den Stapel auf das Bett, während Roman die Objektive in seine Kameratasche einräumte. Die Landkarte schob er, sorgfältig zusammengefaltet, in das vordere Fach. Die Tasche über die Schulter geschwungen, musterte er uns mit einem Lächeln. »Gut. Gehen wir«, sagte Daniela. Roman schloss das Zimmerfenster und zog die Stoffgardinen zu. Für einen Moment verstummten die Sirenen.

Wir liefen lange durch die sengende Mittagshitze. Daniela führte uns über eine Sandpiste auf einen dicht mit Bäumen bewachsenen Hügel. Ganz verschwitzt kamen wir oben an. Unterwegs hatte Roman an einer Tankstelle zwei Wasserflaschen gekauft. Eine davon war für Daniela und für mich. Wir setzten uns in einen Schatten auf einen gefällten Baumstamm und schauten hinunter auf Caltanissetta. Hinter der Stadt stieg Qualm auf. »Da wird auch mein Bruder sein«, flüsterte Daniela. Roman verstand nicht, wovon die Rede war. »Er ist bei der Feuerwehr.« Roman schaute in die Ferne. »Tapfer«, murmelte er, und ich war mir nicht sicher, ob er es so meinte oder nur ironisch sagte. »Los!« Daniela stand auf und klopfte sich das Kleid sauber. Wir folgten in den Wald.

An einer Lichtung machten wir Halt. Roman blickte umher, schaute durch den Sucher der Kamera. »Dort vielleicht.« Er lief auf eine Gruppe von Schwarzkiefern zu, durch deren Geäst ein sanftes Licht fiel. »Hier ist gut«, sagte Roman. Im Hintergrund, in der Ferne war die Rauchsäule zu sehen. »Sieht man da nicht den Qualm?«, wagte ich zu fragen. Ich musste an meinen Cousin denken, der dort am Horizont gegen ein Feuermeer kämpfte, inmitten von Flammen, die ihm die Glieder leckten, das Gesicht Kohlenschwarz. Nie hätte er auch nur ahnen können, dass seine Schwester und seine kleine Cousine im selben Moment mit einem Erotikfotografen im Wald unterwegs waren. Oder doch? Es gab ja so etwas wie Telepathie, insbesondere zwischen Geschwistern. »Komm«, unterbrach Daniela meine Gedanken. Ich sollte ihr beim Ausziehen helfen. Nach und nach reichte sie mir ihre Kleidungsstücke, die ich zusammenfaltete. Als sie mir ihr Höschen anvertraute, spürte ich ein Stechen im Rachen. Ihre Wäsche hatte einen Duft von Kampfer und Lavendel. Mit aller Sorgfalt, die mir meine zittrigen Hände erlaubten, legte ich ihre Sachen auf einem nestartigen Wurzelwerk ab und nahm im Moos daneben Platz. Roman schraubte die Kamera auf das Stativ. »Kannst du dich ein wenig zur Seite drehen?« Er schaute durch den Sucher, gab ein Zeichen mit der Hand. »Noch ein bisschen. Noch ein bisschen.« Lange geschah nichts. Mein Herz raste. Als ich das Schnalzen des Auslösers hörte, stieß ich einen Schrei aus. Roman drehte sich zu mir um. Daniela schaute in meine Richtung, ohne die Pose aufzulösen. »Alles in Ordnung?«, fragte sie. Ich deutete auf meine Hand. »Ein Insekt.« Zum ersten Mal schaute ich Daniela genau an. Sie stand mit leicht auseinandergespreizten Beinen in einer Flut von milchigen Lichtstrahlen, die durch das Geäst fielen. Ihre Schamhaare hatte sie rasiert, sodass der Ansatz der Scheide und dazwischen eine etwas hervorgestülpte Lippe zu sehen war. Ihre Brüste waren rund, mit großen dunklen Warzenhöfen, aus denen spitze Brustwarzen hervorstachen. Sie stand auf ihren Beinen wie auf Stelzen, die Hände an den Hüften, den Kopf leicht nach links geneigt. Roman war dabei, die nächste Einstellung vorzubereiten. »Den linken Fuß einen halben Schritt nach vorne. So ist gut.« Gebieterisch blickte Daniela in die Kamera. Man hätte glauben können, dass sie durch das Objektiv hindurch in Romans Auge schaute und ihn auf diese Weise in ihrem Bann hielt. Roman gab ihr immer wieder neue Anweisungen, aber es war, als folgte er damit nur Danielas Wünschen. Zum ersten Mal in meinem Leben hatte ich einen Begriff davon, was Schönheit ist, und ich spürte ein Kribbeln, das vom Unterleib in den Magen strahlte oder in die Milz, ich weiß nicht, jedenfalls spürte ich dieses Kribbeln tief in den Eingeweiden.

Als die Schau zu Ende war, hatten sich die Lichtstrahlen aufgelöst. Daniela zog ihr Kleid an, während Roman am Boden hockte und Filme beschriftete. Er bemerkte, dass ich verloren umherstand. »Los«, sagte er zu mir mit der Kamera in der Hand, »ein Foto ist noch auf dem Film.« Ich war wie in Trance. »Ein Foto?«, fragte ich, oder vielleicht brachte ich es gar nicht über die Lippen, wie in einem Traum, in dem es uns die Stimme verschlägt. »Ja, komm!« Eine nie dagewesene Mischung aus Scham und Reiz überfiel mich. Mein Gesicht brannte. »Muss ich mich ausziehen?« Roman lachte. »Ich möchte dein Gesicht fotografieren.« Er legte mir seine Mädchenhände auf die Schultern und schob mich einen halben Meter zurück. Dann richtete er die Kamera auf mich. Ich kam mir vor wie ein albernes kleines Kind. »Was soll ich machen?« – »So ist gut.« Er löste aus. »Sehr schön«, lächelte er, »du hast ein hübsches Gesicht.«

Am Abend gingen wir zusammen einen Aperitivo trinken. Wir saßen auf einer Terrasse an der Piazza Garibaldi und tranken Averna mit viel Eis. »Das ist eine Spezialität hier aus Caltanissetta«, erklärte Daniela. »Das Rezept haben Mönche vor über hundert Jahren einem Tuchhändler anvertraut. Der witterte aber sofort das Geschäft und vergaß recht schnell sein Versprechen, das Geheimnis zu hüten.« – »Zum Glück«, meinte Roman und wir lachten. Ich war angeheitert, euphorisch, verliebt, ohne zu wissen, in wen. Roman bestellte eine weitere Runde und erzählte von den wunderschönen Landschaften seiner Heimat. Er nannte sie kein einziges Mal beim Namen und wir fragten auch nicht nach. »Vermisst du nicht manchmal deine Familie?«, wollte Daniela wissen. Roman zögerte. »Manchmal«, sagte er, »aber hier ist die Sonne viel schöner.« – »Hier? Das ist gar nichts. An den Strand müsstest du gehen. Wenn du willst, können wir zusammen hinfahren.« Ich klatschte in die Hände. »Morgen!« – »Ja, morgen, warum nicht?«, sagte Roman und wir stießen auf unseren Strandausflug an. Daniela schwärmte vom sizilianischen Sand. Der Sand sei nämlich das Wichtigste an einem Strand, wichtiger noch als das Wasser. »Ob es ein bisschen wärmer oder kälter ist oder ob es große oder kleine Wellen gibt, macht keinen Unterschied!« Sie lachte von Herzen, doch Roman war plötzlich verstummt. Irgendetwas auf der anderen Seite des Platzes schien seine Aufmerksamkeit gefangen zu haben. Als ich mich umdrehte, sah ich eine schwarze Limousine vor seinem Hotel halten. Drei Männer stiegen aus und liefen entschlossen auf das Gebäude zu. Roman nuschelte etwas, was wir nicht verstanden. Es klang nach einem Schimpfwort oder einer Verwünschung. »Was ist?«, fragte Daniela. »Ich habe etwas Wichtiges vergessen. Etwas sehr Wichtiges.« Er stand auf und legte einen Geldschein auf den Tisch. »Treffen wir uns morgen Mittag?«, fragte er. »Natürlich. Mit Badesachen.« – »Mit Badesachen«, wiederholte er, schon im Gehen. Am Ende der Piazza bog er in eine Seitengasse, sein Umriss verschwand im Dunkeln. Daniela zuckte mit den Achseln. »Komischer Typ. Sehr nett und wirklich sehr hübsch. Aber komisch.« – »Ja«, sagte ich und rollte den Geldschein zusammen, den er uns zurückgelassen hatte, »und viel zu viel Geld hat er uns gegeben.«

Am nächsten Morgen bat mich mein Onkel, Zigaretten für ihn zu holen. Am Kiosk unterhielt sich ein Mann mit dem Verkäufer. Er war blond und hatte einen Akzent aus dem Norden, vielleicht aus der Lombardei. Ein paar Schritte hinter ihm standen zwei weitere Männer. Sie trugen dunkle Anzüge und blaue Krawatten, einer hatte am Jackett eine rautenförmige Brosche. Der Blonde, ebenfalls in Anzug und Krawatte, erkundigte sich nach einer Person, die, wie er erzählte, der Brandstiftung verdächtigt wurde. Er hielt dem Verkäufer ein Foto vor. »Dieser Mann muss in den letzten Tagen hier in der Stadt gewesen sein. Haben Sie ihn vielleicht gesehen?« Der Verkäufer schüttelte den Kopf. Der Blonde hielt ihm das Bild näher vor das Gesicht. »Nie gesehen«, beteuerte der Verkäufer. Als der Blonde sich umdrehte, im Begriff zu gehen, zeigte sich mir für den Bruchteil einer Sekunde das Foto. Ich konnte ein »O Gott« nicht unterdrücken, denn es war zweifelsohne ein Foto von Roman. Der Norditaliener musterte mich ernst. Ich weiß nicht wie, aber ich besann mich: »Sie haben mich getreten«, sagte ich und rückte meine Sandalen zurecht. Seine Augen waren hellgrün, fast gelb. »Mi dispiace«, raunte er. Er wandte sich an seine zwei Begleiter und gab ein Zeichen, woraufhin sie losgingen. »Kennen Sie diese Leute?«, fragte ich den Zeitungsverkäufer. »Die suchen irgendjemanden«, sagte er gleichgültig. Ich sah den drei Männern hinterher. Drei Männer in Anzügen. Alles fügte sich zu einem Bild. »Was sie wohl mit ihm machen wollen?«, dachte ich laut. »Was, bitteschön?«, fragte der Mann aus seinem Verschlag. Einige Sekunden vermochte ich mich nicht aus meiner Starre zu lösen, ehe ich ein »Nichts« hervorbrachte und losrannte, die Straße hinunter in die Richtung des Hotels.

Ich platzte in den Eingang und rannte am Portier vorbei, die Holztreppe hinauf. Am Ende des Flurs schlug ich laut gegen die Tür. Ich hatte Tränen in den Augen, »Roman, Roman!«, schluchzte ich. Niemand öffnete. Verzweifelt rüttelte ich an der Klinke. Die Tür ging auf. Das Zimmer war leer. Ich rannte zum Fenster und blickte hinab auf den Corso. Eine Vespa knatterte vorbei. Ich riss den Kleiderschrank auf. Leer. Ich schaute unters Bett. Nichts. Lange saß ich am Bettrand und trauerte, denn es war mir klar, dass ich den Fotografen nie wieder in meinem Leben sehen würde. Als ich mich endlich aufraffte, um zu gehen, erkannte ich etwas auf dem Boden neben der Tür. Ein Foto. Ich hob es auf. Anscheinend gehörte es zu Romans Lurchensammlung. Das Foto zeigte ein helles echsenartiges Tier, das sich mit gestrecktem Kopf über einen Stein schlängelte. Auf der Rückseite des Abzugs fiel mir eine Notiz auf, rechts unten am Rand, eine offenbar unzusammenhängende Reihenfolge von Buchstaben, wahrscheinlich eine Art Ordnungszeichen des Fotos. Ich klemmte das Foto unter mein Kleid in den BH und ging.

Gerade als ich aus dem Hotel kam, hielt die schwarze Limousine, die wir am Vortag gesehen hatten, einige Meter weiter. Der blonde Norditaliener mit der blauen Krawatte stieg aus. Ich spürte einen Klumpen in der Kehle, meine Beine wurden weich und ich dachte, ich würde im nächsten Augenblick zusammenbrechen. Sie hatten mich aber zum Glück nicht gesehen und so schlich ich um die Ecke, in immer schnelleren Schritten, bis ich rannte, immer weiter rannte, immer geradeaus. Meine Füße klatschten auf dem Asphalt, es war, als würde die Vormittagssonne mit jedem Schritt größer, gleißender, heller. Bis mich die weiße Kugel ganz aufschluckte und ich bei meinem Onkel in der Küche stand, ohne recht zu wissen, wie ich dorthingekommen war. Mein Onkel saß am Tisch, die Gazzetta vom Vortag in den Händen. Er sagte nichts, sondern schaute mich nur lange an, und ich wusste nicht, wie ich ihm erklären würde, dass ich anstelle einer Zigarettenpackung ein Foto mitgebracht hatte.

# 9. September

## Das Geschwader

Am Nachmittag baten zwei Männer, bei Doktor Błaszczykowski vor-
zusprechen. Man führte sie in sein Sprechzimmer, sie stellten sich vor,
»Schwarz und Rütters«. Beide waren gleich groß und trugen Anzüge
aus Flanell. Einer hatte hellere, ins Dunkelblond gehende Haare und
eine offenbar frisch vernähte Schnittwunde, wie eine Verlängerung der
Augenbraue. Błaszczykowski schlug das Buch zu, in dem er gelesen
hatte. »Wie kann ich Ihnen weiterhelfen?« Der mit der Naht ergriff
das Wort: »Vor drei Tagen wurde hier eine junge Frau eingeliefert.
Eine Frau Nespoli. Viola Nespoli.« Błaszczykowski fühlte ein Pochen
im Magen. Er sprach den Namen mit wissenschaftlicher Sachlichkeit
nach: »Viola Nespoli.« Die Laute zergingen auf der Zunge wie Fruchtfleisch. »Nie gehört.« Das war die Wahrheit. »Gut, es mag sein, dass
Sie den Namen nicht kennen. Frau Nespoli ist seit einigen Tagen in
der Psychiatrie dieses Krankenhauses interniert. Sie wurde am sechs-
ten mit spasmodischen Anfällen eingeliefert, und schrie die ganze Zeit
›ich, ich‹. Sie sind im Bilde?« Błaszczykowski schaute abwechselnd auf
die beiden Männer, die steif wie Marionetten vor ihm standen. Der mit
der Naht fuhr fort: »Sie dachten sicherlich nicht allen Ernstes, dass die
Frau Ich heißt. Oder Ichich. Nun, auch wenn es Sie überraschen mag:
Diese Person hat einen Namen. Das Geheimnis um das mysteriöse
›Ich‹ ist gelüftet, Herr Doktor.« Błaszczykowski musterte die Männer
mit bürokratischer Kühle. »Das Geheimnis um das mysteriöse Ich wird
nie gelüftet, meine Herren. Am besten ist es, wenn Sie sich mit dieser
Information an die Verwaltung wenden. Dort wird man sich um die
Aktualisierung der Patientenkartei kümmern. Sie müssen verstehen,

dass diese administrativen Angelegenheiten jenseits meiner Zuständigkeit liegen.« – »Natürlich.« Zum ersten Mal ergriff der andere das Wort. »Ich möchte allerdings darauf hinweisen, dass wir im Auftrag von Schmittkopf kommen.« Der plötzliche Sprecherwechsel irritierte Błaszczykowski. »Schmittkopf hat meine Nummer«, entgegnete er trocken. Schwarz oder Rütters, es war einerlei, da er nicht wusste, wer wer war, starrte ihn an. Erst jetzt fiel Błaszczykowski auf, dass der Mann schielte. Unwillkürlich schaute er über die Schulter zurück in die Ecke, in die sich das schielende Auge verirrt haben musste. »Der Fall ist ernst, Herr Doktor«, sagte der Mann und rieb sich am rechten Auge, wie um den Sehfehler zu korrigieren. »Wir bitten Sie, uns unverzüglich Bescheid zu geben, sobald Frau Nespoli vernehmungsfähig ist oder sobald ihr Zustand einen Gehirnscan zulässt. Desweiteren werden wir eine Zimmerüberwachung veranlassen.« Błaszczykowski betastete den Schorf an seiner Unterlippe. »Und warum das Ganze, wenn ich fragen darf?« Beide Männer verzogen die Gesichter zur selben Grimasse. »Herr Doktor, Sie werden verstehen, dass wir Ihnen nicht jede Einzelheit auseinanderlegen können.« Der mit der Naht überreichte Błaszczykowski eine zerknitterte Visitenkarte. »Melden Sie sich, sobald es Neuigkeiten gibt. Es ist übrigens auch in Ihrem Interesse. Wir wollen ja nicht, dass Ihnen hinterher noch irgendetwas widerfährt.« Er machte eine Art Knicks und die beiden verließen den Raum.

»Viola Nespoli«, murmelte Błaszczykowski. Mit einem Bleistift schrieb er den Namen auf einen Zettel. Viola Nespoli. Zwölf Buchstaben. Er griff nach dem Telefon und wählte Schmittkopfs Nummer. Die Leitung war belegt. Er probierte es ein zweites Mal. Wieder nichts. Mit dem Bleistiftende betätigte er den Knopf an seinem Schreibtisch. Nach wenigen Sekunden erschien eine Krankenschwester. »Ich benötige alle Einträge über Viola Nespoli.« Er reichte ihr den Notizzettel mit dem Namen. »Bewegungsprofile, Stationen, Historie. Alles, was Sie finden.« Die Schwester faltete den Zettel in der Mitte. »Gut. Ich schick Ihnen die Sachen sofort zu.« Sie verließ den Raum, Błaszczykowski wandte sich zum Computerbildschirm. Er suchte Zerstreuung in einem Schachspiel, verlor aber durch häufige Konzentrationsfehler gleich drei Partien hintereinander. In einem weiteren Spiel nahm der gegnerische Springer mit einem Zug König, Dame und beide Türme in die Gabel. Błaszczykowski sah ernüchtert auf die aussichtslose Stellung. Bilder aus seiner Studienzeit legten sich über das Muster des Schachbretts. Er musste an die Vorlesung von Professor Batzinger denken, an die roten Heringe, mit denen man Spürhunde trainierte. Er hatte das nicht vergessen. Man kreuzte die Fährte eines Fuchses so lange mit dem Geruch eines geräucherten Herings, bis die jungen Hunde unter Schlägen lernten, nicht mehr dem Hering zu folgen. Błaszczykowski hatte die Blutwerte und physiologischen Daten von Viola Nespoli ausgewertet. Es sah alles nach einer alltäglichen Geschichte aus. Die junge Frau hatte höchstwahrscheinlich unter depressiven Schüben gelitten und sich einen Drogencocktail gemixt oder mixen lassen. Die Bluttests wiesen unter anderem Spuren eines Nervengifts auf, EAC 10/25, von dem Nespoli hohe Mengen zu sich genommen hatte. Die Substanz hatte eine schwere Persönlichkeitsstörung verursacht, das Sprachzentrum gelähmt, epileptische Anfälle ausgelöst. Diagnose und Anamnese passten ineinander wie Puzzleteile. Sie bildeten ein lückenloses Bild. Es war der rote Faden, der von der verstörten Frau über Schwarz und Rütters zu Schmittkopf führen sollte, der Błaszczykowski misstrauisch machte. Mühsam versuchte er an Viola Nespoli vorbei zu denken, doch es kam ihm vor, als dopple er mit seinem Gedankengang nur die Springergabel auf dem Bildschirm. »Der rote Hering«, flüsterte Błaszczykowski und tastete mit der Zunge den Zahndamm ab. »Der rote Hering.«

Vom Computer kam ein Glockenton. Eine neue Mitteilung: Die Akte Nespoli. Błaszczykowski öffnete die Datei. Die Kurzbiografie war lückenhaft und handelte weniger von Viola Nespoli als von ihrem Ehemann, Franco Nespoli, der aus einem norditalienischen Ingenieursgeschlecht stammte. Nach dem Studium der Horizontalen Raumfahrt in Mailand hatte Franco Nespoli eine umfassende militärische Ausbildung bei der italienischen Armee genossen, Aeronautica Militare. Danach schwiegen die Dokumente mehr als drei Jahre lang. Als letzter Eintrag war sein Todesdatum verzeichnet. Błaszczykowski spürte den Schweiß an seinen Händen. Der 1. September, dazu der Vermerk »Todesursache unbekannt«. Er blätterte ans Ende des Dokuments. Drei Querverweise gab es noch, nach Polen, Mexiko und Italien, dazu einen Bildanhang. Błaszczykowski wählte die Datei an. Ein Schwarzweißfoto von einem vierzehn-, höchstens fünfzehnjährigen Mädchen erschien auf dem Monitor. Im Hintergrund Gestrüpp. Äste. Ein Wald. Einen Moment lang erlag Błaszczykowski dem Eindruck eines Déjà-vus. Als hätte er selbst das Foto geschossen. Er zoomte ins Bild, die Konturen zerflossen, die Person verschmolz mit dem Hintergrund. Błaszczykowski zoomte wieder heraus und schaute auf das Mädchengesicht. »Unsinn ...« Er griff nach dem Telefon, wählte Schmittkopfs Nummer. Diesmal kam er durch. »Schmittkopf, hier Błaszczykowski.« – »Błaszczykowski. Alles in Ordnung?« – »Entschuldigen Sie die Störung, Schmittkopf, aber es ist wichtig. Es geht um Franco Nespoli.« Einen Moment lang knisterte die Leitung. »Ich kann Sie nicht verstehen, Błaszczykowski, ein Funkloch. Kommen Sie doch bei mir vorbei.« Erneut ein Knistern in der Leitung, dann Stille. Błaszczykowski nahm sein Abtastgerät und sein Digitalheft. Über das Mikrofon rief er die Schwester. »Organisieren Sie bitte einen Wagen. Wir müssen sofort zu Schmittkopf.«

Błaszczykowski verließ das Krankenhaus. Es nieselte. Raue Luft, dachte Błaszczykowski. Er nahm drei Atemzüge. Die Schwester fuhr in einem Dienstwagen vor, einer Limousine mit zerfressenem Lack und Dellen an den Türen. Błaszczykowski nahm auf dem Beifahrersitz Platz. Die Fahrt zu Schmittkopf führte an den Stadtrand, über breite Alleen, durch Reste des Abendverkehrs. Bleierne Wolken hingen tief herab. Błaszczykowski überlegte, wann er zuletzt die Sonne gesehen hatte. Die Krankenschwester hielt das Steuer mit ihrer linken Hand, die rechte ruhte auf der Gangschaltung. »Wie heißen Sie eigentlich?«, fragte Błaszczykowski. »Daniela. Daniela Boone.« – »Hatten Sie vorher schon mal von Franco Nespoli gehört, Frau Boone?« Boone trat auf die Bremse. Vor der Windschutzscheibe tauchte ein junger Mann mit Backenbart auf. Er schaute gequält, zugleich verbissen. Sie umfuhr ihn mit einer Linkskurve. »Nein.« – »Es ist schon eine eigenartige Geschichte.« Błaszczykowskis Blick lief von der Hand, mit der

Daniela Boone den Wagen steuerte, zu ihrem Profil. »Vielleicht hat Viola Nespoli den Tod ihres Mannes nicht verkraftet und sich deshalb diesen Trip geschmissen«, sagte sie, während sie das Tempo drosselte. Sie hatten die Residenz Schmittkopf erreicht.

Schmittkopf wartete am Einfahrtstor. Er winkte den Wagen heran und stieg ein. Grußlos. »Sind Sie verrückt geworden, Błaszczykowski? Wie können Sie den Namen Nespoli am Telefon erwähnen?« Błaszczykowski zuckte mit den Schultern. »Nespolis Tod ist keine Lappalie, das sollten Sie wissen. Ich hätte Sie ja aufgeklärt, aber wir hatten noch andere Affären.« Schmittkopf sah nach rechts und links. Durch die Fenster waren nur die verwaschenen Lichter der Residenz zu sehen. Er klemmte seine rechte Hand unter die linke Achsel. »Fahren Sie, worauf warten Sie denn?« Der Wagen fuhr an. Schmittkopf drehte den Kopf zur Seite, um an den Wassertropfen vorbei einen Punkt in der Ferne zu finden. Doch es blieb düster. Leise und gedehnt begann Błaszczykowski einen Satz, als müsste er eine Nachricht unter einem Türschlitz hindurchstecken: »Ich verstehe das alles nicht. Was soll die Geheimnistuerei, Schmittkopf?« Schmittkopf fasste sich an die Nasenwurzel. Mehrmals. In der Stille des Wagens fletschte der Scheibenwischer. Daniela Boone führte den Wagen durch die lose Bebauung. Hier und da leuchtete ein Imbiss oder ein Nagelstudio auf. Dazwischen nichts, nur Löcher im Raum. »Fahren Sie Richtung Marderheide«, sagte Schmittkopf, »ich kann hier nicht sprechen. Hinter Gnadenhütten haben wir einen abhörsicheren Korridor angelegt.«

Die drei fuhren am Rande der Siedlung Gnadenhütten entlang. Błaszczykowski sah einige schlecht gekleidete Frauen und Kinder. Sie bewarfen den Wagen mit Dreck. »Wir sind hier anscheinend nicht sehr beliebt«, sagte Boone. An den Rändern der Scheibe, wo der Scheibenwischer nicht hingelangte, klebte der Dreck der Gnadenhüttenkinder. Auf dem Navigator am Armaturenbrett blinkten Bilder von Exekutionen und Schießereien auf. »Warum läuft denn der Navigator im Geschichtsmodus?«, hustete Schmittkopf. »Diese Geschichtsmarter, das ist doch billiger Tand! Als könnte man Geschichte mit Bildchen erklären. Immer diese Bilder! Ich sag Ihnen, irgendwann platzt mir der Schädel! Aber vorher hol ich mir diese Geschichtsficker und dreh denen eigenhändig den Strom aus der Leitung!« Boone blendete den Geschichtskanal aus und schaltete das Radio ein. Es lief der Refrain eines Popsongs, »komm zurück, komm zu mir«. »Auch das noch! Ich bitte Sie!« – »Gefällt Ihnen das nicht?« Boone drehte die Lautstärke zunächst leiser, dann stellte sie das Radio ganz ab. »Gnadenhüttlergedudel«, raunte Schmittkopf. Błaszczykowski schaute aus dem Fenster in die dunkle Landschaft, in der das Gras immer höher wurde. Die Bilder der Exekutionen hingen ihm nach. Vermischt mit Schmittkopfs Worten gingen sie in ihm auf wie Früchte eines fremden Gedächtnisses.

An einer Linksbiegung lief der kiesige Fahrbahnrand in die Breite aus, zu einer Art Rastplatz, eingefasst von einer mannshohen Graswand. Schmittkopf forderte Boone auf anzuhalten. Auf dem grauen Kiesboden lagen Reifenfetzen verstreut. »Hier sind wir abhörsicher«, sagte Schmittkopf, »aber lassen Sie ruhig den Motor laufen, man weiß ja nie.« Błaszczykowski schaute hinaus in die Einsamkeit, wo das hochgewachsene Gras die Aussicht versperrte. Es hatte eine Höhe erreicht, die ihn verunsicherte. Unwillkürlich griff er in seine Manteltasche und nahm eine Kokainbohne. Schmittkopf begann unvermittelt zu erzählen: »Franco Nespoli war Mitglied des Blauen Geschwaders.« Er schaute Błaszczykowski mit ernster Miene an. Błaszczykowski zerkaute die Kokainbohne. »Und?« – »Nespoli spielte keine unerhebliche Rolle im Geschwader. Im Gegenteil, er war die rechte Hand des Befehlshabers Toni Pallante. Pallante war sehr erfahren, hat aber immer wieder Situationen unterschätzt, hören Sie?« Im Rückspiegel fand Schmittkopf Boones Blick. Schmittkopf reizte die Pause aus. »Was ist das Blaue Geschwader?«, fragte Daniela Boone. Schmittkopf schaute aus dem Fenster. »Sie wissen vielleicht, dass das Wort Geschwader ursprünglich eine Kavallerieformation bezeichnete. Eine Quadratoder Rautenformation. Daher auch das Abzeichen des Geschwaders: Die blaue Raute.« Schmittkopf schaute aus dem Fenster und schwieg, als hätte er seine Ausführungen abgeschlossen. Der Motor rasselte im Leerlauf. Błaszczykowski schaute über die Schulter zurück auf

Schmittkopf, der ins Leere starrte. »Das Blaue Geschwader war ein Sonderkommando«, fuhr Schmittkopf schließlich fort, »eine Miliz, die formiert wurde, um für Stabilität zu sorgen, die Rohstoffversorgung für Kottwitz zu sichern, die Vormachtstellung des Kartells hier in dieser Gegend zu behaupten und das Imperium Wolf zurück nach Westen zu drängen. Das Aufgabenspektrum war überschaubar, die Situation stabil. Aus diesen Gründen war Nespoli der einzige fähige Mann, der Pallante zugeteilt wurde, ansonsten bekam er einen Haufen Milizionäre: Schwarz, Kowalski und was weiß ich wer noch. Ein fataler Fehler. Nach wenigen Monaten hatte das Geschwader alles in den Sand gesetzt, Gnadenhütten aus dem Griff verloren, dem Imperium Wolf Tür und Tor geöffnet. Den tragischen Höhepunkt dieser Entwicklung bildete eine Operation, die unter dem Codenamen Crawford lief. Im Grunde handelte es sich lediglich um eine Routineoperation in den Gnadenhütten. Es kam aber anders. Das Kommando« – Schmittkopf brach den Satz ab und räusperte sich lange. Błaszczykowski öffnete demonstrativ die Fenster, ließ sie mit den elektrischen Knöpfen hoch und runterfahren, um Schmittkopfs Kunstpause zu stören. Durch die Fenster wehte der feuchte Wind der Ebene. »Das Kommando geriet in einen Hinterhalt. Mit der Unterstützung einer Miliz des Imperium Wolf haben die Gnadenhüttler das gesamte Geschwader eingekesselt, festgenommen, jeden einzelnen gemartert. Ein Einziger hat das Massaker überlebt – das ist im Übrigen eine von den beiden Memmen, die heute bei Ihnen im Krankenhaus waren, der mit dem angeritzten Auge. Alle anderen wurden zu Tode gefoltert.«

Błaszczykowski schaute auf die Wand aus Gräsern, die sich im Wind wiegten. »Gut, Schmittkopf. Aber was hat Viola Nespoli mit der ganzen Geschichte zu tun?« Schmittkopf nahm eine Kokainbohne aus seiner Tasche. Mit dem Daumennagel schabte er etwas von der mehligen Oberfläche ab, bevor er in sie hineinbiss. »Lassen Sie lieber die Finger von der Geschichte, Błaszczykowski.« Mit einer Böe drückte der Wind das Gras nieder, aus dem Błaszczykowski den Kopf eines bärtigen Mannes hervorstechen sah. Es musste ein Trugbild sein. Der Kopf verschwand eine Millisekunde lang und tauchte wieder aus dem Gras empor, diesmal mit einem Revolver vor dem Auge. Błaszczykowski duckte sich, Boone trat aufs Gas, der Schuss traf den auf der Rückbank lungernden Schmittkopf in die Schläfe. Boone jagte den Wagen durch die Dämmerung. Schmittkopf röchelte nur kurz. Es war ein schneller Tod. »Vielleicht ist es doch besser, nichts über die Geschichte zu wissen«, sagte Boone nach einer Weile. Błaszczykowski sah auf die Scheibenwischer in die Dunkelheit. Für einen Augenblick war ihm, als sähe er Blut regnen.

## Der Koffer

Aus dem Lautsprecher klang zunächst nur ein Surren, wie von einem Elektrogerät, dann verkündete eine verzerrte Frauenstimme, dass sich der Flug AM 223 von Chihuahua nach Mexiko Stadt um eine ungewisse Zeit verspäten würde, und bat im Namen der Fluggesellschaft für alle hieraus entstehenden Unannehmlichkeiten um Entschuldigung. Ein Rumoren ging durch den Wartebereich. Błaszczykowski spürte bereits seit Stunden ein Beißen im Magen. Es war das Geschwür und es war der Hunger. Der Tag hatte früh begonnen. Gegen 7 Uhr morgens hatte man ihn von seinem Hotel in Parral abgeholt, um die mehr als 200 Kilometer nach Chihuahua zurückzulegen. Auf das Frühstück verzichtete er zwar aus Prinzip, aber er hatte auf einen Kaffee gehofft oder auf einen Snack an einer Raststätte. Vergeblich. Die zusätzliche Wartezeit am Flughafen kam daher nicht ungelegen.

Er begab sich an einen Imbissstand in der Nähe des Flugsteigs. Der Andrang war groß. Offensichtlich war Błaszczykowskis Flug nicht der einzige, der verspätet war. Leute, die Schlange standen, klagten über Anschlussflüge, die sie verpassen würden, eine junge Frau weinte, weil sie es nicht mehr rechtzeitig zum Geburtstag ihrer Nichte in Chicago schaffen würde. Als Błaszczykowski an der Reihe war, bestellte er eine Quesadilla mit Guacamole und ein Bier. Er kramte Kleingeld aus seinem Portemonnaie zusammen und zahlte. Als er sich setzen wollte, tippte ihm jemand auf die Schulter. Ein junger Mann deutete auf die Kassiererin. »Señor!« Sie winkte mit der Hand. »Falta dinero.« Błaszczykowski stellte sein Tablett auf einem Tresentisch ab und ging zurück an die Kasse. Die Bedienung hielt ihm eine silberfarbene Münze hin. Er nahm sie in die Hand. 10 Tolar. Slovenija. Auf der Kopfseite war das Abbild eines Lurchs eingestanzt. Er konnte sich nicht daran erinnern, dieses Geldstück jemals zuvor gesehen zu haben, schenkte dieser Beobachtung aber keine größere Bedeutung. Er zahlte den Restbetrag, ließ der Mexikanerin zur Wiedergutmachung sogar ein Trinkgeld und kehrte an den Platz zurück, wo er sein Tablett abgestellt hatte. Er setzte sich neben einen Mann mit zerzaustem Haar. Auf seinem Teller lag eine zusammengeknüllte Papierserviette in einer Saucenlache. Der Mann nippte an einem Glas Whisky, den Blick auf einen der Fernseher gerichtet, die von der Decke hingen. Es liefen Bilder von einer Meisterschaft im Springreiten. Gerade führte ein Reiter in grüner Ausstaffierung einen Schimmel über den Parcours. Die Fernsehmoderatoren lachten, als bei einem Sprung gleich mehrere Stangen abgeworfen wurden. Mehr noch als die Schadenfreude, die die Reporter so unverhüllt zum Ausdruck brachten, empfand es Błaszczykowski als sonderbar, dass der Fernsehton nicht stumm oder wenigstens leiser geschaltet wurde. Er blickte sich im Raum um. Erst jetzt fiel ihm auf, dass die Mehrheit derer, die sich im Imbiss und im Wartebereich aufhielten, ihre ganze Aufmerksamkeit auf das Geschehen im Fernsehen gerichtet hatten. Błaszczykowski sah, wie die Leute mitfieberten. Zwei junge Männer klatschten bei jedem Stangenabwurf und jeder Hindernisverweigerung in die Hände, andere klopften sich auf die Schultern. Als dann ein Mexikaner antrat, wurde es still. Die Imbissgäste unterbrachen das Essen, das Besteck wurde zur Seite gelegt. Selbst die Fernsehkommentatoren, die bislang ununterbrochen geredet hatten, schwiegen. Błaszczykowski ließ die Quesadilla ruhen. Die Leidenschaft, oder zumindest eine gewisse Anspannung, hatte sich auch auf ihn übertragen. Zu einer Nahaufnahme wurde der Name des Reiters, Enrique Schmittkopf García, und die mexikanische Fahne eingeblendet. Man befand sich im ersten Umlauf, der Reiter schien gelassen.

Das Startzeichen fiel, der Ritt über den Parcours begann. Mit einer ungewöhnlichen Leichtigkeit sprang das Pferd nach und nach über die Hindernisse. Es war, als überwände es bei jedem Sprung die Schwerkraft, als bliebe es stets über mehrere Sekunden schwebend in der Luft.

In den Kurven, wo andere Reiter ins Straucheln gekommen waren, wandte sich das mexikanische Pferd mit einer Anmut, die man für gewöhnlich nur bei Dressurpferden antrifft. Der Umlauf blieb fehlerfrei, die beste Zeitmarke wurde um knapp zwei Sekunden verbessert. Ein tosender Jubel ging durch die Flughafenhalle, Leute klatschten, einige fielen sich in die Arme.»Großartig«, entfuhr es Błaszczykowskis Tischnachbar,»wirklich großartig«, und auch Błaszczykowski war angetan von der für ihn bislang ungeahnten Eleganz dieses Sports.»Ein exzellenter Reiter«, wagte er einen Kommentar. Der Mann neben ihm lachte.»Eigentlich ein völlig durchschnittlicher Reiter. Aber die Stute …« Błaszczykowski musste gestehen, dass er nichts von Pferdesport verstand. Er hätte nicht einmal gewusst, dass bei Meisterschaften auch Stuten zugelassen waren.»Aber natürlich«, sagte der Mann und nahm einen Schluck von seinem Whisky,»die lassen sich oft besser führen als Hengste.« Er trug einen dunklen, engsitzenden Anzug. Eine gewisse Schönheit war ihm nicht abzusprechen.»Vicente Negro«, stellte er sich vor. Er hatte gläserne blaue Augen, mit geschwollenen Tränensäcken, als hätte er vor kurzer Zeit viel geweint. Sie schüttelten sich die Hände:»Roman Błaszczykowski.« – »Sie sind nicht von hier, nehme ich an. Dann ist es auch kein Wunder, dass Sie sich im Pferdesport nicht auskennen. Hierzulande ist die Begeisterung für den Sport, zumindest jetzt, während der Weltmeisterschaft, ziemlich groß. Neben Schmittkopf, einem, wie schon gesagt, mittelmäßigen Reiter, hat Mexiko noch zwei andere Repräsentanten bei der Meisterschaft, die Brüder López, zwei eitle Schönlinge, die seit Monaten auf den Titelseiten aller möglichen Zeitschriften erscheinen. So eitel die beiden auch sein mögen, sie sind wahrscheinlich die besten Reiter, die das Land in den letzten fünfzig Jahren gesehen hat, weshalb auch die Hoffnung groß ist, dass einer der Brüder – oder eben auch Schmittkopf – endlich wieder, nach den legendären Siegen von Humberto Mariles in den vierziger Jahren, einen Titel für Mexiko holt.« Negro kreiste mit dem Finger über den Glasrand. Błaszczykowski schnitt ein Stück Quesadilla zurecht.»Wahrscheinlich kennen Sie auch Humberto Mariles nicht.« Błaszczykowski spülte die Quesadilla mit einem Schluck Bier hinunter.

Er konnte sich nicht daran erinnern, diesem Namen jemals begegnet zu sein. »Humberto Mariles war eine tragische Figur«, erklärte Negro. »Wie sein Vater folgte auch er einer Karriere beim Militär, fiel aber früh als ausgezeichneter Reiter und Pferdedresseur auf und wurde noch in jungem Alter dazu berufen, ein mexikanisches Reiterteam für die Olympischen Spiele in London, 1948, zusammenzustellen und zu trainieren. Unter seiner Führung holte die mexikanische Mannschaft die Goldmedaille im Springreiten, die erste mexikanische Goldmedaille überhaupt. Mariles selbst gewann zusätzlich noch den Einzelwettbewerb, und das mit einem Pferd, das auf einem Auge blind war, das müssen Sie sich vorstellen! Berühmt ist der entscheidende letzte Umlauf im ausverkauften Wembley-Stadion, bei dem Mariles sein Pferd bewusst in einem Wasserhindernis aufsetzen ließ, wohlwissend, dass es wertvolle Punkte kosten würde. Doch erst durch diesen scheinbaren Fehler hatte das Pferd Zeit, das Gleichgewicht wieder zu erlangen, um die nächste Hürde, eine hohe Mauer, an der alle anderen Reiter gescheitert waren, zu nehmen. Nach dem Sieg stieg Mariles vom Pferd, streichelte und küsste es, so wie man eigentlich nur eine Liebhaberin küsst. Mariles und Arete – so hieß das Pferd –, das war mehr als nur ein Sportlerduo; das war eine Liebesgeschichte, glauben Sie mir, eine Liebesgeschichte mit allen Folgen!« Negro setzte sein Glas ab und schaute auf den Fernseher. Ein Deutscher ritt gerade über den Parcours. »Das ist der schöne Teil der Geschichte. Als aber wenig später das Pferd starb, litt Mariles im Stillen, jahrelang. Bis sich seine Leidenschaft an einem Augusttag schlagartig entlud, 1964. Auf der Fahrt nach Hause drängte ein Betrunkener Mariles' Chevrolet wiederholt von der Fahrbahn ab. Keine gute Idee. Als beide Autos an einer Ampel hielten, stieg Mariles aus und feuerte drei Schüsse auf den Rowdy. Pam! Pam! Pam! Tot. Von den 25 Jahren Haftstrafe, zu denen er verurteilt wurde, musste er nur fünf absitzen. Nach seiner Freilassung zog er nach Paris. Er wollte ein neues Leben beginnen, geriet aber schnell in dubiose Kreise, verwickelte sich in Drogengeschäfte und wurde schließlich erneut verhaftet. Nach kurzer Zeit starb er im Gefängnis, man hat nie ermitteln können, ob durch Mord oder Selbstmord, wobei mir Letzteres aber am wahrscheinlichsten scheint. Der Mann wollte einfach wieder zu seinem Arete. Inzwischen gibt es eine Statue von den beiden. Sie müssen sie sich unbedingt ansehen, wenn Sie in Mexiko Stadt sind. Ich weiß von keinem subtileren, schöneren Sinnbild für die Liebe zwischen Mensch und Tier.«

Negro trank seinen Whisky leer. »Sie kennen sich anscheinend aus in der Geschichte«, sagte Błaszczykowski. »Von Geschichte habe ich, ehrlich gesagt, keine Ahnung. Ich kenne mich mit Pferden aus, das ja, aber mit Geschichte?« Nero versuchte vergeblich noch einen letzten Tropfen aus seinem Glas zu kippen. Błaszczykowski spießte ein Stück Quesadilla auf und schob mit dem Messer Bohnenbrei auf die Gabel. »Haben Sie jemals ein erschossenes Pferd gesehen?«, fragte Negro wie nebenbei. Er ließ das Glas auf dem Tisch kreisen. Błaszczykowski kaute. »Nein. Nicht einmal auf Fotos.« Negro nahm eine Zigarette aus seiner Brusttasche, besann sich aber, dass Rauchverbot herrschte. Er schloss die Augen, als suche er nach einem Erinnerungsbild und den passenden Worten, um es zu beschreiben. »Ich gehe davon aus, dass Sie in ihrem Leben noch nie von Maschinengewehrfeuer geweckt wurden, mitten in der Nacht. Sie schrecken auf und im nächsten Moment hören Sie das Geräusch aufheulender Motoren, in einiger Entfernung schon oder vielleicht noch in nächster Nähe. Da wissen Sie sofort, dass etwas Schlimmes passiert ist.« Błaszczykowski nahm einen großen Schluck aus seiner Bierdose. »Elf Pferde haben sie getötet. Meine Pferde. Von Schüssen durchsiebt. Auf barbarischste Art abgeschlachtete Pferde. Das Sinnloseste, was ich jemals in meinem Leben gesehen habe.« Negro wusch sich eine Träne von der Wange oder vielleicht war es nur ein Jucken im Gesicht. »Nichts ist sinnloser, als Tiere zu erschießen.« Błaszczykowski wischte sich den Mund mit einer Papierserviette. Er wusste nicht, was er von diesem Mann und seinen Geschichten halten sollte. Negro legte das Glas auf seinen Teller mit der zerknüllten Serviette. »Könnte ich Sie um einen Gefallen bitten?«, fragte er. Błaszczykowski schaute auf Negros Hände. Sie waren gelb und ausgemergelt. »Können Sie kurz auf meinen Koffer aufpassen? Ich muss auf die Toilette.« Negro zeigte auf einen weinroten Lederkoffer, der neben seinem Hocker stand. Błaszczykowski nickte: »Kein Problem.« Negro stand vom Hocker auf und verließ mit wankenden Schritten den Imbissbereich. Błaszczykowski aß die restliche Quesadilla und trank das Bier leer. Im Fernsehen lief immer noch der Wettkampf. Ein Japaner war an der Reihe. Doch sein Ritt, die Feinheiten fielen jetzt auch Błaszczykowski auf, war keineswegs mit dem Ritt des Mexikaners zu vergleichen.

Im Lautsprecher surrte es wie aus einem Langwellenradio, dann bat eine blecherne Stimme alle Fluggäste, gebucht auf den Flug AM 223 von Chihuahua nach Mexiko Stadt, sich umgehend zu Ausgang 14 zu begeben, die Maschine stehe startklar. Błaszczykowski musste los. Er spielte mit dem Gedanken, den Koffer einfach stehen zu lassen, entschied sich aber, eine junge Frau, die inzwischen neben ihm Platz genommen hatte und mit einem Hamburger in der Hand auf den Fernseher starrte, zu fragen, ob sie nicht ein Auge auf den Koffer werfen könne, er müsse auf die Toilette. Sie schmatzte ihm ein »Ja« zu, ohne ihn dabei wirklich anzuschauen. Sie war völlig in das Springreiten versunken und bemerkte auch nicht, dass Błaszczykowski nicht zu den Toiletten, sondern geradewegs zu Flugsteig 14 lief. Während er das Terminal durchquerte, überfiel ihn die Gewissheit, dass dieser weinrote Koffer fortan immer wieder von einem wartenden Fluggast zum nächsten geschoben würde. Dass dieser Mann, Negro, dieser zerstörte Mann jemals zurückkommen würde, um seinen Koffer abzuholen, schien Błaszczykowski in diesem Moment noch viel unwahrscheinlicher als all das, was er von ihm gehört hatte.

## Die Ermittlung

Es war ein heißer Vormittag, als Inspektor Wincenty Czarny die Dienststelle der Kriminalpolizei in Kołobrzeg betrat. Sie befand sich gegenüber dem Stadtgarten, einem ehemaligen Kurpark mit altem Baumbestand, aus dem noch ein Hauch von Kühle in die Vormittagshitze wehte, ehe er an der Fassade des Funktionsbaus aus den 1960er Jahren verdunstete. Mit einem Seufzer drückte Czarny die Tür auf. Die Aussicht, einen weiteren Tag im schlecht gelüfteten Büro zu verbringen, verdross ihn. »Morgen, Zbigniew«, warf er dem Pförtner zu. »Was gibt's Neues?« Czarny hatte es sich zur Gewohnheit gemacht, zu Beginn des Tages einen Plausch mit dem Pförtner zu führen. Zbigniew Freitag war in der Regel ausgezeichnet über die Großwetterlage der Dienststelle informiert, und oft hatte Czarny den Eindruck, dass die Kommunikation zwischen den Dezernaten längst nicht so gut funktionierte wie mit dem Pförtner, ja dass sie recht eigentlich über Freitag verlief. Deshalb hielten nicht wenige Beamte einen Plausch mit Freitag für unerlässlich, was letztlich den Effekt noch verstärkte, dass Freitags Aquarium, wie der gläserne Kasten im allgemeinen Sprachgebrauch der Dienststelle genannt wurde, schon lange zur heimlichen Zentrale der Polizei geworden war. »Auf Schmittkopf wurde ein Kopfgeld ausgesetzt«, erklärte Freitag. »Ein Kopfgeld?« – »Drei Millionen, ich hab's gerade im Radio gehört.« – »Verrückt.« – »Ich sag Ihnen, die Hitze ist den Leuten zu Kopf gestiegen. So viel Aufregung nur wegen einem Sänger, der nicht einmal richtig singen kann.« Czarny lächelte. »Tja.« – »Es ist neun Uhr und ich hab schon den Ventilator an. Kein Wunder, dass die Leute durchdrehen.« Czarny winkte einen Gruß und begab sich zum Fahrstuhl, um sich in die zweite Etage befördern zu lassen.

Auf dem Flur herrschte ein für die Uhrzeit maßloses Treiben. Die Kollegen eilten von einem Büro zum anderen, sprachen bei geöffneten Türen laut am Telefon – ein aufgeheiztes, hysterisches Klima. Czarny trat in sein Büro ein und machte sich einen Kaffee. Er war erleichtert, dass man ihn nicht der Kommission Tomasz zugeteilt hatte und ihm das ganze Treiben erspart blieb. Er setzte sich und las in der Zeitung. Um halb elf ging er seine Akten durch und erledigte die Ablage. Der Tag verlief ruhig. Erst gegen Mittag erhielt er einen Anruf von Hauptkommissar Dudek, der ihn in sein Büro bestellte. Czarny fürchtete, da er eigentlich nichts zu tun hatte, doch noch in die Suche nach Tomasz einbezogen zu werden. Es kam jedoch anders. Dudek, ein dünner, unausgeschlafener Familienvater mit länglichem Kopf, der früh Karriere gemacht hatte, sah Czarny nicht an, als dieser das Chefbüro betrat. »Tag, Czarny. Es gibt da einen Fall, den Sie sich anschauen müssen. Ich bin nicht früher dazu gekommen, Sie wissen, hier dreht sich jetzt alles um Tomasz, aber wir haben natürlich noch andere Arbeit. Im Altenheim am Waldrand ist der Direktor tot aufgefunden worden. Wahrscheinlich nur ein Unfall, aber wir müssen uns die Sache anschauen. Vor allem, weil da offensichtlich geschludert wurde. Der Tod ereignete sich wohl in der Nacht vom 6. auf den 7., die Leiche gelangte aber erst gestern in die Gerichtsmedizin. Eine Spurensicherung war nicht möglich … Ein Schlamassel, Czarny. Wir warten noch auf die Ergebnisse der Obduktion, Sie müssen sich mit Kałużyński in Verbindung setzen. Hier ist die Akte.« Czarny nahm den Papierstoß entgegen. Dudek setzte seinen Monolog fort. »Sie müssen leider allein ermitteln. Rutersz liegt mit einer Grippe im Bett. Dann sind auch noch Sommerferien … Und wegen der Tomasz-Geschichte sind wir ohnehin komplett überbelastet, ich brauche gerade jeden Mann.«

Czarny war nicht unzufrieden, der Büroarbeit, der schlechten Luft und der Hektik des Dezernats zu entgehen. Ein eigener Fall war eine schöne Sache. Leichtfüßig schritt er den Flur hinab, nahm die wenigen Treppenstufen mit Elan und ging auf die Pforte zu, nicht ohne

Zbigniew Freitag kurz mitzuteilen, dass er unterwegs sei. »Ein Fall, nichts Großes, ein Toter in einem Altenheim.« Freitag lachte. »Seit wann ist das denn ein Fall für uns?« Schmunzelnd und guter Dinge verließ Czarny die Dienststelle.

Czarny nahm die Uferstraße entlang des Strandes. Kołobrzeg war in dieser letzten Urlaubswoche noch voller Gäste, und die Hitze gab allen das Gefühl, dass der Sommer noch andauern würde. Überall sah Czarny die Feriengäste mit ihren Sonnenschirmen. Er fühlte eine leichte Brise durch das Autofenster und schaute den jungen Frauen hinterher, die sich in kleinen Gruppen zum Strand bewegten, als seien sie vom Leben selbst dazu bestimmt worden, Czarny vom Tod des Altenheimdirektors abzulenken. Eine ganze Schar, abkommandiert, um ihn wie Sirenen in die Klippen zu locken, in die leichte Brandung der Ostsee, die an diesem überaus heißen Septembertag kaum noch Abkühlung böte. Kurz überlegte Czarny, ob er nicht wirklich halt machen sollte – wen würde es stören? –, um sich mit einem kurzen Bad die Taubheit aus den Gliedern zu waschen. Dann fiel ihm jedoch ein, dass er gar keine Badehose dabei hatte. Er würde sie ins Auto legen, fürs nächste Mal, wenn er am Strand vorbeikäme.

Das Altenheim lag am Rande der Siedlung Korzyścienko, nicht weit von der Kläranlage. Es war ein Gebäude aus den späten Achtzigerjahren, mit sandgelber Fassade. Still war es. Drückend die Hitze auch hier. In einer kleinen Stube, die als Rezeption diente, saß eine weiß gekleidete Pflegerin, die übermäßig geschminkt war. Sie trug grellen Lippenstift. Das Radio dudelte. »Czarny, Mordkommission. Guten Tag.« Die Frau schaute ihn stumm an. »Ich ermittle im Fall Błaszczykowski.« Die Empfangsdame machte keine Anstalten, das Radio leiser zu stellen. Sie schien völlig unbeeindruckt von der Tatsache, dass jemand an ihrem Arbeitsplatz wegen Mordes ermittelte. Vielleicht hatten die Leute hier doch ein anderes Verhältnis zum Tod, dachte Czarny. »Wären Sie so freundlich, das Radio auszuschalten. Ich hätte einige Fragen.« Missmutig fügte sich die Angestellte und blickte Czarny gelangweilt an. »Können Sie mir eine Liste der Pfleger und ...« – Czarny suchte nach dem passenden Ausdruck – »der ...

Insassen geben?«–»Da müssen Sie zur Verwaltung. Ende des Ganges, vorletzte Tür.«

Czarnys Schritte echoten im leeren Flur. Er las die Schilder an den Türen. Roman Błaszczykowski. Da war er, sein Name stand noch da. Czarny ging eine Tür weiter, klopfte und betrat ein helles, leicht mit Veilchenduft parfümiertes Büro. Der Raum wirkte zugleich leer und unaufgeräumt. Eine Frau mit kurzen hellen Haaren saß an ihrem Schreibtisch und tippte auf einem Handy. »Guten Tag. Czarny, Mordkommission. Hätten Sie ein paar Minuten?« – »Selbstverständlich, Herr Czarny. Konopka. Wie kann ich Ihnen behilflich sein?« – »Nun, es geht, wie Sie sich denken können, um Ihren ehemaligen Vorgesetzten, Herrn Błaszczykowski.« Konopka schüttelte betroffen den Kopf. »Eine schreckliche Geschichte. Haben Sie ihn gekannt?« Czarny war einen Moment lang verwirrt. Zwei türkisblaue Augen schauten ihn fragend an. »Nein«, erklärte er sachlich, »ich kannte Herrn Błaszczykowski nicht. Ich bräuchte aber eine Liste der Pfleger mit einem Vermerk, wer zum Zeitpunkt seines Todes Dienst hatte, und eine Liste der, nun, wie sagt man, der Insassen. Und dann würde ich gerne den Ort inspizieren, an dem man Herrn Błaszczykowski gefunden hat.« – »Natürlich. Die Liste suche ich Ihnen gleich heraus. Es steht alles auf dem Dienstplan.« Czarny war erleichtert, auf Freundlichkeit zu stoßen. Konopka bat ihn, ihr zu folgen. Sie lief vornweg und führte ihn durch ein Labyrinth von Fluren. Ihre weiße Uniform umspielte eng die Hüften.

»Hier sind wir.« Sie kamen in ein gekacheltes Bad. Ein scharfer Geruch von Desinfektionsmitteln stach Czarny durch die Nase direkt ins Gehirn. »Hier haben wir ihn gefunden. Neben ihm lag eine Leiter, der Spülkasten der Toilette war offen. Vermutlich wollte er ihn reparieren und ist von der Leiter auf den Waschbeckenrand gestürzt.« – »Und warum haben Sie nicht sofort die Polizei gerufen?«, fragte Czarny. »Die Polizei? Es war doch ein Unfall.« Czarny schüttelte den Kopf. »Wir haben den normalen Ablauf befolgt, hier sterben doch ständig Leute, da können wir nicht jedes Mal die Polizei rufen.« – »Was meinen Sie mit dem normalen Ablauf?« – »Nun, wir haben den Arzt kontaktiert, der bei uns die Urkunden ausstellt. Der konnte aber vorgestern nicht kommen. In solchen Fällen lagern wir die Leiche im Kühlraum der Kantine.« – »In der Kantine?« Konopka zuckte die Schultern. »Wir müssen hier mit sehr bescheidenen Mitteln auskommen, Herr Kommissar.« Czarny schaute sich im Bad um. »Gut, aber warum tilgen Sie dann alle Spuren, wenn jemand hier im Bad gestorben ist?« – »Das kommt schon mal vor, dass jemand im Bad stirbt. Da machen die Putzfrauen hinterher sauber. Wir brauchen das Bad schließlich.« – »O Gott …« Czarny rieb sich das Gesicht. »Wir wussten nicht, dass bei einem Unfall …« – »Auch bei Unfällen müssen wir sichergehen, dass nichts manipuliert wurde, verstehen Sie?« – »Manipuliert? Daran haben wir gar nicht gedacht.« Konopka schaute Czarny unverwandt mit ihren durchsichtigen Augen an. Kurz flammte die gänzlich unartikulierte Frage in ihm auf, wann er zuletzt einer Frau in die Augen geschaut hatte, ehe er seinen Blick auf das vor ihm stehende Klosett richtete und den Gedanken in sich löschte. »Entschuldigen Sie, Frau Konopka, aber ich muss Ihnen diese Frage stellen. Ist es in letzter Zeit zu Auffälligkeiten gekommen? Besonderheiten? Konflikte?« Konopka sah ihm in die Augen, Czarny blickte auf seine Hände hinab und rieb die Handrücken aneinander. »Nein. Nun, es gab die üblichen Streitereien. Wegen der Schichten am Wochenende, und ja, in einem Altersheim sterben eben auch Menschen, manchmal geht das schneller, als man denkt, da gibt es dann schon mal die eine oder andere Auseinandersetzung, weil ein Tod vielleicht vermeidbar war und das an allen zehrt.« – »Wie meinen Sie das?« – »Na ja. Neulich zum Beispiel ist uns einer entwischt. Er war geistig verwirrt, man hätte besser ein Auge auf ihn haben müssen. Den hat man später in einem Haferfeld gefunden, da ist er erfroren. Das gab natürlich Ärger mit dem Direktor. Und uns selbst hat das auch mitgenommen, aber was können wir machen? Wir arbeiten hier mit so wenig Personal.« Czarny sah sich um. Der Spiegel über dem Waschbecken schien Konopkas Ausführungen zu belegen. An verschiedenen Stellen waren ganze Teile aus dem Glas herausgebrochen, die Ränder waren mit Kalk und Schmutz verkrustetet. »Was ich auf jeden Fall brauche«, sagte Czarny, »sind die Listen. Und in der Zwischenzeit würde ich mich gern im Büro von Herrn Błaszczykowski umsehen.« – »Ja, selbstverständlich, ich schließe es Ihnen auf.« Die Pflegerin bewegte sich trotz des straffen Kleides mit Eleganz. Czarny musste sich zwingen wegzuschauen. Als sie das Büro erreichten, schloss Konopka auf und bat ihn mit einer Verbeugung hinein. »Sagen Sie einfach Bescheid, wenn Sie fertig sind. Und lassen Sie sich ruhig Zeit, Herr Czarny.«

Der Raum war verdunkelt. Czarny drückte den Lichtschalter, eine Neonröhre verstrahlte klinisches Licht, das Czarny schnell wieder abschaltete. Er drehte an einer Stange neben dem Fenster und öffnete eine alte, klapprige Jalousie. Ihre Lamellen ließen goldwarmes Septemberlicht in den Raum, der zu Czarnys Überraschung gemütlich eingerichtet war. Neben einem Farngewächs standen Regale, davor zwei Korbsessel an einem hölzernen Besprechungstisch, darauf ein Schachbrett mit einer vor kurzem eröffneten Partie. Schwarz verteidigte Sizilianisch. Czarny spürte das Jähe von Błaszczykowskis Tod. Ob er gegen sich selbst spielte? So etwas gab es ja, Schachspieler, die jeden Tag eine Figur zogen.

Czarny blickte sich um. Es gehörte zu den Vergnügen in seinem Beruf, dass er schamlos die Privatsachen von Mordopfern durchsehen konnte. In einer Ecke des Raums gab es einen Aktenschrank. Da wollte er beginnen. Er brach das Schloss auf, öffnete die oberste Schublade. Zu seiner Überraschung fand er darin keine Dokumente, sondern Aktendeckel, in denen sich Fotos befanden. Czarny griff einen Stapel heraus und ging die Bilder durch. Lauter alte Leute. Auch in der zweiten Schublade fand er zahlreiche Portraits von Senioren, daneben aber auch den einen oder anderen jüngeren Menschen. Und dann: Frösche und Molche. Detailaufnahmen. Massenhaft. Błaszczykowski war also entweder Sammler oder Fotograf gewesen. Czarny öffnete die vierte Schublade. Auch hier fand er Lurche, aber auch sehr viel mehr junge Menschen. Auch mehr Haut, sehr viel mehr Haut. In der letzten Schublade stieß er sogar auf Aktfotos. Ein ganzer Stoß. »Kurwa!«, entfuhr es ihm. Er spürte ein Kribbeln an der Leiste. Er hielt das Foto einer schwarzhaarigen Schönheit in den Händen. Sie stand in einer Flut von milchigen Lichtstrahlen, die durch das Geäst einer Schwarzkiefer fielen. Ihre Schönheit war überwältigend. Ihre Brüste waren rund, steife Spitzen stachen aus den Warzenhöfen hervor. Die Frau hielt die Hände an den Hüften, den Kopf zur Seite gesenkt. Czarny schwitzte. Mit einem Mal spürte er wieder die ganze Sommerhitze.

In der selben Schublade lagen noch andere Fotos von der gleichen Frau, dazwischen verstreut auch Aufnahmen von Landschaften und Städten, von einem Bahnhof. »Italien«, flüsterte Czarny. Er schaute sich andere Fotos an. Es waren auch welche von anderen Frauen darunter, die woanders geschossen worden waren. In Polen zum Beispiel. Eine Blondine war da, die keine Zweifel ließ. Czarny schaute sich das Bild genauer an. Die Frau stand auf einem offenen Feld. Am Horizont war eine Rauchsäule zu erkennen. Es hätten auch dunkle Wolken sein können, aber nein, bei genauerem Hinsehen wurde deutlich: Das war Rauch. Auch auf anderen Bildern von anderen Frauen tauchten Rauchsäulen auf. Nackte Frauen und Rauch. Warum bewahrte ein Heimdirektor solche Fotos in seinem Büro auf?

Czarny schloss das Archiv. Vorübergehend. Er würde sich das nochmal genauer ansehen. Da war möglicherweise eine Spur. Er rückte die Erektion in der Hose zurecht, zog das Hemd, so gut es ging, darüber und ging zu Konopkas Büro. Er verabschiedete sich hastig von der Tür aus, einen Kaffee lehnte er ab. »Ich werde morgen nochmal vorbeischauen.« – »Auf Wiedersehen, Herr Czarny. Schönen Feierabend!« Czarny lief den Gang hinunter, passierte die unfreundliche Empfangsdame und stieg in sein Auto. Ein mulmiges Gefühl überkam ihn, als er den Zündschlüssel drehte. Die Fotos. Czarny bekam sie nicht aus dem Kopf. Die Fotos.

# Der Nachtzug

»Ich sitze in einem Nachtzug von Laibach nach Venedig.« – »Sind Sie diese Strecke schon einmal gefahren?« – »Nein, nie. Aber ich habe das Zugschild gesehen. Mitten im Wald ist ein Mann zugestiegen, in mein Abteil. Ich kenne ihn nicht, ein großer blonder Mann mit körniger Haut. Er sagt ›Buona Sera‹. Auf Italienisch. Er setzt sich direkt neben mich.« – »Haben Sie Angst?« – »Nein. Ich fühle mich sogar zu ihm hingezogen. Er riecht nach Nadelwald. Obwohl er mir fremd vorkommt, glaube ich, ihn schon einmal gesehen zu haben.« – »Erinnert er Sie an jemanden?« – »Ich weiß es nicht.« – »Sie wissen nicht, ob er Sie an jemanden erinnert?« – »Vielleicht. Ein bisschen.« – »An wen erinnert er Sie denn ein bisschen?« Viola erhob den Zeigefinger und schwang ihn nach links und nach rechts. »Der Mann ist mir sympathisch, obwohl er etwas Aufdringliches hat. Ich mag ihn. Er schaut mir auf die Beine, ich trage einen recht kurzen Rock und ich sage zu ihm: ›Noch nicht, gleich kommt mein Bruder.‹ Er lacht und fragt, wo mein Bruder sei. ›In Togliatti‹, sage ich, ›irgendwo in der Nähe von Togliatti.‹ Der Mann sagt: ›Ah, in Togliatti. Sehr gut.‹ Er ruft zwei Bahnbeamte herbei und sagt ihnen: ›Togliatti!‹ Die Beamten notieren sich den Namen, sie wollen ihn direkt weitergeben. Ich ahne, vielleicht weil der Mann es erwähnt hat, jedenfalls ahne ich, an der nächsten Station ist Pallante dran.« Schmittkopf räusperte sich. »Pallante?« – »Pallante, ja. Sie kennen ihn. Er arbeitet für Sie. Für Schmittkopf.« – »Was meinen Sie genau, wenn Sie sagen ›an der nächsten Station ist Pallante dran‹?« – »Ich ahne, dass er entweder hingerichtet oder gezüchtigt wird.« – »Gezüchtigt?« – »Ja, mir scheint, mein Bruder und Pallante sollen bestraft werden.« – »Wofür?« Viola Nespoli schwieg. Schmittkopf begann, auf seinem Stuhl herumzurutschen. »Fühlen Sie sich schuldig?« – »Ja«, sagte sie zögerlich, »und nein.« – »Gut. Aber wenn Sie sich auf eins von beiden festlegen müssten: Wäre es eher ein Ja oder ein Nein?« – »Ich würde nein sagen, aber irgendwo aus der Nacht schallt mir Eulengesang entgegen und es klingt ein wenig wie ein Ja.« Schmittkopf nickte und hechelte leise bejahend vor sich hin. »Ich hätte Togliatti nicht erwähnen dürfen.« – »Sie haben also ihren Bruder verraten?« Viola Nespoli schwieg. »Und wer ist dieser großgewachsene Mann, von dem Sie reden?« – »Er trägt einen grünen Anzug. Ich glaube, er ist Waldarbeiter.« – »Was bedeutet das, Waldarbeiter? Förster? Jäger?« – »Irgendwie so etwas. Sagen wir Jäger. Er könnte aber ebenso gut Förster sein.« Schmittkopf zögerte. »Gut, wie geht es weiter?« – »Wir fahren durch die Nacht. Ich schaue aus dem Fenster und sehe Holzhütten.« – »Was für Holzhütten?«, fragte Schmittkopf, aber Nespoli ignorierte ihn. Sie konnte den Eindruck nicht loswerden, dass seine Fragen alle in die falsche Richtung gingen. »Die Hütten sind mit einem Schriftzug versehen. Die Farbe ist noch frisch. Ich kann die Schrift nicht genau erkennen. Der Zug wird langsamer, gleich kommt die nächste Station. Ich will aus dem Abteil in den Gang, um die Notbremse zu betätigen, aber der Jäger sagt, die sei längst ausgehebelt. Jetzt ist es zu spät. Jetzt ist die Maschine in Gang. Die Fahrt kommt mir entsetzlich langsam vor, im Schrittempo nur geht es vorwärts. ›El Chepe fährt jetzt über Polen‹, sagt er stolz.« – »Wer fährt über Polen?« – »El Chepe. Der Nachtzug heißt El Chepe.« – »Soll das ein slawischer Name sein?« Viola Nespoli drehte den Kopf nach links. »Ein spanischer. Beziehungsweise mexikanischer. Der Zug hat einen mexikanischen Namen. Aber der Name ist nicht wichtig. Wichtig ist Polen.« – »Polen?« – »Der Jäger sagt es. Er blickt in die Weite. Seine Augen leuchten im Takt der Laternen auf. ›Wir fahren jetzt über Polen‹, sagt er stolz. ›Laibach-Polen-Venedig.‹ Stolz wie ein Kind sagt er das und klatscht sich mit der rechten in die linke Hand. Der Zug wird noch langsamer und kommt schließlich zum Halt. ›Sind wir da?‹ Der Jäger steht auf, er nimmt meinen Arm und führt mich an der Hand aus dem Waggon. Alle

Passagiere verlassen den Zug. Es ist eine milde Septembernacht. ›Wo sind wir?‹, frage ich ihn. Aber er hält nur seinen Zeigefinger auf den Mund. Ganz still und ruhig ist es. Wir gehen auf ein Rathaus zu, gegenüber vom Bahnhof. Niemand spricht. Neben dem Rathaus, in Kaninchenkäfigen, hocken die Gefangenen. Ich höre die Leute tuscheln. Sie mustern die Gefangenen. Sie gehen an ihre Käfige heran und füttern die Insassen. ›Das machen wir hier so‹, sagt der Jäger, als würde er mir, der Fremden, eine kultivierte Lebensart erläutern. ›Vorher füttern wir sie.‹ Ich beteilige mich an der Fütterung und mache mich anschließend daran, nach meinem Mann zu suchen.« – »Nach Ihrem Mann?« – »Nach meinem Bruder.« – »Und womit werden die Gefangenen gefüttert?« Nespoli suchte nach den passenden Wörtern. »Das sind kleine weiche orangefarbene Fruchtkügelchen.« – »Orangefarbene Fruchtkügelchen, was soll das sein? Blasenkirschen? Mispeln?« – »Ich weiß es nicht, Kügelchen, Früchtchen, irgendwelches Zeug. Ich habe, als ich eben füttern musste, nur unkonzentriert gefüttert, weil ich nach Franco Ausschau hielt.« – »Unkonzentriert gefüttert?« – »Ja, ich ahnte schon, dass er unter den Gefangenen sein musste, und habe deshalb nur unkonzentriert gefüttert. Ich kann ihn aber in diesem Stall nicht erkennen. Doch, da, da, im Hintergrund, da sitzt er. Er sitzt im Käfig. Er ist sehr dreckig. Jetzt kommt er ans Gitter und hält, wie ein Hund, der sich streicheln lassen will, stumm seinen Hals gegen das Gitter. Ich berühre seinen unrasierten Hals. Der Jäger zieht mich aber weiter in den Saal. ›Komm, komm, keine Sentimentalitäten, gleich kommt Sgarby‹, sagt er und führt mich durch einen Stall, in dem mehrere Pferde aneinandergekettet stehen. Im Vorbeilaufen erklärt er mir, die würden alle erschossen. Vor einer Stute macht er halt. Sie hat zwischen den Augen eine rautenförmige Blesse. In ihren Augen sehe ich mein Spiegelbild. ›Nur die hier. Die wird geköpft‹, sagt er. Zum Trost will ich dem Pferd die Schnauze streicheln, aber er schiebt mich aus dem Stall hinaus. Über eine Treppe gelangen wir in einen großen Raum im Rathaus. Er wirkt wie ein gigantischer Gerichtssaal. Die Passagiere nehmen auf Holzbänken Platz. Wir sitzen in der hintersten Reihe im Rang. Es riecht nach Holzspänen. ›Hier sieht man am besten‹, sagt der Jäger.

Wir küssen uns kurz, aber ich reiße mich los, als ich bemerke, dass unten auf der Bühne ein Mann in einem grünlichen Kittel, wie ein Chirurg bekleidet, die Bühne betritt. ›Das ist Sgarby‹, flüstert mir der Jäger in gespannter Vorfreude ins Ohr. Sgarby hat ein hässliches Gesicht. Ohne Nase. Zwei weitere Männer in Kitteln folgen ihm auf die Bühne. ›Ah, die Sekundanten.‹ Sie sprechen eine Formel. Zuerst allein, dann gemeinsam mit dem ganzen Saal. Es ist kaum Sprache, was sie da raunen, eher eine Beschwörung, ein Ritual, ein heulend grauntes Beschwörungsritual.« – »Können Sie das nachmachen?« Viola Nespoli stockte. Dann gab sie ein aus einem Gemurmel hervorgehendes Jaulen von sich. Schmittkopf bedankte sich. »Gut. Fahren Sie fort.« – »Der Saal ist voll besetzt. Die beiden Gehilfen zerren Pallante auf die Bühne. Sie haben ihm das Gesicht schwarz angemalt. Die Sekundanten halten ihn fest und der Mann namens Sgarby zeichnet ihm mit einem spitzen Instrument eine Karte von Polen auf den Bauch. Es ist scheußlich. Die Straßen sehen wie Adern aus, die sich in den Städten als Knoten treffen. An diesen Knotenpunkten wird etwas Schreckliches passieren. Sgarby ruft laut ›Łódz!‹. Ich fühle einen Stich unter meiner rechten Brust. Ich habe Schmerzen, aber ich darf nicht schreien. Der Jäger verbietet es. ›Sonst holen sie Sie noch‹, sagt er mir. Pallante wird jetzt hinter die Bühne gezerrt. Das Publikum applaudiert stürmisch. Ich verlasse den Rang und will zu den Kaninchenkäfigen. Der Jäger rennt hinter mir her, aber er bleibt im Gedränge stecken. Auf dem Weg durch die Menschenmenge sehe ich, wie sich die Leute Handyvideos zeigen. Auf den Handys steht ›Crawford‹.« – »Crawford?« – »Ja. Das ist die Marke. Mir wird auch eins vorgehalten. Ich bleibe stehen. Auf dem Bildschirm sieht man einen alten Mann, der orientierungslos durch ein Haferfeld rennt. Die Leute amüsieren sich. Ich erreiche die Käfige. Es ist schrecklich. Sie haben in der Zwischenzeit allen Gefangenen die Gesichter schwarz gemalt. Ich erkenne meinen Mann nicht mehr, ich sehe nur die schwarz angemalten Gefangenen.« – »Ihren Mann?« – »Meinen Bruder. Franco. Ich rufe ihn. ›Franco, komm zurück, komm zu mir.‹ Jetzt kommt er angelaufen im niedrigen Käfig und drückt wieder stumm wie ein Hund seinen Hals gegen das Gitter, um sich von mir streicheln zu lassen.«

Viola Nespoli schwieg. »Sonst noch etwas?«, fragte Schmittkopf. »Nein, nichts mehr. Nur noch schwarz …«–»Das ist alles?«–»Ich sehe nichts mehr.« Schmittkopf drückte einen Knopf. Ein Licht blinkte auf, die Aufnahme wurde gestoppt. Er lockerte die Manschette an ihrem Oberarm und löste zwei daran befestigte Kabel. »Und?« Viola Nespoli kniff die Augen zu, Schmittkopf zog zwei Saugnäpfe von ihrer Stirn ab. »Ich habe den Eindruck, wir gelangen so allmählich in tiefer liegende Schichten. Wir werden das Material aber erst einmal sorgfältig auswerten müssen, mir scheint, da geht noch einiges durcheinander. In den Tiefen überlagern sich die Schichten, das ist ganz normal«, sagte Schmittkopf, während er ihr den Magnetresonanzhelm abnahm und an einen Stahlhaken hängte. »Übrigens, hier.« Von einem Arbeitstisch nahm Schmittkopf einen Stoß zusammengehefteter Blätter. Auf dem Deckblatt erkannte Viola den Titel *Der Fotograf*. »Ich habe Ihren Text gelesen.« Er schob sich auf dem Drehstuhl an seinen Platz. »Sie schreiben gut. Aber leider bringt uns die Erzählung nicht weiter. Es ist alles noch zu plan. Alles auf einer Ebene, verstehen Sie? Wir wollen aber an die verborgenen Schichten herankommen. Ans Verschüttete. Wir müssen das nächste Mal vielleicht genauer darüber sprechen, wann hätten Sie denn Zeit?« Schmittkopf blätterte im Terminkalender, Viola Nespoli krempelte ihre Ärmel herunter. »Ab morgen bin ich auf einer Konferenz in Rom, am Istituto di Scienze.«–»Cazzo!« Der Terminkalender rutschte Schmittkopf aus der Hand und fiel zu Boden. Er bückte sich, um ihn aufzuheben und blätterte mehrmals nach vorne und zurück, wie um sich zu vergewissern, dass der Inhalt durch den Sturz nicht durcheinandergeraten war. Nach einer Weile klappte er den Kalender wieder zu und schaute auf Viola Nespoli, die die Blusenärmel zuknöpfte. »Dann kennen Sie möglicherweise auch Professore Forster«, sagte Schmittkopf. »Silvio Forster?« Der Name hatte mit einem Mal eine gewisse Stofflichkeit. »Silvio Forster leitet die Konferenz«, sagte sie. »Und auch die Tagung in Cortina d'Ampezzo, auf der ich gerade war, hat er organisiert. Sie kennen ihn?« Schmittkopf fasste sich an die Nasenwurzel. »Einigermaßen. Aber das war vor langer, langer Zeit. In einer anderen Welt sozusagen«, sagte er und zwang sich zu einem Lächeln. »Interessanter Zufall«, sagte Viola Nespoli im Aufstehen. »Am besten ist es, ich melde mich bei Ihnen, sobald ich aus Rom zurück bin. Es ist aber zurzeit ein wenig eng, nächste Woche habe ich ein Seminar in Bologna ... Wir müssen schauen.« Schmittkopf blätterte die Seiten seines Terminkalenders durch wie ein Daumenkino. »Gut. Melden Sie sich einfach«, sagte er und klappte das Büchlein zu. »Arrivederci, Professore, ich bin leider sehr in Eile.« Viola Nespoli schwang ihre Tasche über die Schulter. An der Tür drehte sie sich noch einmal um. »Ciao, Professore.« – »Arrivederci.« Die Tür fiel zu. Im Flur hallten ihre Schritte lange nach, wie das Pochen eines Kernspintomographen in einem nie enden wollenden Fade-out.

# 10. SEPTEMBER

# Hinterland

Die Sonne war noch nicht aufgegangen, als Schwarz und Rütters in die Regionalbahn stiegen. Die Zugfahrt führte ins Hinterland, zunächst durch brachliegende Felder, dann durch immer dichter werdende Nadelwälder. Schwarz und Rütters waren auf dem Weg zu Kottwitz. Sie kannten ihn bislang nur von Fotos und von Geschichten, die häufig ins Fantastische und Groteske gingen. Das Bild, das sich ergab, war jedenfalls das einer eigentümlichen Gestalt, die zurückgezogen lebte, fernab vom Tumult. Eine Randfigur, würde man meinen. Dennoch hielten nicht wenige Kottwitz für den eigentlichen Kopf des Kartells. Schmittkopf – so eine weitverbreitete Auffassung – sei eigentlich nichts, Kottwitz hingegen alles. Bei Kottwitz liefen alle Fäden zusammen. Kottwitz habe den Überblick, Schmittkopf wisse von nichts, wenngleich dies seine Stärke sei: seine robuste, reizbare Dummheit. Kottwitz sei der Entscheider, Schmittkopf nur das Organ der Entscheidung, Kottwitz der Künstler, Schmittkopf der Rohstofflieferant, Schmittkopf saß ganz oben, Kottwitz auf dem Geld. Und doch war Kottwitz kein Herrscher – selbst wenn er für viele als Befehlshaber der inzwischen stark dezimierten Milizen des Kartells galt –, sondern ein Strippenzieher, der seine Intelligenz im Schatten von Schmittkopf nutzte, und den Schatten brauchte, um seine Fähigkeiten zur Blüte zu bringen. Schmittkopf und Kottwitz lebten in Symbiose wie ein Dickhäuter mit einem Vogel, der dazu da war, die Parasiten auf der Haut des Dickhäuters zu entfernen. Ohne den parasitenfressenden Vogel würde der Dickhäuter sterben, der Vogel hingegen würde sich einen anderen Elefanten suchen. Es hieß daher, nicht Schmittkopf hielte sich Kottwitz, sondern umgekehrt hielte sich Kottwitz Schmittkopf.

An einem Bahnhof am Rande eines Fichtenhains machte der Zug halt. Zwischen den verwitterten Bretterreihen, die als Bahnsteig dienten, sprießten Nesseln hervor. Die wenigen Passagiere, die ihre Reise fortsetzten, mussten hier in einen alten, zum Schienenfahrzeug umfunktionierten Reisebus umsteigen. Die Strecke führte nun in felsiges Waldgebiet, durch einen Korridor von Gestein und dichtem Gestrüpp, das das Blechgehäuse immerfort kratzte und peitschte. Nach dreistündiger Fahrt erreichten sie die Endstation. Das Bahnhofsgebäude bestand aus einer flachen, aus Spanplatten gezimmerten Baracke, in der neben einer Auslage, an der eine ältere Dame Wurzelgemüse und Plastikflaschen mit Weinbrand feilbot, nur eine Holzbank stand. Ein Geruch von Schimmel lag in der Luft, aus der Ferne war das Kreischen eines Sägewerks zu hören. Schwarz trug den weinroten Koffer, den Schmittkopf ihnen mitgegeben hatte. Vom Bahnhofsvorplatz, der nicht mehr war, als ein verwahrlostes Rondell, führte eine Straße mit aufgeplatztem Asphalt in das Dorf, an dessen Rand Kottwitz' Anwesen lag.

Schwarz und Rütters mussten den Weg zu Fuß zurücklegen. Er führte steil bergauf. Nach einer Weile wurde Schwarz der Koffer zu schwer. »Kannst du ein Stück tragen?« Zum ersten Mal nahm Rütters den Koffer. »Eigentlich nicht schwer«, bemerkte er. »Er wird nur mit der Zeit schwerer«, sagte Schwarz, und wischte sich mit einem Taschentuch den Schweiß von der Stirn. »Was da wohl drin sein mag.« Ein Pritschenwagen, mit Fichtenholz beladen, tuckerte in entgegengesetzter Richtung an den beiden vorbei und hinterließ eine dunkle Abgaswolke. »Ich würde ja gern diese ganze Geschichte verstehen, in der wir uns bewegen.« Rütters stellte den Koffer kurz ab und wechselte auf die andere Hand. Schwarz schlenderte stumm weiter. »Dieser Koffer ist unmöglich«, schimpfte Rütters und hinkte Schwarz hinterher.

Kottwitz' Anwesen war in tiefe Einsamkeit gehüllt. Ein matschiger Fahrweg führte durch einen Fichtenhain zum Hof. Im Boden hatten Traktoren und Lastwagen tiefe Rinnen ausgefurcht. Eine junge Frau, die gerade Stroh in einen Schuppen karrte, unterbrach ihre Arbeit, um die beiden Fremden zu empfangen. »Sie wünschen?«, fragte sie mit der Stimme einer Frau, die selbst keine Wünsche mehr kannte, die seit Jahren die Bedeutung des Wortes »wünschen« vergessen hatte. Schwarz und Rütters erklärten umständlich, dass sie Herrn Kottwitz suchten. »Immer den Reifenspuren nach. Sie finden ihn im Gartenhaus.« Die beiden folgten den Spuren im Schlamm. Sie endeten vor einem flachen Gebäude, mehr Schuppen als Bungalow, mehr Lager als Gartenhaus. Schwarz und Rütters klopften an ein Flügeltor. Es öffnete sich automatisch. Aus ihm kam ein vierrädriges Gefährt, dessen große, überdimensionierte Traktorenreifen etwas Monströses ausstrahlten. Auf dem Gefährt lag in vollkommener Waagerechte, ganz und gar eingegipst, Kottwitz. Er sagte nämlich gleich: »Ich bin Kottwitz. Guten Tag, die Herren, ich nehme an, Schmittkopf hat Sie zu mir geschickt.« Schwarz und Rütters versuchten noch, das Bild, das sich vor ihren Augen aufgetan hatte, zu begreifen, doch Kottwitz ließ ihnen keine Zeit. »Den Koffer können Sie hier abstellen.« Rütters gehorchte. »Schmittkopf kommt nicht mehr mit den Lieferungen nach, wie? Wegen dieser Chaotentruppe, die dumm genug war, den Gnadenhüttlern auf den Leim zu gehen. Das Blaue Geschwader … Schöne Lachnummer … Auf Fort Togliatti wird man sich köstlich amüsiert haben.« Diese Ausführungen machte Kottwitz liegend, da er, wie sich Schwarz und Rütters befangen versicherten, komplett in Gips lebte. Kottwitz litt an der Pott'schen Krankheit, einer Knochentuberkulose, bei der absolute Ruhe verordnet war, um zu verhindern, dass sich die Fäulnis, die bereits in dem einen oder anderen Wirbel keimte, in den Knochen der Wirbelsäule weiter ausbreitete. Er fuhr näher an die beiden heran. »Schmittkopf war noch nie ein guter Diplomat. Ich hingegen glaube an Diplomatie. Übrigens, Sie haben da was am Auge.« Schwarz fasste sich unwillkürlich an die klebrig schmerzende Schnittwunde. »Sie sollten vorsichtiger sein«, sagte Kottwitz und schaute Schwarz und Rütters lange an. »Ich möchte mich kurz fassen. Sie kennen sicherlich Sgarby. Man hört ja so mancherlei verdrehte Geschichten über den Mann. Sgarby ist jedenfalls ein Diplomat. Und er wäre bereit, die

Geschäfte fortzuführen. Sie verstehen, was ich meine, ja?« Kottwitz machte ein Zeichen, dass er eine Kokainbohne brauchte und deutete auf eine Blechschale, die an dem Gefährt befestigt war. Schwarz griff in die Schale und überwand sich, Kottwitz die Bohne in den Mund zu drücken. »Danke, meine Herren -- ?« - »Schwarz und Rütters«, antwortete Rütters. »Herr Schwarz und Herr Rütters, Ihnen kommt jetzt die Rolle von Gesandten zu. Es gibt nämlich keine Milizen mehr. Nur noch Gesandte. Sie gehen in die Gnadenhütten zu Sgarby, richten ihm aus, dass Sie von mir kommen und überreichen ihm einen Koffer. Nicht den, den Schmittkopf Ihnen mitgegeben hat, sondern einen anderen. Es ist ja nicht so, dass es einen einzigen Koffer auf der Welt gibt. Sie werden für diesen Koffer einen Tiefkühltransporter bekommen, den Sie bitte hierher fahren. Für diese doch recht einfache Aufgabe bekommt jeder von Ihnen einen Tausender.« - »Zweitausend«, rechnete Rütters. Das war viel Geld, zumal in einer Zeit, da das Kartell tief in der Krise steckte und immer öfter versuchte, die Löhne mit Kartoffeln auszuzahlen. »Zweitausend«, wiederholte Rütters, als versuche er ein Fremdwort nachzusprechen. »Bargeld. Keine Kartoffeln«, sagte Kottwitz mit allwissender Kühle. »Alle anderen Anweisungen, die Ihnen Schmittkopf gegeben haben mag, können Sie vorerst getrost ignorieren, verstehen Sie? Überlegen Sie es sich. Aber überlegen Sie nicht zu lange. Bis achtzehn Uhr haben Sie Zeit.« Kottwitz fuhr mit seinem Gefährt ganz nah an die Außenmauer des Schuppens. »Es ist ja wie in der Gärtnerei«, sagte er mit einem Tonfall, der plötzlich anders war, »und Schmittkopf ist nunmal kein guter Gärtner. In der Gärtnerei da sagen die einen, man muss das Unkraut wachsen lassen, die anderen sagen, man muss es jäten. Und dann gibt es diese Pflanzen, von denen weiß man erst gar nicht, ob es Unkraut ist oder nicht. Sie beobachten sie, Sie lassen sie gedeihen, und mit einem Mal sehen Sie, dass die Pflanze, die Sie haben gedeihen lassen, anfängt zu stinken. Und Sie wissen, dass es ihre eigene Schuld war, dass die Pflanze stinkt, weil Sie sie nachlässig behandelt haben und sie anfängt zu faulen. Dann wollen Sie diese faulen Stücke einfach nur aus ihrem Garten herausbekommen, weil ihnen klar wird, dass sie Ihnen den ganzen Garten verseuchen könnten,

obwohl sie gewiss mit der richtigen Pflege eine schöne Pflanze abge-
geben hätten. Aber Sie können, wenn Sie einen großen Garten haben,
nicht alles im Blick haben. Und dann bemerken Sie Ihre Fehler erst,
wenn es anfängt zu stinken. Und um diesen Gestank loszuwerden,
meine Herren, braucht es einen beherzten Einsatz, man muss bis zur
Wurzel des Übels vordringen. Und wissen Sie, ich kann den Gestank
von Dingen nicht ertragen, die mich an meine eigenen Fehler erinnern.
Guten Tag, meine Herren.«

Mit diesen Worten wendete Kottwitz mit großem Geschick sein Gefährt, das er über einen Steuerknüppel mit dem Mund lenkte, und fuhr
es zurück ins Gartenhaus, dessen Flügeltüren sich vor den ratlosen
Augen von Schwarz und Rütters schlossen.

# Der Hubschrauber

Noch am selben Tag, an dem Enrique Schmittkopf García bei den Welt-meisterschaften in Kopenhagen mit seiner dreijährigen Stute Viola Nespoli die Goldmedaille gewonnen hatte, erhielt er das Angebot, an einem Hubschrauberflug teilzunehmen. Schmittkopf durchschaute nicht ganz die Strukturen von Sponsoren und Medienagentur, doch es bestand wohl ein Interesse daran, ihn, den frisch gekürten Weltmeister im Springreiten, in einem Hubschrauber durch die Gegend zu fliegen. Schmittkopf hatte noch nie in seinem Leben einen Hubschrauberflug gemacht. Er sagte zu.

Am 10. September traf Schmittkopf um Punkt neun auf einem klei-nen Flugplatz südöstlich von Kopenhagen ein. Entgegen der ausdrück-lichen Empfehlung seines Managers erschien Schmittkopf allein, ohne seine Leibwächter, die er zum Einkaufsbummel in die Stadt geschickt hatte. Wenigstens hier, im fernen Dänemark, wo die Bandenkriege und Zerwürfnisse aus seiner Heimat sich mit einem Mal so harmlos irreal ausnahmen wie ein Alptraum aus Kindertagen, wollte er unbe-kümmert seine Freiheit genießen.

Schmittkopf fuhr Taxi. Ohne Eskorte. Ein hochgewachsener Mann mit blonden Haaren, der in ihm eine diffuse Erinnerung auslöste, empfing ihn an der Einfahrt des Flugplatzes. Er nuschelte einen Gruß, aber Schmittkopf verstand ihn kaum. Trotz des starken Windes, den Schmittkopf erst jetzt, auf dem weiten, offenen Flugfeld, richtig be-merkte, versicherte der Pilot, dass man auf jeden Fall fliegen könne. Es handele sich um normales nordeuropäisches Wetter. Mit Skepsis blickte Enrique Schmittkopf auf den farblos weiten Himmel, der in der

Ferne von grau-dunkelgrauen Wolkentürmen aufgebauscht und in der Höhe von schnell ziehenden Wolkenfeldern gefurcht war, so dass ihm ein Hubschrauberflug nicht ohne Risiko erschien und er sich beim Piloten, dessen Einsilbigkeit wenig einladend war, ein zweites Mal erkundigte, ob es denn nicht ein wenig stürmisch sei für einen Flug. »Keineswegs«, antwortete der Mann, ohne Schmittkopf anzusehen. Er kaute selbstvergessen an einem Stück Holz, ein Stiel von einem Eis, von dessen Spitze er kleine Stücke mit den Zähnen abriss, um sie ab und zu auf den Asphalt des Flugplatzes, eines ehemaligen Militärflughafens, auszuspucken, wo sie mittlerweile eine Art Schrift bildeten. Schmittkopf betrachtete die hellen Holzsplitter auf dem dunklen Asphalt wie eine Geheimschrift, die über den Ausgang des Fluges Auskunft erteilte. Wie alle Sportler war auch Schmittkopf abergläubisch. Würde der nächste Splitter rechts vom letzten landen, würde alles gut, sagte er sich. Schmittkopf wartete. Dann flog die Holzspucke rechts neben das letzte Stück. Schmittkopf schrubbte die Hände an seinem Körper, als gelte es, ein Unheil abzureiben. Er blickte nervös um sich, suchte mit seinen Augen eine Beschäftigung, um nicht auf den Asphalt oder den Himmel schauen zu müssen. Auf dem Hubschrauber, ein niedriges, an einen ausgehöhlten Käfer erinnerndes, dürres Stahlgehäuse, sah er das Logo TransAir, dessen Buchstaben in eine Pfeilform übergingen. Der Pilot war bereits in seinem Cockpit, als sich Enrique Schmittkopf mit matten Bewegungen in den engen Flugkörper hievte. Es trug nicht zu seiner Beruhigung bei, als er feststellen musste, dass ein Mann mit Vollbart, der sich nicht namentlich vorstellte und dem Schmittkopf auch nicht vorgestellt wurde, sich zu ihnen in den Hubschrauber setzte und einige Worte, die wie ein Knurren klangen, mit dem Piloten wechselte, von denen Schmittkopf, da das Kreisen des Rotors bereits eingesetzt hatte, nicht sagen konnte, ob sie auf Dänisch oder einfach nur unverständlich gesprochen wurden. Kurz blitzte der absurde Gedanke in Schmittkopf auf, die zwei würden sich stets nur knurrend untereinander verständigen.

Das Rotorengeräusch hatte etwas Betäubendes. Schmittkopf hatte durch die Aufregung rund um seinen Sieg bei den Weltmeisterschaften wenig Zeit zum Nachdenken und Einordnen der Ereignisse gehabt. Den ganzen Tag über hatte er Interviews gegeben. Und am späten Abend hatte er die Einladung für den Hubschrauberflug bekommen. Im Rausch des Augenblicks hatte er zugesagt. Er hätte sich auch einen freien Tag gegönnt haben können. Durch Kopenhagen schlendern, wie seine Leibwächter. Essen gehen. Aber nein. Er hatte sich für den Hubschrauber entschieden und hatte dafür sogar früher aufstehen müssen. Über zwanzig Anrufe in Abwesenheit hatte er am Morgen auf dem Handy. Von seinem Vater eine SMS – er konnte sich nicht erinnern, jemals zuvor eine SMS von ihm bekommen zu haben –, nicht etwa um ihn zu beglückwünschen, sondern um ihm die Stimmung zu verderben. »Zwischenfall im Gestüt. Komm so schnell wie möglich nach Hause.« Der Alte hielt es anscheinend nicht für nötig zu gratulieren, sondern schrieb stattdessen lieber von einem Zwischenfall im Gestüt, um sich ausgerechnet in dem Moment wichtig zu machen, als er, Enrique, es ihnen allen gezeigt hatte. Schmittkopf nestelte an seinem Anschnallgurt herum, der sich nicht schließen ließ. Was sollte schon passiert sein. Auf Negro war Verlass, er kümmerte sich um die Pferde wie um seine eigenen Kinder. Was machten sie zu Hause nicht immer ein Aufsehen wegen jeder Kleinigkeit. Immer herrschte Panik, immer mussten die Kinder mit Leibwächtern unterwegs sein. Wahrscheinlich hatte er nur der ganzen Panikmacherei zum Trotz keine Sekunde gezögert, den Hubschrauberflug anzunehmen.

Schmittkopf musterte den bärtigen Mann. Er machte nicht den Eindruck, als hätte er den Flug bei einem Preisausschreiben gewonnen. Wenn der Bärtige nicht vom Zufall neben ihm in den engen Stahlkokon gesetzt worden war, wer hatte dann ein Interesse daran, ihn zusammen mit ihm, Schmittkopf, dem neuen Weltmeister im Springreiten, an einem Schlechtwettertag durch die Luft zu kutschieren? Seine korrekt geschnittene Kleidung, sein ebenso korrekt gestutzter Bart, der sichtlich feine Stoff seines Anzugs setzten in Schmittkopf die Gewissheit fest, dass es sich um einen Italiener handeln müsse. Da das Getöse des Rotors, dessen Blätter die Luft drechselten, ein Gespräch mit dem Unbekannten unmöglich machte, beschloss Schmittkopf, seine Aufmerksamkeit wieder dem Wetter zuzuwenden. Der Pilot setzte, während Schmittkopf versuchte, sich zu entspannen, den Hubschrauber ruckartig in Bewegung. Holprig wie ein schlecht geschriebener Text ging der Helikopter in und durch die Luft. Bereits nach einer knappen Minute des Aufstiegs sah Schmittkopf nichts als Wolkenmasse. Er hatte sich einen Hubschrauberflug immer gleitend und geschmeidig vorgestellt, stattdessen fühlte er sich in die Luft gerissen. Das wirre, zerfetzte Weiß bewirkte jedoch eine allmähliche Wandlung seines Gemüts. Zwar beobachtete er den Italiener anfangs auch weiter aus den Augenwinkeln, sah wie dieser an den Fingern kaute – alle kauten sie, dachte Schmittkopf –, spürte dann aber, wie sich seine Unruhe legte und die Erinnerungsbilder von der Weltmeisterschaft mit wachsender Entfernung vom Erdboden an die Oberfläche seines Bewusstseins stiegen.

Eine Woche vor dem großen Finale von Kopenhagen, als er seine Stute aus dem Dunkel des Anhängers geholt hatte, schien sie ihm dankbar zu sein, als hätte er sie gerade ins Leben zurückgeholt. Schmittkopf bemerkte, wie ihre Beine, steif vom Transport, Mühe hatten, die richtigen Bewegungen zu machen. Er führte sie auf das Auslaufgelände. Nicht ohne Anteilnahme empfand er ihren Bewegungsdrang, der durch die eingepferchte Haltung im Anhänger noch gesteigert war, und er beobachtete wie sich ihre Kraft, die noch nach den Bahnen im Muskel- und Nervengewebe suchte, langsam entfaltete. Es war ihm, als hätte sich Viola Nespoli im Transporter in ein neues Wesen verpuppt; in ein Wesen, dessen Möglichkeiten erst allmählich ertastet werden mussten.

Draußen in der Luft war noch immer alles grauweiß, ein Wattebausch von gigantischem Ausmaß. Es kam gelegentlich vor, dass der Hubschrauber von einer Bö erfasst wurde. Mit einer Mischung aus Lust und Angst begleitete Schmittkopf diese Luftlochstürze, die Bilder aus seiner Kindheit heraufbeschworen, Bilder einer Fahrt in einer Achterbahn, bei der er fortwährend das Gefühl gehabt hatte, in der nächsten Kurve gegen das Gemäuer eines barocken Rathauses geschleudert zu werden, das in perfekter Symmetrie entlang der Schienen verlief. Diese

Erinnerung vermischte sich mit Bildern vom Kopenhagener Reitplatz, mit dem winkenden Publikum auf der Tribüne. Der Glanz seines Weltmeistertitels strahlte umso mehr, da ihn niemand wirklich auf der Rechnung gehabt hatte. Nur einige Fachleute hatten Schmittkopf zum Geheimtip erklärt. Die Buchmacher dagegen hatten sich zurückhaltend gezeigt, denn das Paar Schmittkopf-Nespoli galt als unerfahren und Enrique Schmittkopf war ein bis dato titelloser Springreiter, dessen gute Platzierungen sich an den Fingern einer Hand abzählen ließen. Wer aber seine Stute beobachtet hatte, musste sich sicher sein, dass Schmittkopf in Kopenhagen in die Weltspitze vorstoßen würde. Mit Viola Nespoli hatte Schmittkopf ein Pferd der Spitzenklasse und jeder Kenner des Reitsports wusste, dass das Pferd letztendlich entscheidend war. Alles stand und fiel mit dem Pferd. Für manche war der Erfolg von Enrique Schmittkopf deshalb eigentlich der Erfolg von Viola Nespoli, und Viola Nespolis Sieg in Kopenhagen galt für viele jetzt schon als der größte Erfolg eines Pferdes beim Springreiten, da er mit einem nur mittelmäßigen Reiter errungen worden war. Nach dem Sieg von Kopenhagen war die Stute Millionen wert. Doch ein Verkauf kam für Schmittkopf nicht in Frage. Zu stark war ihre Bindung.

Die Stöße und Stürze des Flugs versetzten Schmittkopf wieder auf den Parcours. Der letzte Ritt in Kopenhagen. Würde er ohne Abwurf bleiben, wäre er Weltmeister. Es war ein schwülheißer Nachmittag. Für Kopenhagen ein ungewöhnlich stickiger Tag. Etliche Pferde und ihre Reiter hatten Probleme mit dem Klima, es gab zahlreiche Abwürfe, niemand blieb fehlerfrei. Während er auf den Parcours zuritt, spürte Schmittkopf, wie er mit seiner Stute zusammenwuchs. Seine Beine schmiegten sich an den Bauch der Stute, seine Muskelzuckungen übersetzte das Pferd widerstandslos in Bewegungen, in Aufgalopp und Sprung. Schmittkopf hatte das Gefühl, er sei zu einem Vierfüßer geworden. Viola Nespoli fügte sich geschmeidig seinen Weisungen, geradezu lustvoll ging sie das Rennen an. Gierig stürmte sie auf die Hindernisse zu, wie von selbst schwebten beide über den Parcours. Ein Bild, das nach dem Triumph durch die ganze Welt ging, zeigte Schmittkopf auf eine Art mit Viola Nespoli verschmolzen, die fast obszön war.

Der Fotograf hatte nämlich einen Winkel gewählt, bei dem der Kopf des Reiters den der Stute auf eine Weise verdeckte, dass man, auch aufgrund einer geschickten Unterbelichtung, den Eindruck hatte, Enrique Schmittkopf sei ein Zentaur. Mit Nespoli verwachsen.

Schmittkopf beobachtete gleichzeitig, während seine Gedanken die Etappen des Triumphs wiederholten, dass sich der Himmel weiter verdunkelt hatte. Das Grauweiß wich einem Dunkelgrau, die Windstöße nahmen an Heftigkeit zu. »Anschnallen!«, rief der Pilot nach hinten, doch Schmittkopf hatte bereits festgestellt, dass seine Gurtschnalle defekt war. Es blitzte und donnerte. Hilflos blickte Schmittkopf seinen bärtigen Nachbarn an, der teilnahmslos ins wolkige Nichts starrte. Schmittkopf hielt sich mit der Linken an einem Griff oberhalb der Tür fest, mit der Rechten umklammerte er den Gurt. Die Kabine wackelte heftig. Mit einem Ruck sackte der Hubschrauber mehrere Meter ab. Es quietschte. Dann wurde es mit einem Mal ruhig, die Wolken lichteten sich und die Sonne trat hervor. Die Schlechtwetterfront war durchbrochen.

Durch das Fenster sah Schmittkopf das Meer. Schnell gewann er den Eindruck, dass der Hubschrauber in einen Sinkflug übergegangen war. Immer genauer erkannte Schmittkopf das Wasser und den Wellenschaum, erkannte Algen und Holz, das auf der Oberfläche trieb. Schmittkopf schaute verwundert zum Piloten. »Was passiert?«, schrie er, um sich hörbar zu machen. Sie flogen nur noch wenige Meter über dem Wasser, als ein grauer Felsen unter ihnen erschien. Verzweifelt wollte er sich zu seinem Nachbarn wenden, als ihn ein Schlag an seiner Schläfe traf. Halb ohnmächtig merkte Schmittkopf, wie der Bärtige ihn am Kragen packte und aus dem wenige Meter über dem Felsen schwebenden Hubschrauber wuchtete. Schmittkopf plumpste wie ein nasser Sack auf den Stein. »Überleg dir nächstes Mal besser, wie du deine Stute taufst, du Ficker!«, schrie ihm der Bärtige in tadellosem Mexikanisch zu, bevor der Hubschrauber in die Höhe schnellte und in der Ferne verschwand. Schmittkopf befand sich mitten im Nichts.

## Die Gesellschaft

Am vorletzten Tag des Internationalen Dokumentarfilmfestivals von Kołobrzeg lud die Organisation zu einem Abendessen ins Gourmetrestaurant Klasztor ein. Die Festivalgäste hatten einen angenehm kurzen Weg, denn das Klasztor befand sich im Ostflügel des ehemaligen Klosters am Kołobrzeger Wald, gegenüber dem Anbau aus den Zwanzigerjahren, in dem die Gäste untergebracht waren. Die Gruppe musste also nur den Hof überqueren, um zu dem Restaurant zu gelangen, wo bereits mehrere Kellner warteten, um sie in Empfang zu nehmen und in den Speisesaal zu führen. Dieser war in einem weitläufigen Raum mit hohem Kreuzrippengewölbe eingerichtet. Gedämpfte Unterhaltungsstimmen und das Klirren von Besteck und Geschirr erfüllten den Raum mit einem Echo, das wie ein metallisch verzerrter gregorianischer Choral klang. Eine Kellnerin wies der Gruppe eine Tafel am Ende des Raumes. Viola Medlar setzte sich neben Daniela De Boene, eine belgische Regisseurin, mit der sie sich seit Beginn des Festivals bestens verstanden hatte. Dieser Empathie verdankte sich in Violas Augen auch der Überschwang, mit dem die Belgierin Medlars Essayfilm über Staatsquallen lobte. »Ein Meisterwerk«, nannte sie es, während sie Platz nahmen, »eine subtile Provokation, mit der Eleganz des Diaphanen.« Besonders gelungen fand sie den Collagestil, mit dem Medlar Bilder aus alten Dokumentarfilmen und Amateurvideos zusammenführte. Die hierdurch erzeugten Kontraste unterstützten auch die anderen Gegenüberstellungen, mit denen sie im Film spielte, zum Beispiel die von Biologie und Politik oder die vom Aufbau der Staatsqualle und faschistischen Strukturen. Im Endeffekt funktioniere auch der Film wie eine Staatsqualle, wie ein Konglomerat verschiedenster Organismen, die ein zusammenhängendes Ganzes bildeten. James Matthews, ein britischer Experimentalfilmemacher, der schräg gegenüber von Viola saß, teilte Boenes Enthusiasmus. »Ein faszinierendes Thema.« Er selbst habe einmal eine Schwemme von Portugiesischen Galeeren in Tenby Bay, einem kleinen Fischerörtchen nicht weit von Swansea, erlebt. Am Tag seiner Ankunft in Tenby sei ein Zwölfjähriger von einer Qualle tödlich angegriffen worden, woraufhin die Behörden ein Badeverbot für alle walisischen Strände verhängten. Matthews sei in diesen Tagen allerdings die Möglichkeit geboten worden, auf einem Fischkutter durch das Quallengebiet zu fahren, mitten durch diese nahezu unsichtbaren Wesen, die der Spätsommerwind an die Küste getrieben hatte. Die latente Bedrohung, die hochgiftigen Tentakel unter dem Wasser hatten in Matthews einen schweren Eindruck hinterlassen. »Ich habe damals mit meiner alten Beaulieu einige Bilder gemacht, die noch irgendwo zu Hause in meinem Archiv liegen müssten. Vielleicht interessiert Sie das Material ja.« Viola Medlar fühlte sich geschmeichelt. Sie hatte nie damit gerechnet, dass ihr Film auf so viel Interesse stoßen würde. Matthews reichte ihr seine Visitenkarte über den Tisch, während eine Kellnerin einen Aperitif servierte, eine zähe schwarze Flüssigkeit, in der ein grellroter Eiswürfel schwamm. Viola kostete davon. Es schmeckte nicht schlecht. Nussig. Ein wenig wie Kürbiskernöl. »Was da wohl für Tiere drin sind«, witzelte Matthews und brachte die Runde zum Lachen. »Manchmal ist Ignoranz besser«, fügte ein Schweizer Filmkritiker mit einem Grinsen hinzu und löste damit eine weitere Gelächterwelle aus.

Eine angenehme Gelassenheit machte sich in der Gruppe breit. Zum ersten Mal seit Tagen unterhielt man sich über Sachen, die nichts mit dem Festival zu tun hatten – über die Lebensmittelindustrie, über Wasserball, aber auch über den Fall eines verschwundenen, allem Anschein nach ermordeten Popmusikers, der die polnische Öffentlichkeit seit mehreren Tagen wie kein anderes Thema beschäftigte, eine Geschichte, die auch den ausländischen Gästen nicht unbemerkt geblieben war und die ein Festivalmitarbeiter nun in groben Zügen nachzuzeichnen suchte, zum Verdruss von Adam Batzinger, dem Direktor des Festivals, der, nachdem er eine Weile zugehört hatte, die Erzählung abrupt verkürzte, indem er an die pathetisch formulierte Warnung, man müsse sich davor hüten, den Skandalmachern der Popindustrie auf den Leim zu gehen, die Forderung nach mehr Wein anhängte: »Vino«, rief er von seinem Platz am Ende des Tisches den Kellnern zu. »Wir müssen uns besaufen, hier, im Namen der Kultur!« – »Vino!«, rief auch Matthews mit verstellter Stimme, und die Geschichte vom Popsänger ging im allgemeinen Gelächter unter.

Als der Nachtisch serviert wurde, herrschte bereits große Heiterkeit. Zu allem Überfluss ließ Batzinger Wodka bringen. Flaschenweise. Nach und nach machte sich jedoch eine allgemeine Erschöpfung bemerkbar und die Gesellschaft löste sich auf. Viola Medlar und Daniela De Boene blieben noch eine Weile und verließen, erst als Batzinger die vierte Wodkaflasche bestellte, das Restaurant. Sie hatten Schwierigkeiten, die Ausgangstür zu öffnen, ein Kellner musste ihnen behilflich sein. »Dziękuję, dziękuję«, bedankte sich Viola, Daniela De Boene gab dem jungen Polen – er hatte zwei leuchtende Pickel auf der Stirn und sah aus wie ein Schüler – einen Kuss auf die Wange. »Ein Archetyp von einem Jungen«, befand sie. »Die Verdichtung aller Kindheiten und Jugenden in einem Körper.« Während ihre Schritte durch den Kiesel rauschten, wiederholte sie noch einmal einen flämischen Abzählreim, den sie Viola beim Wodkatrinken beizubringen versucht hatte:

*Olleke bolleke*
*Rubisolleke*
*Olleke bolleke*
*Knol!*

»Du bist dran!« Der erste Vers war nicht schwierig, doch am zweiten verschluckte sich Viola immer wieder. »Rubilloseke. Rusibokelle. Shit!« – »Schau mal«, unterbrach Daniela. Sie hielt eine Metallschatulle in der Hand. In der Ferne bellten Hunde. Es war Vollmond. »Was ist das?« Im fahlen Mondlicht konnte Viola den Gegenstand nicht genau erkennen. Danielas Fingernägel waren schwarz lackiert. »Das ist Kunst«, erklärte sie und ließ den Deckel aufspringen. »Hier!« Als sie Viola die offene Schatulle reichen wollte, rutschte etwas heraus. »Fuck!« Daniela De Boene bückte sich, um im Gestrüpp zu suchen. Auch Viola wollte helfen und tastete den Boden ab. Nur Steine überall und Unkraut. In einem Grasbett fand Daniela schließlich, was sie suchten. »Hier.« Sie drückte es Viola in die Hand. Ein Gegenstand aus kaltem Wachs. Viola hielt ihn in das Mondlicht. »Eine Nase?« Daniela bestätigte: »Eine Nase.« Mit einem nur vom Alkohol gelinderten Ekelgefühl inspizierte Viola Medlar die Nase. Sie war hart und glatt, etwas schwerer als eine echte Nase, für die man sie dennoch hätte halten können. Von der Seite bzw. von unten betrachtet, bildeten die Umrisse der Nasenhöhlen ein gewölbtes »m«. Ein Kunstwerk sollte das also sein. »Wo hast du das her?« – »Es stand auf einem Podest, auf einem Samttuch, im Restaurant. Wenn es einem so angeboten wird, muss man es auch mitnehmen.« – »Warten Sie doch, meine Damen!« Aus dem Restaurant kam Matthews getorkelt. Daniela De Boene steckte die Schatulle in die Tasche. »Schnell schnell«, rief sie Matthews zu und klatschte laut, als sporne sie ein Pferd an. Matthews kam angetrottet. Kiesel flog umher. »Giacomo und Atsuko haben vorgeschlagen, an den Strand zu gehen.« Er wies auf den Ausgang des Restaurants, in dem gerade eine Japanerin neben dem Schweizer Filmkritiker erschien. Giacomo hieß er also. Er winkte mit einer Wodkaflasche. »Fantastisch«, sagte Daniela und zupfte an Violas Kleid. »Gehen wir ein bisschen spazieren.«

Der Weg zum Strand führte durch ein an das Kloster angrenzendes Waldstück. Im Vollmondlicht erschien der Sandweg wie ein weißer Teppich in der Dunkelheit. Die Wodkaflasche wurde herumgereicht, während Atsuko sich alle Mühe gab, eine Anekdote über Akira Kurosawas Schneider ins Englische zu zwängen. Offenbar handelte es sich bei dem Schneider um einen Verwandten von Atsuko oder vielleicht auch nur um einen entfernten Bekannten eines entfernten Verwandten von Atsuko, es war nicht genau zu verstehen. Die Geschichte lief jedenfalls darauf hinaus, dass Kurosawa und der Schneider gerne Sake tranken, wenn sie über die Kleider beratschlagten, eine Gepflogenheit, der sich die sonderbarsten Anzüge verdankten, »very very strange suits«, wie Atsuko sagte, woraufhin Matthews laut prustend eine Wodkafontäne aus dem Mund spie und sich am Ausdruck festlachte, immerfort »very very strange suits« wiederholte, bis die Heiterkeit auch auf die anderen übersprang und alle durcheinander lachten, »very very strange suits«.

Daniela nahm die Flasche aus Matthews' Hand und trank einen Schluck. »Hier!« Sie hielt die Wodkaflasche vor Viola, die ablehnte. »Willst du nicht mehr?«, fragte Daniela. »Ich muss kurz pinkeln«, sagte Viola. »Ich komm gleich nach, lauf ruhig weiter.« Sie ging vom Weg ab und hockte sich hinter einen Busch. »Hop! Ha ha!« Mit einem flinken Handgriff hatte sich Matthews die Flasche aus Danielas Hand geschnappt und war davongelaufen. »Der alte Sack! Hey!« Daniela lief fluchend hinterher, Giacomo und Atsuko lachten amüsiert. »Ich hab noch eine Flasche dabei«, rief Giacomo den beiden hinterher, doch sie waren bereits im Dunkeln verschwunden.

Beim Wasserlassen brannte es. Nicht zum ersten Mal. Viola kannte die Abfolge. Es fing mit einem Brennen an, das sich zu einem schneidenden Schmerz zuspitzte, so als würde eine Klinge etwas in ihrem Körper aufreißen. Es verwunderte sie jedesmal, dass sie nicht blutete. Sobald sie zu Hause ankäme, müsste sie zum Arzt. Sie wischte sich mit einem Papiertaschentuch und richtete sich auf. In der Ferne hörte sie Hundegebell, dann das Gelächter der anderen. »Wartet!«, rief Viola in die Nacht. Keine Antwort, nur ein entferntes Kreischen, gefolgt von lautem Gelächter. Keine Minute hatte sie sich zum Pinkeln zurückgezogen, schon waren alle weg. »Hey! What the fuck?« Viola horchte in die Nacht und hörte die Meeresbrandung, dann ein Rascheln irgendwo über ihr. Sie blickte durch das Geäst in den Septemberhimmel. In die Mondscheibe waren die Umrisse von Kieferästen eingestanzt.

## Das Konzert

Schmittkopf spulte zurück, drückte den Wiedergabeknopf. Die Aufnahme rauschte: »Über eine Treppe gelangen wir in einen großen Raum im Rathaus. Er wirkt wie ein gigantischer Gerichtssaal. Die Passagiere nehmen auf Holzbänken Platz. Wir sitzen in der hintersten Reihe im Rang. Es riecht nach Holzspänen.« Im Hintergrund polterte es. »Hier sieht man am besten.« Pause. Das Bild auf dem Monitor war von flimmernden Streifen überzogen. Konturen waren zu erkennen, die von einem Gebäude sein könnten, davor einige hellere Tupfen, vielleicht Menschen. Schmittkopf zoomte in das Bild hinein, doch die Umrisse wurden sofort milchig. »Merda.« Er zog einen Schieberegler am Kontrollpult herunter, spulte zurück. Stop. Wiedergabe. »antischer Gerichtssaal. Die Passagiere nehmen auf Holzbänken Platz. Wir sitzen in der hintersten Reihe im Rang. Es riecht nach Holzspänen.« Im Hintergrund glaubte Schmittkopf, ein Glas oder eine Flasche umkippen zu hören. Vielleicht war es aber auch nur das Knirschen seines Ledersessels. Die Tonqualität war zu schlecht, um solche Details mit Sicherheit festzustellen. »Hier!« Pause. Timecode 29:11:19. Schmittkopf setzte seine Brille ab, rutschte näher an den Bildschirm und blinzelte ins Schwarze, als würden auf diese Weise neue Einzelheiten sichtbar. Das Bild war noch dunkler und verschwommener als vorher. Zu sehen waren helle Streifen, die Menschen sein könnten, die aber, sobald Schmittkopf das Bild vergrößerte, sofort zerronnen. Er sprang zum nächsten Bild. Es sah gleich aus. Genauso das nächste und das übernächste. Er setzte wieder einige Sekunden zurück. Stop. Wiedergabe. »Er wirkt wie ein gigantischer Gerichtssaal. Die Passagiere nehmen auf Holzbänken Platz. Wir sitzen in der hintersten Reihe im Rang. Es riecht nach Holzspänen. Hier sieht man« Pause, Timecode 29:13:15. Da war doch etwas. Schmittkopf ging die Bilder einzeln durch. Alle waren dunkel und verschwommen. Bis auf eins. 29:12:23. Ein Flimmer lag über dem Bild. Schmittkopf zoomte näher heran. Es sah aus wie zwei übereinandergelegte Bilder, die Nahaufnahme eines Kopfes und die Umrisse eines Gebäudes. Die weißen Tupfen, die Schmittkopf eben noch für Menschen gehalten hatte, bildeten jetzt ein Muster, das an die Öffnung eines Rohres erinnerte. Schmittkopf kratzte sich mit dem Daumen am Kinn und blickte zurück auf das Bild. »Oder auch nicht.« Es hätten auch genausogut Menschen sein können. Er sprang zum vorherigen Bild, das in etwa gleich aussah, nur verschwommener. Auf den Bildern davor war nichts mehr zu erkennen, an manchen Stellen war es etwas heller, aber nicht wesentlich, so dass in Schmittkopf der Zweifel aufkam, ob nicht der Bildschirm dreckig sei. Er rief das Bild mit den Tupfen auf und lehnte sich in den Stuhl zurück. Die Hände hinter dem Kopf verschränkt, blickte er auf den Monitor. Das könnte in der Tat alles Mögliche sein. Die Öffnung eines Rohres, Menschen, Zuckerwatte. Das funktionierte noch nicht so richtig mit dem bildgebenden Verfahren. Auch die Tonspur war noch nicht sauber. Überall knackste es. Möglicherweise ein Fehler in der Übertragung. Oder der Algorithmus war noch nicht auf dem Punkt. Da musste noch geschraubt werden. Schlimmstenfalls müsste er noch das eine oder andere Experiment machen. Versuchskaninchen organisieren. Löcher in Schädeldecken bohren. Der ganze Zirkus von vorne.

Das Handy vibrierte. Schmittkopf schaute auf die Anzeige: Rom. Blaszcz. »Nun, nun«, grummelte er, nahm aber schließlich an: »Pronto?« – »Professore. Błaszczykowski hier.« – »Błaszczykowski. Alles gut mit Ihnen?« – »Alles gut, ich wollte Ihnen nur sagen, dass ich drinnen warte. Nicht, dass Sie mich dann vor dem Eingang suchen.« Drinnen? Schmittkopf stotterte auf einem »a«, das er irgendwie noch zu einem »ok« umformte. »Gut«, sagte Błaszczykowski, »oben im Theatercafé, am Fenster. Bis gleich!« Auf der anderen Seite hörte Schmittkopf ein Knistern, dann Stille. Im Theatercafé. Schmittkopf strengte sein Gedächtnis an, konnte sich aber nicht daran erinnern, was das für eine Verabredung war. Nur allmählich fügten sich diffuse Gedächtnisfetzen zusammen. Vor einigen Wochen hatte Błaszczykowski, während er mit zwei Ingenieuren an einer Schnittstelle schraubte, von einem argentinischen Künstler erzählt – soviel wusste Schmittkopf noch – und von einem Auftritt im Teatro Rossini. Wahrscheinlich handelte es sich darum. Daran aber, dass er sich auf eine Verabredung eingelassen hatte, erinnerte Schmittkopf sich nicht. »Egal.« Er kam gerade sowieso nicht weiter. Eine Pause würde ihm guttun. Er fuhr die Maschine herunter. »Feierabend.«

Draußen regnete es. Mit hochgezogenem Jackenkragen lief Schmittkopf zur Haltestelle. Der Bus kam. Schmittkopf nahm hinten Platz. Hinter einem Film von Kondensationswasser zog schwarzes Altstadtgemäuer vorbei. Verschwommene Bilder wie die aus dem Experiment mit Viola Nespoli. Viola Nespoli, die jetzt in Rom auf einer Forster-Tagung war. Nespoli und Forster. Das hatte noch gefehlt … Andererseits: Was sollte da schon passieren? Schlimmstenfalls würde Forster ihr sagen »Schmittkopf ist ein Arschloch«. Vorausgesetzt, die beiden fänden überhaupt die Gelegenheit zu einem längeren Gespräch. Schmittkopf spürte einen Reiz im Rachen. Ein dunkler Katarrh löste sich. Viola Nespoli in Rom: Das war jetzt nebensächlich. Wichtig war die Arbeit, und insofern kam das Treffen mit Błaszczykowski gar nicht ungelegen. Błaszczykowski war der Richtige, um mal ein Auge auf die Maschine zu werfen. Nach der Theatervorstellung würde Schmittkopf ihn erst einmal auf ein, zwei Schnäpse einladen und dann mit ins Labor nehmen. Am Ende ließe sich das Ganze womöglich sogar recht einfach lösen. Und wenn nicht? Schmittkopf folgte einer Regenwasserperle am Fenster. Ein Mal noch. Ein einziges Mal noch würde er Kaninchen holen lassen für ein letztes Experiment. Dann war Schluss damit.

Am Viale XX Settembre stieg Schmittkopf aus und lief, unter Dachvorsprüngen Schutz vor dem Regen suchend, in die Richtung des Teatro Rossetti. Im Theatercafé saß Błaszczykowski an der Fensterfront und las in einem Buch. Außer ihm befand sich im Raum nur eine Gruppe von älteren Damen, die sich vor der Aufführung zu einem

Spritz getroffen hatten. »Ich hoffe, ich bin nicht zu spät«, grüßte Schmittkopf. »Salve, Professore!« Błaszczykowski klappte das Buch zu und reichte es Schmittkopf. Es handelte sich um eine Neuausgabe von Goldmanns Klassiker *The Worlds Within*, auf dem Umschlag war eine Abbildung von einem Obstbaum, in Sieb- oder Holzdruck. »Kennen Sie die Ausgabe schon? Sie können das Buch gerne haben, ich bin durch.« Błaszczykowski winkte die Kellnerin heran, eine langgewachsene Slawin. »Prego, signori.« Sie hatte schiefe Zähne. Schmittkopf deutete auf Błaszczykowskis Glas. »Dasselbe.« – »Blindes Vertrauen?«, spaßte Błaszczykowski. Schmittkopf schob seinen Stuhl zurecht und steckte das Buch ein, obwohl er Goldmanns Schriften in- und auswendig kannte. »Danke Ihnen. Aber erzählen Sie mir doch mal von dem Theaterstück, das uns da gleich erwartet.« Błaszczykowski lachte. »Theaterstück? Sie werden gleich sehen, was das für ein Theater ist. Es ist schon etwas Besonderes. Schade nur, dass der Pöbel kein Verständnis dafür hat. In zehn Minuten wird hier ein Konzert stattfinden, wie es die Stadt Trieste noch nicht erlebt hat, und wer kommt? Wir hier … die alten Damen dort, die ohnehin aus Langeweile auf jedes Konzert gehen … vielleicht noch ein paar Studenten.« Ein Konzert also, kein Theater. »Ich bin gespannt«, sagte Schmittkopf, »obwohl ich, um ehrlich zu sein, nicht genau weiß, worum es geht.« – »Da.« Błaszczykowski wies mit dem Kinn auf eine Affiche an einer Säule. In geschwungener Schrift las sich der Name des Autors: Jochen Gomes und darunter, in Bodoni: *Il Massacro*. Schmittkopf fasste sich an die Nasenwurzel und flüsterte den Namen des Komponisten zweimal hintereinander zu sich selbst. »Eigenartiger Name.« – »Ein Argentinier«, erklärte Błaszczykowski und reichte Schmittkopf das Programmheft. Er überflog den Text: »Jochen Gomes' neustes Werk beruht auf einem historischen Ereignis. Ausgangspunkt ist das Schicksal des Colonel William Crawford, der bei einem Feldzug gegen aufsässige Indianer, kurz vor Ende des Amerikanischen Unabhängigkeitskriegs, mit seinen Truppen in einen Hinterhalt gerät. Weil der Angriff verraten wurde, konnten sich die Indianer mit den Engländern zusammenschließen und Crawfords Operation zerschlagen. Als Vergeltung für ein Massaker, das die Unabhängigkeitskämpfer wenige Monate vorher in der Siedlung Gnadenhütten verübt hatten, wurden Crawford und seine Männer am Marterpfahl zu Tode gefoltert.« – »Also doch Theater«, folgerte Schmittkopf. Błaszczykowski schnalzte mit der Zunge. »Programmmusik. Der Plot ist todlangweilig. Aber was der alte Argentinier musikalisch daraus macht, ist grandios.«

Die Kellnerin stellte Schmittkopf ein rotes Getränk in einem Wermutglas auf den Tisch. Błaszczykowski hielt das Glas hoch, Schmittkopf stieß an. »Das Wichtigste sind die Synthesizer«, Błaszczykowski war in Fahrt gekommen, »unglaublich feine Maschinen! Alle handgemacht. Zweiundachtzig ist der Alte, Sie werden ihn ja gleich sehen, und immer wieder komponiert er neue Stücke und baut dazu die passenden Instrumente.« Ein Gong ertönte. Die Damengruppe stand auf. Inzwischen hatten sich auch einige Studenten im Foyer eingefunden. Błaszczykowski trank sein Glas in einem Zug aus, Schmittkopf ahmte ihn nach. »Hu! Was trinken Sie da eigentlich für ein Zeug?« Błaszczykowski lachte. Er stand auf und drückte der Kellnerin einen Geldschein in die Hand. »Lassen Sie, Professore, die Runde geht auf mich!«

Błaszczykowski bestand darauf, in der ersten Reihe zu sitzen. Als sich der Samtvorhang öffnete, erschien ein kleingewachsener Greis in einem gelblichen Lichtkegel. Er verbeugte sich vor dem Publikum und verschwand wieder im Dunkeln. Mit dem ersten Ton, der im Raum erklang, leuchtete das weiße Licht eines Verfolgers auf. Man sah Gomes, wie er an einer Wand aus Kabeln, Reglern und Hebeln hantierte und zwischen vier Türmen hin und herlief, die er nach und nach miteinander verkabelte. Ein voller Basston lief dem Publikum durch den Magen. Schmittkopf kam es vor, als massierte man ihm den Rücken von innen. Er atmete kurz und flach, wie unter einer zu kalten Dusche. Das Licht auf der Bühne ging nun in ein dunkles Grün über, während an der Spitze der Geräte geschwungene Neonschriftzüge aufleuchteten: Marderheide, Mexiko, Polen, Italien. Jeder Turm trug einen Namen. Vom Mexikoturm feuerte Gomes eine Reihe höherer Frequenzen durch den Saal. Schmittkopf blickte zur Seite und sah Błaszczykowski mit geschlossenen Augen wie in Trance sitzen. Schmittkopf versuchte, es ihm gleich zu tun, lehnte sich zurück und ließ die Lider zufallen. Wie durch Magie doppelte sich vor seinem inneren Auge die Theaterbühne. Eine Schar von Zerlumpten betrat den Vorstellungsraum und schleppte Gefangene hinein. Mit hasserfüllten Blicken schauten sie auf das Publikum. Auf ihn. Auf Schmittkopf. Ihre Augen waren gläsern, rötlich unterlaufen. Sie brannten vor Hass. »Porca troia«, wisperte Schmittkopf. Er öffnete die Augen, um sich zu vergewissern. Der alte Argentinier steckte gerade ein Kabel um und drehte an einem Regler, der einen Oszillator aufheulen ließ. Schmittkopf schob sich in seinem Sessel zurecht und schloss die Augen. Wieder sah er die Bilder von Zerlumpten aufblitzen, während sich der schrille Synthesizerton allmählich in das gellende Geschrei einiger Gefangener wandelte, die an Marterpfählen gefesselt wurden. Als sie den Kopf aufrichteten, sah Schmittkopf, dass ihre Gesichter schwarz angemalt waren. Ein Mann in einem Arztkittel betrat nun mit gemessenen Schritten den Raum. Sofort warfen sich die Zerlumpten auf den Boden, während er die Arme ausgebreitet hielt, solange, bis aus der Ferne das Heulen eines Wolfs zu hören war. Im Halbdunkeln erkannte Schmittkopf eine Reihe von Käfigen, in denen Gefangene eingesperrt waren. Einige Zerlumpte reichten ihnen Futter zwischen den Stangen. Mispeln. Schmittkopf riss die Augen auf. »Unglaublich.« Was er mit seiner Maschine im Institut nicht geschafft hatte, leisteten die vier Synthesizertürme des Argentiniers. Ganz klar sah er die Bilder aus dem Experiment mit Viola Nespoli vor Augen. Schmittkopf tupfte sich die Stirn mit dem Ärmel ab und schaute zu Błaszczykowski hinüber, der die Vorführung weiterhin zu genießen schien. Mit einem breiten Lächeln saß Błaszczykowski da, ja es kam Schmittkopf vor, als grinste er hämisch, so wie Kinder, wenn sie Erwachsene beim Lügen entlarven.

# Berge

## Desmoulins

Wir hatten zu Abend gegessen und saßen an einem letzten Schnaps. Desmoulins schob sein leeres Avernaglas auf dem Tisch herum und faselte vom Winter und von ukrainischen Frauen. Ich verstand nicht, worauf er hinauswollte. »Was meinen Sie?«, unterbrach ich. Desmoulins blickte mit ernster Miene auf. »Mein Bester, tun Sie doch nicht so ahnungslos, Sie wissen doch, was ich meine, wenn ich sage, dass die Kälte nirgendwo auf der Welt besser zu ertragen ist als in der Ukraine.« Ich schwieg, weil ich wusste, wie viel Desmoulins im Laufe des Abends getrunken hatte. »Nicht wahr?«, setzte er mit übertriebener Emphase hinzu. Ich nahm eine Zigarre aus meinem Etui. Der Silberbeschlag funkelte im Kerzenlicht. Ich hielt Desmoulins die Zigarren hin, doch er winkte ab. »Lassen Sie doch die albernen Kinkerlitzchen. Wir müssen uns hier nicht gegenseitig mit Geschenken traktieren. Sie wissen doch, dass ich seit Jahren nicht mehr rauche. Warten Sie mal, bis Ihnen der erste Tumor wächst, dann will ich sehen, ob sie Ihren Freunden genauso leichtfertig Gift anbieten.« Der Kellner räumte die Nachtischteller ab und erkundigte sich, ob alles in Ordnung sei. »Noch zwei Schnäpse«, befahl Desmoulins. Der junge Blondschopf nickte militärisch und verschwand hinter einem Wandschirm.

»Also«, sagte Desmoulins, während er einen zusammengehefteten Papierstoß aus einer Ledertasche nahm und auf den Tisch legte, »ich versuche, aus diesem ganzen Quatsch eine halbwegs zusammenhängende Geschichte herauszuarbeiten. Leicht ist es nicht, wie Sie sich wohl denken können.« Ich zog an meiner Zigarre. »Stört es Sie, wenn ich rauche?« – »Hören Sie doch, mein Bester, ich bin auf Ihre

Informationen angewiesen. Sonst hätte ich Sie doch nicht in dieses schicke Restaurant zitiert. Ich weiß nicht, was für ein verdrehtes Bild Sie von mir haben, aber dass ich nicht in Saus und Braus lebe, müssten Sie mittlerweile ja wissen. Und wenn es eine Sache gibt, wo ich zwischen Männern und Frauen streng unterscheide, dann sind das Einladungen zu teuren Abendessen, Sie verstehen mich doch wohl.« Der Kellner stellte zwei volle Schnapsgläser auf den Tisch. »Sie sollten hin und wieder ein Auge zudrücken und sich eine Zigarre gönnen, Desmoulins.« – »Nun hören Sie mir doch zu!« Er trank seinen Schnaps in einem Zug aus und wischte sich den Mund mit dem Handrücken. Seine Augen schimmerten, als stünde er unter dem Einfluss einer harten Droge. »Sie sehen, das ist ein stolzes Konvolut: Über 500 Seiten, Schriftgröße 10, einfacher Zeilenabstand. Das entspricht mehreren Tolstoi-Romanen.« Desmoulins winkte dem Kellner zu, hielt zwei Finger in die Luft und nickte. »Die meiste Information stammt von einem gewissen Goldmann«, erklärte er, »es sind aber auch Passagen aus anderen Quellen darunter, was sicherlich zum Teil für die Widersprüche mitverantwortlich ist. Nun denn, ich versuche gerade, die ganze Sache zu vereinheitlichen, verstehen Sie? Eine trockene akademische Aufgabe, werden Sie wohl meinen und zu Recht. Trotzdem ist es eine Notwendigkeit. Man will doch am Ende die Information so angeordnet haben, dass sie sich lesen lässt. Dass sie einen unzweideutigen Sinn ergibt. Das mag naiv klingen, aber es bringt uns weiter.«

Der Kellner kam mit zwei vollen Schnapsgläsern. Ich bedankte mich mit einem Lächeln und prostete Desmoulins zu. »Bringen Sie bitte noch zwei Schnäpse«, forderte Desmoulins. Der Kellner zögerte. »Noch zwei?« – »Ja, bitte.« – »Ich könnte Ihnen auch eine ganze Flasche bringen, und Sie schenken sich nach, so oft Sie möchten.« Desmoulins starrte auf den Kellner, der wiederum in meinem Blick nach Unterstützung suchte. »Wir möchten keine Flasche. Nur zwei Gläser«, sagte Desmoulins kategorisch. »Machen Sie sich keine Umstände«, sprang ich ein, »zwei Gläser werden schon reichen«. Ich zwinkerte dem Kellner zu, und er insistierte nicht weiter.

Am Nachbartisch nahm ein älteres Paar Platz. Ein Kellner mit Pferdeschwanz nahm der Frau den Pelzmantel ab. Der Gatte hinkte zum Tisch und nahm augenscheinlich unter großen Schmerzen Platz, fast riss er dabei die Tischdecke herunter. Desmoulins bemerkte, dass mich die Situation ablenkte und mahnte mich mit einem forschen Blick ab. Er klopfte auf den Papierstoß und schlug eine Seite auf. »Schauen Sie doch mal. Zum Beispiel hier, Seite 375.« Aus dem Konvolut hingen farbige Streifen heraus, die offenbar wichtige Stellen markierten. Seite 375 war rot markiert. »Goldmann zufolge hielt sich Viola Nespoli im Sommer 1975 über einen längeren Zeitraum in Jugoslawien auf. Sie muss am 2. oder 3. Juli mit dem Zug in Zagreb angekommen sein, die Datierung ist nicht immer sorgfältig, man zerbricht sich daran den Kopf. Oft erliegt man dem Eindruck, als führten zwei gänzlich unabhängige Kausalitätsketten zu einer einzigen Folge. Dann werden unter einem Datum Ereignisse aufgeführt, die sich unmöglich an ein und demselben Tag zugetragen haben können. Oder es kommt vor, dass sich ein vermeintlicher Tagesbericht über mehrere Wochen erstreckt, von den Zeitsprüngen ganz zu schweigen. Kurzum, trotz aller Wirrungen deutet vieles darauf hin, dass sich Viola Nespoli unmittelbar nach ihrer Ankunft in Zagreb bei einer Verwandten niederließ, einer gewissen Flavia Daniela Scalmani, die zu der Zeit an der Universität als Lektorin für Italianistik arbeitete. Inzwischen bin ich sogar an ein Foto von dieser Scalmani herangekommen, das ich in das einschlägige Fotoarchiv eingeheftet habe. Eine ansehnliche Frau, wie ich zugeben muss. Knapp zwei Wochen wird Nespoli bei ihr verbracht haben, bevor sie dann am 16. Juli in Belgrad auftaucht, das ist urkundlich belegt, denn sie hat an dem Tag bei der italienischen Botschaft Passangelegenheiten regeln müssen. Kommen Sie mit?« Ich nickte. Da gab es nichts, was man nicht hätte verstehen können. »Es gibt noch zahlreiche andere Dokumente, die belegen, dass sich Nespoli bis Mitte Juli in Jugoslawien auf hielt. Am 18. ist sie schließlich mit einem Nachtzug über Laibach und Venedig nach Mailand gefahren.« Desmoulins blinzelte mich an. Es war mir nicht klar, ob er eine Stellungnahme erwartete. »Sehr gut. Ich sehe nicht, wo das Problem sein sollte«, sagte ich. »Nun«, fuhr er fort, »das ist jetzt vielleicht nicht das beste Beispiel für das, was ich Ihnen sagen möchte, das Ganze ist nur eine Stichprobe, die die wahre Dimensionen des Problems allenfalls erahnen lässt. Aber bereits hier liegen widersprüchliche Informationen vor. Einer anderen Quelle zufolge war Nespoli zwischen dem 12. und dem 23. Juli 1975 in New York. Es gibt neben anderen Materialien auch 8-mm-Filmaufzeichnungen von einem damals sehr populären Schreibmaschinenrennen in Coney Island, bei dem Nespoli unter den Zuschauern deutlich zu erkennen ist. Am 18. desselben Monats besuchte sie in Begleitung der avantgardistischen Künstlerin Phillippa Stevenson einen Boxkampf im Madison Square Garden. Das passt doch alles nicht zusammen! Wirrer wird es noch, wenn wir Goldmanns Berichte mit anderen Quellen vergleichen. Da ist zum Beispiel ein gewisser Batzinger, der von demselben Aufenthalt berichtet, mit reichlichem Bildmaterial belegt, darunter Fotos vom Schreibmaschinenrennen. Batzinger verortet die Geschehnisse aber in Montevideo. Auf der anderen Halbkugel! Man könnte sich die Sache natürlich einfach machen, indem man Batzinger für verrückt erklärt. Über weite Strecken liest sich sein Bericht tatsächlich auch wie ein Zeugnis über den eigenen Wahnsinn. Allerdings wartet Batzinger an entscheidenden Stellen mit harten Fakten auf, belegt Hotelübernachtungen mit Quittungen und legt überzeugend dar, dass Viola Nespoli am 15. von Buenos Aires mit der Fähre nach Colonia del Sacramento übersetzte. Von Colonia gibt es sogar zwei Fotos, allerdings undatiert. Auf dem einen ist Nespoli vor dem alten Leuchtturm zu sehen, mit verwehter Kurzhaarfrisur und flatterndem Kleid, das andere zeigt sie beim Abendessen auf einer Terrasse in Begleitung eines jungen Mannes. Nun würde man natürlich gerne wissen, wer dieser Mann ist, vergisst dabei aber eine sehr viel wichtigere Frage: Wer steht hinter der Kamera? Verstehen Sie das Ausmaß des Ganzen?«

Ich verstand immer weniger, wie Desmoulins zum Schluss gekommen war, meine Hilfe könnte seine Forschungen voranbringen. Er trank sein Schnapsglas aus, während ich meine inzwischen erloschene Zigarre wieder anzündete. Ich paffte einen Ring in die Luft. »Desmoulins. Ich würde Ihnen ja wirklich gerne helfen, glauben Sie

mir. Ich verstehe aber nicht, worauf Sie hinauswollen.« – »Nein.«
Er schüttelte den Kopf, als hätte ich etwas ganz Falsches gesagt.
»Nein. Ich möchte diese Nespoli-Geschichte einfach nur sauber kriegen.« – »Sauber?« – »Nun, sauber ist vielleicht nicht der passendste
Begriff.« Er schob die leeren Schnapsgläser auf dem Tisch hin und
her, als spiele er damit Schach. Ich wusste, dass ich jetzt auf einige
absurde Tiraden gefasst sein musste. »Gut. Welcher wäre dann der
passendste Begriff?« Er reihte die leeren Gläser zu einer Diagonale.
Ich schob ihm mein volles Glas zu. »Trinken Sie ruhig, ich bin be-
dient.« Am Nachbartisch ließ der ältere Herr ein Besteckstück auf
den Boden klirren. Ein Kellner hastete herbei. »Sauber ist in der Tat
kein passender Begriff«, räumte Desmoulins ein, wahrscheinlich aber
nur, um meine Aufmerksamkeit nicht wieder an das Geschehen am
Nachbartisch zu verlieren. Er wartete den Blickkontakt ab, bevor er
ausführte. »Was ich meine, ist, die Geschichte ist einfach nicht plan,
verstehen Sie? Die Geschichte muss planiert, ausgebügelt, geglättet
werden. Eine Sache muss nach der anderen kommen, wie im echten
Leben, da überlappt sich ja auch nichts. Ich sitze heute hier, mit Ihnen,
in diesem Restaurant. Ich bin hier und nicht woanders. Oder wollen
Sie mir etwa weismachen, dass ich eben jetzt in China bin?« – »Oder
in Kiew.« – »Ach, ich bitte Sie!« Er schlug mit der Faust eine Ellipse
in die Luft. »Das könnte ja heiter werden, wenn ich jetzt auch noch
daran zweifelte, dass ich hier mit Ihnen in diesem Restaurant sitze und
dass wir soeben einen exzellenten Loup de Mer gegessen und dazu
einen Vecchio Snijder Rosé getrunken haben, einen ausgezeichneten
Roséwein im Übrigen, wie man ihn nur selten findet. Und nun sitzen wir hier, richtig? Sie sitzen doch hier vor mir. Würde es Sie nicht
verwundern, wenn jetzt ihr Handy klingelte und Sie wären derjenige,
der am anderen Ende der Leitung stünde und behauptete, in Peking
zu sein?« – »Was würde Sie daran überraschen?«, forderte ich ihn
heraus. Desmoulins stellte die leeren Schnapsgläser auf dem Tisch
um, so dass sie eine Kreisform andeuteten. Eine Weile starrte er in
die Leere, dann schlug er im Manuskript nach und legte es vor mich
auf den Tisch. »Schauen Sie sich zum Beispiel dieses Schema an.«

Ich schaute mir die Darstellung an, konnte aber den dahinterstehenden Gedanken nicht nachvollziehen. Trotzdem hielt ich es für angebracht, nicht weiter nachzufragen. Desmoulins indessen fuhr fort. »Sie sehen hier diese Parallelen. Das ist das eigentliche Problem. Es kann schließlich nicht sein, dass diese Frau an ein und demselben Tag an zwei so verschiedenen Orten wie Zagreb oder Montevideo oder New York unterwegs ist. Eine der Quellen muss die richtige sein, und ich möchte nur herausfinden, welche.« Er bemühte einen ersten Tonfall, der mich immerhin dazu brachte, ihm nicht offen mit Spott zu entgegnen. »Sie sind auf dem Holzweg, Desmoulins«, sagte ich so höflich es nur ging. »Mein Bester.« Er sprach jetzt leiser. Pausierter. »Sie kennen ja Viola Nespoli. Sie haben privilegierte Kanäle, auf die ein Außenstehender wie ich keinen Zugriff hat.« – »Überschätzen Sie mich nicht!« – »Ich überschätze Sie nicht, ich hoffe nur auf Ihre Hilfe.« Er hielt die Hand auf den Papierstapel, wie Geschworene oder Angeklagte die Hand auf die Bibel legen. »Verstehen Sie mich nicht verkehrt, Desmoulins, aber ich glaube, Ihr Ansatz ist schlichtweg falsch.« Er schnalzte mit der Zunge und blätterte in dem Stapel. »Das Beispiel, das ich ausgewählt habe, war vielleicht nicht das glücklichste, um Ihnen die Absurdität dieser Geschichte vor Augen zu führen. Ich könnte Ihnen zig bessere Stellen in dem Manuskript zeigen.« – »Desmoulins.« – »Es gibt bessere Beispiele, das sehe ich ein.« – »Desmoulins, ich weiß nicht, was Sie von mir wollen. Ich erkenne in Ihren Darlegungen überhaupt kein Problem.« – »Ich habe mich, glaube ich, nicht gut erklärt.« – »Klarer und deutlicher hätten Sie die Sache nicht erklären können.« Desmoulins blickte auf die Tischdecke und schwieg. »Entschuldigen Sie, ich muss kurz auf die Toilette.« Ich stand auf und ging zum Tresen. Eine Kellnerin tippte gerade etwas in die Kasse ein. »Ich würde gerne zahlen. Tisch 13.« – »Kein Problem, wir bringen Ihnen die Rechnung.« – »Ich würde gern sofort zahlen.« Die Kellnerin tippte einen Code in die Kasse ein, aus einem Schlitz kam ein Papierstreifen mit der Rechnung. Ich zahlte bar und gab dem Mädchen ein ordentliches Trinkgeld, was ich sonst nur selten mache. Womöglich würde Desmoulins beleidigt sein, aber das war mir in diesem Moment einerlei. Ich wollte mir nur nicht wieder nutzlose Aufgaben aufhalsen lassen. »Plan«, dachte ich bei mir, während ich zurück an unseren Platz ging, »was sollen Geschichten auch immer plan sein?« Das ältere Ehepaar saß an einem blutigen Rumpsteak. Dem Mann rutschte beim Schneiden wiederholt das Messer aus der Hand. Seine Frau kaute auf einem viel zu großen Stück herum, das sie offensichtlich nicht hinunterbekam. Etwas irritierte mich an der Umgebung. Etwas war anders. Ich schaute hinauf auf den Kronleuchter, es schien ein schwächeres Licht zu brennen. Dann begriff ich aber, dass alles viel einfacher war: Desmoulins war gegangen.

# Marderheide

## Das Halstuch

Lange starrte Błaszczykowski auf die Regentropfen, die über die Windschutzscheibe mäanderten und immer wieder von den Scheibenwischern ausradiert wurden. Glassplitter lagen im Auto verstreut. Durch das Einschussloch wehte nasser Fahrtwind. Błaszczykowski griff in seine Jackentasche:»Wollen Sie eine Bohne?« Daniela Boone lehnte ab, der Wagen holperte über eine Reihe von Schlaglöchern. Boone musste die Geschwindigkeit drosseln. Błaszczykowski schmiss sich zwei Kokainbohnen in den Mund und zermalmte sie laut. Er schaute auf die Rückbank zurück, wo der Tote lag, zusammengeklappt, mit offenem, wie im Schrei erstarrtem Mund. Błaszczykowski fragte sich, ob der Schütze es wirklich auf Schmittkopf abgesehen hatte. Ob es ein Anschlag gewesen war oder nicht vielmehr ein Zufall. Vielleicht hatte der Gnadenhüttler einfach eine Kugel gegen ein feindlich erscheinendes Fahrzeug abgefeuert. Eine Kugel, die ebenso gut auch ihm gegolten haben konnte. Błaszczykowski schluckte die breiige Bohnenmasse hinunter. Aber dann wiederum, wer hätte schon einen Psychiater abknallen wollen? Selbst wenn er in Schmittkopfs Krankenhaus arbeitete. Schmittkopf dagegen hatte echte Feinde, und das nicht nur im Klinikum. Es war ein offenes Geheimnis, dass in seiner Abteilung seit Jahren dreckige Geschäfte liefen. Niemand wusste genau, was Schmittkopf im D-Trakt trieb, doch die Gerüchte, die im Umlauf waren, ließen wenig Zweifel daran, dass er nicht einfach nur gute Kontakte zur kriminellen High Society pflegte, sondern selbst zu den Hochkarätern des sogenannten Kartells gehörte, das über Jahre hinweg die ganze Stadt bis tief in die Peripherie im Griff gehabt hatte. Dafür, dass es mit den glänzenden Zeiten allerdings vorbei war, gab es seit längerem klare Anzeichen. Die Blutbäder und Massaker, von denen in den letzten Monaten immer häufiger berichtet wurde, waren – auch das ließ sich erahnen – Symptome des Niedergangs. Längst hatten sich konkurrierende Banden die Vormachtstellung erkämpft und das Kartell in die Zange genommen, das hatte auch Schmittkopf einräumen müssen. Sein Bericht vom Blauen Geschwader und der gescheiterten »Operation Crawford« war nur ein weiterer Beleg für diese Entwicklungen, an deren vorläufigem Ende nun Schmittkopfs Tod stand.

Błaszczykowski war ernüchtert. Das Kokain brachte Ordnung in seinen Gedankengang. Eine ganze Kausalitätskette sah er vor sich ausgebreitet, offen wie die Steppenlandschaft, durch die sie fuhren. »Haben wir genug Sprit?« Daniela Boone hielt den kleinen Finger auf die Tankanzeige. Der Fingernagel war schwarz lackiert. »Ein Drittel.« – »Gut«, sagte Błaszczykowski, »wir müssen ins Krankenhaus. Aber …« Er zögerte einen Augenblick, so wie manchmal beim Blitzschach, wenn er unter Zeitdruck entscheiden musste, ob der Zug, den der Instinkt vorgab, wirklich der beste war. »Vorher fahren wir zu Schmittkopf.« Der Wagen krachte durch eine Pfütze. »Denselben Weg wieder zurück?«, fragte Boone. Błaszczykowski überlegte. Eigentlich schien ihm die Route unbedenklich, auch im unwahrscheinlichen Fall, dass der Schütze noch an der gleichen Stelle lauern sollte. Sie hätten durchaus wenden und zurückfahren können. Doch Błaszczykowski nahm ungern dieselbe Strecke für den Hin- und Rückweg. Er schloss lieber Kreise. »Wir fahren über den Industriegürtel zurück.« Das war zwar ein Umweg, aber er schloss einen Kreis. »Und was machen wir mit Schmittkopf?« Ein Lastwagen mit gelblich flimmernden Scheinwerfern brummte an ihnen vorbei. Durch das Loch in der Scheibe gelangte der Gestank von Diesel und Tierkot in den Innenraum des Wagens. Błaszczykowski öffnete seine Fensterscheibe, um frische Luft hereinzulassen. »Was wir mit Schmittkopf machen?«, wiederholte er Boones Frage. Er hielt den Arm aus dem Fenster, kalte Regentropfen platzten auf seiner Hand. »Wir lassen ihn erst einmal ruhen.«

Kurz vor Mitternacht erreichten sie die Residenz. Die Sicherheitsanlage registrierte Schmittkopfs Anwesenheit im herannahenden Wagen, das Einfahrtstor öffnete sich. Sie fuhren den Kieselweg hinauf und hielten vor dem Hauseingang. Unter großer Anstrengung schleiften Boone und Błaszczykowski den Leichnam aus dem Auto ins Foyer. Dort versuchten sie, ihn aufrecht an ein Kanapee zu lehnen, doch der Tote rutschte immer wieder ab. »Egal.« Błaszczykowski tastete Schmittkopfs Jackett ab. Aus einer Innentasche zog er eine himmelblaue Plastikkarte hervor: Schmittkopfs Dienstausweis. Błaszczykowski steckte die Karte ein und wischte sich mit dem Jackenärmel den Schweiß von der Stirn. »Was jetzt?«, fragte Daniela Boone, doch Błaszczykowski war bereits im Gang verschwunden, der zum Büro führte.

»Riskieren wir nicht zu viel?«, fragte Daniela Boone, die im Türrahmen erschien. Błaszczykowski saß an Schmittkopfs Schreibtisch. Er blickte kurz zu ihr auf, dann wühlte er weiter in den Unterlagen, Blätter voller unverständlicher Schemata, lauter Krempel. »Dass jemand noch so viel Papierzeug herumliegen hat«, bemerkte Daniela Boone, doch Błaszczykowski hörte gar nicht hin. Er war gänzlich darauf konzentriert, einen großformatigen Grundriss, auf den er im Durcheinander gestoßen war, zu verstehen. »Fort Togliatti«, murmelte Błaszczykowski. Das Hauptquartier des Imperium Wolf. Auf anderen Blättern waren Fotos von dem palastartigen Gebäude zu sehen, Außenansichten, daneben Diagramme mit Pfeilen in Rot und Blau.

Daniela Boone nahm sich das Bücherregal vor. Neben medizinischen Nachschlagewerken und Lexika lag eine Metallschatulle. Boone wollte das Stück inspizieren, es glitt ihr aber aus der Hand und schlug scheppernd auf dem Parkett auf. Błaszczykowski blickte sich um, Boone hielt die Schatulle zur Erklärung hoch. »Ich weiß«, sagte Błaszczykowski, »ein Kottwitz. Schmittkopf und Kottwitz waren Freunde.« – »Kottwitz? Der Künstler Kottwitz?« Sie schaute sich die Schatulle genau an, von allen Seiten. Auf der Vorderseite waren in dünner Antigua die Initialien »O K« eingraviert, darunter befand sich ein Druckverschluss. Boone versuchte, die Schatulle zu öffnen, aber die Klappe klemmte. »Ich halte wenig von solcher Kunst«, sagte Błaszczykowski, während er in einer Schublade stöberte, »und ich verstehe auch nicht die Wichtigtuer, die Millionen für diesen Scheiß ausgeben.« Boone legte die Schatulle zurück ins Regal. Das war also ein echter Kottwitz. Absurd. Absurder aber fand sie, dass Błaszczykowski es scheinbar nicht einmal in Erwägung zog, die Schatulle einzustecken. »Es muss noch etwas geben, kommen Sie«, sagte er hektisch und verschwand durch die Tür. Boone zögerte einen Augenblick. Dann nahm sie die Schatulle aus dem Regal und steckte sie ein.

Sie folgte Błaszczykowski die breite Marmortreppe hinauf in die erste Etage. Die Räume waren karg und unmöbliert, bis auf Schmittkopfs barockes Gemach, in das sie durch eine Flügeltür eintraten. In der Mitte des Raumes stand ein Himmelbett. Auf dem Nachttisch lag ein Digitalheft. Błaszczykowski setzte sich auf die Bettkante und schaltete das Gerät an. Ein digitalisiertes Faksimile von einem alten Buch wurde eingeblendet. Schmittkopfs Nachtlektüre. Błaszczykowski blätterte im Text. Es handelte sich um eine naturwissenschaftliche Abhandlung. »Das besondere wissenschaftliche Interesse an den Staatsquallen rührt daher, dass sie aus einer Vielzahl von morphologisch und funktionell spezialisierten Polypen zusammengesetzt sind. Jedes Einzeltier ist ein Individuum, aber ihre Integration ist so stark, dass die Kolonie den Charakter eines großen Organismus erreicht. Tatsächlich sind die meisten Zooiden so spezialisiert, dass sie nicht imstande sind, alleine zu überleben. Siphonophorae siedeln sich damit an der Grenze zwischen kolonialen und komplexen mehrzelligen Organismen an.« Ein unmöglicher Text. Błaszczykowski schloss die Datei und wählte die Bibliothek an. Außer dem Quallenbuch war da nur noch Goldmanns *The Worlds Within.* »Immerhin ein Klassiker«, murmelte Błaszczykowski. Er schaute in den Terminkalender. Es lagen keine Einträge vor. Alle älteren Termine waren gelöscht, die kommenden verschlüsselt. Er öffnete den Notizblock. Nichts. Gleiches beim Medienordner und bei den Kommunikationsverbindungen. So unvorsichtig war Schmittkopf scheinbar doch nicht gewesen. »Schauen Sie mal«, rief Daniela Boone vom Ende des Raumes. »Hier muss sich eine Frau aufgehalten haben.« Błaszczykowski blickte auf. »Hier!« In ihrer rechten Hand hielt Boone ein Frauenhalstuch in Beige- und Blautönen. In eines der Enden war ein Pferdekopf gestickt. »So etwas wird Schmittkopf doch nicht selbst getragen haben«, sagte Boone. In der Tat: Das Tuch passte nicht zu Schmittkopf. Ebensowenig passte allerdings die Vorstellung, dass er in diesem Raum eine Frau empfangen haben sollte. So war dieser Mann gar nicht denkbar. »Zeigen Sie mal.« Boone reichte Błaszczykowski das Halstuch. Er befühlte den Stoff und das Stickwerk, schnüffelte daran. »Nein!« Błaszczykowski hielt Boone das Tuch hin. »Haben Sie gerochen?« Sie schaute ihn fragend an. »Das Parfum«, erklärte Błaszczykowski und presste den Stoff an seine Nase. Die Gewissheit, die ihn überfiel: Er hätte sie am liebsten nicht gehabt. Aus der Jacken-innentasche nahm er sein Abtastgerät und strich mit dem Sensor über das Tuch. Der Apparat piepte zweimal, das Ergebnis wurde angezeigt. Wortlos starrte Błaszczykowski auf Daniela Boone. Es ergab keinen Sinn: In seinen Händen hielt er das Halstuch von Viola Nespoli.

## Das Essen

In einer regenreichen Landschaft hinter der Marderheide, wo ein kräftiger Nadelwald wächst und sich das Land unvermittelt zu einem Buckel zusammenstaucht, der sich steil ins Nichts krümmt, hinter Fichten verschanzt, am Rande eines unter meist grauem Himmel geduckt kauernden Dorfes, lebte Kottwitz. Allein mit seiner Frau. Kottwitz' Haus war ein Flachbau, den Bedürfnissen eines Behinderten angepasst. Es verfügte über eine Küchenzeile, ein Büro, ein Esszimmer und ein Kaminzimmer. Neben dem Wohnhaus gab es das Gartenhaus, in dem Kottwitz an seinen Skulpturen arbeitete. Zwei, drei Hilfsarbeiter aus dem Dorf, die keine Fragen stellten und aufgrund eines alten, von Generationen geformten knechtischen Charakters aus Gewohnheit gehorchten, verrichteten die Handarbeit nach den Angaben des Meisters.

Da Kottwitz wegen seines Rückenleidens viele Stunden des Tages liegend verbrachte, benötigte er nur wenig Schlaf; er fand ihn auf seinem selbstkonstruierten Gefährt. Ein Schlafzimmer hielt er für überflüssig. Weit mehr als Tag und Nacht bestimmten nämlich die Medikamente seinen Rhythmus. Oft schlief er tagsüber auf seiner Bahre ein und wachte mitten in der Nacht wieder auf. Dann fuhr er unruhig mit seiner Karre im Haus umher, brütete über Plänen und murmelte Unverständliches vor sich hin, eine Art Gedankenmelodie. Seine Frau nächtigte auf einer Pritsche nahe der Küchenzeile, wo sie über eine Ecke verfügte, in der sie ihren spärlichen Besitz verwahrte: ein paar Haarspangen, Murmeln und ein Heftchen mit Kochrezepten. Wenn Kottwitz nachts erwachte, pflegte er sie zu wecken, um sich ein Glas Wasser bringen zu lassen.

Kottwitz hatte seine Frau vor Jahren einem Säufer abgeschwatzt. Für sechs Flaschen Schnaps hatte der Holzarbeiter ihm die noch minderjährige Tochter überlassen. Kottwitz kannte damals bereits seine Diagnose und wusste, dass er einer Pflegerin bedürfen würde. Ein formbares, anspruchsloses Wesen, das er zur Magd, Haushälterin und Krankenschwester erziehen konnte, hatte er im Sinn. Die junge Trude entsprach seinen Vorstellungen. Geringe Schulbildung, ein einfaches Gemüt, Demut und Genügsamkeit – kurz, ein Mensch, der froh war, ein Dach über dem Kopf zu haben. Das Leben mit Kottwitz war freilich nicht einfach und das Dach über dem Kopf schwer verdient. Die Krankheit verlief in starken Schüben. Kurze Phasen zurückkehrender Kraft, vor denen Trude und die Knechte sich fürchteten, in denen er sogar den Gips ablegen konnte, wechselten mit langen Schmerzperioden. So lebten Kottwitz und seine Frau unter dem Diktat der Knochentuberkulose, deren Verlauf mit dem Wetter wechselte. Das nasskalte Klima tat ihm nicht gut, aber die Geschäfte banden ihn, und ein Umzug in die trockene Marderheide kam in der derzeitigen gefährlichen Lage nicht in Frage.

Kottwitz befand sich im Büro. Er hatte vor Tagen einen Knecht zu einem Markt an der Grenze zur Marderheide geschickt. Die Waldarbeiter betrieben hier mit den Gnadenhüttlern einen bescheidenen Handel mit Hühnern und Holzresten. Der Knecht sollte etwas über die Gefechte in der Marderheide in Erfahrung bringen. Von einem Gnadenhüttler hatte er gegen ein geringes Handgeld eine Zeitung erhalten, ein Bildmedium auf Papier, das neben dem Gerücht die einzige Nachrichtenform der Gnadenhüttler darstellte. Kottwitz besah das Papier mit seiner einfachen Ikonographie. Die Bildgeschichte erzählte das Schicksal des letzten Kommandos, das Schmittkopf in die Marderheide geschickt hatte. Es war möglich, dass es sich um eine Erfindung handelte, aber zweifellos wurde hier das Aufeinandertreffen des Blauen Geschwaders mit den Gnadenhüttlern nacherzählt. Demnach war Schmittkopfs Miliz in einen Hinterhalt geraten. Wer nicht auf der Stelle massakriert wurde, geriet in Gefangenschaft. Mit schwarzen Köpfen hatte der Illustrator die Gefangenen gezeichnet. Kottwitz hielt die Quelle für zuverlässig. Da die Gnadenhüttler zu schlecht bewaffnet waren, um erfolgreich Widerstand gegen das Geschwader zu leisten, mussten sie Verstärkung erhalten haben. Tatsächlich tauchten Männer mit Wolfsköpfen in der Bildergeschichte auf, ein deutlicher Verweis auf das Imperium Wolf. Für Kottwitz bedeutete der Untergang des an sich unbedeutenden Kommandos wenig, doch er besiegelte den Verlust der Vormachtstellung des Kartells in der Marderheide. Kottwitz wusste, dass Schmittkopf unter diesen Voraussetzungen nur noch unregelmäßig schlechte Ware liefern würde. Er hatte daher Forster zum Mittagessen in sein Anwesen eingeladen.

Trude verbrachte den gesamten Vormittag mit den Vorbereitungen. Es gab Schweinebraten mit Rotkohl und Semmelknödeln. Im ganzen Haus roch es nach Kohl, als pünktlich um halb eins eine Karawane von fünf schwarzen Limousinen den Waldweg hinauffuhr. Die Autos parkten vor Kottwitz' Flachbau. Aus einem stieg Forster aus, seine Gefolgschaft blieb zurück. Trude sah ihn durch den weißen Vorhang. Er trug einen grünen Anzug. Ohne zu klopfen trat er ein und fragte nach Kottwitz. Seine Haut glänzte leicht unter einem Rasierwasserfilm, er wirkte insgesamt unausgeschlafen, möglicherweise war er verkatert. Kottwitz fuhr aus einem Winkel, in dem er gewartet hatte, an den Esstisch heran. Trude servierte wortlos. Dann zog sie sich an den Kamin zurück und stickte. Viele großformatige Stickarbeiten mit Phantasieblumenwäldern, die ins Grenzenlose wucherten, hatte sie in ihrem Leben bereits vollendet.

Forster und Kottwitz aßen schweigend. Eine Fliege schwirrte durchs Esszimmer, was Kottwitz maßlos ärgerte. »Trude!«, rief er. »Die Fliege!«, womit er ausdrückte, dass niemand anders als Trude für das Erscheinen und Beseitigen der Fliege verantwortlich war. Forster aß mit Appetit. Als sein Teller leer war, sagte er in die Stille, zu Trude gewandt: »Es schmeckt vorzüglich.« Kottwitz machte dann nur ein schnalzendes Geräusch mit der Zunge, woraufhin Trude den Teller ein zweites Mal volllud. Auch diese Portion verschlang Forster lustvoll. Kottwitz aß nur eine Kinderportion.

»Forster«, sagte Kottwitz, nachdem Trude abgeräumt und den Herren, die sich ins Kaminzimmer begeben hatten, Apfelmus mit Zucker und Zimt als Nachtisch gebracht hatte, »sehen Sie den ausgestopften Fuchs über dem Kamin. Er hat den Knechten lange zugesetzt. Ihre wenigen Hühner, die sie in einem Verschlag hielten, hat er ihnen regelmäßig gestohlen. Der Knecht hat den Verschlag vernagelt. Dann hat der Fuchs beim anderen Knecht gefressen. Irgendwann haben sie ihn dann erwischt. Ich fand ihn schön und habe ihn ausgestopft. Eine angenehme Arbeit, das Ausstopfen. Sie schult die Finger und erlaubt ein genaues Studium der Natur. Ich habe dabei über den Fuchs nachgedacht, Forster. Ein schlaues Tier. Der Fuchs ist ja nicht deshalb schlau, weil er in der Lage ist, Hühner aus Ställen zu stehlen, die der Mensch gebaut hat. Das ist einfach nur geschickt.« Kottwitz nahm einen Löffel Apfelbrei. »Der Fuchs ist schlau, weil er in der Lage ist, seine Nahrungsquelle zu wechseln. Er stirbt nicht, weil eine Quelle versiegt. Der Fuchs sucht sich eine neue Quelle in seinem Streifgebiet. Auch andere Bauern haben Hühner.« Er blickte dabei Forster direkt in die Augen. Dieser legte seinen Löffel beiseite. »Herr Kottwitz, ich habe lange gezögert, Ihre Einladung anzunehmen. Aber der Schweinebraten, den Sie mir serviert haben, war ganz hervorragend. Ich bereue es daher nicht. Was Ihren Appetit auf Hühner angeht – oder wie sagt Schmittkopf doch gleich? Lurche? Jedenfalls, was Ihren Appetit auf Hühner angeht – oder auf Lurche, ganz egal – werde ich Ihnen nicht weiterhelfen. Um es einmal klipp und klar zu sagen, Herr Kottwitz, ich werde für Sie und Ihre sogenannte Kunst« – bei diesem Wort spuckte Forster auf den Boden – »keinen einzigen Gnadenhüttler verstümmeln lassen, nur damit Sie dann mit Ihren Basteleien Ihrer verkorksten Sexualität ein mickriges Vergnügen bereiten. Im Gegenteil: Ich werde Sie und Schmittkopf bekämpfen, wo ich nur kann. Ihr Geschäft gehört ausgeräuchert. Am liebsten würde ich Sie und Ihr miefiges Nest hier und heute durchsieben lassen. Draußen stehen, falls es Ihnen entgangen sein sollte, zwanzig schwerbewaffnete Männer. Aber ich mag Schwein mit Bleifüllung nicht. Außerdem haben Sie so einen heroischen Tod nicht verdient. Es ist doch das Beste, Ihrem Schrumpfleben das einzige Vergnügen, das

Sie haben, langsam zu entziehen, ehe Sie allmählich Ihre eigene Galle selbst vergiftet, Ihre Frau und Ihre Knechte Sie erschlagen oder Sie an Ihren eigenen Knochen verfaulen. Das steht Ihnen, Kottwitz, doch viel eher zu Gesicht.« Forster erhob sich und ging zur Tür hinaus. Nach einigen Sekunden heulten die Motoren wie im Chor laut auf, dann verschwand der Korso im Fichtenwald.

Es dauerte ein wenig, bis Trude ihren Gatten notdürftig beruhigt hatte. Kottwitz presste die Lippen zusammen. In Gedanken begann er, einen Brief an Schmittkopf zu formulieren. Er wusste, dass es nur einen Weg gab, sein Werk weiterzuführen. Er musste an Sgarby herankommen.

## Sonnenuntergang

Bis auf Schwarz und Rütters, die an einer Holzsitzbank am Fenster Platz genommen hatten, befanden sich keine Gäste in der Dorfkneipe. Die Wirtin stellte eine Kanne Kaffeegebräu und zwei Porzellantassen mit Blumenmotiven auf den Tisch. Schwarz nickte ihr ein Dankeschön zu. Ein Zahn funkelte in ihrem Oberkiefer, sie roch nach Pferdefell. Aus einem Lautsprecher, der schief an der Holzvertäfelung hing, knarzte ein altes Lied »komm zurück, komm zu mir«. Rütters schaute gedankenvergessen durch den weißen Tüllvorhang und pfiff die Melodie mit. Schwarz schenkte sich von dem Muckefuck ein. Es war ihm, als rieche der dampfende Trunk wie die Kellnerin, nach Pferdefell, genauer genommen nach verfilztem Pferdefell. Er nahm einen Schluck und setzte die Tasse wieder auf den Tisch. »Wir haben nicht mehr viel Zeit. Wenn wir die letzte Bahn nehmen wollen, müssen wir spätestens in zwanzig Minuten los.« Bis zum Bahnhof war es eine halbe Stunde Fußweg, die Verkehrsanbindung hier war nunmal schlecht. Der letzte Regionalzug fuhr kurz vor achtzehn Uhr. Danach gab es erst wieder früh am Morgen Züge. Schwarz hatte einen Zugplan vor sich ausgefaltet. »Der erste geht um Viertel nach fünf. Mit zwei Umstiegen.« Rütters unterbrach das Pfeifen. »Ich weiß ehrlich gesagt nicht, was wir bis fünf Uhr morgens in diesem Kaff machen sollen.« Schwarz streifte mit dem kleinen Finger über die Naht am Auge. »Ich auch nicht. Ich weiß nur, die ganze Sache ist absurd. Zuerst schickt Schmittkopf uns in die Psychiatrie. Für nichts. Dann schickt er uns mit einem Koffer zu Kottwitz. Kottwitz möchte uns mit einem anderen Koffer zu Sgarby schicken. Was soll das Ganze?« Er schaute Rütters an, der Zucker in sein

Gebräu gab. »Ich würde einfach nur gerne dieses Puzzle verstehen.« Rütters schlürfte an seiner Tasse. Die Metapher missfiel ihm. Von einem Puzzle konnte hier überhaupt nicht die Rede sein. Ein Puzzle war etwas völlig anderes. Ein Puzzle bestand aus mehreren Teilen, die sich auf irgendeine Art und Weise zusammenfügen ließen, so dass sich am Ende ein Bild ergab. In dieser Geschichte aber hing offenbar nichts mit nichts zusammen und das lag nicht etwa daran, dass Puzzleteile fehlten, sondern schlichtweg an der Beschaffenheit der Sache selbst. Mit einem Puzzle ließ sich hier nichts vergleichen. »Was für ein Puzzle denn?« Schwarz hatte den Eindruck, dass Rütters zu laut sprach und dass die Wirtin sie womöglich belauschen könnte. Er wandte sich um und schaute nach der Frau. Diese hantierte hinter der Theke an einem Gerät, das wie eine Fernbedienung aussah. An der Holzverkleidung über dem Tresen hing ein Schwarzweißbild von einem dunklen Rennfahrauto, das durch dichtes Farnengestrüpp fuhr. An der Seite war der Wagen mit der Nummer 7 versehen. Der Fahrer trug einen weißen Helm und eine übergroße Windschutzbrille. Schwarz schaute lange auf das Bild. Es wollte ihm nicht einleuchten, weshalb man ein solches Foto in einen Kirschholzrahmen gefasst hatte. Das Gefühl beschlich ihn, dass dieses Bild wohl einen Beleg hergab für Rütters' Einwand, dass sie es mit keinem Puzzle sondern mit etwas gänzlich anderem zu tun hatten. »Wir trinken den Kaffee aus und nehmen die Bahn«, sagte Rütters. Schwarz nickte sekundenlang. »Und die zweitausend lassen wir sausen?« Rütters nahm einen großen Schluck aus seiner Tasse, spuckte die Flüssigkeit aber sofort wieder hinein. »Was für ein Scheißzeug!« Er wischte sich den Mund mit einer Papierserviette. »Vielleicht ist es ja auch besser so«, fuhr Schwarz fort. »Dann sind wir immerhin auf der sicheren Seite. Stell dir vor, wir nehmen die Kohle an und Schmittkopf bekommt Wind davon. Dann bohrt er jedem von uns ein zweites Arschloch, da können wir Gift drauf nehmen.« Rütters winkte ab. »Schmittkopf ist doch nichts als ein hysterisches Weib! Ein Nichts. Eine leere Hülle, die man aufgeblasen hat. Man könnte auch sagen, dass Schmittkopf Luft ist. Luft, die man mit einem Namen versehen hat. Mit einem äußerst unglücklichen obendrein.« Ein grüner

Pritschenwagen polterte am Fenster vorbei. Aus dem Lautsprecher tönte jetzt Akkordeonmusik. Eine Frauenstimme schluchzte ein Liebeslied. »Wir können andererseits auch auf Schmittkopf scheißen, zu Kottwitz gehen, die zweitausend kassieren und morgen früh den ersten Zug nehmen«, sagte Schwarz. In seinem Tonfall schwang aber so wenig Überzeugung mit, dass Rütters gar keine Anstände machte, zu antworten, sondern sich lieber darauf verlegte, eine zerknüllte Fahrkarte vom Tischrand aus in die Kaffeetasse zu schnipsen. Erst als er nach mehreren Versuchen traf, schaute er auf. »Das stimmt schon, das mit Schmittkopf«, sagte Schwarz stockend, als bemühe er sich darum, einen abgebrochenen Gedankengang fortzuführen. »Wer weiß schon, wer Schmittkopf ist. Man hört und liest ja so viel über die Gestalt, dass man meinen könnte, es gibt nicht nur einen Schmittkopf, sondern fünf, sechs, zwanzig. Zum Beispiel habe ich schon mehrmals gehört, dass Schmittkopf einen Bruder hat, mit dem er sich vor langer Zeit zerstritten haben soll, und dass daher das ganze Durcheinander rührt.« Rütters unterbrach den Satz mit einem lauten Niesen. »Unfug«, sagte er, während er nach einem Taschentuch tappte. »Nicht dass du dich wieder erkältest«, sagte Schwarz. »Ach! Das kommt vom Staub hier.« Rütters schneuzte sich. »Auf Kottwitz lassen wir uns mal lieber nicht ein«, sagte er und wischte mit dem Ärmel über die Nase. »Am Ende landen wir selber noch auf Schmittkopfs Seziertisch.« Schwarz trank den Kaffee, der immer noch viel zu heiß war, mit einem Schluck leer. »Gut. Das meinte ich doch«, sagte er. Rütters zog Nasenschleim hoch und steckte das Taschentuch ein. Seinen Kaffee mit dem schwimmenden Papierknäuel ließ er stehen und bezahlte an der Theke.

Die Sonne hing wie ein riesiger Scheinwerfer tief über dem Dorf. Aus einem Hof erschallte lautes Hundegekläff, wie von einem gequälten Rudel. Schwarz und Rütters liefen die Landstraße entlang, ihren langgezogenen Schatten hinterher. Am Ende des Dorfes verdichteten sich die Bäume zu einem Wald. Die gelbe Abendsonne verschwand hinter dem Geäst, die Straße führte nun zwischen Fichten hindurch. Aus der entgegengesetzten Richtung näherte sich ein Fahrzeug, sie mussten an den Straßenrand ausweichen. Ein grüner Pritschenwagen rauschte an ihnen vorbei und schleuderte Kiesel gegen ihre Beine. »Den Wagen sehe ich heute schon zum dritten Mal«, bemerkte Schwarz im Weitergehen. »Diesen grünen?« – »Eben ist er noch am Wirtshaus vorbeigefahren. Ich merke mir solche Sachen.« »Vielleicht waren es ja verschiedene.« – »In diesem Grün?« – »Es gibt viele grüne Pritschenwagen.« – »Auf der Welt ja, aber in so einem kleinen Kaff, wo allenfalls an die hundert Leute leben?« Schwarz blieb stehen, um den Koffer abzustellen, bemerkte aber, dass er ihn gar nicht mehr trug. Die ganze Zeit über hatte das Gewicht des Koffers an seinem rechten Arm gelastet, obwohl der Koffer doch längst bei Kottwitz stand. Schwarz musste lachen. Rütters blickte zurück, lief aber weiter. Aus seiner Manteltasche nahm Schwarz eine Zigarettenpackung. Sie war leer. »Mist!« Er schleuderte die Schachtel ins Gebüsch und eilte Rütters hinterher. »Wir sind noch gut in der Zeit«, sagte Schwarz, als er Rütters eingeholt hatte. In ihrem Rücken näherte sich das Rattern eines Motors. Ein roter Traktor kam langsam den Hang heraufgefahren. Schwarz drehte sich um und lief rückwärts weiter. »Vielleicht haben wir ja Glück …« Er fuhr den linken Arm aus und streckte dem Fahrer den Daumen hin. Der Traktor fuhr durch ein breites Schlagloch, bremste und hielt auf der Höhe der beiden Fremden. Der Fahrer sah aus wie ein alter Zigeuner. Er hatte glattes fettiges Haar und einen flauschigen Schnurrbart, der seinen Mund gänzlich verdeckte. »Wohin?«, fragte er, und es war beiden, als öffnete er beim Sprechen den Mund nicht. »Wir müssen zum Bahnhof.« Der Zigeuner wies auf den leeren Anhänger. Schwarz schwang sich ohne zu zögern auf die offene Ladefläche. Der Zigeuner gab sofort Gas, obwohl Rütters noch gar nicht auf den Anhänger geklettert war und ein wenig unbeholfen an den Bordwänden hing. Schwarz musste ihn mit voller Kraft auf die Ladefläche ziehen, so dass beide mit einem Knall auf dem unregelmäßig gewölbten, rostigen Boden landeten. Sie krabbelten an das vordere Ende der Pritsche und lehnten sich mit dem Rücken an die Bordwand. Überall hingen Strohhalme an ihren Kleidern und es roch nach Mist und Tieren. Immer wieder holperte der Wagen durch Schlaglöcher, es quietschte und knarrte so laut, dass sich die beiden nicht einmal bemühten, ein Gespräch aufzunehmen. Die

Straße führte steil bergauf, der Traktor fuhr im Schrittempo. Schwarzer Qualm stieß aus dem Auspuff. Es stank nach verbranntem Öl. An einer Straßenwindung lichtete sich der Wald und in der Ferne wurde jetzt auch die Silhouette des Dorfes im roten Gegenlicht sichtbar. Rütters war es, als hörte er von weitem noch das Gekläffe der Hunde. Er spürte die Erschöpfung des langen Tages an allen Gliedern und sank erschlafft zusammen. Sein Kopf rutschte langsam auf die Schulter von Schwarz, der still dasaß und die Sonne hinter den Häusern des Dorfs verschwinden sah.

## Das Rennen

Viola Nespoli erwachte mit dem Gefühl eines weißen Kissens in ihrem Kopf. Durch das Fenster schien verwaschenes Tageslicht. Sie fühlte sich wie ein Kissen voll mit Daunen. Aus der nüchternen Einrichtung, dem Weiß der Bettwäsche und dem Geruch des Zimmers schloss sie, dass sie sich in einem Krankenhaus befand. Sie hatte keine Ahnung, warum. Neben sich sah sie ein rotes Kleid, von dem sie nicht sagen konnte, ob es sich um ihr eigenes handelte. Es lag jedoch nahe, dass es ihres war. Mit der Hand befühlte sie den samtenen Stoff. Kurz meinte sie, ihre Fingerspitzen würden sich erinnern, aber vielleicht war es nur der Samt, der ihr vertraut war. Sie erhob sich aus dem Bett, ihr Rücken kam ihr dehnbar wie eine Gummistange vor. Noch immer fühlte sie ein Wolkenkissen in ihrem Kopf. Ohne nachzudenken, zog sie sich das Kleid über, das ein wenig zu locker über ihrem Körper saß, aber vielleicht hatte sie abgenommen im Krankenhaus. Sie fand ein Paar Schuhe unter dem Schemel, auf dem das Kleid gelegen hatte und zog sie an. Sie sah jetzt auch ein Tablett, das auf ihrem Nachttisch ruhte. Krankenhausessen. Ein Sandwich, in Cellophan gewickelt, eine braungescheckte Banane, Trinkjoghurt. Sie nahm zuerst nur einen kleinen Bissen vom Brot, appetitlos. Während sie aber kaute und ihr Speichel die trockene Masse aufweichte, überkam sie ein jäher Heißhunger, der sie die Mahlzeit im Nu verschlingen ließ. Sie warf die Verpackungen in den Mülleimer und blickte auf das leere graue Tablett. Sie wusste, es war Zeit zu gehen.

Mit Herzklopfen öffnete sie die Zimmertür. Auf dem Gang war es dunkel und still. Sie zog ihre Schuhe aus und schlich den Flur entlang, bis sie sich in einer größeren Halle wiederfand. Dort zog sie die Schuhe wieder an, bewegte sich auf den Ausgang zu, nickte im Vorbeigehen zum Pförtner und sprach leise vor sich hin ein »Auf Wiedersehen«. Eine automatische Tür öffnete sich. Dann war sie draußen.

Vom Wald, der bis an das Krankenhaus heranreichte, ging ein spätsommerlicher Modergeruch aus. Viola Nespoli versuchte sich zu vergegenwärtigen, wo sie sich befand, aber sie wusste nur eins: Sie musste weg von hier, weit weg. Ein Name blinkte in ihrem Gedächtnis auf: Togliatti. Das war ihr Ziel. Dort musste sie hin. »Togliatti«, sagte Viola Nespoli, während sie an farblosen Vorstadtbauten entlang lief. Ihr Wagen musste in der Nähe sein. Sie hatte die Erinnerung an einen Parkplatz, und als hafteten an diesem Gedächtnisbild räumliche Koordinaten, steuerte sie ihre Schritte auf einen zweihundert Meter weiter gelegenen Parkplatz, der sich neben einem Lokal befand, ein Nachtcafé oder eine Stripbar. Es war geschlossen, aber an der Außenwand war ein Schild mit der Aufschrift »Sehnsucht« angebracht. Beim Lesen des Namens erfuhr sie einen dumpfen Schmerz, als würde ihr Kopf gegen etwas Hartes stoßen. Der Stoß signalisierte ihr, dass es besser sei, nicht weiter nachzudenken. Dennoch hatte sie den Eindruck, dass sie schon einmal hier gewesen war, ihr Wagen stand auch tatsächlich vor der Bar. Sie erkannte ihn sofort. Es war ein kleines, wendiges Amphibienfahrzeug, das man ihr geschenkt hatte. Wer es ihr geschenkt hatte, wusste sie nicht. Sie wusste nur, dass es ihr jemand geschenkt hatte. Wenn sie die Augen schloss, um an die Erinnerung zu gelangen, hatte sie das Gefühl, in ein geschwärztes Gesicht zu sehen.

Sie hielt ihren Daumen auf das Schloss. Mit einem Klack öffnete sich die Tür. Sie bestieg den Wagen wie das Innere einer Schutzhütte. Sie fuhr los. Dicke Wolken, grau und weiß hingen über der Weite. Sie musste zum Fort, das wusste sie, und auch, dass der Weg dorthin nicht ungefährlich war. Er führte auf den ersten Kilometern durch lichte Birkenwälder und verstreute Siedlungen der Gnadenhüttler, ehe die Straße mehrere Stunden lang das Niemandsland der Marderheide querte. Es waren diese Landstriche zwischen Gnadenhütten und Marderheide, in denen sich Gnadenhüttenkinder mit ehemaligen

Söldnern vermischt und eine eigenartige nomadische Kultur entwickelt hatten. Obwohl sie von einigen Ahnungslosen als friedfertig beschrieben wurden, hassten sie die Stadtbewohner, war doch der Hass von beiden Seiten über die Jahre kultiviert und zu einem Treibstoff der Kulturen geworden. Diesen Hass hatte sich das Imperium Wolf zu Nutze machen können, daran konnte sich Viola Nespoli vage erinnern.

Am Straßenrand standen Holzbaracken. In den Zwischenräumen spielten Kinder in Pfützen, Frauen standen vor ihren Hütten mit Säuglingen in den Armen und schauten Viola Nespoli hinterher. Kein Zweifel, ihr Wagen fiel in dieser Gegend auf. Hinter dem alten Rangierbahnhof begann ein Birkenwald, die Gnadenhüttensiedlungen wurden seltener, hier und da sah sie ausgebrannte Baracken. Nespoli schaltete den Geschichtsnavigator ein, aber es war nichts zu erkennen. Nur Rauschen. Nach einer Weile machte der Wald einer weiten, trockenen Ebene Platz. Viola Nespoli überkam eine ungute Vorahnung. Sie fuhr ziemlich schnell, so dass sich ein Gefühl des Schwebens einstellte, in welchem sie ihre Nervosität auflösen wollte. Nespoli fuhr auf eine langgestreckte Hügelkette zu. Ein Gnadenhüttenkind erschien am Straßenrand. Spärlich bekleidet. Der erste Mensch seit langem. Nach und nach sah sie Gnadenhüttenkinder aus dem trockenen Gras emporkommen, sah, wie sie sich von der Landschaft lösten. Kopf um Kopf. Sie schauten freundlich und trugen handgroße Schnellfeuerwaffen. Es war eine ganze Meute, die dort lauerte, bestimmt an die hundert. Viola Nespoli, die sich ihnen schon bis auf wenige Meter genähert hatte, wurde von ihnen herangewunken. Sie fuhr direkt auf sie zu. Drosselte ihr Tempo. Stieg aus. Unmissverständlich befahlen die Gnadenhüttler, sie solle sich entkleiden. Viola Nespoli zog ihr Kleid aus. Die Gnadenhüttler wirkten aufgebracht. Nespoli sah in die Gesichter einer Gruppe Männer und Frauen. Unter Schreien und Klagen, mit den zischenden Lauten ihrer Mundart, bewegten sie sich auf Viola Nespoli zu, wurden aber mit einem einzigen Ruf von einem zierlichen Männlein zurückgehalten, der einen Kopfschmuck aus Katzenhaar trug. Der Chef der Meute sprach leise Befehle. Er wies Viola an, sich weiter auszuziehen. Er sprach langsam. Die Szene beruhigte sich ein wenig. Mit stummen Gesten wählte er zwanzig seiner Jungen aus. Schlanke Krieger, dachte Nespoli in einer wirren Mischung aus Todesangst und Verachtung. Dann sagte er zu ihr mit einem weisen Lächeln: »Lauf um dein Leben.«

Viola Nespoli begriff den Ernst der Bedrohung. Ihr Körper reagierte blitzschnell. Sie rannte. Sie rannte, rannte und rannte. Nackt und verrückt vor Furcht rannte sie, ohne sich umzusehen. Hinter sich wusste sie eine Meute. Sie hörte sie rufen. Wie Jäger stießen sie helle Rufe aus. Was für eine kranke Welt, dachte sie. Das war mehrere Minuten lang ihr einziger Gedanke. Sie war schnell. Den Großteil der Verfolger hatte sie nach einer Weile abgehängt. Vielleicht waren sie doch zu schlecht ernährt, dachte Nespoli, nur einer, ein einziger blonder Läufer ließ sich nicht abschütteln. Er war ihr auf den Fersen geblieben. Sie erreichte eine bewaldete Schlucht. Viola Nespoli merkte, dass sie den Verfolger nicht würde abschütteln können. Er war zäh. Er trug einen kleinen kurzen Speer. Offensichtlich durfte er nach den makaberen Spielregeln des Rennens sie nicht aus der Ferne niederstrecken. Viola Nespoli rannte zwischen zwei Baumreihen hindurch auf einen Zaun zu. Sie sah ihn von weitem, es war ein morscher Holzzaun von etwa einem Meter Höhe. Viola begriff, dass sie über den Zaun springen musste, wenn sie sich retten wollte. Hinter ihr hörte sie die Schritte des Verfolgers. Der Zaun kam immer näher. Sie zog den Schritt an. Knapp vor dem Hindernis sprang sie und zog sich in die Luft wie ein springendes Pferd. Ihre Schenkel streiften das raue Holz des Zauns. Dann setzte sie auf der anderen Seite auf. Sie hatte Glück, denn der Boden war weich und federte den Sprung ab. Hinter dem Zaun führte ein Trampelpfad in eine Senke mit dicht nebeneinander wachsenden Kiefern. Sie schaute sich um. Anscheinend hatte der Verfolger Schwierigkeiten gehabt, den Zaun zu überwinden. Viola Nespoli hatte wertvolle Sekunden gewonnen. Als das Gelände ihr Schutz bot, versteckte sie sich hinter einer Kiefer. Sie nahm einen Stock, lautlos. Sie hörte den Atem des Verfolgers. Er war schnell, er passierte sie ahnungslos, sie warf ihm mit einem Schrei den Stock zwischen die Beine. Der Verfolger stürzte mit einem Schlag kopfüber zu Boden und schlug hart mit dem Gesicht auf. Entschlossen griff sie nach dem Speer und rammte ihn dem jungen Mann mit der Kraft des Wahnsinns in den Rücken. Er zuckte. Sie stach mehrfach zu, um sicher zu gehen, dass er tot war. Sie hatte längst aufgehört zu denken, sie folgte nur noch Instinkten. Am Gürtel ihres Opfers sah sie eine Wasserflasche. Sie ergriff sie und trank. Sie wusste nicht, wie nah die anderen Verfolger waren. Sie musste weiter. Nur seinen Pelzumhang nahm sie mit. Dann lief sie ohne Pause. Sie lief und lief. Erst am Abend, in der Dämmerung, als sie in der Niederung der Ebene Lichter erblickte, hörte sie auf zu rennen. Tränen liefen ihr über das Gesicht. In den Pelz eingehüllt, ahnte sie, dass sie fast am Ziel war. Sie zwang sich, weiter zu gehen. Rastlos schleppte sie sich die letzten Kilometer in die Sicherheit. Erschöpft, ausgetrocknet und zerrüttet erreichte Viola Nespoli das Fort Togliatti nachts gegen zwei Uhr. Sie hatte das Rennen gewonnen.

# MEXIKO

# Togliatti

Palmiro Michele Nicola Togliatti wurde 1893 in Genua geboren. Er wuchs in einer bürgerlichen katholischen Familie auf. Nachdem der Familienvater Antonio 1911 in einer Turiner Klinik einem langjährigen Krebsleiden erlag, hatte die Familie schwere Zeiten zu durchstehen. Die Witwe Togliatti verrichtete Schneiderarbeiten, während Palmiros älterer Bruder, der zu der Zeit noch Mathematik studierte, Nachhilfestunden gab. Der junge Palmiro selbst widmete sich mehr und mehr der Politik und trat im Alter von 21 Jahren der Sozialistischen Partei bei. Während des Ersten Weltkriegs diente Togliatti als Freiwilliger in verschiedenen Lazaretten des Roten Kreuzes, mitunter an der Front. Nach Ende des Krieges lernte er Antonio Gramsci kennen und wirkte fortan an dessen Zeitung *L'Ordine Nuovo* mit. Weil er Gramsci in der Turiner Redaktion vertreten musste, war Togliatti nicht anwesend, als die PCI, die Kommunistische Partei Italiens, am 15. Januar 1921 in Livorno gegründet wurde. Togliatti entwickelte sich dennoch rasch zu einer der wichtigsten Figuren der Partei und reiste als Repräsentant der PCI zum 6. Weltkongress der Internationalen nach Moskau. Gemeinsam mit Bucharin, Trotzkij und Thälmann wurde Togliatti in den Vorstand der Komintern gewählt. Während seines Aufenthalts in Moskau beschlossen die Faschisten unter Mussolini das Verbot der Kommunistischen Partei Italiens. Zahlreiche Parteimitglieder wurden bei großangelegten Razzien festgenommen. Togliatti blieb in Moskau und leitete nun die Italienische Partei als Generalsekretär vom Exil aus. Erst 1943, nach dem Waffenstillstand von Cassibile, durch das sich Italien aus dem Bündnis mit dem Deutschen Reich löste, kehrte Togliatti zurück nach Italien, wo er sich als Führungsfigur dafür einsetzte, die PCI zu einer starken Volkspartei zu machen. Im Dezember 1944 wurde Togliatti zum Vizepräsidenten des Ministerrats ernannt. Zwischen Juni 1945 und Juli 1946 bekleidete er das Amt des Justizministers. In den ersten Parlamentswahlen nach Kriegsende wurde das Bündnis von Kommunisten und Sozialisten zur zweiten politischen Kraft, hinter den Christdemokraten, die die absolute Mehrheit der Parlamentssitze errangen.

Im Sommer 1948 wurde Togliatti, nunmehr als Abgeordneter in den Reihen der Opposition tätig, beim Verlassen des Parlaments von Pistolenschüssen am Nacken und am Rücken getroffen. Eine weitere Kugel streifte seinen Kopf. Der Attentäter wurde auf der Stelle von Sicherheitskräften festgenommen. Es handelte sich um den 24-jährigen Sizilianer Antonio Pallante. Pallante hatte den Anschlag aus eigener Initiative verübt. Von einem Altmetallhändler hatte er für 1500 Lire eine alte Smith & Wesson, Kaliber 38, erstanden und war am frühen Vormittag des 14. Juli 1948 von Catania nach Rom gereist. Stundenlang hatte Pallante gegenüber dem Palazzo Montecitorio seinem Opfer aufgelauert. Als dieses in Gesellschaft seiner Liebhaberin, der Abgeordneten Leonilde Iotti, aus dem Gebäude heraustrat, feuerte Pallante vier Kugeln ab. Der beschränkten Durchschlagkraft der Munition, die man ihm zur Waffe gegeben hatte, ist es neben Pallantes nervöser Hand zu verdanken, dass Togliatti das Attentat überlebte und vom Chirurgen Pietro Valdoni erfolgreich behandelt werden konnte.

Die Berichterstattung nach dem Anschlag war konfus. Einige Medien verkündeten zunächst Togliattis Tod. Infolgedessen kam es in mehreren italienischen Städten zu gewaltsamen Ausschreitungen, die zahlreiche Tote forderten. Vielerorts errichtete die Bevölkerung Barrikaden. Streiks wurden einberufen und Fabriken besetzt. Mitarbeiter der Fiat nahmen den Vorsitzenden Vittorio Valletta als Geisel. In weiten Teilen des Landes brach das Telefonnetz zusammen, der Zugverkehr musste eingestellt werden. Vielerorts gingen Gebäude in Flammen auf,

Männer mit Maschinenpistolen postierten sich auf Hausdächern. Italien stand am Rande eines Bürgerkriegs.

Derweil gestand der Attentäter Antonio Pallante auf einer Polizeiwache in Rom seine Tat. Er bezeichnete Togliatti als Verräter und behauptete, den Anschlag aus Liebe zum Vaterland verübt zu haben. Sein Ziel sei es gewesen, Italien vor den Klauen der Sowjets zu retten. In Pallantes Reisegepäck fand man neben einer mit rotem Samt ausgeschlagenen Blechschatulle, der man keine größere Bedeutung zumaß, eine Kopie von Hitlers *Mein Kampf*. Nicht zuletzt aufgrund dieses Funds hielt man Pallante zunächst für einen geistig verwirrten, übereifrigen Faschisten. Später erfuhr man, dass Pallantes Vater im Zweiten Weltkrieg an der russischen Front gekämpft hatte und seit Kriegsende als vermisst galt. Der Anschlag war damit zugleich auch ein Racheakt, bei dem Togliatti stellvertretend für die Kriegsverbrechen der Sowjetunion büßen sollte.

Nach dem Attentat setzte Togliatti seine Arbeit als Vorsitzender der PCI bis zu seinem Tod im Jahr 1964 fort. Beim Trauerzug, der am 25. August in Rom stattfand, säumten über eine Million Menschen die Straßen. Viele schwenkten rote Fahnen und reckten ihre geballten Fäuste, ein Bild, das der Künstler Renato Gattuso in dem Gemälde *I Funerali di Togliatti* festgehalten hat. Es scheint, als habe man damals alle Mühe an den Tag gelegt, die dem toten Körper entstiegene Seele möglichst schnell unterzubringen. So wurde bereits wenige Wochen nach Togliattis Tod die für ihre Automobilindustrie bekannte Stadt Stawropol an der Wolga ihm zu Ehren umgetauft. Togliatti war jetzt nicht mehr ein Mann mit einer schmalen Nickelbrille und glattgekämmten schwarzen Haaren, sondern eine Industriestadt. Kantige Wohnblöcke reihten sich darin aneinander und durch die mit Stromkabeln verhangenen Straßen, die zwischen den Plattenbauten führten, schlichen schwerfällige Trolleybusse. Es war eine Stadt ohne Stadtkern und ohne Geschichte, die man 1955 am Kuibyschewer Stausee, unter dessen Wasser die alte Stadt Stawropol versunken lag, zu errichten begonnen hatte. Ihr eigentliches Zentrum war die Peripherie, ein langgezogener Gürtel von Lagerhallen und Fabrikgebäuden, in denen die große Mehrheit der Bevölkerung arbeitete.

Viele dieser Lager und Fabriken stehen inzwischen leer, Gebüsch und Efeu überwuchern den Beton, insbesondere im Südosten der Stadt. Lange Zeit wurde über die mögliche Sprengung der Industrieruinen diskutiert, um Platz für eine Sportarena oder ein Einkaufszentrum zu schaffen, am Ende geschah nichts. Der verwahrloste Stadtteil wäre sicherlich auch schnell in Vergessenheit geraten, hätte nicht der mexikanische Starkünstler Óscar Coto Vilches das Kulturamt in Togliatti ersucht, den fünfzigsten Todestag Palmiro Togliattis mit einer Lichtinstallation an der Fassade der Verklärungskathedrale zu begehen. Dieses Gesuch wurde zwar zurückgewiesen, doch bot die Stadt dem Künstler den verlassenen Industriekomplex an der Wolga als Alternative. Coto Vilches nahm das Angebot an und ließ mit denkwürdigem Aufwand mehrere an einer Flusswindung gelegene Gebäude in verschiedenen Rot- und Gelbtönen ausleuchten. Abends, wenn die Lichter des Kunstwerks angingen, entstand für den Betrachter, der die Installation vom gegenüberliegenden Wolgaufer aus betrachtete, die surrealistisch anmutende Wirkung, die alten Lagerhallen und Fabrikruinen wären in die Landschaft hineingeklebt, wie bei einer schlechten Fotomontage. Spektakuläre Bilder von Coto Vilches' Lichtkunstwerk zierten schon bald die Titelseiten von Zeitungen und Kunstzeitschriften auf der ganzen Welt. Neugierige und Kunstinteressierte reisten an, um sich zu vergewissern, dass die Fotos, die sie in der Presse gesehen hatten, einer Wirklichkeit entsprachen. Der Trubel um das Werk war enorm.

Seinen Ruhm verdankte Coto Vilches großenteils einem Geschäftsmann und Kunstmäzen aus Cuernavaca, Alejandro Fórster, der Coto Vilches' Vorhaben von Anfang an unterstützt hatte. Fórster, der sogar seine Flugangst überwand, um sich die Installation in Togliatti anzuschauen, zeigte sich von dem Werk dermaßen beeindruckt, dass er später im Garten seiner Villa in Cuernavaca eine gigantische Betonwand errichten ließ, nur um dort eine Filmaufzeichnung von Coto Vilches' Togliatti-Installation in einem ununterbrochen Loop zu projizieren.

Dieser Exzentrizität, die in Cuernavaca nicht nur für Begeisterung sorgte, ist der Name »Fort Togliatti« zu verdanken, mit dem der Volksmund seither Fórsters Luxusvilla auf dem Hügel über dem Stadtzentrum bedenkt. Ganz unangebracht ist die Bezeichnung nicht, denn es handelt sich bei Fórsters Villa in der Tat um eine Art moderner Festung, von einem meterhohen Sicherheitszaun umgeben und mit einem Einfahrtstor, das die Sicherheitsstandards mexikanischer Militärkasernen bei weitem übertrifft. Vom Tor aus führt eine gepflasterte Straße hinauf zur Villa, genauer gesagt zu einem Vorbau aus Stahl und Glas, der an den Eingangsbereich moderner Museen erinnert. In der Mitte dieses Raumes steht eine Bronzestatue, einen Wolf darstellend. Mittels eines ausgeklügelten Licht- und Schattenspiels wird für Besucher, die durch den Haupteingang in das Gebäude eintreten, der Eindruck erzeugt, der Wolf schwebe frei in der Luft, auf eine unsichtbare Beute sich stürzend. Tatsächlich sind an der Stelle, wo man die Beute vermuten würde, metallene Lettern in den Zementboden eingelassen, die den Titel des Werks bilden: *El Imperio del Lobo*. Von dem Foyer führt eine Treppe zum eigentlichen Villeneingang sowie zum Garten, von dem aus man die prächtige Altstadt von Cuernavaca übersieht.

In diesen Garten lud der alte Fórster anlässlich des 30. Geburtstags seines ältesten Sohns Silvio zu einem Cocktail ein. Diener in Fracks liefen zwischen Trauben von jungen Leuten und reichten Canapés und Becher mit Kaviarschaum herum, an mehreren Ständen wurden Mojitos und Horchatacocktails gemixt. Am Ende des Gartens ragte die Betonwand empor, auf der die Bilder von Coto Vilches' Togliatti-Installation flackerten. Alejandro Fórster saß auf der Terrasse neben Juan Franco Nespoli, einem alten Geschäftspartner, der in Begleitung seiner sechzehnjährigen Tochter angereist war, um ein wichtiges Geschäft zu besprechen. Etwas widerwillig hatte sich Juan Franco dazu überreden lassen, nach der Verhandlungsrunde auf der Party zu bleiben und umso verstimmter war er nun, als er sah, dass seine Tochter, einige Meter weiter am Poolrand, mit dem Geburtstagskind und einigen seiner Freunde in ein heiteres Gespräch verwickelt war. Als ein Diener an der Gruppe vorbeilief, schnappte sich der junge Fórster ein Glas Mojito, um es Viola Nespoli, die bislang noch nicht getrunken hatte, zu reichen. Schon beim Abendessen am Vortag war Juan Franco Nespoli nicht entgangen, dass der blonde Schönling ein Faible für Viola entwickelt haben musste, eine Feststellung, die ihn sichtlich verdrossen hatte und sich seitdem ausgesprochen negativ auf die Verhandlungen auswirkte. Auch am zweiten Tag waren die Gespräche nur schleppend vorangekommen. Von einem Einverständnis war man weit entfernt. Entsprechend erschöpft saß Juan Franco jetzt in einem Gartensessel und starrte in das bunte Gewirr, eine erloschene Zigarre im Mund. Der alte Fórster, der bis vor wenigen Minuten noch neben ihm gesessen hatte, war aufgestanden, um ein Pärchen zu empfangen, ein älterer Herr in Jeanshose und Polohemd und eine Frau in ihren Vierzigern, mit engsitzendem Glitzerkleid. Er führte sie durch den Garten zu der Gruppe, die sich um das Geburtstagskind versammelt hatte, und stellte die beiden – zwei gute Freunde von damals – seinem Sohn vor. Die Frau mit dem Glitzerkleid, Guadalupe, konnte sich noch an Silvio erinnern, von einem Autorennen in Gómez Palacio, zwanzig Jahre musste das her sein. Silvio Fórster erinnerte sich zwar an das Rennen, nicht aber an Guadalupe oder zumindest nicht an ihr Kleid, eine Bemerkung, über die sie laut lachte, ganz der Vater sei er, ganz der Vater, so etwas merke man am Humor. Silvios Vater seinerseits hatte sich inzwischen mit Guadalupes Ehemann einige Meter entfernt und erzählte ihm von den Wärmekameras, mit denen das Grundstück neulich ausgestattet worden war, während Guadalupe, halb zu Silvio, halb in die Runde fragte, ob nicht jemand einen guten Mechaniker in Cuernavaca kenne, sie hätten ein Problem mit ihrem Auto, einem Maserati, da dürfe man keinen Dilettanten ranlassen. Ein Freund von Silvio Fórster empfahl ihr einen gewissen Cuauhtémoc López, den besten Mechaniker in Cuernavaca, der notfalls sogar Flugzeugturbinen reparieren könne, und Guadalupe wollte sich sofort die Adresse notieren, fragte Silvio noch, ob auch er diesen López kenne, doch Silvio hörte ihre Frage gar nicht, denn ein Hausdiener war gerade zu ihm herangetreten und flüsterte ihm etwas ins Ohr, woraufhin Silvio erst in die Richtung seines Vaters schaute, der weiterhin von den Wärmekameras schwärmte, dann seinen Freunden ein vages Handzeichen zuwarf und sich entschuldigte, er käme sofort wieder, um schließlich dem Diener in das Hausinnere zu folgen.

Der Diener führte Silvio Fórster durch das Foyer. An der Tür zum Empfangszimmer stand neben einem Wächter mit glattgeschorenem Kopf die Hauswärterin Elena. »Gott sei Dank, dass Sie da sind«, sagte Elena. »Kommen Sie!« Fórster trat in das Zimmer. Auf einem weißen Polstersofa saß eine Frau, eingehüllt in einen viel zu großen Bademantel, den ihr wahrscheinlich Elena umgelegt hatte. Das Gesicht der Frau war verkratzt, die Haare filzig und verstaubt. Unter dem Mantelsaum schauten zwei schlammverschmutzte Beine hervor. Die Frau blickte Fórster mit gläsernen Augen an. »Diese Frau gibt an, Viola Nespoli zu sein«, sagte der Glatzkopf, »was natürlich unmöglich ist, zumal Fräulein Nespoli draußen am Swimming Pool steht. Außerdem ist diese Dame hier um einiges älter. Und gewiss keine Mexikanerin. Wir haben sie nur hereingelassen, weil sie unter Schluchzen beteuerte, Sie zu kennen.« Die Frau im Bademantel schwieg. Ihre Augen rissen eine Leere in den Raum. Fórsters ganzer Körper bebte, er hätte gerne gewusst, wie diese Frau in seinem Haus gelandet war, aber er brachte nur ein flatterndes »Nein« hervor. Die vermeintliche Viola Nespoli schwieg und schob ein Bein hinter das andere. Fórster schaute den Wächter, den er jetzt, im Gegenlicht, nur noch als Silhouette ausmachte, entgeistert an. »Nein nein«, wiederholte er, »das ist schon richtig«, seine Stimme zitterte, als sänge er ein Lied, »die junge Dame da ist Viola Nespoli.«

## Der Mariachi

Die Nachmittagssonne fächerte Staubstrahlen durch die Gassen von Rosario. Der Chauffeur ließ die Lichtblende herunter. Über eine schmale Sandpiste ruckelte der Dodge vorbei an den heruntergekommenen Hütten des Dorfes. Überall waren die Fensterverschläge – sofern man die Bretter und Blechplanen, die diese Aufgabe erfüllten, so nennen kann – geschlossen. Außer einigen Kötern, die im Schatten lagen, und Zopiloten, die über den Hängen der Sierra Madre ihre Kreise drehten, war kein Lebewesen weit und breit in Sicht. »Hier«, sagte Arturo Schmittkopf. Der Chauffeur brachte den Wagen vor einer größeren Holzhütte mit abblätterndem Anstrich zum Halt. Über dem Eingang prangte in verblichener Schrift der Name des Lokals: Sehnsucht. Ein Bodyguard öffnete Arturo die Tür. Von der Ladefläche des Dodge stiegen fünf Männer in ärmellosen Hemden ab. »Wartet hier«, befahl Arturo Schmittkopf. Einige lehnten sich an die Motorhaube und zündeten Zigaretten an.

In der Sehnsucht war es duster. Ein Ventilator surrte. Fahle Lichttupfen, die eine Diskokugel in den Raum warf, streiften über die Wände. Zwei Frauen mit hellblond gefärbten Haaren saßen auf Hockern am Tresen. Eine machte Knoten in einen Plastikstrohhalm, die andere begrüßte Arturo kaugummikauend mit der Frage, ob er etwas zu trinken wünsche. »Ich möchte Sgarby sprechen«, sagte Arturo, »er weiß Bescheid.« – »Er weiß Bescheid«, wiederholte die Kaugummikauende. Sie stand auf und streifte den Minirock zurecht, bevor sie durch eine Holztür hinter der Theke verschwand. Nach nur wenigen Sekunden erschien sie wieder, gefolgt von Sgarby, der einen Cigarillo rauchte. »Ah! Schmittkopf Junior!«, warf er Arturo entgegen. Dieser nickte ihm zu. Sgarby bat an einen Holztisch und ließ Getränke servieren. Er drückte seinen Cigarillo im Aschenbecher aus. »Worum geht's?« Arturo wusste, dass Sgarby kein Freund von Umschweifen war. Er nahm daher einen stattlichen Bund Dollarscheine aus seiner Brieftasche und schleuderte das Geld auf den Tisch. »Am Ende gibt's nochmal das Doppelte.« Sgarby tat unbeeindruckt. Er nahm einen neuen Cigarillo aus einem Kunststoffmäppchen, während ein Mädchen Rum auf Eis servierte. Arturo trank. Sgarby rauchte und schwieg. »Es ist ein verhältnismäßig leichter Job«, erklärte Arturo, »der obendrein keine Menschenleben kosten wird.« – »Das macht es ja nicht unbedingt leichter«, entgegnete Sgarby. Arturo ließ die Eiswürfel in seinem Glas kreisen. »Es geht um Pferde.« Sgarbys Pokerface regte sich keinen Millimeter. »Genauer gesagt um das Gestüt von Don Vicente Negro.« – »Pferde ...« Sgarby dehnte das Wort so sehr es ging in die Länge. »Du hast doch draußen vor der Tür ein ganzes Regiment stehen. Warum lässt du die den Scheiß nicht machen?« – »Das sind die Leute von meinem Vater.« Sgarby paffte. Arturo legte eine überlange Pause ein, bevor er die Pointe brachte: »Und die Pferde auch.« Sgarby paffte. »Ich verstehe.« – »Ich kann höchstens für das Ablenkungsmanöver sorgen, die Männer mit irgendetwas beschäftigen, während ihr zuschlagt. Was ich aber nicht kann, ist, sie aufs Gestüt loszuschicken.« Sgarby drückte die Augen zu: »Das ist verlockend. Du weißt, deinem Vater wische ich gern eins aus.« Kaum hatte er ausgesprochen, kam ein Scheppern von der Tür. Grelles Sonnenlicht fiel in den Raum, eine Silhouette erschien am Eingang und grüßte laut: »Guten Abend, die Herrschaften.« Der Mann trat an die Theke und stellte einen Gitarrenkoffer ab. Er nahm auf einem Hocker Platz. »Was ist das eigentlich für eine Affenhorde, die da draußen vor der Tür steht?« Seine Augen funkelten. Er musste auf Drogen sein, Kokain oder Speed. Arturo bemerkte, dass die Anwesenheit des Exzentrikers Sgarby unruhig werden ließ. »Die Affen dachten, ich trage irgendwelche Waffen in meinem Gitarrenkoffer. Wobei doch jeder weiß, dass man Waffen woanders versteckt. Mein Messer zum Beispiel trage ich in meiner Westentasche.« Er ließ ein

Springmesser wiederholt aufschnappen. »Affen!« – »Tomás«, sagte Sgarby, um Ernst bemüht, »ich führe gerade ein Gespräch.« – »Ja sicher, mit einem wichtigen fremden Mann, der uns mal wieder alle in den Arsch ficken will, nicht wahr? Lassen Sie mich ein Lied für Sie singen, Fremder.« Er packte seine Gitarre aus dem Koffer und schlug einen Akkord. »Buena, Mariachi!«, kicherte eines der Mädchen und klatschte in die Hände. Arturo blickte sich um. Aus dem Nichts hatte sich eine Gruppe von Frauen gebildet. Vermutlich waren sie aus einem Hinterzimmer oder aus einer dunklen Ecke des Raumes gekommen. Sgarby versenkte das Gesicht in den Händen. Der Mariachi zupfte ein Arpeggio und sang. Jemand hatte einen Theaterscheinwerfer auf ihn gerichtet. Arturo war es, als schaue er sich einen Film aus einem fremden Land an, synchronisiert ins Spanische. Zu diesem Eindruck trug nicht zuletzt die Feststellung bei, dass die Lippenbewegungen des Sängers scheinbar nicht mit dem Gesang übereinstimmten. Es war wie ein dilettantisches Playback von einem Lied aus den Fünfzigern, das Arturo in seiner Kindheit oft gehört hatte, im Wohnzimmer seines Vaters, auf dem alten Plattenspieler:

*Du, blasser Schatten ferner Stunden,*
*geh nicht hinein ins Sonnenlicht,*
*nicht in die Strahlen, die dich umschlingen,*
*wie Efeu, der dich hält, meinen Armen gleich.*

Und der Refrain:

*Komm zurück, komm zu mir.*
*Flieh vor der Dunkelheit,*
*bring mir die Welt.*
*Komm zurück, komm zurück zu mir.*
*Verweile hier*
*bei mir,*
*in der Vergangenheit.*

Der letzte Akkord schallte noch durch den Raum, da vermischte er sich schon mit dem Geschrei und dem Applaus der Frauen. Auch Arturo, halb hypnotisiert, klatschte mit, unter Sgarbys widerwilligem Blick. Als der Mariachi seinen Auftritt um eine Zugabe verlängern wollte, verlor Sgarby die Geduld und stand von seinem Platz auf. »Tomás!« Die Gitarre verstummte. Tomás gaffte Sgarby mit großen Augen an. »Wie? Ich spiel solange, bis ich meine Gage bekomme. Ich bekomme nämlich noch eine Gage. Sozusagen.« – »Tomás!« Sgarby packte den Mariachi am Arm. Er flüsterte ihm etwas zu, doch Tomás ließ sich nicht besänftigen. »Ich spiele, bis ich meine Gage bekomme.« Sgarby wandte sich an Arturo: »Wir machen sofort weiter. Dolores begleitet dich erst einmal auf ein Glas Sekt in die Lounge, nicht wahr, Dolores? Macht es euch oben gemütlich, wir reden gleich weiter.« Dolores war eine der beiden Frauen mit blondgefärbtem Haar, die Arturo am Eingang gesehen hatte. Sie bat ihn, ihr zu folgen, eine knirschende Holztreppe hinauf, die sich hinter einem Samtvorhang verbarg und auf eine Balustrade führte, die Arturo von unten gar nicht aufgefallen war. Von hier bot sich ein Ausblick über die gesamte untere Etage. Gerade sah Arturo, wie sich Sgarby auf einen Hocker zu Tomás setzte und ihm einen Cigarillo anbot. »Komm!«, sagte Dolores. Sie gelangten in einen rotbeleuchteten Flur mit schmalen, in scheinbar sinnloser Abfolge durchnummerierten Holztüren: 301, 23, 39; die 27 tauchte gleich zweimal auf. In eine davon traten sie ein. Eine zwerghafte ältere Frau, die beiden gefolgt war, stellte einen Kühleimer mit Sekt auf einen Tisch, dazu zwei Gläser. Dann verließ sie den Raum. Arturo setzte sich auf ein violett bezogenes Kanapee, Dolores reichte ihm ein Sektglas und blieb vor ihm stehen. Von oben herab schaute sie ihn lasziv an, die Vorderzähne in die Unterlippe gepresst. Arturo begriff nicht, wie er sich dazu hatte überreden lassen, mit einer Dorfhure auf ein Zimmer zu gehen. Er hätte ebenso gut draußen bei seinen Leuten warten können. Dolores streifte ihr Oberteil ab. Zwei welke Brüste kamen zum Vorschein. »Hast du jemals zwei so schöne Brüste gesehen?« Arturo schaute verschämt hin. Ein Duft von Blumen ging von Dolores' Haut aus. Sie hatte in der Tat keine hässlichen Brüste, musste er sich gestehen, auch wenn sie ein wenig hingen. Und wann hatte er überhaupt das letzte Mal zwei Brüste vor sich gehabt? Im Fernsehen noch vor ein paar Tagen. Aber im echten Leben? Seit Jahren hatte er keine Freundin gehabt. Seit Juana, mit ihrem Mädchenbusen. Seither war er zur Einsicht gekommen, dass Frauen unvereinbar waren mit seinem Leben. Dolores öffnete einen Reissverschluss an der Hüfte. Ihr Röckchen glitt an den Beinen hinab. Darunter war sie nackt. Ihr ganzer dunkler Körper stand zur Schau. Die Schamhaare waren zu einem feinen Dreieck geformt, das wie ein Pfeil auf die Öffnung zwischen den Beinen deutete. Arturo trank sein Glas leer. Dolores schwang die Hüften, es glitzerte in ihrem Geschlecht, und Arturo verstand nicht, ob sie es mit irgendeiner Creme eingerieben hatte oder ob es nur seine Geilheit war, die ihn Sternchen sehen ließ. Langsam schmiegte sie sich an seinen Schoß, fast von allein ging seine Hose auf und ehe er sich besann, war er in ihr. Er lehnte sich zurück, die Augen weit geöffnet, um den Anblick dieser Frau, die ihm immer schöner vorkam, zu genießen, eine märchenhafte Konkubine, die sich sanft schaukeln ließ auf seinem Schoß. Ein Poltern und ein Geschrei unterbrachen den Traum. »Was war das?«, fragte Arturo, die Hände um Dolores' Hüften geklammert. Sie horchte kurz hinunter, es waren laute Stimmen zu hören. »Was wird das schon sein?«, hauchte sie hin und begann wieder mit ihren rhythmischen Bewegungen. Ein lauter Knall unterbrach sie jedoch nach nur wenigen Sekunden. »Was war das?« Arturo riss sich von ihr los und lief, die Hose in der Hand, zur Zimmertür. Er horchte. Tumulthaftes Durcheinander, dazwischen Frauenschreie. Dolores war bleich geworden. Nackt stand sie im Raum und schaute Arturo entsetzt an. Er knöpfte seine Hose zu und riss die Tür auf. »Nein«, flüsterte Dolores, doch Arturo hastete bereits durch den Flur. An der Balustrade blieb er stehen und schaute hinunter. Zwei Männer wickelten gerade eine Leiche – anscheinend die des Mariachi – in eine Plastikplane ein. Sgarby saß an einem Tisch, inmitten einer Traube von Frauen. Eine von ihnen drückte ihm ein blutverschmiertes Tuch auf das Gesicht. Einige von Schmittkopfs Männern waren, da sie den Lärm gehört hatten, in den Raum geeilt. Sie standen im Hintergrund und schauten etwas verblüfft dem chaotischen Schauspiel zu. Die Zwergfrau, die Arturo und Dolores auf das Zimmer begleitet hatte, versuchte die Fremden aus dem Raum zu scheuchen. Sie fuchtelte wild und schimpfte, dass sie sich aus dem Staub machen sollten, hier hätten sie nichts zu suchen. Einen der Bodyguards, einen fast zwei Meter hohen Recken, zerrte sie an der Hose zur Tür hinaus, die anderen folgten, verwirrt aber scheinbar in der Gewissheit, dass Arturo nichts widerfahren war. Ob die Alte erzählt hatte, dass er mit einer Hure auf einem Zimmer war? Das hätten sie ihr wahrscheinlich nicht abgenommen. Gerade wollten Sgarbys Männer die Leiche hinaustragen, da stand Sgarby auf, riss das Tuch vom Gesicht des Toten und schrie mit gellender Stimme: »Dieses Tier zerlegt ihr mir in kleinste Teile und macht Kopfstein daraus!« Blut quoll dabei aus der Mitte seines Gesichts, aus der Stelle, wo früher seine Nase gewesen war.

## Der Tunnel

Ein Abschnitt der Schnellstraße zwischen Victoria de Durango und Chihuahua wurde nie fertiggestellt. Ursprünglich war eine Brücke geplant, die über ein Tal bei Hidalgo del Parral, am Rande der westlichen Sierra Madre, gespannt werden und die Fahrtdauer erheblich verkürzen sollte. Von diesem Bauwerk wurden lediglich zwei Betonpfeiler errichtet, bevor das für den Bau verantwortliche Konsortium, dessen Vorsitzender Don Manuel Esteban de Schmittkopf seit langem unter dem Verdacht der Geldwäscherei und der Veruntreuung staatlicher Mittel gestanden hatte, am Ende einer Reihe von Zerwürfnissen und juristischen Skandalen Insolvenz anmeldete. Allerdings trug das Konsortium – was den wenigsten bekannt sein dürfte – keineswegs die alleinige Schuld an dem gescheiterten Bauvorhaben. An entscheidender Stelle sah sich das Projekt nämlich widrigen äußeren – man könnte auch sagen »ausländischen« – Einflüssen ausgesetzt, die in Verbindung mit den Schwierigkeiten des Vorhabens das verhängnisvolle Ende vorzeichneten. Aufgrund der Komplexität des Terrains und der technischen Herausforderungen hatten die Chefingenieure immer wieder die Forderung nach fachlicher Beratung aus dem Ausland laut werden lassen. Es dauerte jedoch lange – zu lange –, bis die Direktion einlenkte und eine internationale Expertenkommission zur Begutachtung der Planungsarbeiten nach Hidalgo del Parral einlud.

Anfang September traf der Bauingenieur Roman Błaszczykowski ein. Aufgrund einer Notlandung seines Flugzeugs erreichte er Hidalgo mit vierundzwanzigstündiger Verspätung. In der Erwartung, der Ingenieur würde in Begleitung eines ganzen Trosses von Fachleuten und Assistenten erscheinen, war ein Bus zum Flughafen in Chihuahua geschickt worden, um Błaszczykowski samt seinem Team nach Parral zu bringen. Die Überraschung war nicht klein, als am Rathausplatz von Parral Błaszczykowski als Einziger aus dem Bus stieg. Chefingenieur Jiménez, der Błaszczykowski zur Begrüßung die Hand reichte, vermochte es nicht, die etwas brüsk formulierte Frage zu unterlassen, was mit den restlichen Mitgliedern der Expertenkommission geschehen sei. Błaszczykowski entgegnete dem gebrochenen Englisch des Mexikaners mit tadellosem Spanisch: »Die Kommission bin ich.« Jiménez wollte nicht begreifen. »Sie kommen alleine?« – »Wie Sie sehen.« Jiménez bemühte ein Lachen. Waren seine Leute etwa ohne jegliche Anhaltspunkte davon ausgegangen, dass ein Expertenbesuch unter keinen Umständen von weniger als vierzig Leuten abgestattet würde? Hatte man die Zahl aus dem Bauch heraus kalkuliert? Oder hatte man es schlichtweg versäumt, Informationen über die genaue Anzahl der Kommissionsmitglieder einzuholen? Wie es auch sein mochte, die zuständigen Personen mussten zur Rechenschaft gezogen werden, denn es stand viel auf dem Spiel. Nun aber galt es zu improvisieren, eine Kunst, die Jiménez nur mangelhaft beherrschte. Er kratzte sich am Hinterkopf. Mehr aus Verlegenheit als zu einem bestimmten Zweck begann er, seine Mitarbeiter, die vor dem Hoteleingang im Halbkreis standen, einzeln vorzustellen. Auf Błaszczykowski wirkte die Gruppe wie eine Großfamilie. Die Männer hatten runde dunkle Gesichter und trugen ohne Ausnahme die gleiche Frisur, mit reichlich Gel im Haar. Die drei Frauen der Gruppe hielten sich im Hintergrund, sie standen auf wackeligen Absätzen und hatten die Haare in einem fuchsbraunen Ton gefärbt. Während Jiménez sie vorstellte, lächelten sie angestrengt . Jiménez kam sich albern vor. Was musste der Ausländer nicht insgeheim schmunzeln, über diese zwanzig Nichtsnutze, die ihm da vorgestellt wurden. Die Hälfte der Mitarbeiter, nein, weniger noch, ein Viertel der Truppe hätte gereicht, und womöglich wären ihm die Missverständnisse und anderen Probleme, die jetzt noch überall lauern mochten, erspart geblieben. Jiménez schwitzte, er tupfte sich die Stirn mit einem Stofftaschentuch ab, gleich zweimal verwechselte er bei der Vorstellung Gómez und López. Er spielte mit dem Gedanken, das Briefing, das für die nächste Stunde anberaumt war, kurzerhand zu streichen, um den restlichen Verlauf des Besuchs in Ruhe neu zu planen. Da er aber nicht wusste, wie dies am besten zu bewerkstelligen sei, lud er die Runde schließlich doch ins Hotel. Einen Hotelburschen, der erst jetzt herbeieilte, um sich Błaszczykowskis Gepäck anzunehmen, fuhr Jiménez schroff an. Selbst die simpelsten Sachen funktionierten nicht.

Die Gruppe begab sich in den Konferenzraum, wo eine Präsentation über das Bauprojekt stattfinden sollte. Błaszczykowski nahm in der ersten Reihe Platz. Während er einen Schluck Wasser trank, begannen die Ingenieure mit der Vorstellung verschiedener Skizzen und Baupläne für die Brücke, die an eine Leinwand projiziert wurden. Das Bild schien Błaszczykowski unscharf. Etwas musste mit den Einstellungen des Projektors nicht stimmen. Es fiel ihm aber auch ansonsten schwer, der Präsentation zu folgen, und das lag nicht nur an der Ermattung infolge der beschwerlichen Anreise, sondern vor allem an der Art und Weise, wie die Präsentation gehalten wurde. Anscheinend sollte die außergewöhnliche Präsentationstechnik dazu beitragen, die Inhalte lebhafter zu machen. In Wirklichkeit verwirrte sie nur. Abwechselnd wurden verschiedene Pläne von Brücken sowie eine topographische Karte, auf der der Verlauf der zu bauenden Schnellstraße eingezeichnet war, projiziert. Bei der Erläuterung der Bilder verwickelten sich die Sprecher, die sich nach und nach abwechselten, teilweise in eklatante Widersprüche, ohne sich jedoch, wie es schien, dessen bewusst zu werden. Manchmal ergriff auch Jiménez das Wort. Er fügte dann aber nicht etwa einen offenen Gedankengang zu Ende, sondern wiederholte nur das, was der Vorsprecher gesagt hatte, woraufhin ein neuer Sprecher mit einer gänzlich neuen Idee folgte. So verliefen alle Stränge ins Leere, die Information zerfaserte. Eine Weile lang verlegte sich Błaszczykowski darauf, eine Regelmäßigkeit bei der Sprecherabfolge auszumachen, denn er hielt es zunächst noch für möglich, dass hinter dem scheinbaren Chaos eine ausgeklügelte Dramaturgie stand. Er musste sich jedoch rasch mit der Gewissheit abfinden, dass er es mit einer absolut zufälligen Sprecherabfolge zu tun hatte. Irgendwann gab er seine Bemühungen auf, der ganzen Veranstaltung einen Sinn abzugewinnen, und starrte nur noch auf die Bilder, die sich an der Leinwand abwechselten. Sie waren in der Tat unscharf.

Am nächsten Morgen erschien Jiménez um Punkt neun im eigens für die Expertendelegation reservierten Frühstückszimmer. Er hatte beschlossen, sich fortan alleine um den Gast zu kümmern, und den Mitarbeitern andere Aufgaben zugewiesen. Mit Unmut musste er bei Betreten des Raumes feststellen, dass noch niemand die Hotelleitung um eine Korrektur der Reservierungen ersucht hatte. In der Mitte des Zimmers stand ein üppig gedeckter Tisch, mit Unmengen exotischer Früchte, Dutzenden Saftkaraffen, Käse- und Wurstplatten sowie diversen mexikanischen Spezialitäten. Błaszczykowski hatte, wie es schien, nichts davon angerührt. Er saß an einem Tisch, unter dem Schwarzweißfoto eines mexikanischen Generals, der ein Pferd am Zaum hielt. Unten links war das Bild mit unleserlichen Schriftzügen versehen, wahrscheinlich Autogramm und Widmung. Auf einem Metallschildchen, unten am Rahmen, war die Aufschrift »Gral. H. Mariles. Londres MCMXLVIII« eingraviert. Błaszczykowski beschrieb die Rückseite einer Ansichtskarte und nippte an einem Kaffee. Ein Omelett, das ihm eine Kellnerin auf den Tisch stellen wollte, lehnte er mit einem Handwink ab. »Guten Morgen«, grüßte Jiménez. »Haben Sie gut geschlafen?« – »Ja, es ist ganz ruhig hier.« – »Ein schönes Hotel, nicht wahr? Von vielen als das beste der Region angesehen.« Błaszczykowski deutete auf die Postkarte. »Haben Sie vielleicht eine Briefmarke?« Jiménez besah das Foto. Es zeigte einen mexikanischen Feuersalamander, der sich über einen Felsen wand. »Warten Sie.« Aus seinem Portemonnaie kratzte Jiménez eine zerknickte Briefmarke. Er streifte sie zurecht und reichte sie Błaszczykowski, der sie mit Speichel anfeuchtete. »Was steht denn an?«, fragte er, während er die Marke in das dafür vorgesehene Kästchen klebte. Nur vage konnte er sich daran erinnern, dass man ihm am Vortag, nach der Projektpräsentation, unter anderem auch einen Tagesablauf mitgeteilt hatte. »Wir fahren ins Tal, wo die Brücke gebaut werden soll.« Błaszczykowski steckte die Karte ein. »Gut. Wir können los.« Den Kaffee trank er nicht aus.

Sie fuhren durch eine Halbwüstenlandschaft in Richtung Westen, zwischen braunen Gesteinsmassen und dürrem Gestrüpp. In der Hitze schien die Straße dahinzuschmelzen. Jiménez erzählte von den extremen Wetterbedingungen, denen die Arbeiter beim Brückenbau ausgesetzt würden, insbesondere in den Februar- und Märzmonaten. Auch in dieser Hinsicht handele es sich um ein besonders kompliziertes Unterfangen. Błaszczykowski schaute aus dem Fenster. »Den menschlichen Faktor darf man nicht unterschätzen«, erklärte Jiménez, während Błaszczykowski aus seiner Tasche eine Fotokamera hervorholte, »schließlich werden die Brücken von Menschen und nicht von Maschinen gebaut.« Błaszczykowski knipste ein Foto. »Und selbst für die Maschinen ist es hart bei der Hitze. Ich befürchte, wir werden von einem enormen Materialverschleiß ausgehen müssen.« Jiménez schaute zu Błaszczykowski hinüber. »Ihnen gefällt die Aussicht?« Błaszczykowski stellte scharf. Er löste aus und setzte die Kamera ab. »Sehr schön, wie sich die Gesteinsschichten übereinanderlagern.« Jiménez schnalzte mit der Zunge. »Es ist schön hier, nicht?«

Inzwischen waren sie auf eine Sandpiste eingebogen, die in Serpentinen in ein Tal hinabführte. »Hier wird die Brücke entstehen«, sagte Jiménez, während er den Wagen im Schatten eines Süßhülsenbaums zum Halt brachte. Sie stiegen aus und Jiménez breitete eine Karte auf der Motorhaube aus. Der Verlauf der künftigen Schnellstraße war rot eingezeichnet. »Wir befinden uns hier.« Jiménez hatte feine, wohlgepflegte Finger, die ganz und gar nicht zu dem runden Indiogesicht passen wollten. »Und in diesem Abschnitt von hier bis hier wird die Brücke gebaut, in einer Gesamtlänge von 2110 Metern.« – »Und hier?« Błaszczykowski hielt seinen Finger, der ihm jetzt wie ein rauer Bauarbeiterfinger vorkam, auf einen Streckenabschnitt vor der Brücke. Jiménez schaute ihn fragend an. »Da ist aber nicht die Brücke.« – »Ich frage wegen des Höhenunterschieds.« Er verfolgte eine Höhenlinie mit dem Zeigefinger. »Da wird aufgeschüttet«, entgegnete Jiménez. »Aufgeschüttet«, wiederholte Błaszczykowski, »das sind zwischen zehn und zwanzig Meter Höhe, über eine Länge von mehreren Kilometern.« – »Ja«, sagte Jiménez zögerlich. Er verstand nicht, worauf Błaszczykowski hinauswollte. »Und hier?« – »Das ist ein ausgetrocknetes Flussbett. Da fließt seit über 100 Jahren kein Wasser mehr.« Błaszczykowski blickte auf das Tal. »Ist das dort hinten eine Siedlung?« – »Ein Bauerndörfchen«, erklärte Jiménez, »das aber kein großes Hindernis darstellt. Wahrscheinlich wird man die eine oder andere Scheune abreißen müssen, um Platz für den Hauptpfeiler zu schaffen. Das Dorf an sich wird aber so bestehen bleiben.« – »Abreißen wollen Sie die Scheunen?« Jiménez schaute Błaszczykowski erstaunt an. »Ja.« – »Vergessen Sie das. Lassen Sie sie niederbrennen. Das ist billiger und geht schneller.« Błaszczykowski trat aus dem Baumschatten. »Eigentlich ein schöner Landstrich«, sagte er und nahm seine Fotokamera aus der Tasche, »ich könnte mich hier stundenlang hinsetzen und im Gestein lesen.« Jiménez war irritiert. Ein wenig exzentrisch war dieser Ausländer. »Ich muss das fotografisch dokumentieren«, sagte Błaszczykowski. Jiménez winkte mit der Hand: »Bitte, bitte!« Er hatte noch nicht ausgesprochen, da verschwand Błaszczykowski schon hinter einem Gebüsch, einen Hang hinab. Jiménez wartete geduldig im Schatten. Als Błaszczykowski nach zwanzigminütiger Abwesenheit seine Arbeit für beendet erklärte, knurrte Jiménez' Magen. Es war Zeit für das Mittagessen.

Jiménez fuhr mit dem Gast zur Finca El Convento. Diese befand sich an einem Berghang, zu dem ein platanenumsäumter Weg hinaufführte. Von der Terrasse des Restaurants bot sich ein weiter Blick über die Landschaft. Błaszczykowski und Jiménez nahmen unter einem Sonnenschirm Platz, ein Kellner brachte die Speisekarte. Jiménez empfahl die gefüllte Poblano-Paprika mit Walnusssauce und Granatapfelkernen, ein typisches mexikanisches Gericht, das nirgendwo anders mit solcher Raffinesse zubereitet würde, wie auf der Finca. Er selbst würde das Rindersteak an Kaffeesauce nehmen, eine andere Spezialität des Hauses. Błaszczykowski war in Gedanken. Jiménez wusste nicht, ob er ihm überhaupt zuhörte. Als der Kellner kam, bestellte Jiménez das Rindersteak, dazu gefriergetrocknete Süßkartoffelstreifen. »Und der Herr?« – »Ich hätte gerne ein Käsesandwich.« Der Kellner war verwirrt, er schaute zu Jiménez, dann wieder zu Błaszczykowski. »Wir haben so etwas leider nicht«, sagte er zögerlich, »das Ähnlichste, was wir hätten, wären die Kaviar-Pfefferminzlasagne.« Błaszczykowski war pikiert. »Ich kann mir nicht vorstellen, dass Sie in so einem schicken Restaurant nicht in der Lage sein sollten, ein einfaches Sandwich herzustellen.« Der Kellner schluckte. Auch mit solchen Kapriolen musste man umgehen können. Er werde in der Küche fragen, was sich machen ließe. »Einen Wein dazu?« – »Rotwein«, sagte Jiménez. »Sie trinken doch auch?« Błaszczykowski bejahte. Er hatte großen Durst. »Haben Sie denn keinen Appetit?«, fragte Jiménez vorsichtig, als der Kellner sich entfernt hatte. »Ich weiß nicht, wie Sie auf eine solche Idee kommen«, entgegnete Błaszczykowski und schmierte Avocadoschaum auf einen weißen Keks. Er blickte in die Landschaft und kaute. Jiménez tat es ihm nach.

Es dauerte nicht lange, bis der Oberkellner in Begleitung von zwei Kellnerinnen mit den Hauptgerichten und dem Wein erschien. Der Kellner erklärte triumphierend, man habe für Błaszczykowski zwei hochgetürmte Sandwichdreiecke zubereitet, dazu eine Salatkreation aus Brunnenkresse und dehydrierten Erdbeerlamellen. Błaszczykowski schob seine Unterlippe anerkennend hervor. Der Wein wurde eingeschenkt, Jiménez und Błaszczykowski stießen an. »Ihr Sandwich sieht appetitlich aus«, bemerkte der Mexikaner. »Ja, es ist nicht schlecht gebaut. Ein bisschen ähnelt es den Gesteinsschichten, die wir heute gesehen haben. Jede Schicht hat ihren eigenen Geschmack, ihre eigene Geschichte. Sie sehen, hier gibt es eine Schicht Ziegenkäse, darüber eine Paste – vermutlich Oliven mit irgendetwas anderem –, dann Chicoréeblätter und Schinken. Jede Schicht steht für sich; und doch ist es das Zusammenspiel, das den Geschmack des Sandwiches ausmacht.« Błaszczykowski nahm einen Bissen. »Hervorragend«, urteilte er. Auch der Wein schmeckte vorzüglich. Je mehr Błaszczykowski trank, umso mehr geriet er in Erzähllaune. Jiménez hörte ihm zu, anfangs noch mit Bedenken, später, da sich seine Skepsis langsam legte, mit wachsender Faszination für die Visionen, die dieser Mann darbot. »Wissen Sie«, sagte Błaszczykowski – sie waren inzwischen beim Nachtisch angelangt und hatten auch die zweite Flasche fast geleert –, »ich bin seit fast 30 Jahren Brückenbauingenieur. In meinem Leben habe ich nichts anderes gemacht, als Brücken zu bauen. Und ich muss Ihnen gestehen, ich hege einen immer größer werdenden Gräuel gegenüber der Brücke. Was leistet schon eine Brücke? Sie überbrückt, sie verbindet, das wird man der Brücke wohl kaum streitig machen können. Das Problem aber ist: Sie hängt in der Luft, sie beruht geradezu auf der Negation – oder zumindest auf dem Versuch einer Negation – der Schwerkraft; auf der Verneinung des Bodens und der Erde. Im Grunde ist die Brücke das Werk von Luftikussen, von abgehobenen Geistern, die über das, was auf und in der Erde passiert, zu stehen meinen.« Jiménez verstand nicht ganz, worauf sein Gegenüber hinauswollte. Bis zu einem gewissen Punkt konnte er die Abneigung gegen die Brücke allerdings nachvollziehen: »Oft kann so eine Brücke die Landschaft entstellen, das sehe ich ja ein.« – »Oft? Immer!« Błaszczykowski schlug auf den Tisch, dass das Geschirr schepperte. Jiménez zuckte mit den Achseln. »Nun gut. Wir werden so oder so diese Brücke über das Tal bauen müssen, da kommen wir nicht herum.« Błaszczykowski schenkte Wein nach. Er streckte seinen Arm über den Tisch und fasste nach Jiménez' Hand. »Ich darf Ihnen gegenüber doch ehrlich sein«, sagte er sanft. Seine Hand war warm und verschwitzt. Jiménez schluckte leer. »Ich würde an Ihrer Stelle keine Brücke bauen.« Jiménez riss sich von Błaszczykowskis Hand los und strengte ein Lachen an, es musste sich schließlich um einen Witz handeln, der Mann war betrunken. »Hören Sie mir doch zu!«, drängte Błaszczykowski, »ich würde an Ihrer Stelle die Brücke vergessen und einen Tunnel bauen. Das sage ich nicht nur aufgrund meiner Abneigung gegenüber Brücken und meiner Vorliebe für die Geologie, sondern weil ich es wirklich für die beste Lösung halte.« Jiménez fasste sich an den Kopf. »Aber bitte, Herr Ingenieur!« – »Verstehen Sie doch: Wenn Sie die Straße auf die Ebene des ausgetrockneten Flussbetts verlegen, sparen Sie sich die tonnenschweren Aufschüttungen. Der Tunnel, der dann durch das Steinmassiv gesprengt werden müsste, wäre viel kürzer und wahrscheinlich nicht teurer als die Brücke.« Błaszczykowski bat Jiménez um die Landkarte mit der Planung. Mit einem blauen Filzstift trug er einen Alternativverlauf der Straße ein. Jiménez schüttelte den Kopf, hörte

Błaszczykowskis Ausführungen jedoch weiterhin zu. Nach einer weiteren Flasche und einem dreißigminütigen Monolog war Jiménez' Sympathie für das Projekt gewonnen. Mit einem Glas Mezcal besiegelten sie den Entschluss:»Auf den Tunnel!« – »Auf den Tunnel!« Zur Feier des Tages gönnten sich die Ingenieure einen Verdauungsspaziergang durch die Landschaft. Stundenlang beobachteten sie Felsformationen und unterhielten sich über Sedimente und Gesteinsschichten, die auch auf Jiménez eine wachsende Faszination ausübten.

Nach Błaszczykowskis Abreise ordenete Jiménez an, einen Probestollen an der vorgesehenen Tunneleinfahrt zu bohren und Bodenproben zu entnehmen, womit er im Konsortium auf Unverständnis stieß. Da aber der Vorsitzende des Konsortiums, Don Schmittkopf, sich blind auf die Empfehlung des ausländischen Experten verließ, anstatt kostbare Zeit in die Auseinandersetzung mit der Tunnelfrage zu investieren, wurden die nötigen Proben trotz der astronomischen Kosten veranlasst. Monatelang arbeitete man trotz massiver Widerstände innerhalb der Baugruppe an dem von Błaszczykowski vorgeschlagenen Straßenverlauf. Als sich das Projekt jedoch aufgrund der nötigen Sprengungen als zu kostspielig erwies, versuchte man noch einmal die Kehrtwende, und setzte an, die Brücke nach dem erstbesten Entwurf zu bauen. Kurz nach der Errichtung des zweiten Brückenpfeilers wurde der Bau jedoch gestoppt. Den Chefingenieur Jiménez fand man kurze Zeit später im Tal. Sein lebloser Körper baumelte von einem Süßhülsenbaum herab.

## Das Gestüt

Enrique Schmittkopf war schon in früher Jugend der Sonderling der Familie gewesen. Seine blonden Haare hatten die Hausmädchen verzückt. Alle waren sie in den jüngsten Spross des Schmittkopfclans vernarrt gewesen, hatten ihn verhätschelt mit ihren hellen Stimmen, hatten ihn verwöhnt, hatten einen verwöhnten Weichling aus seinem Sohn gemacht, dachte Don Schmittkopf, während er auf der Landstraße südlich von Parral auf der Rückbank seines Land Rovers aus dem Fenster in das diffuse Hellbraun der Halbwüste schaute. Schweigend fuhr Pedro ihn durch die westlichen Ausläufer der Sierra Madre. In der Ferne sah Schmittkopf die ausgebrannte Villa am Rande von Casillas de la Piedad. Ein schwarzer Stumpf. In diesem Geschäft musste man kühl bleiben. Zum richtigen Zeitpunkt handeln. Vor allem durfte man sich nie davor scheuen, die angemessene Härte anzuwenden. Unmissverständliche Zeichen zu setzen. Leichen auf Zuggleise zu legen, um sie vom Expresszug zermahlen zu lassen. Dazu war Enrique nicht fähig. Diese Hausmädchen hatten ihn verdorben. Er hätte dazwischenhauen müssen. Als Kleinkind musste Enrique nur den Mund verziehen oder irgendeinen Laut von sich geben und die Hausmädchen waren entzückt. Dann lächelte er sein Kinderlächeln und im ganzen Haus erzählten die Kindermädchen vom Engel Enrique, der vom Himmel herabgekommen sei, um sie alle zu beglücken. Diese einfältigen Kindermädchen. Er hätte ihnen gar nicht so viel Macht zugetraut. Aber die sanfte Gewalt der Frauen ist schleichend, du bemerkst sie kaum, das ist ihr Schrecken. Don Schmittkopf hatte das alles erst begriffen, hatte das ganze fatale Ausmaß des Hausmädchenentzückens erst erfasst, als es bereits zu spät war. Da war Enrique schon verdorben. Schmittkopf fasste sich an die Nasenwurzel, als säße dort der Schmerz über den verzogenen Sohn. Er hatte sich selbst ausgiebig um die Erziehung seiner beiden älteren Söhne, Arturo und Carlos, bemüht, ihren Ehrgeiz angespornt, die Rivalität zwischen ihnen geschürt, er hatte sie Härte und Unduldsamkeit gelehrt. Gegenüber dem Jüngsten aber, um den sich die vielen weiblichen Hände umso schützender gelegt hatten, hatte er eine unbedachte Nachlässigkeit walten lassen. Jetzt war Enrique verzärtelt, lange schon. Unrettbar verzärtelt. Er würde keine Geschäfte führen können. Es half nichts. Jetzt war er Springreiter.

Schmittkopf gab einen stoßenden Lacher von sich, der eher wie ein »Tja« klang, ein Auspusten von Luft, als könne die kleine Kohlendioxidwolke, die er aus seinen Gedanken heraus in das Innere des Wagens stieß, sein Gewissen reinigen. Wie viel hatte er über Enrique nachgedacht, und wie wenig hatte er gehandelt. Seine rechte Hand ging wieder zur Nasenwurzel. Er hatte nie gehandelt. Er hatte immer nur kopfschüttelnd zugeschaut und seine Missbilligung hinuntergeschluckt. Als zum 16. September die Jungbullen zusammengetrieben wurden und ihnen nacheinander das Schlachtermesser in den Hals gerammt wurde, da kam Enrique, als Siebenjähriger, aus der Hacienda gelaufen, die Kinderfrauen hinter ihm her, als spielte er mit ihnen fangen. Doch dann blieb er wie angewurzelt stehen. Die Mädchen zogen ihn weg vom Schlachtfest. Damals, dachte Schmittkopf, hätte er sie verscheuchen und seinen Sohn an die Hand nehmen müssen. Er hätte ihm sagen müssen:»Schau, was für prächtige Tiere, wir schlachten sie, damit wir sie essen können. Schau sie dir noch mal an, ein letztes Mal. Schau.« Stattdessen blieben Panik und Unverständnis in Enriques Gliedern, die ihm auch die Kinderfrauen mit ihren Spielchen nicht vertreiben konnten. Ganz apathisch war der Junge damals monatelang. Er war ein tierliebes Kind gewesen. Das musste er auch von den Frauen haben, diese Tierliebe. Nie hatte er ein Tier gequält, da war sich Schmittkopf sicher, nicht wie Arturo und Carlos, die er einmal erwischt hatte, als sie einem Huhn einen Schlauch in den Arsch gesteckt hatten. Schmittkopf hatte nichts gesagt, aber er hatte sie spüren lassen, dass sie in seinen Augen nichts Falsches taten. Die Lektionen des Lebens wurden nicht von Kindermädchen geschrieben.

Auf einer Steigung überholte der Land Rover einen vollgeladenen Lastwagen. Eine Fahne von Viehgestank mischte sich in die kühle Luft der Klimaanlage. Schmittkopf schaute auf die Sitzbank. Neben ihm stand ein gelber Quader, eine Plastikbox zum Transport von kleinen lebenden Tieren, Insekten oder Echsen. Er hatte sie am Morgen erhalten. Per Post. Als Einschreiben. Ein Diener hatte sie ihm zusammen mit zwei Briefen auf den Schreibtisch gestellt, nachdem sie wie üblich auf Sprengstoff und Gift untersucht worden war. »Ihre Bestellung«, hatte er gesagt und war gegangen. Als Absender war ein gewisser Kotvić angegeben. Schmittkopf kannte niemanden mit diesem Namen. Auch konnte er sich nicht daran erinnern, etwas bestellt zu haben. Pedro fuhr. Etwas hielt Schmittkopf zurück, die Box zu öffnen. Er sah durch das Netz hindurch, konnte aber, da es bläulich eingefärbt war, kaum etwas erkennen. Was er sah, erinnerte ihn an etwas Erstarrtes, Helles. Vielleicht wieder eine Drohung, eine Nase oder ein Ohr, das man einem seiner Leute abgeschnitten hatte. Es wäre nicht das erste Mal. Und sicherlich nicht das letzte, es waren keine einfachen Geschäfte. Schmittkopf starrte in die Landschaft. Verwitterte Holzkreuze mit Plastikblumen in Weiß und fahlem Rot zogen vorbei. Achtzehn Kreuze, wusste Schmittkopf. Achtzehn Guatemalteken. Aus dem Surren der Klimaanlage klang ein fernes Echo von Schreien. Enrique wäre kein guter Geschäftsmann geworden. Sollte er springreiten. Er war ja kein schlechter Reiter. Ein ungewöhnlicher, das schon. Er war immer anders geritten als die anderen, er hatte einen so komischen Stil, dass man glauben konnte, er würde gar nicht reiten. Deshalb hielten ihn manche für einen unbegabten Reiter, weil er nicht wie die eitlen López-Brüder ständig demonstrieren musste, wer die Zügel in der Hand hielt. Eigentlich war Enrique diesen Schnöseln überlegen und hätte die volle Unterstützung der ganzen Familie verdient. Deshalb hatte Don Schmittkopf ihn ja gewähren lassen. Er hatte ihm Pferde gekauft, ein ganzes Gestüt gesponsert. Er hatte der Leidenschaft des Sohnes nachgegeben. Es war ja streng genommen keine Schande, ein

Springreiter zu sein. Bis ... Es saß wie ein Stachel in Schmittkopf. Er konnte es immer noch nicht fassen. Diese Dummheit! Ein Zeichen hatte Enrique setzen wollen. Ein Zeichen! Schmittkopf saß damals an seinem Schreibtisch, als sein ältester Sohn schüchtern eintrat, den Kopf gesenkt. Länger als üblich zögerte er, bevor er die zwei Sätze sprach: »Ich muss Ihnen etwas sagen: Enrique hat die Stute Viola Nespoli getauft.« Arturo Schmittkopf fürchtete, stellvertretend den Zorn des Vaters zu spüren zu bekommen. Er wartete auf den Wutausbruch über die Frechheit des jüngsten Sohnes, das Pferd, das ein Vermögen gekostet hatte, nach der Tochter seines ärgsten Feindes zu benennen. Als Zeichen der Versöhnung! Zwei Tage lang schloss Don Schmittkopf sich damals in seinem Kabinett ein. Zwei Tage lang schlief er nicht, aß nicht, ließ niemanden hinein. Dann trat er aus dem Kabinett, es war ein Montag, und machte weiter wie bislang. Er zitierte Arturo zu sich, besprach die Geschäfte, hatte wieder Handlungsmacht. Mit Enrique sprach er nicht mehr. Monatelang. Dabei hätte er auf ihn einreden, ihn unter Drohungen dazu zwingen können, die Stute umzutaufen. Er ließ aber die Zeit verstreichen, sah zu wie Viola Nespoli zu einem Springpferd der Championatsklasse heranwuchs. Das konnte erkennen, wer nur ein wenig Sachverstand vom Pferdesport hatte. Don Schmittkopf sprach nicht mehr über das Pferd, und jeder im Haus vermied es, seinen Namen zu nennen. Man gewöhnte sich langsam daran, einfach von der »Stute« zu sprechen. Von der Stute, mit der Enrique Erfolg an Erfolg knüpfte. Bis zu den Weltmeisterschaften hatten sie es inzwischen gebracht. Eine große Errungenschaft, zweifelsohne, so dass, trotz des schwierigen Verhältnisses von Vater und Sohn, der Pferdesport auch im Hause Schmittkopf nach und nach als Thema nicht nur geduldet, sondern sogar von Don Schmittkopf selbst mit heimlichem Interesse verfolgt wurde. Erst gestern hatte er im Fernsehen eine Reportage über seinen Sohn gesehen, der jetzt im Finale der Weltmeisterschaft stand. Der Stolz der Nation! Don Schmittkopf hatte Tränen in den Augen gehabt – jahrzehntelang hatte er nicht geweint –, als Carlos plötzlich im Wohnzimmer stand und ihn finster anstarrte, ohne ein Wort zu sagen. Lange blieb der Zweitälteste so stehen, während die Reportage im Fernseher weiterlief. Don Schmittkopf kam gar nicht auf den Gedanken, das Gerät auszuschalten, er ließ einfach das Interview mit seinem Sohn laufen. Dann donnerte Carlos, ohne auch nur ein Wort zu sagen, die Wohnzimmertür zu.

Der Land Rover bog auf eine Sandpiste ab. Schmittkopf blickte auf die Box. Warum konnte er sich nicht daran erinnern, etwas bei diesem Kotvić bestellt zu haben? Es war ja nicht von der Hand zu weisen, dass er tatsächlich etwas bestellt hatte, aber warum konnte er sich nicht daran erinnern? Pedro parkte den Geländewagen am Ende der langen, gebogenen Einfahrt der Finca Crawford. Wortlos verließ Schmittkopf den Wagen. Ein Bursche empfing ihn ebenso wortlos und führte ihn zu den Stallungen. In der Luft lag ein eigenartiger Geruch, der nicht dem vertrauten dicken Pferdegeruch glich, sondern ihn grell überstieg. Als sie die Boxen erreicht hatten, sah Don Schmittkopf das Massaker. Alle sechzehn Pferde waren mit Maschinengewehrfeuer erlegt worden. Ihr Blut quoll noch immer, wie es schien, aus den für ihre Körper viel zu kleinen Löchern.

Schmittkopf schaute den Burschen an. Sie standen vor einem Berg von Kadavern. »Wo ist Don Vicente?«, fragte Schmittkopf. Der Bursche kratzte sich am Kinn. »Kommen Sie.« Sie gingen einen Sandweg entlang zum Haus. Als sie eintraten, kam Vicente Negro die Treppe hinunter, einen Reisekoffer in der Hand. Anstatt zu grüßen, stellte er den Koffer ab und knöpfte sein Hemd zu. Langsam. Feierlich. »Hat man eine Botschaft hinterlassen, Negro?« Für den obersten Knopf brauchte Negro besonders viel Zeit. Als er fertig war, nahm er den Koffer und schaute Schmittkopf mit herausforderndem Blick an. »Sie wissen wahrscheinlich besser als ich, was hier vorgegangen ist«, sagte er mit einem Funkeln in den Augen. Dann wandte er sich zum Stallburschen: »Sag Antonio Bescheid.« Der Bursche nickte, oder vielmehr bebte er erschrocken, und lief los, als renne er um sein Leben. Mit gemessenen Schritten ging Negro zur Tür. Auf der Schwelle blieb er stehen. »Sie haben Blut an den Händen, Don Schmittkopf«, sagte er mit weicher, fast wohlwollender Stimme. »Viel Blut.«

POLEN

## Der Staubsauger

Man kann zurecht behaupten, dass der Schmittkopf KT 90 das Verständnis dessen, was ein Staubsauger ist, empfindlich veränderte. Im Gegensatz zu herkömmlichen Apparaten verfügte das Modell über ein spezielles Kompressorensystem, mit dem der aufgefangene Schmutz in feinste Partikel zersetzt wurde, um anschließend zu festen Quadern gepresst zu werden. Diese Quader konnten die Besitzer eines KT 90 an eigens eingerichteten Sammelstellen abgeben, womit sie nicht nur mit dem Gefühl, etwas für die Umwelt getan zu haben, sondern auch noch mit einer kleinen Geldsumme belohnt wurden. Durch Sinterung und eine Behandlung mit Kunstharzspray eigneten sich die Pressquader zum Einsatz als Pflastersteine, Rasengitter oder Rasenkammersteine. In vielen Städten wurden solche Kunststeine wegen ihres günstigen Preises und der vergleichsweise hohen Widerstandsfähigkeit bevorzugt als Straßenpflaster eingesetzt. Aufgrund der überraschend hohen Nachfrage, insbesondere aus Lateinamerika und Osteuropa, musste die Schmittkopf sp. z o. o., sechs Monate nachdem der KT 90 auf den Markt gekommen war, die Belegschaft nahezu verdoppeln. Dieser ungeahnte Erfolg währte jedoch nur kurz, denn bald schon stürzte eine äußerst unglückliche Verkettung von Vorfällen die Firma binnen kürzester Zeit in den Ruin.

Alles begann mit dem mysteriösen Verschwinden des beliebten Warschauer Popmusikers Tom Tomasz, einem Fall, der für enorme Aufregung in den Medien sorgte. Angesichts der Befürchtung, dass der Popstar in die Hände gewaltbereiter Entführer geraten sein könnte, bemühte die Polizei einen selten zuvor gesehenen Apparat, um nach dem

Verschollenen zu suchen. Hubschrauber mit Radarsystemen waren im Einsatz, Wälder wurden mit Hilfe von Wärme- und DNA-Sensoren durchforstet. Einige dichter bewaldete Landstriche wurden in nur wenigen Stunden abgeholzt, um den Suchtrupps die Arbeit zu erleichtern. Der Liebhaber von Tomasz, ein Geschäftsmann aus Bydgoszcz, setzte ein unglaubwürdig hohes Kopfgeld für die Erfassung der Täter aus, was nicht nur die unterbezahlten Polizisten motivierte, unzählige Überstunden in Kauf zu nehmen, sondern auch zahlreiche Zivilisten dazu brachte, an der Suche teilzunehmen. Bisweilen waren mehr Freiwillige als Polizisten im Einsatz, und es kam mitunter zu Querelen, die in einigen Städten zu Straßenschlachten zwischen Zivilisten und Polizei ausarteten. In einem Warschauer Vorort drohte die Situation, nachdem die Polizei Wasserwerfer und Tränengas gegen eine aufgebrachte Menge eingesetzt hatte, gänzlich aus den Fugen zu geraten. Es fielen Schüsse, Autos und Mülltonnen wurden in Brand gesteckt, es gab zahlreiche Verletzte.

Nur ein Zufallsfund vermochte die Gewaltspirale zwischen Mob und Ordnungskräften zu durchbrechen. Mit Hilfe eines DNA-Sensors hatte man in einer Ortschaft bei Kołobrzeg Erbgutspuren des Popmusikers an verschiedenen Presssteinen nachgewiesen, was darauf schließen ließ, dass die Leiche zerstückelt und anschließend mit Hilfe eines KT-90-Kompressors zu Staubsteinen gepresst worden war. Durch ein Informationsleck in der Kołobrzeger Polizeibehörde sickerte die Information an die Öffentlichkeit. Da die Suche nach den Tätern erfolglos blieb, musste Schmittkopf als Sündenbock herhalten. Es wurden Stimmen gegen den Betrieb und dessen vermeintlich dunkle Machenschaften laut. Zu allem Überfluss setzte der Liebhaber von Tom Tomasz nun auch ein Kopfgeld auf Schmittkopf aus. Diesem blieb nichts anderes übrig, als öffentlich Stellung zu beziehen.

In einem Video trat Schmittkopf, ein hagerer kleiner Mann mit algengrünen Augen und dünnem Schnurrbart, sichtlich erschüttert auf. Er saß an einem Holzschreibtisch. Nur seine linke Gesichtshälfte war ausgeleuchtet. An der Wand hinter ihm war links eine Landkarte zu erkennen, rechts ein vergilbtes Poster von einer Fußballmannschaft.

»Squadra Azzurra 1986« stand in gelbem Fettdruck über dem Team-bild, darunter in Schwarz »Insieme in Messico«. Während seiner drei-minütigen Stellungnahme hob und senkte Schmittkopf mehrfach sei-nen verstümmelten linken Arm, so dass der Eindruck entstand, dieser Stummel sei seine einzige Rechtfertigung. Insgesamt hielt Schmittkopf eine äußerst zusammenhanglose Rede. Seine Stimme klang heiser, zer-fasert, seine Worte waren bisweilen kaum zu verstehen.

Möglicherweise wäre es für Schmittkopf vorteilhafter gewesen, ein Schuldgeständnis abzuliefern. Sein erbarmenswerter Auftritt jedenfalls erweckte nicht einen Hauch von Mitleid. Im Gegenteil. Man hielt seine Videobotschaft für Effekthascherei und einen weiteren schmutzigen Trick in einem ohnehin schon sehr schmutzigen Spiel. Verschiedene Konspirationstheorien, denen zufolge Schmittkopf in Verbindung zu mafiösen Organisationen stehe, machten die Runde. In den baltischen Woiwodschaften Polens bildeten sich Anti-Schmittkopf-Milizen, die Elektrowarenhändler, insbesondere in ländlichen Gebieten, unter Drohungen, zum Teil auch unter Gewaltanwendung, dazu zwangen, den Vertrieb von Schmittkopfstaubsaugern einzustellen. Inzwischen hatten weitere DNA-Analysen ergeben, dass neben der Leiche des jungen Musikers noch mindestens vier andere Menschen auf dieselbe Art und Weise zu Pflastersteinen gepresst worden waren. In einigen Steinen wurden außerdem Genspuren von Katzen festgestellt, was die Fahnder nicht minder in Verlegenheit brachte. Mehrere Gemeinden ließen derweil bereits angebrachte Presssteinpflaster entfernen und wieder durch Naturstein ersetzen, andernorts blieben die eilig aus dem Boden gewühlten Kunststeine ganz ohne Ersatz. Kaum jemand scheute vor der Gefahr zurück, vorschnell zu handeln und – etwa durch die planlose Entsorgung der Presssteine – womöglich sogar die Ermittlungen zu gefährden.

Keine ganze Woche verstrich, ehe ein weiterer grausiger Fund be-kannt wurde, der den kursierenden Verschwörungstheorien neuen Brennstoff bot. Im Mittelpunkt stand das von Starkoch Oskar Kotowiecki geführte Restaurant Klasztor in Kołobrzeg. Kotowiecki, ein Vorreiter der *kuchnia minimalistyczna,* einer Abwandlung der katalanischen Molekularküche, hatte hier in Anlehnung an bestimmte Prinzipien der minimalistischen Musik und der Mikrogeologie einen Speiseplan zusammengestellt, der »durch seine komplexe Einfachheit bestach«, wie es ein Spezialist einmal formuliert hatte. Im Klasztor gab es nur ein einziges, aus acht Gängen bestehendes Menü, in dem alle Gerichte nach einem konsequent durchexerzierten Grundprinzip zubereitet wurden: Es handelte sich jeweils um fein geschichtete Türme aus verschiedenen Speiseextrakten, in nur leicht variierenden Farbkombinationen. In diesem Extraktgeschichte wies ein Warschauer Institut, das im Auftrag des Magazins *Tekstura* Qualitätstests durchführte, menschliche DNA-Spuren nach, woraufhin eine umgehende Schließung des Restaurants veranlasst wurde. Kotowiecki und seine Hilfsköche wurden verhaftet und sämtliche Küchengeräte in Beschlag genommen. Im Rotationsverdampfer fand man menschliches Eiweiß. Zudem brachten die Untersuchungen zutage, dass Kotowiecki bei der Pressung von Speiseschichten auf mehrere aus KT-90-Staubsaugern ausgebaute Kompressoren zurückgegriffen hatte. Obwohl im Verlauf der Untersuchungen kein Bezug zwischen diesem Fall und dem Fall des ermordeten Musikers hergestellt werden konnte und obwohl Kotowiecki bestritt, jemals menschliches Eiweiß – es war nämlich nicht klar, ob die Spuren von Menschenfleisch, Muttermilch oder gar Fäkalien stammten – verwendet zu haben, fiel es der Öffentlichkeit schwer, von den Gemeinsamkeiten zwischen beiden Fällen abzusehen. Trotz aller Ungewissheit lag ein gemeinsamer Nenner vor, und das waren die Schmittkopfstaubsauger.

Um gewaltsamen Übergriffen vorzubeugen, sah sich das Innenministerium dazu gezwungen, Sicherheitskräfte vor den Schmittkopfwerken zu postieren. Trotz dieser Vorkehrungen, beschloss der Vorstand, die Produktion stillzulegen, solange die Sicherheit des Betriebs nicht in vollem Maße gewährleistet würde. Bis auf den alten Schmittkopf, der sich unter keinen Umständen bereit zeigte, das Fabrikgelände zu verlassen, wurden alle Mitarbeiter abgezogen. Während des Stillstands arbeitete Schmittkopf fieberhaft an einem Plan für die Wiederaufnahme der Produktion. Dieser Optimismus war nicht ganz unbegründet, zumal die Verkaufszahlen des KT 90 – und das ist womöglich das Erstaunlichste an der ganzen Sache – sich zu keinem Zeitpunkt verschlechtert hatten. Zwar war der Verkauf von anderen Haushaltsgeräten der Firma zurückgegangen, der KT 90 aber verkaufte sich nach wie vor, trotz aller Aufrufe zum Boykott gut. Dennoch hielt Schmittkopf es für angebracht, den KT durch eine Nachfolgerserie abzulösen, in der die negativen Assoziationen, die dem KT 90 anhafteten, nicht mehr fortleben sollten, und beauftragte ein Team von vier Ingenieuren mit der Entwicklung mehrerer neuer Staubsaugermodelle mit Kompressorentechnik. Auch beschloss Schmittkopf, den Seriennamen KT durch einen positiv besetzten Namen zu ersetzen. In einer Liste von Vorschlägen, die er seinen Produktdesignern zukommen ließ, tauchten die Städtenamen Togliatti und Trieste auf, für den lateinamerikanischen Markt schwebte ihm Chihuahua vor oder Buenos Aires.

In den Folgetagen ließ die Spannung merklich nach. Die Protestkundgebungen vor den Schmittkopfwerken lösten sich auf, und es schien, als könne es nicht mehr lange dauern, bis die Fabrik die Produktion wieder aufnehmen würde. In der Folge wurden die Sicherheitsvorkehrungen vor dem Werk drastisch reduziert. Lediglich zwei Polizisten blieben vor dem Fabrikeingang zurück. Es ist nicht klar, ob es sich um eine voreilige Entscheidung handelte oder ob nicht der Liebhaber von Tom Tomasz die Polizei bestochen hatte, um dem Mob freie Bahn zu verschaffen; jedenfalls wurden die Einrichtungen der Schmittkopf sp. z o. o. nur wenige Stunden nach Abzug des Polizeiapparats von etwa einem Dutzend Männern gestürmt, die den Haupttrakt sowie die Produktionshalle komplett verwüsteten. Schmittkopf selbst wurde mit einem Kopfschuss hingerichtet. In dem Trakt wurde zudem ein Sprengsatz hinterlassen, dessen spätere Detonation die Decke zum Einsturz brachte. Erst nach mehrstündigen Bemühungen schafften es die Rettungskräfte, die Leichenreste aus den Trümmern zu bergen.

## Der Film

Im Vorführungssaal 2 des Kulturzentrums lief am Abend *Stadt der Schmerzen,* eine Dokumentation über den Luftkurort Berck-sur-Mer an der französischen Kanalküste. Błaszczykowski hatte eigentlich einen anderen Film sehen wollen, *Die Portugiesische Galeere,* die hoch gelobte Collage einer polnisch-kanadischen Filmemacherin über die Meeresorganismen gleichen Namens. Im Kulturteil der Gazeta Kołobrzeska war er auf das Foto einer Staatsqualle aufmerksam geworden, ein Lebewesen aus durchsichtig-violett schimmernden Polypen, die sich im Laufe der Evolution zusammengeschlossen hatten, um als Ensemble zu überleben. In Arbeitsteilung erledigten die Einzelwesen einer solchen Qualle Nahrungsaufnahme und Fortpflanzung, die Abwehr von Feinden sowie den Beutezug mit Fangfäden. Dadurch waren die Einzeltiere, wie Błaszczykowski in dem Artikel gelesen hatte, allein nicht mehr lebensfähig und somit auf den Zusammenschluss angewiesen. Entsprechend enttäuscht war Błaszczykowski, der sich sonst nicht für Meeresbiologie interessierte, an der Abendkasse erfahren zu müssen, dass es für die Vorführung der *Portugiesischen Galeere* keine Karten mehr gab. »Wir haben aber noch Karten für *Stadt der Schmerzen*«, sagte die Kartenverkäuferin, »ein französischer Film über Tuberkulosekranke in unserer Sektion *Stadt und Meer.* Er soll auch sehr gut sein. Mit schönen Aufnahmen der Dünenlandschaften.« Błaszczykowski zögerte. Kranke sah er täglich im Heim, und er lebte doch selbst in einer Stadt am Meer. Die Staatsquallen hätte er lieber gesehen. »Also ja oder nein?« Er nahm einen 50-Złoty-Schein aus seinem Portemonnaie. »Nun gut, wenn ich schon einmal hier bin …« – »35 Złoty. Saal 2.«

Błaszczykowski durchschritt das Foyer und passierte einen mit Kinoplakaten volltapezierten Backsteinflur, an dessen Ende eine Kartenabreißerin mit viel Make-up in einen mausgrauen Vorführungssaal wies. Der Andrang war nicht sehr groß. Einzelne Grüppchen von Zuschauern verteilten sich im Raum, junge Leute zwischen 20 und 30 – vielleicht wirkten sie auch nur wegen ihrer Mode jung. Sie trugen gestreifte, halb verwaschene Kleidung. Dazu Kunststoffbrillen. Błaszczykowski hörte einige von ihnen Englisch reden. Trotz des spärlichen Besuchs und des anstehenden, eher trüben Filmthemas verbreiteten die jungen Leute gute Laune im Saal. Selbst ein älteres Ehepaar, das etwas weiter rechts von Błaszczykowski Platz genommen hatte, und in dessen Mienen sich ein über die Jahre erprobtes Schweigen eingegraben hatte, machte einen Witz. Vor der Leinwand erschien ein junger Intellektueller im Kordanzug. Mit wenigen Worten stellte er den Regisseur des Films vor, einen hageren Franzosen, der wenige Meter weiter dastand und beide Armen über einem blaurot karierten Pullover verschränkte, und der, wie der Moderator ausführte, nach dem Film für Fragen und Kommentare zur Verfügung stehen würde. In einem Nebensatz erwähnte der Mann außerdem, dass der Film in französischer Sprache mit englischen Untertiteln ausgestrahlt würde, eine Information, die Błaszczykowski zunächst skeptisch stimmte. Doch als der Applaus dahinplätscherte und die Stimmen der Festivalgäste allmählich verstummten, weil das Licht im Saal aus- und auf der Leinwand angegangen war, als auf weißem Grund die Worte »De loin en loin dit la haine; de proche en proche dit l'amour« von Paul Éluard ihm schwarz und unübersetzt entgegenstrahlten und dann über dem Bild einer Strandpromenade aus der Belle Epoque der Filmtitel *Ville de la Douleur. Souvenirs de Berck-sur-Mer* in weißen, wie vorsichtig in den Film hineingekratzten Lettern aufleuchtete, was am unteren Bildrand als *City of Pain. Memories from Berck-sur-Mer* in den Untertiteln widerschien, da fühlte sich Błaszczykowski intellektuell verfeinert und zum ersten Mal seit langem wieder international.

Die Sanatoriumsstadt flimmerte auf dem Filmmaterial anfangs nur schwach, so ausgeblichen war der Filmstreifen, als sei das Schicksal des Vergessens kein Untergang ins Dunkle, sondern eine Auflösung ins Helle. Flackernd setzte sich danach ein Weißgrau durch, in dem die Menschen, eine gehetzte Schar Komiker, im Schattenschnitt durch die Straßen eilten. Männer mit Zylindern, Damen mit den rund aufgeschwungenen Kleidern der Zeit, immer einen Schritt zu schnell, schienen die Heiterkeit des 100 Jahre entfernt liegenden Kinosaals aufzugreifen und ihm die Verwandtschaft von Ferien, Freude und Badeort in der Rasanz der Bewegungen vorzuspielen. Diese Stimmung währte aber nur so lange, bis das Kameraauge am Ende der Promenade auf einem kutschenähnlichen Fahrgestell zur Ruhe kam. Anfangs hielt sich die Kamera in größerem Abstand und zeigte ein unmerklich, nur in der Einbildung auf- und abschwingendes Fahrzeug, das ohne Pferd mitten auf der Straße stand, wie abgestellt. Seiner Reglosigkeit vermochte allein die Vorstellungskraft stoßweise ein Eigenleben zu verleihen. Ein Schnitt auf den Rumpf der Kutsche enthüllte das Unheimliche des Gefährts. Es handelte sich um eine wie ein Leichenwagen in die Länge gezogene Bahre auf zwei Rädern, die vermutlich von einem Pferd gezogen wurde, hier aber mit seiner Stange bar auf einem Balken auflag. Auf dem Gefährt befand sich jedoch kein Toter, sondern ein, wie die Kamera nun preisgab, nahezu vollständig eingegipster Mann. Eine ganze Weile sah man, wie er aufbewahrt, still, in Decken und Gips mumifiziert auf seinem Karren lag und schaute. Wohin er schaute, verriet der nächste Schnitt. Er schaute in die Weite, auf den nicht anders als immens zu bezeichnenden Strand von Berck-sur-Mer. An der gleichen Stelle, wo vor den Kriegen der Kranke gelagert hatte, erschien auf der Leinwand nun in der vollen schmerzhaften Farbe der Gegenwart das gleißende, ans Vergessen mahnende Licht zwischen Sonne, Meer und Sand, dessen Nuancen sich dem geblendeten Auge des Kinobesuchers langsam als eine zwischen Hellgelb, Hellgrau, Hellgrün und Hellblau ins Offene, ins gigantisch Weite sich streckende Landschaft entblößten, die in keiner Richtung begrenzt war, gäbe es nicht die Kadrierung des Ausschnitts. Es kostete das Auge nicht viel, diese Begrenzung rein technisch aufzufassen, der Landschaft unangemessen, dem Sujet jedoch nicht. Błaszczykowski spürte das Leiden des fast komplett in die Horizontale gezwungenen Kranken, und er begriff, dass es die Begrenzung des Ausschnitts war, welche ihn in die Lage versetzte, den Schmerz über die Endlichkeit des Daseins durch die Endlichkeit des Bildes im Rahmen nachzuvollziehen. Minutenlang blieb das Bild zwischen dem längst verstorbenem Kranken und der ewigen Jetztzeit des Strandes aufgespannt, ehe die Kamera eine rasante Fahrt über den Sand aufnahm, um schließlich vor der kathedralenartig aufgewuchteten Architektur eines Sanatoriums inmitten der Dünen zum Halt zu kommen. Jetzt ließ sich der Film aber Zeit. Er hatte es nicht eilig, ins Sanatorium zu gelangen, er verblieb am Meer, das sich zurückgezogen hatte und vor dem Hospital seine Nacktheit auf beinah vulgäre Weise ausstellte. In die Ebbe hatte das Meerwasser wie in aufgeplatztes Fleisch Furchen hineingerissen, Rippen im Sand, Ströme eigentlich, die sich in der Nahaufnahme als Rinnsale feuchter Wunden ausnahmen. Im über die Rinnen gleitenden Bild erahnte der Zuschauer Kolonien von Krabben, Krebsen und Muscheln, von Würmern, Schalentieren, Quallen und Algen zwischen Stein, Kies, Schale, Weichteil und Sand, als hätte der Film den Geruch von Talg, von Leben und Tod verschluckt und schwitzte ihn nun über die Poren der Leinwand aus. Schockartig dann der Schnitt auf einen Fischstand auf dem Markt von Berck in den Siebziger- oder Achtzigerjahren, der nun zeigte, was das Publikum geahnt hatte. Eine das Obszöne streifende Auswahl an Fischen und Weichtieren stellte in ihrer Üppigkeit den Kameramann als Fetischisten bloß, da er die Objekte seiner Lust so schamlos wie der Marktverkäufer seine Ware vor dem Betrachter ausbreitete. Schuppentiere im Hautpanzer lagen auf den Ständen in Grau- und Blautonarrangements, ihre Stromlinienform war nutzlos geworden, wie ein abgefilmtes Stillleben, dachte Błaszczykowski, verschwenderisch in seiner Pracht. Heringshaufen, Muschelschimmer, drahtige Schwanz- und Rückenflossen und dann das zarte Rotweiß der Bäuche. Auf den Augen einiger Makrelen erstarrte das Bild, stumm anklagend wie in einem Propagandafilm gegen den Fischfang. Die Sequenz ging zu einem alten Fischer über. Die Kamera war etwas unruhig, vermutlich hatte der Fischer seine besten Sätze gesagt, als die Einstellung noch nicht stand. Das Licht war anfangs zu dunkel, später zu hell. Ein Zoom, der auf das Gesicht des Fischers ging, ließ den Kopf auf der Leinwand monströs erscheinen. Man sah wie Wind und Wetter seine Haut gegerbt hatten. Zarte vertikale Striche unter den langen Hauptfalten der Stirn. Um die Augen herum erstreckte sich ein feines, wie in Sand geritztes Mosaik über zwei asymmetrische Achsen, die sich zwischen Nase und Mund eingezogen hatten, um der traurigen Entschlossenheit seiner Augen einen skeptischen Grundzug zu verleihen. Der Mann erzählte über den Niedergang der Fischerei. Um 1900 habe es in Berck noch 150 Fischerboote gegeben. Nach dem Krieg, in den 1960er Jahren, begann der Verfall. Während der Mann weitererzählte, erschien auf der Leinwand das Stadtwappen von Berck: Gespalten von einem Meeresanker in Blau und Rot waren zwei Fische in die Farbflächen eingelassen, Hering oder Makrele, Błaszczykowski war sich nicht sicher. Vielleicht war links ein Hering und rechts eine Makrele. Das Bild stand eine ganze Weile. Auch als der Fischer schon nicht mehr redete, sah man noch immer auf das Wappen von Berck, ehe der Alte noch einmal vor der Kamera erschien. Er sei der letzte Fischer von Berck, sagte er stolz und bedrückt. Es gebe keine Fischer mehr. Nur noch Angler, die das Fischen als Sport betrieben wie Dauerlauf oder Tennis. Oder Industrielle. Fangflotten mit ihren Geschwadern. Imperien, die das Meer unter sich aufteilten. Er hatte noch vom Fischfang gelebt. Er war der letzte gewesen.

Eine Reihe von Fischerportraits folgte auf das Interview, grau-bleiche Fotografien und Postkarten, manche davon beschriftet. Fischereiszenen mit Netzen und Booten, dazu Fotos vom Meer, durchmischt zunehmend mit Gemälden, je weiter der Gang in die Vergangenheit reichte. Impressionisten. Himmel und Meer, dann Grünweiß mit Kutter. Błaszczykowski meinte, das eine oder andere Bild zu kennen. Das mit den Segeln. Und das mit einem Mann und einer Frau, am Strand sitzend. Auf einem der Gemälde sah Błaszczykowski wieder das Gefährt vom Anfang. Oder eine ähnliche Konstruktion. Ein plötzlicher Schnitt unterbrach die Serie und holte das Sanatorium zurück. Auf die Terrasse des Kurkrankenhauses trat ein Arzt. Weißes Haar, weißer Kittel, weiße Zähne. Er erklärte die Wirbeltuberkulose. Sie fraß sich in die Knochen der Wirbelsäule. Entzündungen, Abszesse in den Muskeln, die an der Wirbelsäule ansetzten, waren die Folge. Sie mussten durch Punktierungen angezapft werden, um den Eiter aus den Entzündungsherden abfließen zu lassen. Da die Medizin im 19. und frühen 20. Jahrhundert noch über kein wirksames Medikament verfügte, galten Seebäder, frische, keimfreie Luft und äußerste Ruhe als einziges Mittel. Dank seiner reinen Luft, von der sich jeder Urlauber überzeugen konnte, war Berck im Zuge der sich entwickelnden Thalassokur, die aus einer Behandlung mit kaltem oder erwärmtem Meerwasser, Meeresluft, Sonne, Algen, Schlick und Sand bestand, zu einer »Hauptstadt der Tuberkulose« geworden, wie ein erkrankter Schriftsteller einmal notiert hatte. Äußerste Ruhe wurde hier sehr streng ausgelegt. Patienten mit Knochentuberkulose, der so genannten Pott'schen Krankheit, verbrachten ihr Leben wochenlang in Gips. Die Hoffnung hatte darin bestanden, dass die Erstarrung und das Klima den Herd der Krankheit abkühlten. Daher die alten Bilder mit den merkwürdigen Kutschen, Gefährten und Bahren. Wie der Arzt fortfuhr, war die große Zeit der Sanatorien, nachdem sich die Behandlung mit Medikamenten durchsetzte, vorbei. Der epische Kampf der Naturgewalt gegen das Tuberkulosebakterium in den Knochen des Patienten, der Weite und Reinheit der Seeluft gegen die Enge eines faulen Wirbels in Gips gehörte der Vergangenheit an. Noch einmal sah man die Mumie aus der Anfangssequenz, dann sprang der Film ins Bunte. Menschen mit Drachen am Strand, Riesen der Luft, Trapeze, aufblasbare Oktopusse, kunststoffbunte Stoffaeronautik. Manche nutzten die Drachen, um aufrecht und in Badehose in horizontaler Raumfahrt auf Brettern oder in flachen Wagen über die Weite ohne Maß zu gleiten. Eine dritte Gruppe, auf den Wellen reitend, nutzte die Kraft des Windes im sich blähenden Drachen, um, die Schwerkraft überwindend, in die Höhe zu steigen und für Sekunden über den Horizont katapultiert zu werden. Das Bild stand lange. Drachen flatterten in den Rahmen und wieder hinaus. Über diese letzte Einstellung lief schließlich der Abspann, unterlegt durch das konstante, nur scheinbar immer lauter werdende Rauschen der Wogen.

## Der Verrat

Das Altenheim *Bałtyk* in Kołobrzeg beherbergte seit einigen Jahren den ehemaligen Kapitänleutnant zur See Franciszek Nieszpułka. Er teilte mit seinen beiden Zimmergenossen Antoni Palański, einem ehemaligen Schiffbauingenieur mit dickem Bauch, dünnen Beinen und geschwollener Nase, und Grzegorz Kowalski, einst Hafenpolizist, nun ein magerer Greis mit gelber Gesichtsfarbe, einen schmucklosen Raum mit Fenster zum Wald. Wären Nieszpułkas Ohren vom Geballer der Manöver im Laufe der Jahrzehnte nicht beinah taub geworden, hätte er bei offenem Fenster nachts das Meer rauschen hören können. Doch blieben die Fenster ohnehin tagelang verschlossen, damit die Alten keinen Zug bekamen, eine hartnäckige Sitte, die der Altenheimleiter Roman Błaszczykowski vergeblich bekämpfte, obwohl der Mief gerade im Sommer erheblich wurde. Weil auch das Lichtspiel der Septembersonne in den Zweigen der Kiefern stets von farblosen Vorhängen verdeckt wurde, waren sinnliche Genüsse für die Bewohner des Altenheims nur noch Schatten der Erinnerung. Die Erinnerung war für Nieszpułka jedoch eine Quelle, deren Wasser so mächtig und dunkel flossen, dass er ihren Durchgang durch die verschiedenen Erdschichten ihrer Herkunft nicht mehr nachvollziehen konnte und es kein Genuss mehr war, was sie auslösten. Im Gegenteil. Nur was nicht aufhört, weh zu tun, hatte Nieszpułkas erster Marineausbilder stets mit einem Fletschen der Zähne beim Wort »weh« zu sagen gepflegt, bleibt im Gedächtnis.

Nieszpułka hatte die Hälfte seines Lebens allein verbracht, da seine Frau ihn noch in jungen Jahren, nicht lang nach der Geburt ihres gemeinsamen Sohnes, Hals über Kopf verlassen hatte. Für einen Oberförster. An einem Sonntag im September. Sie trug ein rotes Kleid, stand auf der Türschwelle und sagte: »Ich verlasse dich, Franciszek.« Mehr sagte sie nicht. Sie blickte sich auch nicht mehr um, als sie die Tür geräuschlos, beinah zärtlich, schloss. Eine neue Frau hatte Nieszpułka danach weder gefunden noch gesucht, vielmehr trug er die Verwundung seines Herzens wie einen Orden, der seinem Charakter aufprägte, dass allein der demütige Dienst für die Marine seinen Affekten ein Hafen war. Diese über Jahrzehnte anhaltende, sich mit der Pensionierung rasch intensivierende Vereinsamung belastete seinen Geisteszustand und leistete einer Erkrankung Vorschub, welche seine Verwandten erst erkannten, als der an sich rüstige alte Herr die zeitliche Ordnung des Lebens sehr frei interpretierte. Die Zeitschichten schoben sich ineinander. Gestern, Heute und Morgen fielen so zusammen, wie sie es sonst nur in der Philosophie taten. Die Gegenwart wurde von Kindheitserlebnissen ebenso wie von Routinen der Militärzeit durchdrungen. An sich war diese Vermischung von Vorstellung, Erinnerung und Wahrnehmung ein normaler Vorgang – er schlug jedoch bei Nieszpułka in einen anderen Zustand um: Den Flur seiner Vorstadtwohnung schritt er mit gezogener Waffe ab, denn hinter jeder Wand konnte der Feind lauern. Franciszeks Verwandte hielten daher eine professionelle Betreuung des alten Herrn für angebracht.

Die Unterbringung in der Seniorenresidenz linderte seine Unruhe allerdings nicht, sondern steigerte sie noch zusätzlich. Nieszpułka wähnte sich vom Pflegepersonal – er sprach von »Gnadenhüttlern« – bedroht. Er erzählte, sie kämen nach der Dämmerung, um sich an ihm und seinen beiden Kumpanen zu rächen. Um sie zu martern. Aber auch tagsüber, wenn die Pfleger kamen, um den Blutdruck zu messen, ihm Medikamente zu verabreichen, ihn zu waschen oder ihm das Essen zu geben, hockte er wie ein scheues Tier in der Ecke. Kam man ihm näher, fauchte er. Wenn er abends im Fernsehzimmer Tom Tomasz auf dem Bildschirm sah, zeigte er auf und erklärte seinen Nachbarn im Flüsterton, auch hinter Tomasz' Entführung steckten die Gnadenhüttler. Überhaupt, um eine Entführung handele es sich gar nicht, sondern einfach nur um einen Mord, denn Tomasz – das versuchte das Fernsehen zu vertuschen – sei längst tot, von Sgarby ermordet, aus Rache für die abgeschlagene Nase. Nieszpułka warf einen verstohlenen Blick auf die andere Seite des Raums, wo Palański stumm am Fenster saß. »Wir dürfen jetzt nicht aufgeben, wir müssen geschlossen hinter Palański stehen«, fuhr er fort. »Auch wenn er nicht der beste Anführer ist. Schießen kann er zum Beispiel überhaupt nicht, nicht einmal aus nächster Nähe. Ich habe selbst einmal gesehen, wie er vier Schüsse aus zwei Metern Entfernung neben das Ziel gesetzt hat. So ein Mann gibt keinen Anführer ab. Aber jetzt ist es sowieso zu spät. Jetzt ist Palański dran«, sagte Nieszpułka und zog zu einem Zungenschnalzen den Daumen waagerecht über die Kehle. Seine Nachbarn schwiegen. Sie kannten Nieszpułkas Verschwörungsgeschichten. Sie hörten ihm nicht einmal mehr zu. Dabei hätten sie sogar guten Grund gehabt, ihm Gehör zu schenken, denn die Gangart der Pfleger war in den letzten Zeiten zusehends rauer geworden. Nach und nach hatten sich die Pfleger der Vorgänge bemächtigt, während der Direktor im Strudel der Verwaltungsarbeit versank. Inzwischen hatte Błaszczykowski sich auch damit abfinden müssen, dass die Kommunikation zwischen Direktion und Personal auf gelegentliche Grüße im Heimflur geschrumpft war. Die fehlende Gesprächsbereitschaft des Personals, über die sich der Direktor häufig geärgert hatte, führte unter anderem auch dazu, dass Błaszczykowski den Besuch einer Enkelin Nieszpułkas verpasste. Niemand hatte ihn darüber in Kenntnis gesetzt, dass sich eine Besucherin für den schwierigen Bewohner angekündigt hatte.

Viola Medlar, die wegen eines Filmfestivals in Kołobrzeg war, fühlte sich unpassend, innerlich und äußerlich verschoben, schon als sie an der Pforte nach ihrem Großvater fragte. Das Gefühl verstärkte sich, wurde physisch, mit Macht drückte etwas auf ihren Rücken. Vielleicht waren es auch nur die Nasale der polnischen Sprache, die ihre Zunge, ihren ganzen Sprechapparat verschoben und ihr einzelne Halswirbel verrenkten. Sgarby, ein Pfleger mit einem eingeschlagenen Gesicht – sie ertappte sich selbst dabei, dass sie wortwörtlich »Matschfresse« dachte, als sie ihn sah –, wies sie an, ihm zu folgen. Der Gang des Heims war karg bis auf einige Schwarzweißfotos von Wüsten und Heidelandschaften. Viola Medlars Blick fiel auf die Unterarme des Pflegers, während er schweigend vor ihr her ging. Sie hätte nicht mit Sicherheit sagen können, ob sein Arm tätowiert war oder ob es nicht einfach schlecht verheilte Brandwunden waren, die unter dem Ärmel hervorschauten. Man müsste einen Dokumentarfilm in einem Altenheim drehen, dachte sie, sich ein Jahr lang mit diesen Menschen einsperren.

»Hier sind wir.« Viola Medlar war überrascht, als der Pfleger die Tür zum Zimmer ihres Großvaters nicht aufsperren musste, sondern einfach nur aufriss. In der Ecke des Zimmers kauerte Nieszpułka mit angewinkelten Beinen auf seinem Bett. Er trug ein altes Marinehemd mit einer herabflatternden blauen Stickraute auf der Brust. Verlegen überquerte Viola Medlar die Türschwelle zum Zimmer, das nach einer Mischung aus Urin und Lakritz roch. Es war lange nicht gelüftet worden. Nieszpułkas Zimmergenossen saßen einander gegenüber und spielten Karten auf einem Karton, den sie zwischen ihre Betten platziert hatten. Drei Spinde an der Wand waren außer den Betten das einzige Mobiliar. Nieszpułka, aus dessen faltigem Gesicht Amphibienaugen hervorlugten, musterte sie misstrauisch. »Guten Tag, Opa Franek!«, sagte Viola Medlar schüchtern. »Woher kommst du?« fragte er streng. »Nach all diesen Jahren …« Seine Stimme kam aus der Tiefe eines Schachts. Viola stammelte das sperrige, verrostete Polnisch ihrer Kindheit. »Ich bin wegen eines Filmfestivals hier. Und die Tanten aus Poznań haben mir erzählt, dass du hier im Heim bist. Da wollte ich natürlich sehen, wie es dir geht.«

In Nieszpułka arbeitete es. Er starrte auf die Besucherin, deren Figur immer wieder vor seinen Augen verschwamm. Er hatte Mühe, manche Konturen auszumachen, aber es konnte nur sie sein. Die Lippen. Der schmale Körperbau. Sie hatte sich nicht verändert, dachte er. Nur ihr rotes Kleid hatte sie abgelegt. Ansonsten wiederholte sich die Geschichte. Als Nächstes würde sie ihm sagen »Ich verlasse dich, Franciszek.« Und dann würde sie wieder gehen. Warum tat man ihm so etwas an? Warum wollte man ihn so verhöhnen?

»Ich habe dir Pączki mitgebracht.« Viola stellte eine Tüte fett gebackener Pfannkuchen aufs Bett. In Nieszpułka gärte es. Seine Gedanken sortierten sich zu einer unwiderlegbaren Ordnung: Die Hure steckte mit diesem Sgarbyficker und seinem blutrünstigen Gnadenhüttlerrudel unter einer Decke. »Möchtest du einen?« Sie deutete auf die Tüte mit dem Gebäck. Nieszpułka explodierte. »Was willst du hier, du Nutte! Steck dir deine Wichsbällchen in deine ausgeleierte Fotze. Jetzt kommst du, um mich in meinem Elend zu sehen?« Seine Halsschlagader lief violett an. »Du Schlampe hast uns ausgeliefert!« – »Großvater. Beruhige dich. Ich bin's doch, deine Enkelin.« Viola Medlar sah sich zu Sgarby um, der unbeteiligt an der Tür stand. »Es wird alles wieder gut, Opa. Ich habe gehört, du machst jetzt eine Therapie?« – »Therapie?!« Nieszpułka schnaubte. »Was für eine Therapie?! Folter ist das hier! Die martern uns. Hier! Sieh dir das an! Sieh dir an, was das für eine Therapie ist!« Nieszpułka war im Begriff, sich seinen Frotteeanzug vom Leib zu zerren. Nur durch ein resolutes Einschreiten des Pflegers konnte der drohende Anblick offenen Fleisches verhindert werden. »Du musst mich hier rausholen! Die foltern uns hier alle! Die massakrieren uns!« Viola Medlar blickte hinüber zu Palański und Kowalski, die unbekümmert Karten spielten. Nieszpułka hechelte. »Die da!« Nieszpułka deutete auf Sgarby. Flüsternd fügte er hinzu: »Sie kommen nachts, um uns die Glieder einzeln auszureißen.« Viola trat einen Schritt zurück, während Sgarby nach einer Spritze griff, die er dem Greis ausdruckslos in den Arm stieß. Nieszpułka schrie auf. Sgarby hielt ihn noch zwei Sekunden in einem Polizeigriff, dann begann das Beruhigungsmittel zu wirken und der Pfleger lockerte den Griff, der die Besucherin einschüchterte, ihr aber zugleich fachmännisch und notwendig erschien. Sie sah, wie die Augen des Großvaters zufielen und die Spannung seiner Muskeln nachließ, bevor er einen letzten Satz stammelte: »Verpiss dich zu deinem Waldschrat!«

»Sie sehen«, erklärte Sgarby, »die Demenz ist in einem fortgeschrittenen Stadium.« – »Ja«, antwortete Viola, »es ist traurig.« Sie zog die Schultern zusammen, während Sgarby das Spritzbesteck entsorgte. »Well«, schloss Viola, deren Blick noch immer auf dem schwer atmenden Großvater haftete. Es war nicht zu verkennen, er hatte diese Realität bereits verlassen. Stärker aber schlug sich die Ahnung nieder, dass ihre Ähnlichkeit mit der Großmutter – die ihr bis dahin nie bewusst gewesen war, die im Übrigen aber auch schon die Tanten in Poznań angemerkt hatten – ihr eigenes Gesicht überschattete. So wirkte in ihr umso mächtiger der Fluch einer namenlosen Schuld, als sie das Zimmer ihres Großvaters verließ und die Tür hinter sich geräuschlos schloss.

## Das Buch

Błaszczykowski verließ den Kinosaal mit gemischten Gefühlen. Noch während er im Slalom um die Betonsäulen des Foyers Richtung Ausgang lief, schlug er sich mit der Frage herum, wo eine Reflexion über das soeben Gesehene und Gehörte ansetzen könnte. Was er aus dem Saal mitgenommen hatte, war weniger eine Geschichte als ein Gefühl, das sich nun, im Nachhinein, aus einzelnen Bildern und Szenen herauskristallisierte. Dass der junge Regisseur ein Talent sein musste, machte Błaszczykowski schlussendlich daran fest, dass der Film es vermochte, die Traurigkeit, die nicht gezeigt werden konnte, im Gemüt des Zuschauers einzunisten. In diese Gedanken vertieft, verließ Błaszczykowski das Gebäude des Kulturzentrums, um sich in der Parkanlage wiederzufinden, wo um diese Zeit bunter Trubel herrschte. Angesichts des guten Wetters hatte die Festivalleitung die Bar nach draußen verlegt, eine Entscheidung, die sich als voller Erfolg erwies. Um unzählige Tische herum, die sich in die Dunkelheit des Parks hinein verloren, saßen Festivalbesucher, Einheimische und Touristen. An der Bar brannten Fackeln und eine Installation mit farbigen Leuchtketten, die sich wie Lianen um eine Gruppe von Pinien wanden, leuchtete den Platz aus. Błaszczykowski beschloss, seinen Kinoabend mit einem Drink an der Bar zu beenden. Am Tresen ließ er sich von einem rothaarigen Barman dazu überreden, statt eines Biers einen Aperol Spritz zu bestellen. Wenn er schon mal hier war, sollte er auch das Modegetränk probieren. Mit der orangegrellen Flüssigkeit im Glas lief Błaszczykowski an den vollbesetzten Tischen vorbei, immerzu Ausschau nach einem freien Platz haltend. An einem Buch, das auf einem der Tische lag, verfing sich sein Blick. Auf dem Umschlag war ein Obstbaum abgebildet, so viel nur konnte er erkennen. Als er aufschaute, traf sich sein Blick mit dem einer jungen Frau. Sie saß allein an dem Tisch und trank ebenfalls einen Spritz. Obwohl Błaszczykowski das Gesicht nicht zuordnen konnte, war er sicher, diese Frau schon einmal gesehen zu haben. Er hatte den Blick bereits abgewandt, um weiter Ausschau nach einem freien Platz zu halten, als er eine Frauenstimme in gebrochenem Polnisch vernahm: »Hier ist noch ein Platz frei.« Die Frau mit dem Buch deutete auf einen freien Stuhl. Etwas zögerlich nahm Błaszczykowski das Angebot an. »Sprechen Sie Englisch?«, fragte sie, während er Platz nahm. »Mein Polnisch ist leider nicht so gut …« Błaszczykowski drehte die Hand nach links und nach rechts, um ein »ungefähr« zu signalisieren, verdeutlichte aber im nächsten Moment mit einer Frage nach dem Buch auf dem Tisch, dass sein Englisch wohl nicht akzentfrei, dafür aber akkurat war. Sie schob ihm den Band zu. »S. Goldmann, *The Worlds Within*«, las Błaszczykowski. »Ich verstehe nicht, was das für ein Baum sein soll.« – »Mispeln«, sagte sie. Und da Błaszczykowski das englische Wort offensichtlich nicht kannte, übersetzte sie: »Nieszpułka.« Błaszczykowski wiederholte langsam das Wort »Nieszpułka«, als kaue er auf Fruchtfleisch. Sie hob ihr Glas an die Lippen. »Sind Sie auch wegen des Festivals hier?« – »Hier und jetzt, ja«, sagte Błaszczykowski. »Aber ich bin nicht wegen des Festivals angereist, ich lebe hier. Ich komme gerade aus einer Vorführung.« – »Und?« – »*Ville de la Douleur*«, probierte er auf Französisch. »*Ville de la Douleur*? Ein schöner Film. Oder was meinen Sie?« In Błaszczykowskis Suche nach einer passenden Formulierung platzte ein junger Mann im schwarzrosa Festival-T-Shirt: »Viola, entschuldige. Eine Reporterin vom Lokalfunk möchte dich sprechen.« Er zeigte in Richtung des Eingangs zum Kulturzentrum. »Nur fünf Minuten.« Sie schlürfte ihren Spritz leer, stand auf und entschuldigte sich: »Ich bin gleich wieder da.«

»Viola«, hallte es in Błaszczykowskis Gedächtnis. Viola Medlar. Die Regisseurin von der *Portugiesischen Galeere*. Das musste sie sein, wer sonst? Ein merkwürdiger Zufall, dass sie hier am Tisch gesessen hatte.

Als hätte sie auf ihn gewartet. Błaszczykowski nahm den Zahnstocher, an dessen Spitze eine grüne Olive aufgespießt war, aus seinem Glas und knabberte das Mark vom Kern ab. Er griff nach *The Worlds Within*, schlug das Buch in der Mitte auf und las. Der Text war nicht einfach. Sehr technisch. Einige Sätze musste er zweimal lesen. »Dieses Modell einer geschichteten Psyche lässt sich ausgehend von einer wohlbekannten Überlegung des Quantenphysikers Erwin Schrödinger illustrieren. In Schrödingers Gedankenexperiment ist das Leben einer Katze vom Zerfall eines radioaktiven Atoms abhängig. Zerfällt das Atom, so stirbt die Katze. Zerfällt es nicht, lebt sie. Solange aber kein Beobachter feststellt, ob die Katze tot oder lebendig ist, befindet sie sich in einem Zustand der Überlagerung. Das heißt, beide Zustände, Tod und Leben, liegen vor. Gemeinhin hat sich die Physik auf die Kopenhagener Deutung geeinigt, die Schrödingers Paradoxon jegliche Realität abspricht und zur pseudowissenschaftlichen Spinnerei degradiert. Statt also aus Schrödingers Experiment die naheliegenden Schlüsse zu ziehen, haben die Kopenhagener Skeptiker die Wissenschaft um Jahrzehnte zurückkatapultiert. Erst allmählich macht sich nun die Erkenntnis breit, dass Schrödingers Ansatz oder auch das hierauf basierende Everett'sche Viele-Welten-Modell nicht nur die Physik sehr viel weiterer voranbringen könnte, sondern auch ein adäquates Instrument hergäbe, um die Psychologie aus der Impasse zu befreien, in der sie spätestens seit Freud steckt. Die Überlagerung von entkoppelten Welten wird schließlich nirgendwo klarer als im Unbewussten, wo sich neben der lebenden Katze immer auch die tote einschreibt. In der Psyche hinterlässt das Multiversum seine unverkennbaren Spuren. Spuren, die sich übereinanderlagern wie die Flöze eines Berges. Bestimmte Kreuzungen im Leben sind imstande Fenster durch dieses Geschichte zu schlagen, Fenster, durch die bestimmte Relikte buchstäblich überspringen können, Relikte eines anderen, die die Psyche aufbewahrt, als entstammten sie dem eigenen Gedankenschatz.«

Violas Stimme unterbrach die Lektüre. »Entschuldigen Sie, das ist hier ein einziges Durcheinander. Die wollen das Interview doch lieber morgen machen, im Hotel.« Błaszczykowski schlug das Buch zu und legte es zurück auf den Tisch. »Ich habe in der Zwischenzeit herausgefunden, woher ich Sie kenne«, sagte er, während sie sich wieder setzte. »Ah, gut! Ich habe mich nämlich auch schon die ganze Zeit gefragt, woher ich Sie kenne.« Am Ende des Satzes hingen ihre Blicke einen Augenblick lang ineinander. Ein Schleier, ein Intervall lag zwischen ihnen, ein vernebelter Abgrund der Zeit, den Błaszczykowski mit einem Kopfschütteln zerrieseln ließ. »Ich befürchte, dass Sie mich mit jemandem verwechseln.« Mit dem Zeigefinger schob Błaszczykowski sein Glas wenige Zentimeter nach links. »In Ordnung. Aber woher kennen Sie mich dann?« – »Aus der Zeitung. Viola Medlar. Sie kommen aus Kanada.« – »Richtig.« Sie streifte ihre Hose zurecht. »Ich habe einen Artikel über Sie und über Ihren Film gelesen.« Viola kippte einen Eiswürfelrest aus dem Glas in den Mund. »In Ordnung«, sagte sie und zerkaute das Eis. »Das erklärt aber nur, warum Sie mich kennen und nicht andersherum, warum ich Sie kenne. Ich kann Sie ja unmöglicherweise aus der Zeitung heraus kennengelernt haben.« Sie sagte das mit einem Lächeln, das Błaszczykowski aufgriff und in ein genäseltes Lachen wandelte. »Roman Błaszczykowski ist mein Name.« Sie gaben sich die Hand, keiner drückte, fast als streichelten sie sich. Błaszczykowski trank seinen Spritz aus. »Eigentlich war ich hierhergekommen, um die *Portugiesische Galeere* zu sehen. Die Vorführung war aber ausverkauft.« – »Ich versteh immer noch nicht, warum alle plötzlich so ein Höllenbrimborium um den Film machen«, sagte Viola Medlar. »Drei Stunden Quallen … Und dann ist die Vorstellung auch noch ausverkauft! Verrückt …« Sie drehte das Buch zurecht, so dass es parallel zur Tischkante lag. »Ich hab da mal reingelesen«, sagte Błaszczykowski und saugte an seiner Unterlippe. »*The Worlds Within*? Ich muss zugeben, dass ich wenig damit anfangen konnte«, erklärte Viola. »Diese These, dass alle parallelen Universen in unserem Kopf gespeichert werden und dass das auch noch die unerforschten Funktionen des Gehirns erklären soll … Aber es soll ja tatsächlich seriöse akademische Forschung in dem Bereich stattfinden. Von Italien ist im Buch die Rede und von einer Uni in den Staaten, Yale oder Berkeley, ich weiß nicht mehr genau.« – »Ich weiß es auch nicht«, wiederholte

Błaszczykowski, wie um ihren Gedankengang fortzusetzen. Er legte eine Pause ein, um in seinem Englischvokabular die passenden Wörter zusammenzusuchen. »Viola!« Wieder erschien der junge Volunteer, diesmal mit Walkie-Talkie in der Hand. »Viola, dein Abspann läuft, du musst zur Q&A!« Viola blickte achselzuckend zu Błaszczykowski. Aus dem Walkie-Talkie krächzte es. »Sorry«, sagte sie im Aufstehen, und auch Błaszczykowski stand auf, um ihr zum Abschied die Hand zu geben. »Es hat mich sehr gefreut«, sagte er. »Gleichfalls. Kommen Sie doch zur Abschlussfeier, wenn Sie Zeit haben. Błaszczykowski, richtig? Ich lasse Sie auf die Gästeliste setzen.« – »Gerne. Ich versuche zu kommen.« – »Ach, und das Buch.« Sie schob es in die Tischmitte, an Błaszczykowskis Glas heran. »Das können Sie behalten. Ich schenke es Ihnen.«

# ITALIEN

## Das Gestein

Ein abwechslungsreicher Kranz gewaltiger Bergriesen umschliesst die weite Thalsenkung, in welcher an dem linken Ufer des tiefgefurchten Boitenbaches der Hauptort des ganzen, eine Gemeinde bildenden Ampezzogebietes, Cortina, sich aufgebaut hat. Nicht oft wird ein Ort so gefunden werden, den ein so herrlicher Alpenrahmen umschliesst und nur wenige wird es geben, wo das Auge fast mit einem Blick ein wirkungsvolleres Hochgebirgs-Rundbild aufzunehmen vermag. Das berühmte Landschaftsbild wird überwiegend von den jüngeren Gesteinen der Dolomiten bestritten. Den Hauptanteil haben Cassianer Schichten – sie liefern das schöne Wiesengelände – und Dachstein- (ev. noch Jura-)Dolomit. Der Scherndolomit tritt ganz zurück, er ist beschränkt auf untergeordnete, streckenweise aussetzende Wandstufen; im W bildet er die steil abbrechende Plattform der Crepa (Belvedere 1539 m), auf die die Schwebebahn hinaufführt, im E den Sockel der Faloria-Alpe gegen Tre Croci und die gegenüberliegende Wandflucht an den Crepe di Zumelles (Pomagognon). Zu Füssen der herrlichen Gebirgswelt grünt und blüht eine reiche Alpenflora, blumige Wiesenmatten, auf denen u. a. auch das sonst nur auf den Höhen gefundene Edelweiss vorkommt, breiten sich Rasenteppiche, durchwebt mit der bunten Pracht der Alpenblumen, rauschende Wälder tiefgrüner Fichten und Tannen, durch welche schäumende Bergwässer zu Thal stürzen. In diesem Reichthum der Terraininformation und in dem hier so pittoresk gestalteten Gegensatz zwischen Wald, Feld und Alpenmatte einerseits, der kahlen Felsenweld andererseits, liegt der grosse Reiz von Ampezzo.

Viola Nespoli klappte das Buch über ihrem Schoß zusammen. Im Zug nach Calalzo saß außer ihr nur ein älterer Herr, der aus dem Fenster in die vom Regen verwaschene, unter tief hängenden Wolken grau dahingehende Landschaft schaute, während sich die Eisenbahn, wie in einer Modelllandschaft, im Bogen über eine römisch anmutende Brücke in eine Schlucht hineinfraß, die vor hundert Jahren für sie mit Dynamit ins Gestein gesprengt worden war. Nespoli blickte auf die massiven Schichten aus Granit und Kalk. An der Felswand, an welcher die Bahn entlangfuhr, erkannte sie einen Horizont aus Mergel, der sich durch die Wand zog. Während sie die Mergelschicht betrachtete, stieß sie, als sei die Gegenwart auf der Fahrt ins Gebirge allmählich abgetragen worden, auf ein lange verschollenes Bild ihres Vaters, der ihr in den Sommerferien auf den Wanderungen in den Dolomiten beigebracht hatte, Gesteine voneinander zu unterscheiden. Sie sah ihn auf den Berg vor sich deutend, in der klaren, frischen Luft des Spätsommers. Vor den großen flächigen Felswänden und ihren Schichten kniete er sich hin, berührte mit dem rechten Bein den Boden und hielt einen Stein in der Hand, um ihr das feinkörnige Gefüge eines gebänderten Gneises zu zeigen. Nur wer die Tiere, Pflanzen und Steine zu unterscheiden weiß, sieht mehr als einen Vogel, einen Baum oder einen Berg. Das war sein Credo. »Du musst die Namen der Dinge lernen, Viola, dann lernst du sehen.« Es wurde schlagartig dunkel. Ein Tunnel. Das Bild ihres Vaters hing ihr nach, während sie durch den Berg fuhren. Seit seinem Tod war sie nicht mehr in den Dolomiten gewesen. Nun hatte das Istituto di Scienze di Roma im Verbund mit der Klinik für Unfallchirurgie in Mailand und der Italienischen Ärztekammer zu einer internationalen Konferenz zum Thema »Amputation und Prothese. Chancen und Perspektiven« nach Cortina d'Ampezzo eingeladen, bei der sie für das Simultandolmetschen ins Italienische gebucht worden war. Den Veranstalter der Tagung, den groß gewachsenen Professore Silvio Forster, hatte sie wenige Monate zuvor auf einer Konferenz in Neapel flüchtig kennengelernt und ihm ihre Visitenkarte in die Hand gedrückt. Tatsächlich hatte er sich persönlich bei ihr gemeldet, um sie als Dolmetscherin für die Konferenz zu gewinnen. Das Honorar war vorzüglich. Silvio Forster war ein Wissenschaftler modernen Typs, der begriffen hatte, dass nicht Forschung und Lehre die Karriere vorantreiben, sondern die geschickte Verflechtung von Personen und Institutionen. Forster wollte »das relevante Wissen über Amputationen auf einer Konferenz und abschließend in einem einzigen Tagungsband versammeln«. Mit dieser Formel hatte er die finanzielle Unterstützung durch eine Venezianische Bank gesichert und zahlreiche Kooperationspartner in ein vielgliedriges Netz von Beziehungen gesponnen, in dessen Mitte kein anderer saß als er selbst.

Viola Nespoli aß einen Keks. Mulino Bianco. Francos Lieblingskekse. Sie schloss für einen Moment die Augen. Er war schwierig geworden in letzter Zeit. Am Tag vor ihrer Abreise in die Dolomiten hatte er völlig außer sich einen Teller gegen die Wand gedonnert. Großmutters blauen Teller mit dem Pferdemotiv. Alles wegen einer Postkarte aus Mexiko. Einer zugegebenermaßen merkwürdigen, fast schon unheimlichen Postkarte, auf der statt der üblichen Strandmotive von Yucatán oder Playa del Carmen eine Echse abgebildet war. Keine Ahnung, wer so etwas verschickt haben mochte. Sie kannte niemanden in Mexiko. Niemanden, der dort lebte und niemanden, der dort auf Reise gewesen wäre. Auch die Handschrift konnte sie nicht zuordnen. Sie hatte zunächst an ihre Cousine Daniela gedacht, doch dafür war der Schriftzug zu ordentlich, und außerdem wusste sie, dass Daniela das komplette letzte Jahrzehnt in Messina verbracht hatte. Viola Nespoli spürte ein Stechen im Bauch. Es durchzog sie wie eine Welle, legte sich aber schnell wieder. In letzter Zeit hatte sie oft diese Schmerzen gehabt. Vielleicht müsste sie, wenn sie wieder in Trieste wäre, zum Arzt. Sie schaute aus dem Fenster. Der Tunnel war in eine Passage übergegangen, mit einzelnen Säulen, die schlaglichtartige Blicke in die vorausliegende Landschaft freigaben. Hier war der Himmel nur noch von einzelnen Wolkenfeldern durchzogen, von denen lediglich die größten dunklen auf das schlechte Wetter der Südwestseite, aus der sie gekommen war, hindeuteten. Viola Nespolis Erinnerungen an den Vater überblendeten das Bild von Franco. Sie sah den Vater wie versteinert. Noch immer kniete er da und hielt den gebänderten Gneis in der Hand, während sich der Zug allmählich in jene Gebiete vorschob, von denen eine ferne Vertrautheit ausging. Viola Nespoli klappte das Fenster auf. Der Geruch der feuchten Gräser, Gesteine und Tannen wehte ihr einen Gruß aus der Vergangenheit zu, den sie tief in sich aufnahm, ehe sie das Fenster aus Rücksicht vor dem älteren Herrn wieder schloss. Sie begann wieder in dem Buch zu blättern, das ihr mit den Konferenzunterlagen zugeschickt worden war, einem Sonderdruck mit dem Titel *Die Dolomiten. Eine unverständliche Landschaft,* herausgegeben vom Italienischen Alpenverein in Zusammenarbeit mit der Geologischen Gesellschaft von Belluno. Sie las etwas zerstreut über die Geologie der Moral, überflog Diagramme von Wanderungen, blätterte weiter und sah sich die körnigen Bilder von Alpinisten vergangener Zeiten an, die auf das handgeschöpfte Papier gedruckt waren. Nespoli las mehr tastend, mit ihren Fingerspitzen, ihr Blick ging wieder aus dem Fenster auf die groben Texturen einer stark verfalteten Formation Schiefergesteins, der sie an das farblos gewordene Fleisch eines Rinderschinkens erinnerte. Hinter einer Biegung tat sich die Schluchtlandschaft des Cadore auf, die nach dem Fluss gleichen Namens benannt war. Tief hatte sich der Fluss in einem unwahrnehmbar langsamen Tempo ins Tal hineingeleckt, wie ein jahrhundertealtes Tier, das nicht sterben konnte.

Inzwischen hatten sich die letzten Wolkenfelder in der Ferne aufgelöst und den Blick auf das gewaltige Massiv der Ampezzaner Dolomiten freigegeben. Mit den Gipfeln stiegen die Namen der Berge vor ihr auf, Namen aus Kindertagen. Da stand er noch immer, der heitere Cristallo, neben der hübschen Piz Popena und ihrer schwierigen Schwester Sorapis, auch der dümmlich-fröhliche Bruder Becco di Mezzodì war noch da, dahinter die stolze Tante Croda di Lago, und im Süden der Antelao, der stolze Vater des Massivs. Von dort aus war es nicht mehr weit bis zum Fanestal und zur tödlichen Schlucht Gola di Fanes. Sie musste das Ende der Konferenz abwarten, dann würde sie mit dem Bus nach Pian de Loa fahren, von wo aus ein Wanderweg zur Schlucht führte. Über eine Reihe schmaler Zickzackpfade und Holztreppen würde sie zur Gola di Fanes gelangen, mit ihrer steilen Wand von Dolomit- und Kalkgesteinen und dem märchenhaften Wasserfall. Viola Nespoli hatte den Wanderpfad vor Augen, und dort sah sie auch ihren Vater wieder, bei der Rast auf einem Kristallinkomplex aus metamorphen Gesteinen thronend. Die fixe Idee bemächtigte sich ihrer, dass sich noch Abdrücke ihres Vaters auf dem Weg in die Schlucht, in den Horizonten der Tofanagruppe befänden, die sie dringend freilegen müsste. Sie spürte dieses Gedankenbild unter einem mächtigen Druck, der erst dann nachließe, sobald sie zu ihrer Wanderung aufbrechen würde.

Viola Nespoli erreichte den Bahnhof von Calalzo di Cadore mit dem Gefühl einer inneren Lähmung. Erst beim Betreten des Bahnsteigs fiel ihr die Konferenz wieder ein. In ihre Unterlagen mit dem Fachvokabular hatte sie während der Zugfahrt nicht hineingeschaut. Am Bahnhofsplatz wartete ein Mann im Anzug mit einem eingeschweißten Schild: Mrs. Viola Nespoli. Conference Service. Er grüßte freundlich, nahm ihr das Gepäck ab, schob die Tür des Minibusses auf. Viola stieg ein, sie war die Einzige in dem geräumigen Wagen, sechs Plätze standen zur Auswahl. Sie hätte sich sogar hinlegen können.

Die Fahrt führte über eine eng geschwungene Serpentinenstraße durch das Cadoretal hinauf nach Cortina. In der tiefen Schlucht floss türkisblaues Gletscherwasser, darüber ragte der mächtige Monte Pelmo. Viola Nespoli erhaschte immer wieder einen Blick auf seinen grauen, nackten Fels. Zwischen dünnen Wolkenfetzen strahlte die Septembersonne durch das Fenster. Wenn sie die Augen schloss, flackerte das Licht noch hinter den Lidern hypnotisch weiter und versetzte sie in ein Karussell, das, gemächlich auf und abschwingend, in unendlichen Achterschleifen durchs Gebirge führte. In einem Plastikauto neben ihr saß der Vater, eine Hand auf dem Lenkrad ruhend, mit der anderen in die Ferne deutend. Als Viola sich zu ihm hin neigen wollte, verweigerten ihre Glieder jegliche Bewegung. Sie schaute an ihrem Körper hinab und stellte fest, dass sie sich in ein Karussellpferd verwandelt hatte, das neben dem Rennauto des Vaters in der Luft schwebte. Eine scharfe Bremsung entriss sie dem Schlummer. Der Minibus war vor dem Hotel Miramonti zum Halt gekommen. »In einer Stunde fährt ein Shuttle zum Konferenzzentrum«, sagte der Fahrer, als er die Schiebetür öffnete. Ein Hotelangestellter kümmerte sich sofort um das Gepäck. Viola Nespoli checkte ein und ließ ihre Taschen aufs Zimmer bringen. Statt auf den Shuttlebus zu warten, beschloss sie, den Weg zur Konferenzhalle zu Fuß zu gehen.

Die kühle Spätsommerluft versetzte sie mit einem Wohlgefühl in die Gegenwart. Plötzliche Freude, wieder in den Bergen zu sein, erfasste sie. Auf den Straßen von Cortina herrschte Geschäftigkeit, Taxis drängelten sich durch die Straßen, auf den Terrassen der Piazza aßen Touristen zu Mittag. Einzelne Damen trugen bereits Pelzstücke zur Schau, dazwischen Wanderer mit Stöcken, in Funktionskleidung. Einige Szenen und Ecken erkannte Viola wieder. Es war wie ein Spaziergang durch ein Album voller verblichener Kindheitsfotos.

Das Konferenzzentrum befand sich am südlichen Ende von Cortina. Das Gebäude war von übertriebener Modernität und machte den Eindruck, als sei es zu groß geraten. Entsprechend leer erschienen die Räumlichkeiten auch während der beiden Konferenztage, die Viola Nespoli in ihrer Dolmetscherkabine weitgehend emotionslos überstand, wären nicht die Bilder von Amputationen gewesen, die sich zwischen ihre Tagesreste mischten. Insbesondere ein Bild hatte sich in ihr festgesetzt. Es handelte sich um eine Nahaufnahme von dem Gesicht eines jungen Mannes mit dunkler Haut und glattgegelten Haaren vor einer Nasentransplantation. Wie der vortragende Chirurg erläuterte, hatte der Mann die Nase bei einer Kneipenschlägerei in Mexiko verloren. Nespoli starrte auf das entstellte Gesicht, das auf der Leinwand riesenhaft erschien. Für einige Sekunden vergaß sie das Dolmetschen und auch später, in den Kaffeepausen, blitzte das Bild immer wieder auf, so als hätte man ihr eine Erinnerung eingepflanzt, eine Erinnerung, die sie am Abend in der Hotelbar mit Averna aus ihrem Gedächtnis zu löschen versuchte.

Es war am letzten Abend, als sie an der Bar Professore Silvio Forster traf. Mit einer charmanten Floskel hatte er sich die Erlaubnis erbeten, ihr Gesellschaft leisten zu dürfen. Scherzend, lässig mit seiner Armbanduhr spielend, begann er ein Gespräch über die Dolomiten. Viola

Nespoli erzählte, sie kenne die Gegend aus ihrer Kindheit und würde den nächsten Tag dazu nutzen, die alten Wanderpfade wiederzuentdecken, doch kaum hatte sie die Worte ausgesprochen, überkam sie die Befürchtung, Forster die Vorlage gegeben zu haben, sich als Begleiter aufzudrängen. Die bloße Vorstellung, ihre langersehnte Wanderung in Begleitung eines Fremden machen zu müssen, versetzte sie in Panik. Es war ihr ein intimes Bedürfnis, den Weg, den sie früher mit ihrem Vater gewandert war, allein zu gehen, hinab in die Gola di Fanes. Sie war schon darauf gefasst, Forsters Vorschlag mit aller Vehemenz abzulehnen, doch der Vorstoß blieb aus. Stattdessen erzählte Forster mit ausufernder Detailliertheit von dem Forschungszentrum, das er in Rom leitete. Die Crème de la Crème käme dieser Tage dort zusammen, eine Wendung über die Viola Nespoli – erleichtert über den Themenwechsel – laut lachte. Forster lachte mit und bestellte zwei weitere Kräuterschnäpse. Mit jedem Schluck erhärtete sich ihr Eindruck, dass Forster der raue Sohn eines Bergbauerngeschlechts sein musste. Sie sah, dass seine körnige Textur von einem Glanz überzogen war, den ihm die Zivilisation durch die Deformation seines Wesens zugefügt hatte, vergleichbar einem Schieferstein, dessen auf der Oberfläche durch tektonische Verformung und Metamorphose entstandener Glimmer seidig schimmerte. Viola Nespoli wusste, dass sich Glimmer parallel zu den Schichtpaketen perfekt spalten ließ und sah vor ihrem inneren Auge, wie unter dem Glimmer der wahre Forster nach und nach zum Vorschein trat.

Aus seiner Jackentasche nahm Forster eine elektronische Zigarette. Er zog daran. Die Spitze glühte grün auf. »Worauf ich hinauswollte: Am kommenden Samstag findet ein internationales Treffen von Neurochirurgen bei uns in Rom statt und wir haben noch einige Lücken im Dolmetscherdienst. Ich hatte da an Sie gedacht.« Viola Nespoli rieb ihren rechten Daumen am kleinen Finger. Am Samstag? Das war schlichtweg zu wenig Vorbereitungszeit. Außerdem leitete sie in der darauffolgenden Woche einen Dolmetscher-Workshop an der Universität Bologna. Sie lehnte das Angebot höflich ab, doch Forster ließ nicht locker. Ihre Bedenken, sie verfüge auf dem Gebiet der Neurowissenschaften über viel zu wenig Fachwissen, räumte er mit einem dreifachen »Nein« aus. Er versprach eine fürstliche Bezahlung und insgesamt wesentlich bessere Bedingungen als in Cortina. Unter der Beharrlichkeit Forsters und dem Einfluss des Alkohols nahm sie das Angebot schließlich an und handelte sogar noch eine unüblich hohe Reisekostenpauschale aus. Sie stießen auf den neuen Auftrag an. Für Viola hatte sich die Reise in die Dolomiten jetzt schon doppelt gelohnt.

Am nächsten Morgen erwachte Viola mit dem Gefühl, ein Stück ihres Gehirns sei amputiert worden. Ihr Mund war klebrig-trocken, sie musste lange wechselwarm duschen, ehe sie sich in der Lage fühlte, die geplante Wandertour anzutreten. Die Verspätung hatte immerhin den Vorteil, dass die deutschen Rentner, die im September das mit Abstand größte Wandererkontingent stellten, zu dieser Uhrzeit im wahrsten Sinne des Wortes längst über alle Berge waren. Auch konnte Viola Nespoli sich nun in Ruhe vom Frühstücksbüffet bedienen. Als letzter Gast musste sie sich außerdem nicht dabei beobachtet fühlen, wie sie Brote für die Wanderung auf Vorrat belegte und Bananen und Trinkjoghurts einsteckte.

Sie nahm den Bus in Richtung Dobbiaco. Die Straße führte an den dicht bewachsenen Hängen des rauschenden Boite entlang. In ihrer Tasche vibrierte das Handy. Eine Nachricht von Franco. Wann sie ankäme. Sie löschte den Text und steckte das Telefon weg. Während das Waldgrün vorbeizog, fiel ihr ein, dass sie Forster am Vortag die Visitenkarte mit ihrer Festnetznummer gegeben hatte. Er würde jederzeit zu Hause anrufen können, vielleicht heute noch. Um Details zu klären. Wegen Rom. Sie sah schon, wie Franco das Telefon fluchend gegen die Wand schmettern würde. »Ma chi è questo bastardo di Forster?« Sie musste neue Visitenkarten drucken lassen. Mit ihrer Handynummer, sonst nichts. Und endlich ausziehen. So konnte es nicht mehr weitergehen.

In Pian de Loa stieg Viola Nespoli aus. Eine frische Bergbrise wehte ihr entgegen, hinter sich hörte sie das Schließen der Bustür. Das pneumatische Geräusch erinnerte sie an die Beatmungsmaschine, als ihr Vater im Krankenhaus lag. Sie hatte sie immer schon von weitem gehört, jedes mal, wenn sie den Krankenhausflur durchschritt. Den langen kahlen Flur. An einem Aussichtspunkt machte Viola halt und blickte über das weite Tal. Die Luft versprach gute Fernsicht, einige Wolken sammelten sich zwar bereits im Nordosten, aber ansonsten war es sonnig. Einer jener letzten warmen Tage, die sie stets rührten. Sie nahm den alten Wanderweg, der steil hinab in eine felsige Waldung führte. Schon nach wenigen Minuten spürte sie, wie sich etwas in ihr regte, ein Schmerz, stechend, von der Flanke aus bis in ihren Unterleib ausstrahlend. Es war ein Schmerz, wie sie ihn in den letzten Zeiten häufiger gehabt hatte, nur intensiver und zerreißender. Mehrfach, schubweise zog es in ihr, bis sie sich hinter eine Kiefer kauern musste, um ins Gras zu pinkeln. Unter Schmerzen, mit dem Gefühl, etwas würde sie von innen aufritzen, presste sie mit dem Urin ein Steinchen aus ihrer Scheide. Dieser Stein, der über die Jahre in ihrer Niere herangewachsen war, lag nun im Gras. Sie nahm ihn in die Hand und hielt ihn gegen die Sonne. Durch den Stein, der unwahrscheinlich glatt, nahezu perfekt wie eine Pyramide geformt war, wurde das Sonnenlicht einen Bruchteil von einer Sekunde lang in alle Regenbogenfarben gebrochen. Wie ein Schmuckstück wickelte sie ihn in ein Taschentuch ein, bevor sie ihre Wanderung zur Gola di Fanes fortsetzte.

## Der Hinterhalt

Vicenzo Nero saß mit Franco Nespoli beim Aperitif auf der Piazza Venezia. Die Menschen strömten von der Arbeit nach Hause, machten noch schnell eine Erledigung oder saßen wie Nero und Nespoli auf einer der zahlreichen Terrassen in der Abendsonne, den Blick aufs Meer gerichtet. Mauersegler, die in den Hafenbefestigungen und Gemäuern Triestes brüteten, schossen an Fassaden und Dächern entlang. Damen in Sommerkleidern spazierten selbstgenügsam an den Terrassen vorbei. Touristen versammelten sich im Abendlicht zum Gruppenfoto, zwei Mädchen spielten Himmel und Hölle. Langsamer als das Auge es wahrnahm, wurde das Blau im Osten dunkler, während sich im Westen in unschlüssig-unsteten Fetzen Wolkenschwaden ballten, über dem Meeresspiegel, noch unterhalb der Sonne. »Eine Kaltfront kommt«, sagte Nero. Noch war es warm, niemand dachte an einen Wetterwechsel. Franco Nespoli rollte sein leeres Glas über den Tisch, Nero nahm einen Schluck Spritz. »Schön, dass Schmittkopf die Piazza als Treffpunkt vorgeschlagen hat«, befand er. Nespoli stellte sein Glas kopfüber auf den Tisch und nahm sein Handy aus der Tasche. Er schaltete sich durchs Menü, tippte, legte den Apparat auf seinen Schoß. »Du hast letztens erzählt, bei dir sei ein Zimmer frei.« Nespolis Augen glänzten rötlich, seine Wangen hingen schlaff herab. Nero trank. »Warum fragst du?« – »Ist es noch frei?« Nero stellte sein Glas mit übertriebener Langsamkeit auf den Tisch. »Ist es noch frei?«, hakte Nespoli nach. Nero bejahte stumm. »Dann würde ich gern einziehen. Heute noch, wenn es geht.« Der Strohhalm störte. Nero nahm ihn aus dem Glas und legte ihn auf den Tisch neben den Aschenbecher.

»Woher plötzlich diese Eile?«, fragte er. Nespoli schwieg und tippte eine Nachricht. Schulkinder rannten an einem alten Mann vorbei, der einen Leierkasten vor sich herschob. Ein Senegalese ging von Tisch zu Tisch und bot Plastikspielzeug an. »So.« Nespoli legte das Handy neben sein umgedrehtes Glas. »Ich hab's ihr geschrieben, es gibt kein Zurück mehr. Jetzt will ich ihr Gesicht sehen, wenn sie aus Bologna, oder wo auch immer sie gerade ist, zurückkommt und sieht, dass ich nicht da bin.« Nero spuckte Olivensteine in den Aschenbecher. »Meinst du wirklich, dass du damit das Problem löst?« Nespoli zischte etwas Unverständliches durch die Zähne. Nero nahm sich die letzten Oliven.

»Salve«, grüßte eine Stimme im Rücken. Professore Schmittkopf stellte seine Tasche auf einen freien Sitzplatz. Er erschien in Begleitung von Toni Pallante und Kowalski, einem Polen mit robusten Schultern, den Schmittkopf vor nicht allzu langer Zeit auf einer Baustelle aufgetrieben hatte. Die drei setzten sich an den Tisch, Schmittkopf bestellte eine Runde Spritz. Hinter der Kellnerin trat der Senegalese hervor, ein Bündel leuchtender Armbänder um den rechten Arm, in der Linken afrikanisches Schnitzwerk: Wolfsfiguren und Elefanten. Als er der Gruppe die Ware anbot, begegnete ihm Nespoli unvermittelt mit Flüchen und Kraftausdrücken. Nero blickte überrascht auf, Pallante strafte Nespoli mit ernster Jurorenmiene ab. »Was soll das? Hat dir der Mann denn was getan?« – »Der soll sich ficken gehen, mit seinem Krimskrams!« – »Signori«, intervenierte Schmittkopf, »konzentrieren wir uns auf das Wesentliche.« Er beugte sich tief über den Tisch. »Signori«, wiederholte er im Flüsterton und dann noch einmal, noch weiter über den Tisch gebeugt und noch leiser: »Signori.« Es gab Neuigkeiten. In der Siedlung am alten Rangierbahnhof hatten sie endlich Versuchspersonen finden können. Zwei Kinder. Perfekt. Kindergehirne waren perfekt. Das Gewebe war frisch, eine kleine Probe würde reichen. »Sie müssen da nur kurz hinfahren, die Kontaktperson wartet unten am Lokschuppen. Der überreichen Sie bitte das hier.« Schmittkopf schob einen Umschlag unter den Aschenbecher mit den Olivensteinen. »Dann fahren Sie die Kaninchen zu mir ins Institut. Ich möchte heute noch mit der Trepanation beginnen.« Pallante steckte den Umschlag ein, Schmittkopf klopfte ihm auf die Schulter. »Pallante und Kowalski kennen die Leute da unten ganz gut.« Die Kellnerin stellte vier Gläser Spritz auf den Tisch. »Gut, worauf warten wir?« Nespoli stand auf und trank sein Glas in einem Zug leer. Die anderen nahmen jeweils nur einen Schluck und ließen drei volle Gläser zurück. Schmittkopf signalisierte, dass er die Rechnung übernehmen würde. »Wir sehen uns später!«

Pallante führte die Männer in die Via Armando Diaz, wo zwischen Müllcontainern ein Anhänger für Pferdetransport stand. Eine Katze tappte auf durchnässten Kartons und wühlte im Unrat. Es roch nach Fäkalien. Pallante öffnete die Ladeklappe und schob, eins nach dem anderen, drei Motorräder über die Rampe. »Ihre Dienstfahrzeuge, Signori.« Zu jedem gab es einen kobaltblauen Helm. Pallante forderte die drei auf zu warten und verschwand in Richtung der Piazza Attilio Hortis. Nach gut zehn Minuten erschien er auf seinem Motorrad mit Beiwagen.

In Rautenformation durchfuhren die vier die Stadt. Pallante führte das Motorradgeschwader zunächst über breite Alleen, an grauschwarzen Gebäudereihen aus dem späten 19. Jahrhundert entlang, dann über immer schmaler werdende Straßen durch die urbane Peripherie. Die Stadt löste sich auf, sie passierten Nagelstudios, Imbisse und Lagergebäude, Böschungen mit Strauchwerk. Die Mauern entlang der Straße waren mit unleserlichen Graffitis beschmiert, mehr Gekrakel als Schrift. Nero, der letzte Mann im Peloton, versuchte die Buchstaben zu entziffern. An einem Abschnitt der Mauer waren die Formen ausgeprägter. »Gnadenhütten!« war dort in roter Farbe gesprüht. Zu verstehen war das nicht. Zu lesen ja, aber nicht zu verstehen. Der rechte Blinker an Pallantes Motorradgespann leuchtete auf. Sie bogen auf einen Staubweg, der zwischen zwei verlassenen Lagerhallen von der Landstraße abging. Im Abendlicht wälzten sich die Motorräder über hügeliges Gelände hinab in die Richtung des Golfs von Triest. Oberhalb des alten Rangierbahnhofs, unter dem Dachvorsprung einer aus Furnierholz und Kunststoffplatten gezimmerten Hütte kam Pallante zum Halt. Die anderen drei parkten ihre Motorräder neben seinem

Gespann. Pallante zeigte auf Nero: »Du wartest hier und passt auf die Motorräder auf. Wenn irgendwelche Gören aufkreuzen, trittst du denen in den Arsch. Und du«, gemeint war Nespoli, »keine Ahnung, was mit dir los ist, aber wehe dir, du baust mir da unten irgendeinen Scheiß!« – »Fick dich, Pallante!«, blaffte Nespoli, bereits im Abgang. Er lief auf die rostige Metalltreppe zu, die hinab zum Lokdepot führte, Kowalski und Pallante folgten ihm. Nach wenigen Stufen lösten sie sich in der Dunkelheit auf, um eine Minute später unten am alten Lokschuppen aufzutauchen, im Schein eines Lichtmasts.

Nero sah die drei auf die Drehscheibe zulaufen, auf die die Tore des rund gebogenen Lokschuppens ausgerichtet waren. Der Schuppen war verfallen, die Scheiben eingeschlagen, aber die Türen und Gleise waren noch immer erwartungsvoll auf die Mitte gerichtet. Die drei warteten dort eine ganze Weile. Pallante rauchte, Nespoli beschäftigte sich mit seinem Handy, Kowalski stand herum. Beim Anblick der Wartenden spürte Nero ein Puckern an der Schläfe. Er legte seinen Helm auf den Überzug von Pallantes Motorradbeiwagen und suchte erst die Jacken-, dann die Hosentaschen nach seiner Zigarettenpackung ab. »Merda …« Wahrscheinlich hatte er sie auf der Piazza Venezia liegen lassen. Stattdessen fand er in der linken Hosentasche ein altes Karamellbonbon. Er wickelte es aus dem sandig-schmutzigen Stanniolpapier und schob es in den Mund. Nach langem Warten erschien unten eine vierte Figur im Lichtschein. Der Kontaktmann. Er kam ohne die Kinder, vermutlich mussten sie sie noch abholen. Der Mann grüßte per Handschlag und sprach mit Pallante, der ihm Schmittkopfs Umschlag überreichte und, offenbar auf eine Frage antwortend, im nächsten Moment hinauf zeigte, dorthin wo Nero mit den Motorrädern wartete. Der Mann signalisierte den dreien, dass sie sich nicht von der Stelle bewegen sollten und trat ein paar langgemessene Schritte zurück. Mit offenen Armen wies er auf den Raum hinter sich. Langsam, wie in Zeitlupe, öffneten sich die Tore des alten Lokomotivschuppens und eine Meute trat heraus, Zerlumpte aus der Blechhüttensiedlung, dazwischen aber auch großgewachsene Schläger mit glattrasierten Köpfen, in Hooliganoutfits. Auf den Kapuzenpullovern von einigen prangte – selbst für Nero noch sichtbar – die Wölfin der AS Rom. Den zusammenlaufenden Gleisen folgend, kam der Trupp auf Nespoli, Kowalski und Pallante zu, die paralysiert dastanden, unfähig, vor der sich aufbauenden Bedrohung zu flüchten. Nero sah, wie sich der Halbkreis um seine Kumpel zusammenzog. Wie in einer einstudierten Choreographie fingen die Männer an, sich Schlagringe über die Fäuste zu ziehen, bei den äußeren Gruppenmitgliedern anfangend, bis zuletzt die Kontaktperson, in der Mitte des Halbkreises, den Ring über die Faust zog. Offensichtlich war er der Anführer, denn von ihm ging das nächste Kommando aus. Er riss seine rechte Hand in die Luft und die Gruppe blieb stehen. Nespoli, Kowalski und Pallante rührten sich keinen Zentimeter, sie schauten nur mehrmals zur Metalltreppe, anscheinend um die Erfolgschancen einer Flucht einzuschätzen. Neros Gefühl von Machtlosigkeit verdichtete sich zu einem ziehenden Schmerz in den Lenden. Was konnte er schon ausrichten, er allein? Ein Ablenkungsmanöver vielleicht: sein Motorrad laut aufheulen lassen oder laut schreien. Besser war es, nichts zu überstürzen. Noch hatte sich unten nichts entschieden, noch bestand die Aussicht auf eine friedliche Lösung, überhaupt war nicht ganz klar, ob das ganze Schauspiel nicht einfach Bestandteil des Protokolls oder irgendeines Rituals war und letztlich zu den Verhandlungen gehörte. Der Anführer hielt die Arme in den Nachthimmel gestreckt. Eine Ewigkeit. Bis er sie abrupt hinunterzog, die Luft dergestalt durchschneidend, dass Nero ganz dem Eindruck erlag, ein Fletschen gehört zu haben. Sofort zog sich der Halbkreis zusammen und Nero sah nur noch einen formlosen Haufen inmitten einer Staubwolke. Reflexartig machte er zwei Schritte in die Richtung der Treppe und blieb stehen. Er horchte in die Nacht, es war kaum etwas zu hören, keine Schreie, keine Schläge, nur ganz aus der Ferne die Autos auf der Landstraße, vermischt mit Meeresgeräusch. »Ich kann nichts machen«, sagte Nero, wie um sich vor einem Gott zu rechtfertigen. Hinter ihm im Gebüsch hörte er ein Rascheln. Er drehte sich um. Aus der Dunkelheit bildeten sich Schemen heraus, gespenstische Figuren von Kindern und Jugendlichen mit leuchtenden Augen. Ein korpulenter Junge, keine fünfzehn Jahre alt, stand nur wenige Meter vor ihm und stierte ihn an. Adrenalin schoss Nero bei dem Anblick durch den Körper, er vergaß alle Gedanken. Es war eine unbewusste Kraft, die ihn auf sein Motorrad schwang. Mit lautem Quietschen drehte er ab, die Scheinwerfer streiften drei nahezu durchsichtige Gespenster, die sich mit aufgerissenem Mund in seine Richtung stürzten. Einer schaffte es, sich mit einem Hechtsprung hinten an den Haltegriff zu klammern, wobei Nero mit ebenso ungeahntem wie unwahrscheinlichem Geschick das Gleichgewicht zu halten vermochte und den Angreifer im Zickzack hinter sich her schleifte, ohne ihn abschütteln zu können. Erst als das Motorrad in einer scharfen Linkskurve durch ein Schlagloch krachte, löste sich die Last, und Nero schoss in die Nacht davon.

# Der Olm

Die Tierhandlung Oskar Kotvić befand sich seit über zwanzig Jahren in der Via della Raffineria. Sie war neben Hunden und Katzen, von denen jede Tierhandlung lebt, vor allen Dingen auf Amphibien spezialisiert. Kotvić führte eine Reihe von exotischen Molchen, Salamandern, Fröschen und Kröten, die er in speziellen Boxen, den sogenannten Kotvić-Boxen, postalisch verschicken konnte. Für diese Boxen hatte Kotvić sogar ein Patent angemeldet. Es handelte sich um leichte Plastikpakete, die durch ein ausgeklügeltes System von Ventilen sowohl wasserdicht als auch luftdurchlässig waren. Auf diese Weise hatte Kotvić ein europaweites Geschäft aufziehen können. Ein Großteil seiner Kunden kam aus Italien und dem Balkan, aber auch nach Polen hatte Kotvić Beziehungen.

Eines Tages, es war ein Dienstag, erhielt Kotvić einen merkwürdigen Brief. Ihm wurde ein Olm angeboten. Kotvić hielt das Ganze für einen schlechten Witz. Zum einen war der Handel mit Olmen verboten, zum anderen würde niemand in seiner Tierhandlung einen Olm kaufen. Olme waren von einer solchen Hässlichkeit, dass niemand auf die Idee käme, sich einen Olm zuzulegen. Dennoch musste Kotvić überlegen. Ein Olm fehlte ihm noch zur Vollständigkeit. Erst mit einem Olm hätte er wirklich alle Familien von Schwanzlurchen abgedeckt. Dennoch. Oskar Kotvić war ein ehrenhafter Mann, der sich zeit seines Lebens nichts hatte zu Schulden kommen lassen. Er lehnte den Olm ab. Er ignorierte den Brief.

Doch es kam, wie es kommen musste. Kotvić konnte den Olm nicht vergessen. Wenn er morgens die Aquaterrarien abschritt, wenn er an seinen lungenlosen Salamandern vorbeiging, wenn er nach den Winkelzahnmolchen und Riesensalamandern schaute, musste er doch wieder an den Olm denken. Kotvić versuchte, den Olm zu verdrängen. Es gelang ihm über den Tag noch halbwegs, er hielt sich mit Bestellungen, Fütterungen, Mückenlarvenzucht und Säuberungen beschäftigt, ab und zu kam auch mal ein Kunde, um Hundefutter zu kaufen, doch am Abend, wenn es dämmerte, dann schlug die Stunde des Olms. Kotvić brachte keinen richtigen Gedanken mehr zusammen. Als er am Imbiss an der Via Udine zwei Bratwürste bestellen wollte, bestellte er stattdessen »zwei Olme«. Kotvić wusste, dass er handeln musste. So konnte es nicht weitergehen. Er aß seine Bratwurst. Er würde den Brief, den er nicht weggeworfen hatte, den Brief, den er sorgfältig beiseite gelegt hatte, wieder hervorholen und den Olm, vielleicht sogar zwei Olme bestellen.

Kotvić aß die zweite Bratwurst. Es war ein leerer Septembertag. Er hatte wenig gesprochen, eigentlich kaum. Er hatte einmal Katzenstreu verkauft und mehr oder weniger stumm kassiert. Ansonsten hatte er die Bestellungen bearbeitet. Ein Olm fehlte ihm noch. Er brauchte den Olm. Kotvić ging die Via delle Sette Fontane hinunter, zurück zur Tierhandlung. Er öffnete den Laden. Es war eine traurige Atmosphäre. Kotvić sah nach dem Brief, kramte ihn mit nur wenigen Handbewegungen zwischen Prospekten hervor, las den Absender, E. Sgarby, Maribor, las auch den Brief noch einmal, »Olm zu verkaufen«. Ein Olm, es gab nur einen. Er hätte gern zwei gehabt, um sie züchten zu können, doch ihm war ausdrücklich nur ein einziger Olm angeboten worden. Er bestellte ihn. Trotz des horrenden Preises.

Den ganzen Abend über kam Kotvić nicht zur Ruhe. Er rechnete nach, lange würde es nicht dauern. Jetzt musste er nur noch die nötigen Vorbereitungen treffen, Platz schaffen in einer dunklen Ecke, wo kein Tageslicht hinreiche. Olme liebten Dunkelheit. Kotvić fühlte sich ihnen in dieser Hinsicht sogar verbunden. Er überlegte, wo er das Terrarium einrichten könnte. Im Laden gab es kaum noch eine freie Ecke. In Frage kam nur ein Hinterzimmer, das Kotvić jahrelang nicht betreten hatte, ein lang gestrecktes, fast fensterloses Kabuff mit einer

Milchglasluke zum Hinterhof. Man konnte nicht sagen, dass es ungenutzt war. In ihm befand sich der Fundus eines verstorbenen Onkels, der als Tierpräparator für das Triester Naturkundemuseum gearbeitet und in der Stille lebenslanger Berufspraxis die Kunstfertigkeit erreicht hatte, den ausgebalgten Habichten, Fasanen und Steinböcken ein naturgetreues Aussehen zu verleihen. Die Posen der Präparate zeugten von einem genauen Studium der Natur. Der Marder bei der Balz war ein beliebtes Schaustück des Museums. Und auch eine Amsel war unter den Objekten. Amseln galten wegen ihrer feinen, wie nasses Klopapier leicht reißenden Haut als schwer stopfbar. Kotvić, der mit lebenden Tieren handelte, empfand die ausgestopften Wesen als Perversion. Unzulässig auf der Grenze von Leben und Tod ausharrend. Etwas Unverstandenes stand zwischen der Kammer und ihm. Es war ihm immer fremd geblieben, weshalb Jäger – denn meist waren es Jäger, die ihre Trophäen ausstopfen ließen – zunächst das lebende Tier totschossen, um es danach mit dem größtmöglichen Anschein von Lebendigkeit wieder aufstellen zu lassen. Lange hatte er die ausgestopften Tiere im Hinterzimmer geduldet. Jetzt brauchte er Platz für den Olm.

Kotvić zog einen Overall an und öffnete die Tür eines Einbauschranks. Eine Sammlung verschiedener Reinigungs-, Desinfektionsmittel und Insektizide standen grell in Warnfarben nebeneinander. Er griff nach einem Kanister, den er sich um die Schulter schnallte und über einen Schlauch mit einer Sprühvorrichtung verkoppelte. Dann nahm er eine Atemmaske aus dem Wandschrank und setzte sie auf sein Gesicht. Im Dunkeln ging Kotvić den Korridor entlang und blieb vor dem Fundus des Onkels stehen. Ohne länger nachzudenken, öffnete er die Holztür und drückte den Lichtschalter. Der Raum wirkte still. Ein spärliches Licht gab den Blick auf zwei Regalwände frei. Auf ihnen waren mehrere Marder, Füchse, Dachse und ein Wolf in unterschiedlichen, recht merkwürdigen Stellungen aufgereiht. Auch ein Rehkopf hing an der Wand. Erst auf den zweiten Blick bestätigten sich Kotvić' Vermutungen. Die Reste von Horn, Haut und Fett hatten neuem Leben Platz gemacht. Schimmelpilze und Bakterienkulturen hatten wegen der Feuchtigkeit im Gemäuer einen ausgezeichneten Nährboden gefunden. Die Larven der Kleidermotte und vor allem verschiedene Speckkäferarten wimmelten in den Fellen, die Marder und besonders der Wolf waren von Maden und Käfern übersät. Zwei Speckkäferarten erkannte Kotvić sofort: Der gemeine sowie der braune Pelzkäfer hatten den Tierplastiken erhebliche Fressschäden zugefügt. Einige Larven und Käfer krochen auch auf dem Regal und dem Fußboden herum, aufgescheucht vom Licht. Taumelnd. Gebannt starrte Kotvić auf das Gewimmel in den toten Körpern. Er zögerte mit dem Insektizid. Besah das Krabbeln im Pelz. Er zögerte den Moment, die Sprühvorrichtung zu betätigen, hinaus. Er könnte die Larven verfüttern. Er war sich nicht sicher, ob die Lurche wählerisch waren. Wahrscheinlich nicht. Dann drückte er ab. Zunächst mit scharfem Strahl auf einzelne Stellen der Jagdtrophäen, dann in großen flächigen Schüben. Die Motten starben schnell, die Käfer etwas langsamer. Zurück blieb eine wüste Landschaft. Die Marder hatten monströse Formen angenommen. Ihre Haltungen wirkten irreal, von ewigem Schmerz verunstaltet. Der Wolf hatte kaum noch ein Hinterteil.

Kotvić bearbeitete den Raum gründlich. Als nichts mehr krabbelte, bemerkte er an der Stirnseite des Kabuffs unterhalb der Luke einen Koffer. Obwohl er aus Leder war, befand er sich in einem guten Zustand. Er zog ihn zu sich. Er war schwer. Mit der Pistole in der Rechten öffnete er mit der Linken den weinroten Koffer. Die Schnallen sprangen auf. Zum Vorschein kam der Kopf eines Falben. Er hatte unter seinen gestriegelten schwarzen Haaren eine Blesse zwischen den Augen. Eine perfekte Rautenform. Auf ihr sah er einen einzigen Speckkäfer, den er von Hand entfernte und mit einem Knacken auf dem Boden zerquetschte. Ansonsten war der Kopf makellos. Kotvić war sich nicht sicher, ob er sich verkaufen ließ. Aber heutzutage ließ sich alles verkaufen. Nachdem er das Kabuff sauber eingerichtet hatte, fotografierte er den Pferdekopf und gab das Stück auf einer Internetauktion frei. Als er sich zur Ruhe legte, dämmerte es schon.

In den Folgetagen kontrollierte Kotvić mehrmals täglich seinen Briefkasten, wenngleich er wusste, dass der Olm in einem Paket geschickt würde. Er konnte an nichts anderes denken. Bald würde der Olm kommen. Wie hatte er den Olm anfangs kleingeistig ablehnen können! Jetzt bald war es so weit. Der Olm würde kommen. Kotvić ahnte ihn voraus. Doch die Tage vergingen ohne Neuigkeiten. Kotvić wurde unruhig. Zweimal rief er bei der Post an, man versicherte ihm, die Sendung sei unterwegs und teilte ihm eine Nummer mit, anhand derer sich der Verbleib des Pakets ermitteln ließe. Kotvić schaute nach. Der Olm befand sich in Italien. Mehr stand da nicht. Es konnte nicht lange dauern, da war Kotvić sicher. Er las die Statusangabe mehrmals durch und starrte noch lange leer in den Bildschirm, ehe er mehr durch Zufall als durch Neugier die Auktionsseite abrief, über die er den Pferdekopf versteigert hatte. Kotvić konnte seinen Augen nicht trauen, als er die Summe sah, die ein Mexikaner für das Stück geboten hatte. Er rieb sich erst die Augen, dann die Hände, das war ein kleines Vermögen. Kotvić stopfte den Pferdekopf in seine größte Box und schaffte es noch rechtzeitig vor 19 Uhr zur Post. Er verschickte das Paket nach Hidalgo del Parral, Mexiko, und gönnte sich zur Feier des Tages sogar einen Spritz auf der Piazza Venezia. Doch die Freude über das Geschäft verfloss in dem Moment, als er seinen Laden betrat. Sofort legte sich eine dunkle Stimmung auf sein Gemüt. Im leergeräumten Hinterzimmer, wo das Terrarium noch immer auf den Olm wartete, lief Kotvić stundenlang im Kreis.

In der Nacht hatte er wirre Träume. Schweißgebadet wachte er auf, konnte sich aber an nichts erinnern. Gegen Mittag klingelte es an der Tür. Draußen schien die Sonne. Ein schmaler Angestellter stellte eine Kotvić-Box ab. Kotvić erkannte sie sogleich. Er wusste, das war sein Olm. In einer Kotvić-Box kauerte sein Olm. Es musste sein Olm sein. Er roch ihn förmlich. Sein Puls schnellte in die Höhe. Der Lieferant schien nichts zu ahnen. Darüber musste Kotvić innerlich lachen. Eine diebische Freude hatte Besitz von ihm ergriffen, dass dieser Lieferant nicht wusste, was er da eigentlich in seinem Wagen transportiert hatte. Völlig ahnungslos war dieser Lieferant, der nur sein Geld wollte. Kotvić gab ihm sein Geld, dann schloss er den Laden, ließ die Rollläden herunter und stellte die Verpackung im Hinterzimmer auf einen Arbeitstisch.

Kotvić ließ die Box eine Weile dort stehen. Im Dunkeln. Noch einmal spürte er eine unbekannte Ausdehnung seines emotionalen Vermögens. Er spielte mit der Vorahnung. Masochistisch hielt er den Moment der Erwartung aus, ein Augenblick, der ihm lang und mächtig erschien. Kotvić packte den Olm aus. Er war von einer tragischen Hässlichkeit. Kotvić zögerte einen Moment. Dann griff er nach einem Hammer und schlug das Tier mit mehreren Schlägen tot.

## Das Spiel

Als Arturo Schmittkopf und Silvio Forster ihre Sitzplätze im Sektor 12B einnahmen, hob sich im Stadio Olimpico ohrenbetäubender Lärm. Aus dem Tunnel folgten die Spieler beider Mannschaften dem Schiedsrichtergespann aufs Feld. Knallendes Feuerwerk echote durch die Arena, an beiden Enden des Stadions stimmten die Tiffosi ihre Chöre an, die zunächst harmonisch, wie ein einstudierter Kanon klangen, um sich in dem Moment, als sich die Spieler am Mittelkreis nebeneinander aufstellten, in wilden Klatschrhythmen zu zersetzen. In der Nordkurve entfachten die Ultras der AS Rom unter einem Schnee von weinrotem Konfetti bengalische Feuer, während am anderen Ende des Stadions die Laziali eine gigantische blaue Plane in Rautenform aufrollten. Eine Gesangs- und Winkchoreographie auf der oberen Südtribüne begleitete den Reigen, der im Rauch der bengalischen Feuer den Charakter eines archaischen Stammesrituals annahm.

Der Schiedsrichter pfiff die Partie an. Aus der Nordkurve bebte ein dunkler Bass. »Es gibt also Neuigkeiten«, nahm Arturo Schmittkopf einen seit Minuten unterbrochenen Gesprächsfaden wieder auf, ohne dabei den Blick vom Spielfeld abzuwenden. »So ist es. Ich habe neulich eine Dolmetscherin kennengelernt, die in Trieste gelegentlich auch für Ihren Bruder arbeitet.« – »Figlio di puttana!«, schrie Schmittkopf auf. Knapp vor der Außenlinie hatte ein Verteidiger der Lazio einen Gegner brutal niedergetreten. Ohrenbetäubendes Pfeifen schwellte durch das Stadion. Der Spieler der AS Rom lag am Boden, die Hände um das Schienbein geklammert. Schmittkopf wandte sich zu Forster. »Wollen Sie mir jetzt etwa irgendwelche Fickgeschichten erzählen?« Der

Schiedsrichter zuckte die gelbe Karte. Beifall vermischte sich mit Pfiffen und Buhrufen. Forster kannte Arturo Schmittkopfs Art, er wollte sich nicht auf unnötige Diskussionen einlassen. Er bemühte einen sachlichen Ton. »Von der Dolmetscherin habe ich erfahren, wo und wie Ihr Bruder seine Versuchskaninchen bezieht.« Arturo Schmittkopf reagierte nicht. Gebannt blickte er hinab auf den Rasen. Forster sah ihn im Profil. Er ähnelte dem Bruder überhaupt nicht mehr. Früher hatten Arturo und Enrico wie Zwillinge ausgesehen, ständig hatte man sie verwechselt. Selbst Forster hatte den großen Bruder einmal für Enrico gehalten, einmal nur, er erinnerte sich genau an die Episode, es war nach einer Vorlesung in der Pathologie. Im Gewimmel der Studenten, die sich aus dem Gebäude ins Freie drängelten, hatte Forster Enrico aus dem Blick verloren und erst draußen wieder erkannt – oder zu erkennen geglaubt; denn nicht Enrico, sondern Arturo war es, der am Sockel der Statue lehnte und rauchte. Jetzt hatte der große Bruder tiefe Falten im Gesicht, die Ohren waren ihm gewachsen, er hatte nur noch einen grauen Haarkranz auf dem Kopf.

»Die Geschichte ist ganz simpel«, nahm Forster seinen Bericht wieder auf, »Ihr Bruder Enrico lässt sich, wie Sie vielleicht sogar wissen, für seine sogenannten Forschungsprojekte Zigeunerleute aus einer Barackensiedlung am Triester Rangierbahnhof bringen. Im Labor werden den armen Schweinen die Schädeldecken durchgebohrt, um graue Masse zu entnehmen, die Enrico dann an seine Science-Fiction-Maschine verfüttert. Der Rest ist bekannt.« Eine Flanke segelte in den Strafraum der Lazio, der Mittelstürmer schraubte sich in die Luft, setzte den Kopfball aber deutlich neben das Tor. »Puttana!«, Schmittkopf schlug mit der Handfläche auf die Rückenlehne der Sitzschale vor ihm. »Puttana, puttana, puttana«, wiederholte Schmittkopf leise vor sich hin. Seine Knie wippten ungeduldig. Die AS Rom schob jetzt den Ball in den eigenen Reihen hin und her, die Passsequenzen wiederholten sich im Loop. »Gut. Da sind also diese Zigeuner. Und?«, wandte sich Schmittkopf nach einer Weile an Forster, der die Hemdärmel zurechtstreifte und einen langen Atemzug nahm. »Nun. Jetzt bietet sich doch die Gelegenheit, Ihrem Bruder endlich mal eins auszuwischen«, erklärte Forster mit der Geduld eines Vaters, der dem Sohn die Grundprinzipien der Ethik nahezulegen sucht. »Wir wissen jetzt, wo er seine dreckigen Geschäfte treibt, wir können also gezielt eingreifen. Sie haben doch Kontakte nach Trieste. Die wären jetzt nämlich wichtig.« Forster schaute auf Schmittkopf, der versteift, wie hinter Panzerglas, ganz ins Spiel versunken schien. Abgekapselt, in sich gekehrt. Dass sie sich siezten, war eine Absurdität, dachte Forster. Schmittkopf hatte damit angefangen, als sie sich vor einigen Monaten – nach Jahrzehnten – zufällig auf der Via Prenestina wiedergetroffen hatten. »Kommen Sie, ich lade Sie auf einen Aperitivo ein«, hatte er begonnen, und war dann konsequent bei der Höflichkeitsform geblieben, bis auch Forster nachgab und auf das »Sie« wechselte, und das obwohl sie sich an jenem Tag stundenlang unterhielten und wie in alten Zeiten einen Campari nach dem anderen kippten. Von Forsters eingangs abgelegtem Geständnis, er habe den Kontakt zu Enrico seit langem abgebrochen, sah sich Schmittkopf offenkundig dazu ermutigt, in aller Ausführlichkeit von seinem Zwist mit dem Bruder, der zu einem unausstehlichen Egoisten mutiert sei, zu berichten, mit einer Erzähllust, in der nach und nach ein tiefliegender Hass hervortrat, ein Hass, der Funken schlug und in Forster eine seit langem erkaltete Sehnsucht entzündete, eine niedere Form von Sehnsucht, wie Forster sich bewusst war, in der sich Neid und Abscheu und Rachegelüste vermengten. Eine Sehnsucht, in der er nun einen Verbündeten hatte. Dennoch blieben sie bis zum letzten Campari bei der Höflichkeitsform. Dennoch wahrten sie die misstrauische Distanz von Businessmännern.

Lazio griff über den Flügel an, der Ball wurde quer in den Strafraum geschlagen, ein Verteidiger klärte. Schmittkopf wandte sich zu Forster. »Ich kenne da ein paar Jungs in Trieste, ja. Ultras von der AS Rom übrigens. Sehr professionell. Die dürften sogar, so wie ich sie kenne, einen Draht zu den Barackenleuten haben, das würde die Planung vereinfachen.« Schmittkopf nahm sein Handy aus der Jackentasche und tippte eine Abfolge von Ziffern ins Display. »Wir müssten den Hooligans nur ein paar Bonbons zustecken.« Forster schaute auf die Zahl, die Schmittkopf eingegeben hatte. Keine bescheidene Summe. »Ich bin bereit, fünfzig Prozent davon zu übernehmen«, erklärte Schmitt-kopf und steckte das Gerät wieder ein.

Auf dem Spielfeld ruhte jetzt der Ball, die Spieler standen herum, die Hände an den Hüften. Einige Zuschauer pfiffen, andere lachten. »Was ist denn jetzt los?«, schimpfte Schmittkopf. Ein Trupp von Balljungen suchte hinter den Werbebanden nach etwas. Die Linienrichter klopften mit den Abseitsfahnen gegen die Bande, ehe in der nächsten Sekunde ein schwarzer Wuschel auf das Feld schoss. »Eine Katze«, erkannte Forster. Das Tier schlich behaglich über den Platz, spazierte durch die Abwehrkette der Lazio, um sich an die Strafraumkante zu setzen, wo es so lange blieb, bis der Torwart die Geduld verlor und sich darauf stürzte. Mit einem flinken Sprung konnte die Katze entkommen, was helles Gelächter aus dem Block der Romanisti hervorrief. Mehrere Spieler und Balljungen rannten jetzt hinter dem Tier her, dem allen Bemühungen zum Trotz die Flucht über die Tartanbahn hinter die Er-satzbank der AS Rom gelang. Zwei Ordner in Neonleibchen stocherten mit einem Metallstab hinter der Kabine und blickten sich ratlos an. Die Katze hatte sich schier in Luft aufgelöst.

Mit einem Schiedsrichterball wurde das Spiel fortgesetzt. Arturo Schmittkopf legte seine linke Hand auf Forsters Bein. »Also. Sobald die Bonbons da sind, leite ich die Sache in die Wege.« – »Sie können damit rechnen.« Wieder ging ein Pfeifkonzert durch die Ränge. Ein Spieler lag am Boden, der Mannschaftsarzt der AS Rom trippelte über das Feld. Am Mittelkreis hatte sich ein Rudel gebildet, aus dem der Schiedsrichter mit entschiedenem Handgriff einen Laziospieler bei-seite schob. Die rote Karte stieg empor, in der Nordkurve explodierten Böller. Wütende Rufe hallten durch das Stadion, während der Spieler vom Platz ging. »Kein schönes Spiel«, sagte Schmittkopf. Forster, der nicht viel von Fußball verstand, sah das nicht anders. »Nein. Nicht schön.« Es war vielleicht auch die Gelegenheit, sich kurz zurückzu-ziehen, um auf die Toilette zu gehen. Die Stimmung auf den Rängen war gekippt. Im Lazioblock zündeten Fanatiker eine Fahne mit dem Wappen der AS Rom an. Forster erkannte die Kapitolinische Wölfin, an deren Zitzen Romulus und Remus saugten, sah, wie die Wölfin abfackelte; einen Moment lang waren nur die Zitzen mit den beiden Säuglingen zu sehen, bis allein Remus halb stehend seinen Kopf aus den Flammen reckte, ehe auch er unter dem Gegröle der Masse verkohlte. Die Gesänge der Hooligans übertönten den Stadionsprecher, der sich um Schlichtung bemühte. Aus der Südkurve schallten martialische Chöre in schnellem Staccato. Trotz der Drohkulisse, ließ der Schiedsrichter weiterspielen, Lazio griff über die Mitte an. »Entschuldigung.« Forster drängte sich an Schmittkopf vorbei, der ganz und gar in das Geschehen versunken war. Er lief die Treppen hinauf zum Außengang. Kein Mensch war hier. Niemand wollte sich auch nur eine Sekunde der Schlacht entgehen lassen. Unter dem Beton der Tribüne klang die Stadionatmosphäre gedämpfter, fast schon friedlich. Forster folgte der Windung des Ganges. Der Deal stand, eigentlich hätte er sich auch von diesem Exzentriker von Schmittkopf verabschieden und diese brodelnde Hölle verlassen können. Vielleicht würde er in der Halbzeit gehen. Nein, nicht vielleicht. Er würde sich von Schmittkopf verabschieden und gehen. Das war professioneller so.

Ein mannsgroßes Schild wies zu den Toiletten. Forster betrat einen hellgefliesten Raum, es roch nach Chlor. Der Schall von der Tribüne war hier noch dumpfer, wie unter Wasser. Die Rohre, die an der Decke entlangführten, brummten und vibrierten mit den Chorgesängen der Fans. Forster stellte sich an ein Urinal und zog den Gürtel auf. Im Augenwinkel huschte ein Schatten vorbei. »Che cazzo?« Er drehte sich um. Unter einer Kabinentür sah er die schwarze Katze verschwinden, die vorhin noch über das Spielfeld gelaufen war. Forster zog den Gürtel zu und schlich auf Zehenspitzen zu den Klosetts. Er spürte, wie sein Herz schneller schlug, ein Gefühl, das er in der Regel nur erfuhr, wenn er zwei oder drei Espressi hintereinander trank. Während er unentschlossen vor der Aluminiumtür stand, ergriff die Idee von ihm Besitz, dass das Tier tot sein würde, wenn er in die Kabine hineinschaute. Es war stärker als eine Ahnung, es war eine Gewissheit. Er musterte die Tür. »Forza Roma« und »Ultras Lazio« war darauf gekritzelt, weiter unten klebten zwei Wappen von Fußballvereinen, Lech Poznań und FC Kopenhagen. »Quatsch!« Langsam schob Forster die Tür mit der

Schuhspitze auf. In der Ecke hinter der Toilettenschüssel sah er die Katze zusammengekauert liegen, ein regloses Knäuel. Forster stampfte mit dem Fuß, um das Tier aufzuscheuchen. Nichts. Keine Regung. Er trat etwas näher heran, beugte sich. Es handelte sich um eine schwarze Katze, kein Zweifel. Forster streckte seinen Fuß aus, berührte damit den Körper der Katze, rüttelte an ihrem Bauch, erst sanft, dann kräftig. Nichts. Die Katze regte sich nicht. Die Katze war tot.

# QUALLEN

## Das Werk

Batzinger hatte mir Kottwitz empfohlen. Sein Gefühlsleben sei undurchschaubar, sein Verstand schneidend, seine Phantasie ungeheuerlich – mit diesen Worten hatte er den damals nur als Geheimtipp bekannten Kottwitz angepriesen. In seiner Kunst erkannte ich etwas Maschinelles, das mit organischer Unbewusstheit vorging. Etwas Insektenhaftes. Diese Assoziation war weder willkürlich noch nebensächlich, denn ich hatte vor meinem Einstieg in den Kunstbetrieb ein Biologiestudium mit dem Schwerpunkt der Entomologie betrieben, das nur scheinbar von meinen künstlerischen Neigungen ablenkte, denn es war letztlich die genaue Beobachtung des Insektenlebens, die mich zu einem künstlerisch denkenden Menschen machte. Den letzten Anstoß gab, wie ich noch weiß, eine Bemerkung Luis Buñuels, der die Großaufnahme deshalb ablehnte, weil sie die Schauspieler wie Insekten aussehen lasse. Im Gegensatz zu Buñuel war es aber gerade das Insektenhafte im Menschen, das mich faszinierte. Diesem nachzuspüren, erklärte ich damals zu meiner künstlerischen Mission.

Nirgendwo anders strahlte mir das menschliche Insekt mit solcher Intensität entgegen, wie in Kottwitz' Werk. So begann ich, seine Arbeiten zu studieren, anfangs mit Neugier, dann mit einer Mischung aus Euphorie und Besessenheit, am Ende nur noch mit der Abscheu des Süchtigen, der seine Droge und die Abhängigkeit von ihr in all ihren Schattierungen kennt. Auf diese Weise ist es mir gelungen, das Werk und seine davon nicht zu trennenden Wirkungen in ihrer eigentümlichen Zusammensetzung zu analysieren. Diese Jahre intensivster Beschäftigung mit Kottwitz nenne ich heute die Kottwitziade. Ich kann sie recht genau datieren. Sie dauerte fünf volle Jahre und hat mich weniger äußerlich als geistig-moralisch verändert. Eine Grenze trennte die Welt während der Kottwitziade in Kottwitzdinge und Kottwitzundinge. Vor ihr lag eine Wüste, die die Kottwitzwelt abschirmte. Sie trocknete das Leben all jener Dinge aus, die nichts mit Kottwitz zu tun hatten, während sich gleichzeitig in mir die Kottwitzdingwelt ausdehnte und mit ihr ihre sengende Schutzhülle. So wuchs die Wüste. Und das Leben ohne den Schauer eines Kottwitz war trist und öd.

Ich erinnere mich heute mit einem Stechen im Herz-Lunge-Bereich an meine erste Begegnung mit einem Kottwitz. Sie fand am Rande einer Matinée statt. Einer Matinée bei Batzinger. Der Kottwitz, den mir Batzinger dort, verschwiegen-lockend, in seinem Arbeitszimmer zeigte, war eine hautfarbene Skulptur, bolzenförmig, mit Borsten, aus schwer bestimmbaren Materialien – ich vermutete Horn. Batzinger sagte, ihr Wert habe sich in den drei Jahren seit dem Kauf versechsfacht. Er sagte das ernst, ohne ein Lächeln. Und Kottwitz sei noch nicht einmal tot. Leben könne er aber auch nicht mehr lange. Hier begann er dann heiter zu werden. Deshalb habe der Run – so drückte Batzinger sich aus – auf Kottwitz' Werk begonnen. Weil klar war, dass sich der Wert der Werke nach seinem Tod noch einmal erheblich steigern musste. Ein Kottwitz war damals schon eine Anlage sicher wie Gold und explosiv wie ein an der Börse erstmals notiertes Hightech-Unternehmen. Denn je länger Kottwitz am Leben blieb, umso stärker gingen die Preise in die Höhe – und Kottwitz hatte gute Ärzte, die selbst mit seinen Werken bezahlt wurden. Auch sie wussten, dass der Wert ihrer eigenen Arbeit stieg, je länger sie seinen Tod hinauszögerten. Zugleich fürchtete niemand eine Spekulationsblase, weil Kottwitz' Werke genügend Substanz hatten, um den gehandelten Wert nach seinem Ableben nicht nur zu festigen, sondern zu vervielfachen. Kottwitz' Erkrankung war insofern für jene Galeristen und Sammler, die in den Handel eingestiegen waren, eine Goldmine. Sie machte ihn zum lebendigen Klassiker, sie nährte den Mythos.

Angestachelt von der Hoffnung auf die Dividenden des Sterbens, hatten die Spekulanten Kottwitz' Arbeit in nebliges Gewölk eingehüllt.

Mich ärgerte beispielsweise Batzingers abgestandene Idee, dass Kunst etwas mit Schmerzen zu tun habe, als ob Schmerzen die Kunst veredelten oder sie gar erst erzeugten. Andererseits muss ich einsehen, dass es der Schmerz war, der Kottwitz härter und widerstandsfähiger machte und ihm die nötige Kraft verlieh, um durch seine Arbeiten Rache an der Welt zu nehmen.

Kottwitz befand sich zu der Zeit, als ich ihn zum ersten Mal porträtierte, in einer Phase, die er selbst als Verpuppung bezeichnete. Überhaupt offenbarte Kottwitz ein wandelbares Wesen. Sein eigentlicher – man kann gar nicht sagen bürgerlicher Name – war Paweł Kotowiecki. Unter diesem Namen hatte Kottwitz zunächst einige Arbeiten mit historischem Hintergrund vorgelegt. Es waren ästhetische Fangfäden. Als polnischer Künstler müsse man den Weg durch den Holocaust gehen, meinte Kottwitz, sonst bliebe einem die Kunstwelt verschlossen. Das Ghetto von Łódz sei im Grunde noch immer in den Köpfen der Kuratoren. Solange er nicht etwas über den Holocaust machte, würde er nicht ernst genommen und bliebe quasi im polnischen Ghetto eingeschlossen. Marktschreierisch in diesem Sinne war sein Panini-Album mit Holocaustopfern. Auch die entsprechenden Päckchen mit Stickern und biographischen Daten (Herkunft, Alter, Gewicht) unter den Fotografien, hatte er produziert. Das Album konnte durchaus als »ironischer Kommentar einer Erinnerungskulturindustrie« verstanden werden, wie es sein erster Galerist sehr deutsch formuliert hatte, es wurde aber im Allgemeinen vereinfachend, und in meinen Augen nicht ganz unzutreffend, als antisemitische Spöttelei abgetan. Dennoch war das jüdische Panini-Album Kottwitz' Eintritt in die Kunstwelt. Sein Kalkül war aufgegangen. Die Kunstkritik hatte sich in seinen Fangfäden verstrickt, er galt als freches polnisches Talent. Wichtig in dieser Frühphase war zweifellos die ursprünglich noch unter dem Namen Paweł Kotowiecki präsentierte Sammlung *Polnisches Geschichte*. Hinter dem vergleichsweise pathetischen Titel verbarg sich konsequent durchdeklinierter Minimalismus: Das *Geschichte* setzte sich aus zweiundvierzig Würfeln Erde zusammen, die unter Rückgriff auf einen umfunktionierten Staubsaugerkompressor gepresst wurden. Eine Metallplakette vor jedem Würfel designierte den Herkunftsort der Schichtung.

Es bedeutete das jähe Ende dieser Frühphase, als Kottwitz seinen Namen änderte. Er bewies dabei ein feines Gespür für die Vorlieben des Kunstbetriebs, indem er Paweł, das durch die allgemein verbreitete Unkenntnis des Gleitlauts »ł« immerfort zu einem einfältigen Pawel degradiert wurde, durch den mächtig klingenden Oskar ersetzte und das für westliche Zungen abschreckende Kotowiecki durch das dunkel-feine, von einem Widerspruch durchwirkte, schlesische Kottwitz. Kotowiecki trat fortan als deutscher Künstler in Erscheinung, als Oskar Kottwitz, wenngleich seine Identität wandelbar blieb. Illustrativ ist in dieser Hinsicht ein fünftägiger Aufenthalt in Venedig, wo er – halb im Scherz, halb aus Kalkül – unter dem leicht abgewandelten Namen Oskar Kotvić an einer den *Marxistischen Maschinen* gewidmeten Tagung teilnahm, bevor er am Abend desselben Tages, ebenfalls als Oskar Kotvić, mit der Kultband Laibach auf der Bühne des Teatro Goldoni stand und ausgestopfte Tiere mit einer Motorsäge zerlegte.

Erst mit den Ausstellungen in den USA konsolidierte sich der Name Oskar Kottwitz. Der Hype in der Kunstszene war enorm. Seine damals entstehenden *Molchphantasien I und II* wurden in New York gefeiert, noch bevor überhaupt die komplette Serie abgeschlossen war. Die organisch äußerst feingliedrig komponierten Wesen aus Naturstoffen betrachtete das Kunstpublikum als Kommentar zu monströsen Schöpfungen einer zukünftigen Genetik oder als Plastiken eines kindlich-perfiden Spiels. Eine New Yorker Kunstzeitschrift widmete Kottwitz ihren Titel *The Return of the Mad Scientist,* darunter eine Comiczeichnung von Kottwitz. Sein Durchbruch. Scherzhaft nannte man ihn nur noch Dr. K. Die Journalistin hatte seiner Künstlerpersona damit einen popkulturell-cartoonhaften Zug verliehen, der für den gemeinhin kindisch denkenden Kunstmarkt sehr nützlich war. So verdeckte die Deutung ihre eigenen Konsequenzen, die niemand zu ziehen bereit war: Dass hier bereits genau das am Werk war, was in den Katalogen zu lesen war: Ein Künstler schöpfte die bestehenden Möglichkeiten der genetischen

Rekombination aus und mischte sie mit den alten Techniken der Tierpräparation. Bis heute hat niemand eine vollständige Materialanalyse der *Molchphantasien* vorgenommen. Ich sage: aus gutem Grund. Der Verdacht nämlich, dass Kottwitz bereits in den *Molchphantasien* und nicht erst in den *Samtkissenschatullen* – gemeinhin als das *geheime Werk* bekannt – das Verkommene in die Kunst einschmuggelte und zum Verfahren erhob, darf als These einer noch zu schreibenden Forschungsarbeit hier schon formuliert werden. Typisch für die Euphorie über die *Molchphantasien* und die danach nur in einem elitären Kabinett zu bewundernden *Hundehoden* war die moralische Naivität eines Publikums, das sich empörte, sobald ein Goldfisch in einer Ausstellung nicht artgerecht gehalten wurde, die *Hundehoden* aber witzig fand.

Erfolg beruht in vielen Fällen auf gut kalkulierter Täuschung. Das gilt auch für die Kunst und ihre Betriebe. Da in der globalen Kunstindustrie kaum jemand des Polnischen mächtig ist, musste Kottwitz' Vorleben, das bereits einige Indizien für sein ästhetisches Interesse am Gesetzesbruch enthielt, weitestgehend unbekannt bleiben. Ich selbst habe die Anstrengung, das Polnische zu erlernen, nach zwei harten Jahren Arbeit abgebrochen – ich hatte Probleme mit dem Instrumentalis –, es genügte aber, um das Konzept einer Zeitschrift namens *Czarny Las* zu begreifen, deren erste Nummer in Kołobrzeg erschienen war. Kottwitz hatte für sie einen Aufsatz mit dem Titel *Transgressive Schöpfer. Eine kleine Geschichte über Kunst und Verbrechen* verfasst, den ich nur bruchstückhaft verstanden habe. Für eine professionelle Übersetzung fehlte mir damals das Geld. Außerdem lag mir nur eine schlechte Schwarzweißkopie des Essays vor. Dennoch lässt sich von hier aus eine gerade Linie über die *Molchphantasien* bis zum geheimen Werk ziehen. Aufschlussreicher als diese kunsthistorische Marginalie war aber Kottwitz' Verhältnis zur eigenen Vergangenheit. Kottwitz hatte den Kotowiecki in sich abgetötet. Wer ein wenig besser mit ihm vertraut war, dem musste dieser Charakterzug unheimlich werden.

Aber ich greife vor. Kottwitz' Werdegang war, wie bereits erwähnt, von mehreren Verpuppungen geprägt. Seine Entwicklung zum Systemgastronomen zum Beispiel hat niemand verstanden. Von einem

Tag auf den anderen – und das ist buchstäblich zu verstehen – verwaltete Kottwitz eine Restaurantkette mit dem aus Sicht des Marketings eklatant verfehlten Namen Polski Klasztor. Fünfzig Filialen wurden gleichzeitig in Betrieb genommen, die meisten davon in den USA, wo Kottwitz auch den Gesellschaftssitz anmeldete, an einem offensichtlich nicht aus strategischem Kalkül heraus gewählten Standort: Poland, Maine. Dass, wie schon die Standortwahl zu verstehen gab, Kottwitz' Gastronomieprojekt weniger ein wirtschaftliches als ein künstlerisches Konzept zugrunde lag, konnte, wer einen Blick hinter die Kulissen des Polski Klasztor warf, bestätigen. So waren die Großküchen, in denen neben Feinschichtburgern auch die berühmten Slavic Lasagne zubereitet wurden, allesamt mit monströsen Schnittapparaturen ausgestattet, die Kottwitz nach eigenem Design hatte herstellen lassen.

Spätestens an dieser Stelle drängt sich ein Blick auf Kottwitz' Werkgenese auf. Glied und Schicht – wie sie nun in den Hamburger- und Lasagnekreationen vorlagen – waren im Grunde schon in seinen ersten wichtigen Arbeiten angelegt. Hinzu kam nun das Schneiden. Kottwitz' Schnittapparaturen wurden jedoch vom Kunstbetrieb immer nur in einem destruktiv-perversen Sinne verstanden, ohne dabei das ebenso maschinelle Interesse von Kottwitz zu beachten. Es handelte sich bei seinen Küchenapparaten um tatsächlich funktionierende Scheren, die imstande waren Gemüse, Fleisch, Fisch, Schalentiere oder Eiswürfel aufzuwirbeln und in der Luft zu zerschneiden. Diese technische Seite war in Kottwitz' Werk immer lebendig und trat auch später wieder in der legendär gewordenen Sammlung von Popstargliederungen zutage, in der Kottwitz aus Puppenkörpern, die zerschnitten und neu zusammengesetzt wurden, den popindustriellen Krüppel formte.

Jenes Schneiden, Schichten und Gliedern hat Kottwitz über die Jahre hinweg perfektioniert. Ihm ging es stets darum, sein Werk auf ein einziges Produkt zuzuspitzen, in diesem Fall auf den ausgehend vom Küchenschneider weiterentwickelten medizinisch-chirurgischen Apparat *Cut-Wizz*. Der *Cut-Wizz* war ein beunruhigender Apparat. Er war in der Lage, Kadaver gleich welcher Herkunft zu zerschneiden, ehe sie in einem angekoppelten Glaskubus neu zusammengesetzt und als künstliches Körperteil ausgespuckt wurden. Es konnte nie widerlegt werden, dass sich Kottwitz mit dem *Cut-Wizz* selbst einen neuen Daumen geschneidert habe. Genauso wenig ist es mir gelungen, die Vorwürfe zu entkräften, die seit dem *Cut-Wizz* auf Kottwitz lasteten: Dass er ein Mafiakünstler sei. Dass er nicht nur ein Mafiagerät geschaffen habe, sondern zum Künstler der Mafiosi geworden sei, die sich einen Spaß und ein Geschäft daraus machten, die Preise für Kottwitze in die Höhe zu treiben. Im Gegenteil musste ich der Einsicht stattgeben, dass nach dem *Cut-Wizz,* der nichtsdestoweniger ein Höhepunkt in seinem Schaffen war, die Nähe zur Mafia nachweisbar wurde. Ich verzichtete aber mit Rücksicht auf meine Gesundheit, den Spuren, die es tatsächlich gab, zu folgen. Mir reichten die sich aufdrängenden Irritationen. Es kostete mich Monate zu begreifen und zu akzeptieren, dass Kottwitz eine kriminelle Phase hatte und zumindest in einem seiner Werke nachweislich menschliches Gewebe verarbeitet hatte.

Nach seiner Auswanderung nach Mexiko – man müsste eigentlich von einem Rückzug sprechen – widmete sich Kottwitz unter dem Heteronym Óscar de Coto Vilches zunächst der Lichtkunst, eine Phase, der wohl kaum mehr als der Rang eines Zwischenspiels beizumessen ist. Eine Fortsetzung seines Werks im eigentlichen Sinne stellen erst die Jagdbilder dar, eine fotografische Serie, die in Chihuahua entstand, wo Kottwitz mit Mitgliedern der anarchistischen Künstler- und Dichtergruppe *Gitanos XXX* verkehrte. Hier fand Kottwitz die idealen Bedingungen, um ein Projekt umzusetzen, das er jahrelang aufgeschoben hatte – Aufzeichnungen aus seiner Zeit in New York belegen dies. Einige Mitglieder der Gitanos stattete Kottwitz mit Mittelformatkameras und dem Auftrag aus, unter Befolgung bestimmter Vorgaben, den »archaischen Schrecken in den Gesichtern« der Portraitierten fotografisch einzufangen. Kottwitz' Anweisungen gingen dahin, dass sich die Fotografen – es handelte sich wohl um drei bis fünf *Gitanos* – von der Ferne an die Portraits herantasten, die Opfer tagelang verfolgen und studieren sollten, ohne dass diese einen Verdacht hegten. Dieses Vorgehen war für Kottwitz mindestens genau so wichtig wie der Schnappschuss. Ohne dieses leise Heranpirschen, erklärte Kottwitz in einem im lokalen Kunstfanzine *Hulk* veröffentlichten Interview, könne sich der Schrecken, der der Fotografie innewohne, nicht einstellen, der archaische Schrecken, den man als Kind vielleicht noch ahnt und der in der Scheu manch eines Erwachsenen noch Rudimente hinterlassen hat. »In diesem Schrecken«, so Kottwitz, »blitzen dann auch die Insektenzüge des Menschen auf, sie kehren sich nach außen, stülpen sich um.«

Eine Ausstellung dieser Fotoreihe, für die bereits Planungen liefen, fand jedoch nie statt, denn einer der Fotografen trieb es mit seinem Eifer zu weit und wagte es, ein »Angstfoto« – wie die Bilder auch genannt wurden – von Don Esteban de Schmittkopf, einem mit dem Juárez-Kartell verbündeten Mafiaboss, zu schießen. Die Reaktion ließ nicht auf sich warten. Noch am selben Tag wurde die stillgelegte Sägewerkstatt, in der die *Gitanos XXX* ihre Veranstaltungen organisierten und in der nicht wenige von ihnen ihre ständige Bleibe hatten, in Brand gesteckt. Es fielen Schüsse, zwei tote Kojoten wurden vor dem Eingang der Werkstatt deponiert. Obwohl niemand verletzt wurde, war die Botschaft eindeutig. Die *Gitanos* – und mit ihnen auch Kottwitz – hatten es sich mit Don Schmittkopf und dem Juárez-Kartell verscherzt. Wenngleich Kottwitz unmittelbar nach dem Vorfall verkündete, unter keinen Umständen die Stadt verlassen zu wollen, gab er schon bald dem Drängen von Bekannten nach. Die beiden Ärzte, die ihn seit Jahren begleiteten, ließ Kottwitz aus unerklärlichen Gründen in Chihuahua zurück und zog sich nur in Begleitung einer jungen guatemaltekischen Haushälterin, die er für wenig Geld gekauft hatte, ins Hinterland zurück, in die Nähe des für seinen malerischen Wasserfall bekannten Dorfes Basaseachi. In diesem Idyll, eingenistet im Kerngebiet des Sinaloa-Kartells, ließ Kottwitz mit einigem finanziellen Aufwand eine Werkstatt einrichten, in der er sich praktisch bis an sein Lebensende der Litographie widmete. Solange sein gesundheitlicher Zustand es zuließ, fertigte Kottwitz die Drucke allein. Später stellte er zwei Burschen aus Basaseachi ein, die in nicht selten bis zu zwanzig Stunden dauernden Schichten die Arbeit verrichteten. Im Laufe der Jahre entstanden so Tausende von Litographien eines einzigen, bis zur Erschöpfung variierten Motivs: der Staatsqualle.

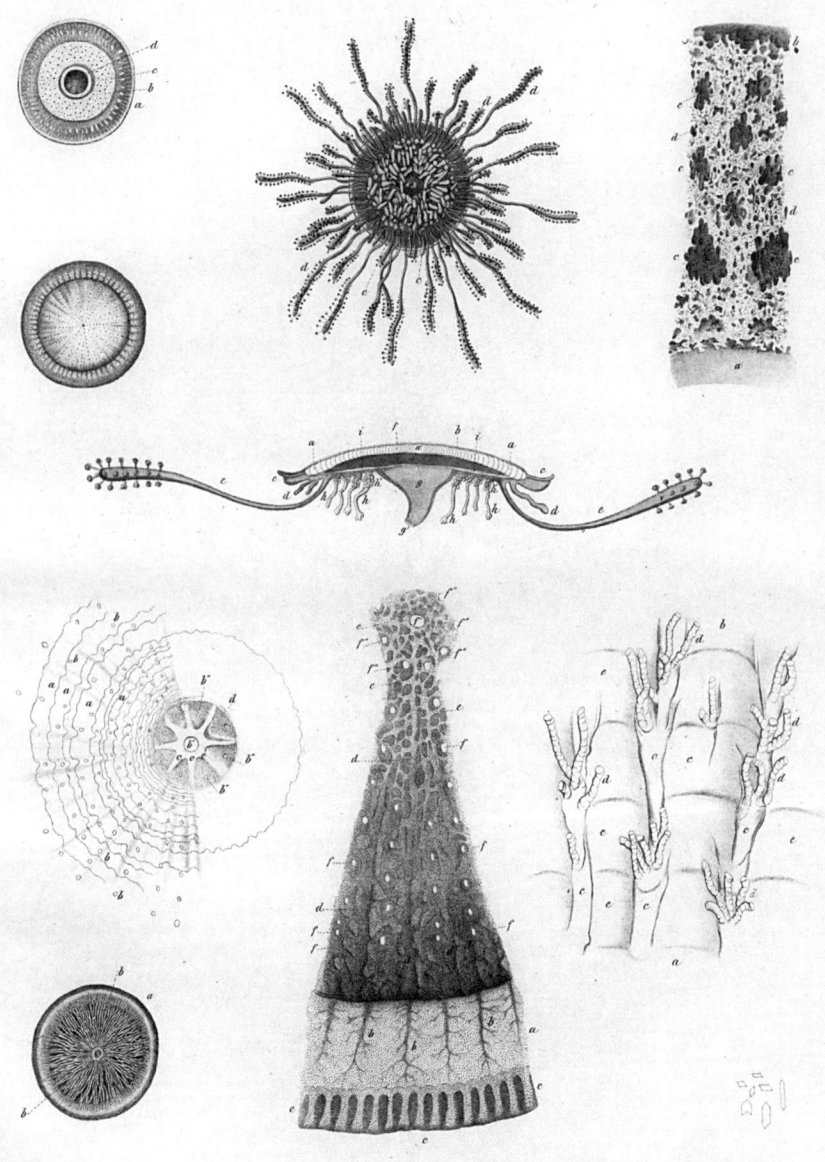

Darüber, wie Kottwitz an die Vorlagen für die Drucke gelangte – er stellte ausschließlich Reproduktionen her –, herrscht unter Kottwitzkennern wenig Konsens. Die meisten nehmen an, Kottwitz habe die Bücher aus der Bibliothek der mennonitischen Gemeinde in Cuauhtémoc bezogen, eine Hypothese, die mich nie überzeugen konnte, zumal keinerlei Kontakte von Kottwitz nach Cuauhtémoc nachgewiesen sind und zumal dort zu jener Zeit ein regelrechter Krieg zwischen dem Sinaloa-Kartell und dem Juárez-Kartell tobte. Plausibler erscheint mir dagegen, dass die Bücher über Meeresbiologie, deren Kottwitz sich bediente, aus der Privatbibliothek eines Infektiologen stammten, eines gewissen Dr. López oder Gómez – ich habe es nie ermitteln können –, der seinerzeit eine Praxis in Ciudad Obregón, im Bundesstaat Sonora unterhielt, eine Praxis, in der Kottwitz allem Anschein nach wiederholt in Behandlung war. Mitunter verbrachte Kottwitz mehrere Wochen in der Stadt, ansonsten aber war er stets in seinem Anwesen bei Basaseachi anzutreffen.

Die Versessenheit, mit der Kottwitz in der Abgeschiedenheit der Sierra Madre Quallendrucke fertigte, auf meditative Reue zurückzuführen, halte ich für kurzsichtig. Vielmehr – und darin stimme ich der Forscherin Daria Huidobro zu – scheint mir der Schlüssel in der Wahl des Motivs zu liegen. Obwohl ich der vermeintlichen Beweiskraft von Zahlen und Statistiken grundsätzlich skeptisch gegenüberstehe, muss ich in diesem speziellen Fall allein angesichts der schieren Menge an Staatsquallendrucken der weitverbreiteten Lesart widersprechen, Kottwitz' Motivwahl sei keine besondere Bedeutung beizumessen. Vielmehr liefern die Abertausenden von Quallendrucken, wie ich überzeugt bin, ein unwiderlegbares Indiz dafür, dass Kottwitz in den letzten Jahren seines Lebens nicht mehr und nicht weniger als eine eindrucksvolle Allegorie seines Gesamtwerks geschaffen hat.

Als Konglomerat Hunderter von Einzelorganismen ist die Staatsqualle ein eng verwachsener ozeanischer Ameisenhaufen, in dem jeder einzelne Organismus eine Funktion fürs Ganze hat. So waren auch die einzelnen Kottwitze stets in einem übergreifenden Werkzusammenhang eingeordnet, der wiederum einen Zusammenschluss von Einzelwillen koordinierte, den zu verstehen ich hier Zeugnis abgelegt habe. Vieles musste bruchstückhaft bleiben. Und insbesondere die Verstrickungen dieses großen Künstlers mit den großen Kriminellen seiner Zeit habe ich aus Gründen des Selbstschutzes nur andeuten können. Mögen Spätere Licht in dieses Dunkel werfen. Auch wenn es mir schwerfällt, meine langjährige Auseinandersetzung mit Kottwitz auf eine einzige These herunterzubrechen, und auch wenn ich mich bislang stets gegen Stauchungen und Vereinfachungen gesträubt habe – wodurch ich mir nicht selten Vorwürfe und Feindschaften eingehandelt habe –, so denke ich doch, dass es an der Zeit ist, das Wesen der Persona Kottwitz am Gelatinösen festzumachen. Das Unschöne der Metapher, die Widersprüchlichkeit der Wendung sind mir freilich bewusst. Indem ich daran festhalte, trage ich jedoch der einzigen wirklichen Erkenntnis Rechnung, die ich aus meiner Kottwitziade mitnehme: der Erkenntnis, dass eine Annäherung an Kottwitz nur über den Widerspruch möglich ist. Was ich daher vorläufig – oder womöglich sogar abschließend – als meinen bescheidenen Beitrag für die Forschung festhalten möchte, ist die Feststellung, dass Kottwitz in seinem Denken und Tun schlussendlich nichts anderes war als eine Qualle, die danach strebte, den menschlichen Körper und die Körperschaften der Gesellschaft aufzusaugen, zu zergliedern und auszuscheiden.

NESPOLI

## Die Brücke

Es dämmerte schon, als Błaszczykowski und Daniela Boone die noch immer reglos schlafende Viola Nespoli in den Headscannerraum am Ende des G-Trakts brachten. Sie stellten die Liege neben der Vorrichtung ab. Das Programm wurde gestartet. Daniela Boone befestigte die Saugknöpfe am Kopf der jungen Frau und setzte sich im 90-Grad-Winkel neben Błaszczykowski ans Kontrollpult. Auf dem Monitor erschien das Übersichtsmenü, Błaszczykowski schaltete in den Wahrnehmungssektor. Der Oszillograph zeigte eine Linie mit nur schwachen Amplituden. »Viola Nespoli«, rief Błaszczykowski. Nur ein leises Echo war auf dem Monitor zu sehen. Immerhin. Rings um den Wahrnehmungsbereich, dort wo die Sinneskanäle einmündeten, hatten die Transmitterblockaden des Nervengifts ganze Arbeit geleistet. Błaszczykowski sah sich die Blockaden an. Es waren dicke Eiweißablagerungen, die alles verstopften. Bis in die motorischen Areale, die sich mit den Sprachfunktionen überlappten, waren die EAC-10/25-Eiweiße in die Nervenbahnen gedrungen. Es sah schlimm aus, aber nicht aussichtslos. »Wir holen sie zurück«, sagte Błaszczykowski, mehr zu sich selbst als zu Daniela Boone, die die Messwerte auf dem Bildschirm verfolgte. »Zuerst müssen wir sie aber einer Spülung unterziehen. Geben Sie mir doch bitte mal den Schlauch.« – »Läuft.« Błaszczykowski spülte die Nervenbahnen durch. Der Oszillograph schlug mehrfach leicht aus. »Das sieht doch gut aus. Überprüfen Sie, ob die Bewusstseinsschwelle noch hoch genug ist. Nicht dass sie uns mitten in der Spülung aufwacht.« – »Bewusstseinsschwelle ist bei 31 Goldmann.« – »31? Das sollte reichen.« Błaszczykowski spülte die Kanäle sauber. Er mochte die Arbeit: wenn sich die Proteinklumpen unter dem Strahl langsam auflösten und der Oszillograph sanft ausschlug. Als er die motorischen Areale putzte, begann Viola Nespoli leicht zu zucken, und als auch die Sprachbahnen wieder frei wurden, sahen Boone und Błaszczykowski, wie sich ihre Lippen leise bewegten und sie unverständliche Laute nuschelte. »Bewusstseinsschwelle auf 24 Goldmann gesunken.« Błaszczykowski setzte den Schlauch ab. »Gut, das reicht. Drehen Sie den Hahn ab.« – »Wollen Sie noch fegen?« – »Ja, einmal Durchfegen muss ich wohl, aber warten wir einen Moment. Schalten Sie doch in der Zwischenzeit mal auf die Lupe. Ich will die Wahrnehmungsgrenzen nochmal inspizieren.«

Błaszczykowski schaute sich die Randbezirke der Wahrnehmung an, dort, wo sich die Sinneskanäle wie in einem Delta in die Aufmerksamkeit ergossen. Noch einmal sagte er laut: »Viola Nespoli!« Wieder erschien das Echo auf dem Oszillographen, doch es war trotz der Spülung nur wenig ausgeprägter als vorher. »Komisch, warum kommt das denn nicht richtig durch? Viola Nespoli?« Nichts. »Da stimmt etwas nicht. Das versickert ja alles. Schalten Sie doch bitte mal eine Schicht tiefer.« – »Auf die primäre Gedächtnisschicht?« – »Ja, und schalten Sie die sekundäre und tertiäre gleich dazu.« Błaszczykowski zoomte sich durch einen Wust von Bildern – ein weißes Polstersofa, ein kleines Amphibienfahrzeug in grün-weißer Tarnfarbe auf einem Parkplatz, daneben eine umgekippte Karaffe mit Orangensaft und eine zerbrochene Kaffeetasse, deren Inhalte sich zu einer gelbbraunen Flüssigkeit auf einer Tischdecke vermischten, dazwischen lichte Birkenwälder. »Hier geht ja alles durcheinander.« Błaszczykowski bewegte den Sucher. Sofort sprang die Anzeige auf die Wahrnehmungsebene. Er gelangte nicht an die Decke der obersten, jüngsten Gedächtnisschicht, sondern fand sich auf der Wahrnehmungsebene wieder. »Schießen Sie mich nochmal runter. Aber nur minimal. Auf -3 Goldmann.« Błaszczykowski sah eine weite Landschaft, an deren Rand ein Palast erschien, ein protziges Gebäude. Błaszczykowski verdoppelte die Skala. »Fort Togliatti. Interessant.« Błaszczykowski stellte fest, dass das Bild nicht ganz opak war. »Können Sie die Deckkraft herunterfahren?« Unter dem Palast erschien ein von Pinien umgebener Zementbunker, der, wie es aussah, mit großem Aufwand zu einer Luxusvilla umfunktioniert worden war. Ein Assoziationspfad führte zu einem dritten Gebäude, einer Villa mit Palmengarten, Swimming Pool, Cocktailparty. Je näher Błaszczykowski sich der Gegenwart näherte, umso stärker wurden der Bunker und die Villa von dem Palast überlagert. »Sehen Sie das? Das könnte ein Ansatz für uns sein. Hier. Alles fest.« Unweit des Palasts fand Błaszczykowski einige körnige Bilder von einem Zug. Ein Gerichtsgebäude, dann ein Stall, in dem eine schwarz angemalte Person kauerte. Sie bildete das Ende eines gewaltigen Flözes, der sich durch das gesamte Empfindungsgedächtnis schob. »Wer ist das? Können wir die Identität auslesen?« – »Der mit dem schwarzen Gesicht?« Daniela Boone zog einen Schieberegler hoch und drückte einen Knopf. Unter dem Geschwärzten erschien ein Balken mit dem Namen Franco Nespoli. Boone schaute auf Błaszczykowski, der eine Kokainbohne aus seiner Tasche nahm. Er zerkaute die Bohne und starrte auf das Bild. »Merkwürdig, dass Franco Nespoli so weit am Rand erscheint«, stellte Boone fest, während sie einen Strang verfolgte, der zu einem Mann mit buttriger Haut führte. »Da.« Sie markierte den Mann. Unter dem Bild erschien der Name Forster. »Machen Sie doch mal die Assoziationen transparent«, sagte Błaszczykowski. Ein weites Netz von Verknüpfungen erschien auf dem Bildschirm. Es breitete sich von dem Mann mit der glänzenden Haut in alle Richtungen bis ins Körpergedächtnis aus. Wie eine Spinne saß er in der Mitte des Netzes. »Forster.« Błaszczykowski drehte sich zur Seite und schaute aus dem Fenster. In der Dämmerung hatten sich die Wolken rötlich verfärbt. Er nahm die nächste Kokainbohne aus seiner Tasche. »Das sieht nach einer starken Verbindung aus«, bemerkte Boone. Błaszczykowski spürte ein Flattern am rechten Auge. Er schob die Bohne unter die Zunge. »Es sieht so aus, als hätten wir es mit einer Spionin zu tun«, sagte Boone. Błaszczykowski schaute sie an. Ihr Blick lag hinter einem glasigen Film. »Fragt sich nur, ob sie fürs Imperium oder fürs Kartell spioniert.« Sie betätigte einen Knopf. Ein vereinfachtes Personendiagramm wurde eingeblendet. »Schmittkopf taucht nur peripher auf.« Sie markierte ein Cluster von hauchdünnen, teils brüchigen Strängen. »Da scheinen weder emotionale noch erotische Verbindungen vorzuliegen«, schloss Boone. »Schmittkopf«, murmelte Błaszczykowski und führte reflexartig die Finger an die Nase. Er konnte noch den Moschusduft von Viola Nespolis Halstuch riechen oder zumindest bildete er es sich ein. Boone schaute ihn fragend an, Błaszczykowski rückte näher an den Monitor, um sich Schmittkopfs Anbindung ans Gefüge anzuschauen. Er spürte die Klarheit des Kokains. »Sehr gut. Sie können aus der Diagrammansicht raus und an die Intersektion von Wahrnehmung und Gedächtnis zoomen.« Die Anzeige pendelte zwischen 0.5 und -0.5 Goldmann. »Ja, genau. Hier. Sehen Sie das?« Er war hellwach. Mit dem Zeiger wies er auf ein großes Loch in der jüngsten Gedächtnisschicht. »Hier. Die ganze Decke zwischen Wahrnehmung und Erinnerung ist viel zu durchlässig. Und nicht nur da, auch im Gedächtnis selbst haben wir Schichten von mindestens einem Monat, die völlig porös sind.« – »Wie kommt das?« Błaszczykowski rieb sich die Augen. »Schwer zu sagen. Vielleicht ein Effekt des EAC 10/25. Oder sie hat durch heftige emotionale Reaktionen ihre eigenen Gedächtnisschichten bis hinauf zur Wahrnehmung zerschossen. Beides ist denkbar, und möglicherweise haben sich auch beide Ursachen gegenseitig verstärkt. Laden Sie doch einmal die Schichten des letzten Monats, bis auf -12 Goldmann, und fahren Sie dann erst einmal den Scanner herunter, ich schau mir das offline mal näher an.« Ein sanftes Saugen beendete den Headscan.

»Und jetzt?«, fragte Daniela Boone. Die schlaflose Nacht hatte dunkle Ringe unter ihre Augen gezeichnet. »Ruhen Sie sich aus.« Błaszczykowski rückte an das Pult und drehte an einem Regler. Auf dem Bildschirm erschien die Steppenlandschaft mit dem Fort. Die Zeitangaben waren eindeutig fehlerhaft, aber er wollte noch einmal die Verflechtungen überprüfen. Auf dem Monitor erschienen unscharfe Konturen und Schatten. Etliche Gesichter waren beinahe komplett zerstört und von einem milchigen Flimmer überzogen. Auch hier hatte die Droge die Erinnerungen verätzt und ganze Krater in die Gesichtserkennung gefressen. Błaszczykowski klickte sich weiter. Nur Geflimmer. Es folgten eine Menge Haut und eine sizilianische Küste, an die Wellen schlugen. Dann sprang der Sucher wieder zum Fort Togliatti, das aus allen Perspektiven und beinah komplett erhalten war. Auch wenn sich keine zeitliche Ordnung hereinbringen ließ, hingen diese Bilder kompakt zusammen. Die letzte Schicht, knapp oberhalb des Forts, zeigte Viola Nespoli vor einem Käfig. Über allem lag ein dickflüssiger Film, der die Bilder ausbleichen ließ. »Schuld«, sagte Błaszczykowski fachmännisch. Während er die Erinnerungslandschaft entlangfuhr, hatte er das irritierende Gefühl, die ohnehin schon ausgeblichenen Bilder würden unter seinem Zugriff noch schwächer, als versuchte jemand, sie abzuziehen, während er sich ihnen näherte.

Błaszczykowski spürte ein Stechen an der Schläfe, als er das Ansichtsfenster schloss. Er starrte auf den Bildschirm. Es gab keinen Umweg. Die Beziehung zu Forster war zu verstrickt, um gelöst zu werden. Und dann lag da noch der gewaltige, mächtige Flöz des schwarz Angemalten. Niemals wäre er mit seinen bescheidenen Geräten da durchgekommen. Noch einmal blickte er auf den gleichmäßig atmenden Körper Viola Nespolis. Die Spülung hatte ihr gut getan. Wenn er ihre Wahrnehmung stabilisieren könnte, dürfte sie die Bewusstseinsschwelle bald wieder übertreten. Er könnte ihr eine Brücke bauen, soviel war klar. Er könnte sie retten. Den Brückenkopf würde er hinter dem morastigen Gelände der jüngeren Vergangenheit fest im Boden stabiler Deckerinnerungen errichten. Zu Füßen des Fort Togliatti. Es würde ihr Gehirn wieder manövrierbar machen. Die Brücke würde sie über die Sümpfe ihrer jüngeren Vergangenheit hinwegtragen, zurück in die Gegenwart des Bewusstseins.

Błaszczykowskis Blick streifte über den Körper der Schlafenden. Unter dem Bettlaken wiegte ihr Busen sanft auf und ab. Er klatschte sich mit beiden Händen mehrmals auf das Gesicht. »Nein.« Er würde ihr die Brücke bauen und fertig. Ihre Freiheit wollte er ihr nicht nehmen, so tief würde er nicht sinken. Vielleicht würde er ihr später einmal schreiben. Etwas Kleines. Eine Postkarte. »Frau Boone.« Daniela Boone war auf ihrem Stuhl eingeschlummert. »Was?«, sagte sie im Halbschlaf. »Ich möchte operieren.« – »Operieren?« Sie reckte sich und zog sich an den Arbeitstisch heran. Auf dem Bildschirm verliefen die Graphen jetzt gleichmäßiger. Viola Nespoli war aus ihrem pflanzenartigen Zustand in einen wieder menschenähnlichen Schlaf übergegangen. Vorsichtshalber fuhr Boone die Betäubung hoch. Mit einer Erkennungsmelodie lief das Operationsplugin an. »Wollen Sie den Laser nehmen?« – »Den Laser, ja. Aber halten Sie bitte auch die Pumpe und den Füllstoffsack bereit. Wir müssen die Löcher füllen und ihr eine Brücke bauen.« – »Womit wollen Sie denn füllen?« – »Egal. Was haben wir denn?« – »Na, das übliche Rauschen: Stadt, Land, Meer, Wald.« – »Hm. Dann nehmen wir doch urbanes Rauschen.« Błaszczykowski vergrößerte den Bildausschnitt. Er ging auf 0,5 Goldmann. »Als erstes müssen wir ihre Wahrnehmung wieder erden und einige der Löcher hier über dem Gedächtnis stopfen, damit sie überhaupt wieder gestern von heute unterscheiden kann. Hauen Sie doch mal etwas in die Löcher rein.« Boone nahm die Füllstoffpumpe und ließ urbanes Rauschen in die Löcher fließen. »Halt, das reicht. Ganz dicht dürfen wir es nicht machen, ein paar Erinnerungen sollen schon noch durchkommen. So, jetzt brauchen wir noch Mörtel für die Ritzen. Haben wir da was?« Daniela Boone rief eine Liste auf. Błaszczykowski überflog die Titel. Jede Menge Filmchen. Operetten. Schund. »Das sah aber schon mal besser aus. Wir brauchen solideres Material. Etwas Wissenschaftliches. Oder zumindest ein Sachbuch.« Er überlegte. Unwillkürlich tastete er seine Jackentasche ab und stieß auf Schmittkopfs Digitalheft. »Hier«, sagte er. »Kommen wir da ran, kabellos?« Daniela Boone tippte. »Sieht so aus. Viel gibt es da aber auch nicht. Das Quallenbuch hier?« – »Auf keinen Fall das Quallenbuch. Nehmen Sie Goldmann, *The Worlds Within*.« – »Als Synapsenstabilisator?« – »Ja. Als kognitiven Mörtel. Sonst bricht uns der Pfeiler weg.« Boone hantierte. Im Apparat schnurrte es. »Scheint zu gehen.« – »Sehr gut«, sagte Błaszczykowski. »Und über diese letzten Wochen hier spannen wir die Brücke.« – »Bis in die Gegenwart?« – »Ja, unbedingt bis in die Gegenwart, sonst rutscht sie uns immer wieder in den Sumpf hier ab. Sie hat da irgendetwas falsch verarbeitet, das kann man vielleicht nachträglich noch einmal neu schichten, aber nicht jetzt. Ansetzen können wir hier beim Amphibienfahrzeug.« Das Bild war sauber, das Fahrzeug ließ sich eindeutig erkennen. »Da lässt sich bauen«, befand Błaszczykowski. »Wie weit zurück wollen wir die Brücke spannen?« – »Bis dorthin, wo wir ein Fundament finden. Hier. Sehen Sie diesen Komplex hier?« Błaszczykowski zoomte an eine etwa 3 Goldmann dicke Schicht heran. »Das ist alles ziemlich festes Material. Fort Togliatti. Im Fort ist nunmal alles stabil. Und es ist direkt mit dem kleinen Auto da verbunden. Wenn wir da ansetzen und von dort in die Gegenwart bauen, hat sie erst einmal wieder Boden unter den Füßen.« – »Und was ist, wenn sie an die überbrückten Schichten erinnert wird?« – »Das ist sehr unwahrscheinlich, weil wir die Schichten ja überbrücken. Frische Wahrnehmungsbilder können hingegen einfach über die Brücke an ältere Schichten rund ums Fort angebunden werden. Können wir mal kurz in die Vorschau schalten?« Daniela Boone betätigte einen Knopf auf dem Pult, eine Diodenreihe leuchtete orange auf. »Da. Am Brückenende.« Das Amphibienfahrzeug erschien wieder, jetzt aber verschwommener. Boone vergrößerte den Bildausschnitt. Je näher sie heranzoomte, desto deutlicher wurde ein zweites, überblendetes Bild, das einen anderen Wagen zeigte. »Eine Überlagerung«, konstatierte Boone. »Kriegen Sie die beiden Ebenen getrennt?« Boone versuchte, die obere Ebene beiseite zu schieben. »Scheint zu funktionieren.« Neben dem Amphibienfahrzeug stand jetzt ein roter Pickup. »Ich geh mal auf die Hauptverbindungen«, sagte Boone. Es erschienen nur wenige Bilder, die meisten davon diffus. Deutlich zu erkennen waren ein Parkplatz vor einem Supermarkt, die Wartehalle eines Fernbusbahnhofs, dann ein Park mit einem Sandweg, der sich gabelte. »Hm, das sieht geradezu nach Verdrängung aus«, sagte Błaszczykowski. »Kommen wir denn hinter der Gabelung noch ein Stück weiter?« Boone schaltete auf die nachfolgenden Assoziationen. Die Bilder waren sehr dunkel. Ein Wald in der Nacht. Vollmond. Dann die Umrisse eines großgewachsenen Mannes. Eines Jägers vielleicht. »Düster«, urteilte Daniela Boone. »Ja, da gibt es irgendeine Verknotung. Mit dem gesamten Togliattikomplex schwingen sehr widersprüchliche Assoziationen mit. Aber gut, Widersprüche sind nunmal konstitutiv für die Psyche. Was gibt es sonst noch?« Eine breite Vorstadtallee mit Pinien. Ein Bild von einer archäologischen Stätte. Sonst nichts. »Gut, ich glaube, das ist alles unbedenklich. Frau Nespoli hat da noch den einen oder anderen unverarbeiteten Brocken, aber ...« Er zögerte kurz. »Wir können bauen.« – »Bauen«, wiederholte Boone. Ihr Blick ging vom Bildschirm zu Błaszczykowski. »Wenn Schmittkopf auch nur ahnt, dass wir die Frau laufen lassen ...« Błaszczykowski sah, wie die Furcht ihre Pupillen schrumpfen ließ. Sie hatte, was ihm vorher noch nicht aufgefallen war, nicht braune, sondern olivgrüne Augen. »Schmittkopf ist tot«, sagte Błaszczykowski. Zum ersten Mal seit Tagen spürte er die Wärme eines Lächelns. Daniela Boone schluckte. Sie hatte es einen Augenblick lang vergessen. »Also, worauf warten wir? Bauen wir die Brücke.«

## Die Gabelung

Ein karibischer Rhythmus mit Stahltrommeln und Marimbas riss Viola Nespoli aus ihrem Schlaf. »Puta!« Aus Angst, verschlafen zu haben, schreckte sie auf. Draußen war es noch dunkel. Viola schaltete den Radiowecker aus, die Musik verstummte. Es war halb sechs. Sie duschte kalt, ohne sich die Haare zu waschen. Beim Zähneputzen blutete das Zahnfleisch, beim Pinkeln brannte es. Das war die Nervosität. Das war normal. Sie nahm ihren Rucksack und verließ das Zimmer.

Aus der Küche schimmerte das Blau eines Sicherheitslichts. Die Kühlschränke summten einen dunklen Akkord. Leise betrat Viola den Flur zum Anbau, wo sich das Zimmer des Vaters befand. Seine Tür war, wie sie vermutet hatte, verriegelt. Viola gab eine Zahl in den Ziffernblock ein. Was nützte dem Alten schon seine Geheimzahl, wenn es immer dieselbe war, für alle seine Türen und Konten und Kreditkarten? 2709. Der siebenundzwanzigste September, Mamas Geburtstag. Wie ein abergläubisches Kind hielt er an dieser Zahl fest. Die Kontrolllampe blinkte grün, das Schloss sprang auf. Ein kehliges Schnarchen schallte Viola entgegen, als sie ins Zimmer trat. Auf dem Bett sah sie, wie sich eine formlose Masse in gleichmäßigem Rhythmus zusammenzog und entspannte, ein gigantisches Herz, ein aus dem Körper eines Riesen herausgelöstes Organ. »Papá?« Nichts. Die Tropfen schienen zu wirken. Zehn hätten laut Packungsbeilage schon gereicht, aber wie hätte sie schon vorhergesagt haben können, ob der Alte seinen Wein ganz austrinken oder zur Hälfte stehen lassen würde. Lieber überdosieren. Vor wenigen Tagen hatte sie einen Selbsttest gemacht. Mit acht Tropfen. Das hatte für sie gereicht. Dann mussten also dreißig Tropfen genug sein, um den Alten für mehrere Stunden auszuschalten. »Viejo«, flüsterte Viola. Wie eine an Land gespülte Qualle dehnte sich der weiße Berg auf, um sich dann mit einem Pfeifen wieder zusammenzuziehen. Über einer Stuhllehne lag seine Weste. Viola musste nicht lange suchen, bis sie in der Innentasche eine Kreditkarte und ein stattliches Bündel Geldscheine fand. Tausender. Sie hätte gerne gewusst, warum der Alte immer so viel Bargeld mit sich trug, wenn er doch so gut wie nie das Haus verließ. Aus Prinzip wahrscheinlich, denn er war ja ein Mann von Prinzipien. Viola steckte das Geld und die Karte ein. »Adiós, Don Franco.« Ein Nachgeschmack von Zitrone klebte an ihrem Gaumen, als sie den Namen aussprach. Sie musste sich die Zunge an den Schneidezähnen reiben. »Chau, viejo.«

Über den Dienstgang gelangte sie in die Garage. Neben dem Dieselreservoir stand der Pickup, mit dem Luisito jeden Freitagmorgen Mar zum Einkauf fuhr. Viola stieg auf die Ladefläche und zog die Plane über sich zu. Im Dunkeln tappend bauschte sie den Rucksack zu einem Kopfkissen. Aus der Ferne hörte sie das Bellen von Hunden, wie aus einer anderen Welt.

Ein dumpfer Schlag unterbrach Violas Schlummer. Aus dem Fahrerhaus hörte sie das Gezwitscher von Mar, während der Motor ansprang. Es war nicht viel zu verstehen, anscheinend sprach sie von Maismehl oder Mayonnaise, eins von beiden war zurzeit maßlos überteuert. Vor dem Ausfahrtstor blieben sie im Leerlauf stehen. Luisito unterhielt sich mit dem Wachposten. Lange. So lange, dass Viola schon befürchtete, sie würden sich womöglich zu einer Inspektion des Pickups entscheiden, was normalerweise nur bei einfahrenden Wagen geschah. Dann aber drehte der Motor hoch und der Boden unter ihr wackelte und schepperte, minutenlang, bis sie die asphaltierte Hauptstraße erreichten, auf der die Fahrt nach Chihuahua wie im Gleitflug verlief.

Mit einem Ruck kam der Wagen zum Stehen. Die Handbremse knarrte, eine Tür ging auf. »Hasta ahora.« Rums. Viola hörte Mar dicht an ihr vorbeilaufen. Dann verschwamm das Tapsen der Sohlen inmitten von Motorgeräuschen, Stimmengewirr und Fetzen von Musik, die durch einen Lautsprecher schnarrten. In der Fahrerkabine schob sich Luisito auf seinem Sitz zurecht. »La gran puta«, fluchte Viola durch die Zähne und hätte aus Reflex fast auf den Blechboden geschlagen. Sie hatte nicht damit gerechnet, dass Luisito im Auto bleiben würde, während Mar den Einkauf erledigte. In ihrer Vorstellung hatte sie ihn immer den Einkaufswagen durch den Supermarkt schieben sehen. Jetzt saß er in der Kabine und fummelte am Radio. So laut es da draußen auch war, Luisito würde es nicht überhören, wenn sie plötzlich die Plane aufreißen und abspringen würde. Wie lange würde er dann brauchen, um zu reagieren? Er war ja schließlich nicht darauf gefasst, dass die Tochter seines Bosses hinten bei ihm auf der Pritsche lag. Oder doch? Das Radio ging aus, ein Stoß bebte durch die Karosserie. Violas Atem stockte. Sie hörte, wie Luisito die Tür zuschlug und mit langsam gemessenen Schritten in ihre Richtung kam. Durch einen Spalt zwischen Deckplane und Bordwand sah sie seinen Schatten auf dem Asphalt. Er kramte in der Hosentasche. Viola hörte ein Knistern von Plastik und dann, wie er mit der Zunge schnalzte. »Concha de su madre!« Er warf etwas auf den Boden, etwas Zerknülltes. Dann ging die automatische Türschlossverriegelung und Luisitos Schritte entfernten sich. Viola versuchte, durch den Schlitz zu spähen. Sie hörte Frauenstimmen im Vorbeigehen, das Tuckern eines Motors. Luisito war weg. Jetzt war der Moment. Hastig riss sie die Plane auf und schwang sich aus dem Kasten. Vom Licht geblendet, verlor sie einen Moment lang das Gleichgewicht und musste sich am Pickup festhalten, um nicht zu stürzen. Sie kniff die Augen zu. Ein alter Sedan mit einem Greis am Steuer fuhr im Schritttempo an ihr vorbei. Auf dem Boden lag eine zerknüllte Zigarettenpackung. Deshalb also Luisitos plötzlicher Abgang. Sie schirmte das Sonnenlicht mit der Hand ab und schaute in die Richtung des Supermarkteingangs, wo die automatische Tür gerade hinter Luisito zuging.

Viola lief über den Parkplatz auf die Straße zu. An der Haltestelle warteten Frauen mit vollgestopften Einkaufstaschen. Dichter Verkehr rollte über die Straße. Unter einer Palme saßen Straßenkinder, neben ihnen ein Eimer und eine Plastikstange, um die ein Wischlappen geschlagen war. Zwei aus der Gruppe saßen einige Meter weiter in der prallen Vormittagssonne und schnüffelten Klebstoff aus einer Papiertüte. Viola machte einen Bogen um die Gruppe und lief die Avenida Pacheco hinunter. Das war die Richtung ihrer Schule. Was würden die nicht staunen, wenn sie jetzt im Pausenhof erschiene. Einfach so. Als sei es das Normalste. Als wäre sie über die letzten Monate immer da gewesen. Vielleicht wäre ja damit irgend ein böser Fluch gebrochen und alles wäre wieder wie früher. Viola trat eine leere Bierdose gegen die Ziegelmauer, die zu ihrer Linken verlief. Rechts rauschten unförmige Farbflächen vorbei. Immer wenn ein Lastwagen vorbeifuhr, bebte der Boden unter ihren Füßen. Sie schaute im Gehen auf ihre Schuhe hinab. Es war, als liefe sie auf der Fußgängertrasse einer Brücke über einen unsichtbaren Abgrund. Sie fühlte ihn regelrecht, diesen Abgrund, diese ins Unermessliche sich erstreckende Leere. Warmer Staub wehte ihr ins Gesicht. Bei jedem Schritt überkam sie ein nahezu lustvoller Schwindel wie nach einer Achterbahnfahrt im Vergnügungspark. Eine Lücke im Mauerwerk unterbrach den Phantasiegang. Sie war am Busbahnhof angekommen.

Am Eingang des Gebäudes prangte ein im Stile der Fünfzigerjahre gehaltenes Werbeplakat. Es zeigte eine Frau in einem weißen Kleid, die an einem Tisch vor einer überdimensionierten Flasche und einem Cocktailglas saß und lasziv auf den Betrachter blickte. Auf der unteren Hälfte des Bildes stand in roten Großbuchstaben »Averna«, darunter ein Wort, das Viola verstand: »Sempre«, und eins, das sie nicht kannte und unter dem sie sich auch nichts vorzustellen wusste: »Ovunque«. Viola trat in die Wartehalle ein. Einige Straßenhunde schnüffelten am Boden. Verkäufer boten Süßigkeiten und Getränke an. Am Fahrkartenschalter tippte ein junger Mann mit Dreitagebart lange auf einer vergilbten Tastatur herum, bevor er Viola den Preis einer einfachen Fahrt nach Mexiko D.F. mitzuteilen wusste: »1500 Pesos. Jetzt gleich, in zehn Minuten, Plattform elf.« – »In zehn Minuten«, wiederholte Viola. Für ein Treffen mit Daniela blieb dann keine Zeit mehr. Daniela hätte sie noch einmal gerne gesehen, vor ihrem Aufbruch ins Ungewisse. »Und der nächste?« Der Angestellte fuhr mit dem Finger über den Computerbildschirm. »Um halb vier erst.« – »In dreieinhalb Stunden«, rechnete Viola. In dreieinhalb Stunden könnte vieles passieren. Womöglich hätte man ihre Abwesenheit bis dahin schon bemerkt und der Alte würde sofort alle seine Leute auf die Suche nach ihr schicken, mit Hubschraubern und Kriegsgerät, würde Straßenblockaden errichten lassen, jede einzelne Ecke in der Stadt und in den Vorstädten durchkämmen. Am Ende wäre sie dann in Chihuahua festgesetzt. Viola legte einen Geldschein auf den Tresen. »Für jetzt um zwölf.« Der Angestellte hantierte kompliziert in einer kleinen Metallkasse und hielt Viola schließlich zusammen mit der Fahrkarte einen Haufen knittriger Scheine hin. »Gute Fahrt!«

Am Bussteig tummelten sich Familien und Armeerekruten um den Expressbus der Linea Blanca. Zwei Angestellte mit Sonnenbrillen verstauten übergroße Koffer und Taschen in den Gepäckablagen. Viola hielt dem Busfahrer die Fahrkarte hin. Er riss eine Ecke ab und deutete auf die Treppe zum oberen Deck. Sie hatte einen Fensterplatz neben einer älteren Frau, die zahnlos grüßte und sich mit einem Ächzen aufstemmte, um Viola durchzulassen. Die Klimaanlage begann zu surren und kurz darauf setzte sich der Bus in Bewegung. Langsam rollten sie aus dem Terminal hinaus auf die Avenida Pacheco, in Richtung der Schnellstraße. Der Bus reihte sich in den Verkehr ein, fuhr an Reihen von Lagerhäusern und Geschäften entlang, dann durch Vorstadtslums, die sich gegen Süden hin lichteten, bis sie sich in der Hitze der Halbwüstenlandschaft ganz auflösten. Es dauerte nicht lange, bis Violas Augenlider zufielen. Manchmal schreckte sie auf, weil der Bus durch ein Schlagloch krachte oder ihr Hals sich versteifte und schmerzte. Sie nahm dann im Halbschlaf Eindrücke von der Landschaft auf, die sich im Traum verzerrten und ineinander verwoben: langgestreckte Schatten von Süßhülsenbäumen im Abendrot, ein Berg, in die Dämmerung gemeißelt, dann lange nur der Vollmond, eingestanzt in eine uferlose Dunkelheit.

»Señorita, despierte.« Durch ihre müden Augen meinte Viola zunächst ihre Großmutter zu sehen. Es war die Sitznachbarin, die ihre schrumpeligen Finger auf Violas Hand gelegt hatte. »Llegamos.« Ihr Atem roch nach Tierkloake. Durch das Fenster gelangte gelbes

Flutlicht. Mexiko D.F. Viola drängelte sich durch eine Traube von Menschen, die auf ihr Gepäck warteten und eilte durch den Busbahnhof. Die ersten Kioske wurden gerade geöffnet, aus einer Bäckerei wehte ihr der Duft von frischen Maisfladen entgegen. Bei einer Frau in Uniform erkundigte sie sich nach einem Café, in dem man zu dieser Uhrzeit frühstücken könne. Die Frau überlegte, zeigte dann auf den Hauptausgang des Busbahnhofs und erklärte ihr den Weg zum Café Soledad, »am Gitterzaun des Botanischen Gartens entlang, und dann rechts. Oder quer durch den Park, wenn er denn schon offen ist, das ist kürzer.«

Vor dem Terminal warteten Taxifahrer auf Kundschaft. Einen Augenblick zögerte Viola, ob es nicht sicherer wäre zu fahren, entschied sich aber letztlich für den Fußweg, selbst wenn es noch dunkel war. Dort, wo sie herkam, war es schließlich viel gefährlicher als hier im Hauptstadtzentrum mit den sauber gefegten Bürgersteigen. Tatsächlich stand das Eingangstor zum Park bereits offen, eine Frau stellte Blumentöpfe um, Seggenzaunkönige trillerten im Geäst. Viola beschloss, die Abkürzung zu nehmen. Sie betrat einen breiten, von Platanen umsäumten Sandweg, der in geschwungenen Kurven zwischen Büschen und Farnengestrüpp zu einem bläulich ausgeleuchteten Marmorbrunnen führte. Ein Mann im grünen Overall saß an einem Lampenmast auf einer Bank und rauchte. Der Gärtner. Viola grüßte im Vorbeigehen, doch der Mann erwiderte die Geste nicht, sondern starrte sie nur an, als hätte er sie nicht gehört oder nicht verstanden. Sein Gesicht glänzte buttrig – möglicherweise lag es am Licht, das von der Laterne auf ihn fiel –, an seiner Stirn perlte der Schweiß zu Kugeln. Im Vorbeigehen spürte Viola den Blick an ihren Beinen haften, es juckte wie Mosquitostiche. Sie zog den Schritt an, dem Sandweg folgend, der in einer leichten Erhebung zwischen Sapotebäumen hindurchführte. Violas Waden pulsierten. Als der Weg einige Meter nach einer Kurve wieder hinabführte, wagte Viola einen Blick zurück. Niemand. Sie drosselte den Schritt, doch in ihrer Brust raste es noch immer. Ihre Hände zitterten wie Laub. Ein Rascheln im Gebüsch ließ sie zusammenschrecken, doch es war nur eine Carolinataube, die eine Schleife knapp über dem

Boden flog, bevor sie sich hinauf in eine Baumkuppe schwang. Viola sah sie auf einem Ast sitzen, grazil wie eine Hieroglyphe, die ihr nichts anderes mitteilen wollte als ihre Freiheit. Es ereilte sie in diesem Moment wie eine Epiphanie. Sie hatte es geschafft, aus einem Hochsicherheitsgefängnis zu flüchten. Sie konnte jetzt, wohin sie nur wollte. Sie war frei. Das Schwierigste – da konnte sie sicher sein – hatte sie hinter sich. Alles andere war unerheblich.

Viola lief an einer Reihe von Zitrusbäumen entlang, von denen ein frischer Duft ausging. Am liebsten hätte sie eine von den schwer herabhängenden Orangen gepflückt, doch sie besann sich, denn am Ende war so etwas verboten, und wenn jemand sie jetzt ertappen würde, stünde ihr Plan plötzlich wegen einer Dummheit auf dem Spiel. Reflexartig drehte sie sich um. Da war etwas. In einiger Entfernung sah sie, wie eine Gestalt sich im Dunkeln zwischen Farnenschatten auflöste. Viola beschleunigte den Schritt, ein Klumpen lag ihr im Hals. Aus der Ferne klang ein Echo von Hundegebell. An einer Gabelung blieb sie stehen. Sie musste jetzt schnell denken, von der Hauptstraße war sie nach rechts in den Park eingebogen und dann mehr oder weniger in dieselbe Richtung gelaufen, die Windungen einkalkuliert. Dann musste sie jetzt nach links. Sie suchte in den Bäumen nach einem Anhaltspunkt, der diese Vermutung bestätigen könnte. Zwischen Lücken im Laub sah sie die Mondscheibe und davor, auf einem Gedankenstrich sitzend, die Silhouette der Carolinataube, die eben noch über ihren Weg geflogen war. Kaum hatte Viola die Taube jedoch wiedergesehen, schlug sie raschelnd ihre Flügel und verschwand zwischen den Wipfeln.

## Die Gewalt

In schwerfälliger Langsamkeit begleitete der Mond hinter den Kiefern Violas Schritte. Sein milchiges Licht ließ den Sandweg schneeweiß erscheinen und die Bäume wie strammstehende Wachposten, die sich, ohne jeden Zweifel, jederzeit in Bewegung setzen könnten, so lebendig wirkten sie. In der Ferne bellte wieder ein Hund. Ein Bild aus der Kindheit erschien Viola vor Augen, von einem Spaziergang durch den Parc Lafontaine, bei dem ihr der Vater die Baumnamen beigebracht hatte, Spitzahorn, Schwarzpappel, Falsche Akazie. »Du musst die Namen der Dinge lernen, Viola, dann lernst du sehen.« Von einigen Bäumen hatte er Blätter abgerissen, um ihr die Blattspreiten zu zeigen und den Verlauf der Nervaturen. An dem Tag hatte sie gelernt, dass die Nadeln von Tannenbäumen in Wirklichkeit auch Blätter waren. Erstaunlich, wie deutlich sie sich an bestimmte Einzelheiten dieses Spaziergangs erinnerte. Wie alt durfte sie gewesen sein? Vier? Fünf? Höchstens fünf. Wie weit weg das alles lag.

In einer Lichtung sah Viola den Vollmond in seiner perfekten Rundung. Sie konnte sich nicht daran erinnern, jemals einen so runden Mond gesehen zu haben. Er musste von der Hitze angeschwollen sein. Es schien ihr unfassbar, dass das derselbe Mond sein sollte, den sie drüben in Kanada sah. Auf der anderen Seite der Welt. Der Gedanke machte sie schwindelig. Sie war in Polen. »Polen.« Sie murmelte den Namen wie ein Geheimnis, horchte in ihrem Körper nach Echos, nach einer Wiederkehr dessen, was das Land in den Genen der Nieszpułka abgelegt haben musste, nach Anklängen von Heimlichkeit. Doch was sollte da schon für eine Heimlichkeit anklingen? Je mehr sie danach suchte, desto mehr verfestigte sich die Ahnung des unwiederbringlich Gekappten. Sie befand sich in einem fremden Land. Ihren polnischen Namen hatte sie ohnehin längst verloren, auf einem Bürgeramt in Montréal. Nieszpułka, mit dem durchgestrichenen »l«. Ein unmöglicher Name. Nicht einmal der Notar hatte ihn schreiben können. »Nieszpułka. It means Medlar«, hatte der Vater versucht zu erklären. »Niesz-puł-ka. With a stroke through the l«, doch das wollte der Notar, ein alter Québécois, der nur ungern Englisch sprach, und sich möglicherweise deshalb so schwer tat, nicht begreifen. Bis der Vater die Geduld verlor und den Namen einfach übersetzen ließ. »Medlar. Just write: Viola Medlar.« Ein Sekretär schlug wohl noch vor, den Namen ins Französische zu übersetzen, »Néflier. Much nicer!«, aber der Vater blieb bei Medlar. Viola Medlar. Als könne man einen Namen einfach so übersetzen.

Das Gebell war wieder lauter geworden, obwohl Viola den Eindruck hatte, dass sie sich in die entgegengesetzte Richtung bewegte. Der ganze Wald schien ihr von Hunden umstellt. »Verräterin«, sagte sie laut. Zum ersten Mal seit ihrem Besuch im Heim musste sie an den Großvater denken. Sie hatte sein Zimmer mit dem Gefühl verlassen, dass sie sich gar nicht von ihm, sondern von einer ganz anderen Person verabschiedet hatte. Von einem Gespenst, das in einem parallelen Wahnuniversum lebte. Dabei war die Vorfreude auf das Wiedersehen so groß gewesen. In kindischem Aberglauben hatte sich Viola in die Gewissheit hochgeschaukelt, dass der Zufall, der sie nach Polen gebracht hatte, ein gutes Omen für das Wiedersehen mit dem Großvater sein müsste. Ausgerechnet hier hatten sie sich für ihren Film interessiert und sie auf das Festival eingeladen. In die Stadt ihrer Großeltern. Eine Enttäuschung schien ihr ausgeschlossen. Sie hatte zwar von den Tanten erfahren, dass der Großvater im Heim lebte und wahrscheinlich nicht auf ihre Filmvorführung kommen könnte. Damit hatte sie sich schnell abgefunden. Dass sie aber an seiner Stelle ein fremdes Gespenst vorfinden würde? Sechs Tage war der Besuch inzwischen her. Ob sie da nicht ein zweites Mal hingehen müsste? Es war ja nicht auszuschließen, dass der Alte auch bessere Tage hatte und dass sie ihn an einem besonders schlechten erwischt hatte. Ganz davon abgesehen, dass das Treffen den Großvater wahrscheinlich überfordert hatte. Bis zu ihrer Rückkehr nach Montréal waren es noch ein paar Tage, da blieb genug Zeit für einen zweiten Besuch. Noch war nichts verloren.

Viola versuchte, Danielas flämischen Abzählreim aufzusagen, doch sie bekam den ersten Vers schon nicht mehr zusammen. Sie blickte auf den Sand hinab, in dem die Spuren eines Gefährts hineingepresst waren wie Kämme von Miniaturgebirgen. Ein Jaulen aus der Ferne ließ sie aufblicken. Schreie. Gelächter. Matthews, der lachte, Daniela de Boene, die kreischte. »Hey!«, schrie Viola in den Wald. »Motherfuckers!« Wahrscheinlich hatten die anderen den Strand schon erreicht und schubsten und zerrten sich gegenseitig ins Wasser. In nicht allzu weiter Ferne war schon das Meeresrauschen zu hören. Viola zog ihre Sandalen aus. Der Sand war waldbodenweich. In der Luft hing ein Geruch von Zapfen und Harz. Zu ihrer Grundschule hatte sie auch immer durch ein Waldstück gehen müssen. Sie suchte in ihrer Erinnerung nach einem Bild, das Aufschluss darüber geben könnte, ob es ein Akazien- oder Ahornwald gewesen war, doch ihr Gedankengang verirrte sich in Erinnerungen an Kindergartenspiele und Klettergerüste, um schließlich an einem Kindervers hängen zu bleiben, einem Abzählreim, den Viola zum Rhythmus ihrer Schritte aufsagte:

*Peter Peter, pumpkin eater,*
*Had a wife and couldn't keep her.*
*He put her in a pumpkin shell*
*And there he kept her very well.*

»Pumpkin eater«, wiederholte sie und musste lachen. Sie müsste den Reim Daniela beibringen, sobald sie am Strand ankäme. »Pumpkin eater.« Ein abstruser Text war das, da konnten die flämischen Kinderreime auf keinen Fall mithalten. Weil der Kürbisesser – seltsam genug – seine Frau nicht behalten konnte, steckte er sie in einen ausgehöhlten Kürbis. Für immer. Solcherlei Perversionen wurden also im harmlos erscheinenden Versgewand über Generationen hinweg weitergereicht. Mit solchen Reimen zählten die Kinder dann aus, wer dran oder wer raus war. Letztlich nichts anderes, als ein Spiel mit der Fügung und dem Tod. Ein verschlüsselter Totenreigen. Sie sagte den Singsang ein zweites Mal auf. Der Rhythmus hatte etwas Beschwörendes, gegen Ende hin wurde sie schneller, als wäre in den Versen eine Beschleunigung eingebaut:

*Peter Peter, pumpkin eater,*
*Had a wife and couldn't keep her.*
*He put her in a pumpkin shell*
*And there he kept her very well.*

Violas Schritt hatte sich der Kadenz des Abzählreims angeglichen. Pure Gewalt war das. Eine Didaktik des Grauens. Die Kinder sagten die Liedchen auf, aus Spaß an den Reimen und Rhythmen, doch unter die Schläge der Betonungen und Klänge mischten sich Geschichten alter, verborgener Gewalt. Ein anderes Lied fiel ihr ein, von dem sie sich aber nur noch an das Ende erinnerte. Sie ging im Takt der Verse:

*The king was in his counting house,*
*Counting out his money.*
*The queen was in the parlor,*
*Eating bread and honey.*
*The maid was in the garden,*
*Hanging out the clothes,*
*When down came a blackbird*
*And pecked off her nose.*

»Shit!« Ein übler Splatter war das. An einer Senkung stolperte sie über eine Wurzelschlinge und ließ ihre Sandalen fallen. »Langsam, langsam«, sagte sie, während sie sich bückte. In ihren Waden spürte sie den Wodkarausch auf- und abwallen, hoch- und hinunterfahren, und in die Haut ihrer Waden stach sie ein Blick. Kalt wie der Biss eines Insekts. Sie richtete sich auf. Irgendwo in ihrem Rücken hörte sie ein Knistern.

Erschrocken drehte sie sich um. Nichts. Sie presste die Sandalensohlen fest aneinander und flüsterte im Gehen »Peter Peter, pumpkin eater«, die Kiefern schliefen zwischen ihren eigenen Schatten, »had a wife and couldn't keep her«, der Strand konnte nicht mehr weit sein, sie hörte schon das Rauschen der Wellen, dazwischen schrille Schreie, »he put her in a pumpkin shell«, sie war fast da, sie meinte schon das Ende des Waldes zu sehen, »and there he kept her very well«. Etwas knirschte hinter ihr, jetzt hatte sie es wirklich gehört, es war keine Täuschung. Zitternd drehte sie sich um, sah aber nichts außer der Dunkelheit von Baumschatten. Trotzdem sagte ihr ein erster Impuls, dass sie unbedingt losrennen sollte. Ein zweiter Impuls sagte ihr, dass sie im gleich Tempo weiter gehen sollte, um keine Angst zu zeigen. Ein dritter Impuls sagte ihr, dass sie sich alles einbildete. Sie schaute noch einmal zurück. Das Licht war unverändert. Die Kiefern standen gerade in Reih und Glied, soldatische Monokulturen, die auf einen Befehl warteten. Wieder knackste es und hinter einem Kiefernstamm am Wegrand trat ein Mann hervor. Baumgroß. Ein Mann in einem grünen Anzug. Ein Förster. Seine Haut glänzte harzig im Mondschein. Viola schrie und warf ihre Sandalen nach dem Fremden. Dann rannte sie los. Sie war früher eine gute Langstreckenläuferin gewesen, in der High School, das schoss ihr noch durch den Kopf, als sie sich an einem Dornenbusch eine Wunde in den Oberschenkel riss. Sie knickte den Fuß um, aber sie hielt sich. Sie sah schon das Ende des Kiefernwaldes vor sich, als ein Schlag sie zu Boden warf. Eine raue Hand, die nach Erde roch, drückte ihr den Mund zu. Ein dicker Holzfällerarm legte sich im Würgegriff um ihren zappelnden Körper. Mehrere Meter zog der Förster sie durch den Wald, bis sie in einem heruntergekommenen Holzunterstand ankamen, ein alter Tierstall, der seit vielen Jahren verlassen sein musste. Der Förster schleuderte Viola mit voller Wucht auf den Boden. Im Sand fegte ihre rechte Hand über etwas Metallenes. Ein Hufeisen. In einem verzweifelten Impuls griff Viola danach und warf es mit ihrer ganzen Kraft gegen den Kopf des Försters, wo es stumm abprallte. Der Förster blieb unversehrt. Mit seiner rechten Hand drückte er Violas Kopf in den Sand, während er ihr mit der linken den Rock hochschob.

Sie schmeckte den Sand, der in ihren Mund gedrückt wurde, während der Förster daran arbeitete, in sie einzudringen. Sie versuchte zu schreien, aber sie schrie nur dumpf in den Sandboden hinein. Durch die Nase gelangte Sand in ihre Atemwege, sie fühlte, wie sie ersticken würde, doch der Schmerz ließ nicht nach.

Als es vorbei war, lag Totenstille über dem Wald. Viola schnaubte und spuckte, aus der Nase floss Rotze vermengt mit Sand. In ihrem Kopf drehte sich alles, die Hände waren verklebt, am Oberschenkel blutete eine Risswunde. Der Förster war gegangen, doch der Schmerz wälzte sich immer noch über sie, erdrückend schwer wie das Gewicht seines filzigen Körpers.

## Die Stätte

Durch die Jalousie fiel diffuses Tageslicht. Viola Nespoli benötigte einen kurzen Moment der Besinnung, ehe sie begriff, wo sie war. Ihr Mund schmeckte bleiern. Auf dem Laken spürte sie Sandkörner. Der Rücken schmerzte, als hätte jemand mit Fäusten dagegen gedrückt und geschlagen. Sie hatte krumm geschlafen, ohne Kopfkissen. An den Beinen hatte sie blaue Flecken. Sie wusste nicht, woher. Aus dem Wohnzimmer kam ein Klirren von Geschirr. Forster war zugange.

Viola Nespoli duschte heiß. Noch mit nassen Haaren setzte sie sich an den Frühstückstisch. Es gab Brioches, Granita, Karaffen mit Saft. Nichts davon rührte sie an. Als Forster fragte, ob sie einen Kaffee wolle, lehnte sie ab und fragte nach einer Paracetamoltablette. Forster verschwand im Flur und erschien nach langem Suchen mit einem knittrigen Blisterstreifen in der Hand. Paracetamol. 500 mg. Viola Nespoli presste zwei Tabletten durch das Aluminium und spülte sie mit Orangensaft hinunter. Die Säure der Orange strich wie ein Nadelkissen über die Geschmacksknospen und hinterließ ein Kribbeln auf der Zunge wie nach einer Mundspülung. Um das Gefühl loszuwerden, biss Viola in eine Brioche, tauchte sie in Mandelgranita, kaute. Forster schlug vor, nach dem Frühstück das Forum Romanum zu besuchen. Viola Nespolis Zug fuhr erst am Abend. Sie hätte nichts mit ihrem Tag anzufangen gewusst. Und das letzte Mal, als sie das Forum besucht hatte, war sie zehn Jahre alt gewesen. Sie hätte sich am liebsten wieder ins Bett gelegt, beschloss aber der Einfachheit halber, das Angebot nicht auszuschlagen.

Sie fuhren in Forsters Cabriolet den Viale Togliatti entlang, einen von Wohnsilos und Pinien gesäumten Außenstadtgürtel, an dem Forster vor nicht allzu langer Zeit seine Villa erstanden hatte, ein minimalistisches Künstlerobjekt, das von außen eher einem Bunker als einem Wohnhaus glich. Er nannte das Gebäude, halb im Scherz, halb stolz, sein Fort. Fort Togliatti. Viola Nespoli sah Betonquader mit abblätternder Farbe vorbeiziehen, Wohnblocks und Gewerbebetriebe, Exponenten einer Architektur der Entleerung. Jeder Ort schien hier entfernt. So schnell sie auch fuhren, die Stadt entzog sich. Viola Nespoli schaute auf ihr Handy. Zwei Anrufe von Franco, drei Anrufe und eine Nachricht von Schmittkopf. »Hallo Frau Nespoli, bitte melden Sie sich wg. d. Experiments. Wichtig. Beste Grüße, SK.« Sie löschte die Nachricht, Forster schaltete das Radio an. Es lief ein Lied aus Violas Kindheit, Tanzmusik in Dur, die die Sonne hinter einer grauen Wolke hervorlockte und Laubbäume in die Landschaft setzte. Mit einem Mal hatten sie eine unsichtbare Zeitmauer durchbrochen und waren aus der trostlosen Vorstadt im historischen Rom angekommen. Links entlang der Straße verlief ein Aquädukt, auf der anderen Seite wechselten sich barocke Bauten und Marmorsäulen ab.

Forster parkte in der Nähe des Kolosseums. Von dort aus liefen sie die Via dei Fori Imperiali hinunter. Busse und Taxis rauschten vorbei, in der Ferne heulten Krankenwagen und Polizeiautos wie ein Wolfsrudel. Diese Trasse – Mussolini hatte sie durch die Stadt ziehen lassen – war eine einzige Absurdität, dachte Viola. Einen ganzen Stadtteil hatte der Duce demolieren, unzählige Gebäude aus dem Mittelalter und der Renaissance niederreißen lassen, Kirchen, Klöster, Paläste, um die darunter vergrabene Geschichte wieder ans Tageslicht zu fördern und um beide Imperien, das Alte und das Neue, symbolisch zu vereinen. »Eine Absurdität diese Allee«, sagte sie, mehr zu sich als zu Forster, der schweigend neben ihr herlief. Überhaupt, die ganze Stadt war eine Absurdität, eigentlich weniger eine Stadt als vielmehr ein gigantisches architektonisches Modell, ein Querschnitt durch die Geschichte.

Nespoli und Forster liefen am Konstantinbogen vorbei, von dem eine uneben gepflasterte Rampe zum Forum Romanum führte. Am Zugang verdeckte eine Plastikplane das Gemäuer. »Roma Metropolitana« las sich auf der Plane, wo neben dem weinroten Schriftzug auch das römische Stadtwappen mit der anachronistischen Inschrift SPQR prangte. Es ließ sich nicht erkennen, ob hier an einem neuen Zugang zum U-Bahnhof Colosseo gearbeitet oder ob einfach nur ein historisches Gebäude restauriert wurde. Alles vermischt sich, dachte Viola Nespoli, Ruinen und Neubauten, Vergangenes und Gegenwärtiges. Alle Schichten der Geschichte erscheinen simultan, durchdringen sich gegenseitig. Wie ein übergroßes Gehirn. »Du bist nachdenklich«, unterbrach Forster das Schweigen. Sie standen vor einer containerartigen Kabine, wo Eintrittskarten zum Forum verkauft wurden. Forster zahlte. Viola Nespoli ignorierte seinen Kommentar und passierte das Drehkreuz zum Forum. Die Pflastersteine waren uneben, der Weg holprig. Aus der Hemdtasche nahm Forster seine elektrische Zigarette. Das Ende leuchtete hellgrün auf. »Es gibt da etwas, was ich dir über Schmittkopf sagen muss«, sagte Forster. Sie blieben im Schatten einer Schirmpinie stehen. Eine Gruppe von deutschen Touristen schlenderte an ihnen vorbei. »Über Schmittkopf?« Forster nickte feierlich. »Ich kenne Schmittkopf seit langem«, begann er. »Wir haben zusammen Medizin studiert. Wir waren Freunde. Sehr gute sogar. Leider hatten wir aber völlig entgegengesetzte Vorstellungen davon, was man in der Wissenschaft darf und was nicht. Ein ethischer Konflikt, im Grunde.« Forsters Ausführungen zu Schmittkopf überraschten Viola Nespoli. Sie ahnte aber schon, worauf er hinauswollte und schnitt ihm das Wort ab. »Gut, das ist aber zwischen euch. Ich bin keine Friedensvermittlerin.« Forster wedelte mit der Hand. »Nein, nein. Darum geht es gar nicht.« Er schaute sie mit ernstem Blick an. Zum ersten Mal seit langem, hatte sie den Eindruck, dass er ihr wirklich in die Augen schaute, und nicht an ihr vorbei. Viola las die Uhrzeit von ihrer Armbanduhr, schon kurz nach halb vier. Sie liefen langsam weiter. »Wie gesagt, Schmittkopf und ich waren Freunde. Wir haben zusammen in Trieste studiert, bei Professore Goldmann. Schmittkopf glaubt ja heute noch an Goldmanns Modell der geschichteten Psyche. An den Goldmannraum. An die Everett'sche Viele-Welten-Hypothese und so weiter. Schon damals hielt ich denkbar wenig von der ganzen Chose, weshalb ich auch recht bald ausgestiegen bin, lange noch bevor Goldmann starb. Ich habe mich der Neurochirurgie gewidmet, handfesten Sachen. Die Psyche ist schließlich kein Geist, sondern Körper. Nach Goldmanns Tod übernahm Schmittkopf die Institutsleitung und begann, an seiner Märchenmaschine zu basteln. Du kennst diese Maschine, du nimmst schließlich, wie du mir ja erzählt hast, an Experimenten teil.« Viola folgte der grünen Leuchtspitze der Zigarette, die Forster zwischen Mittel- und Zeigefinger hielt. »Ich bin bei Professore Schmittkopf vor wenigen Monaten in Analyse gegangen und nach einigen Sitzungen lud er mich zu dem Experiment ein, ja. Das hatte ich dir erzählt.« Forster nickte. »Schmittkopf ...« Forster zog an der Zigarette und blies den unsichtbaren Dampf durch die Nase. »Schmittkopf ist ein Hurensohn.« Er schaute Viola in die Augen. Sie schien unbeeindruckt. »Nun. Wenn ich sage, dass Schmittkopf ein Hurensohn ist, geht es mir um mehr als um wissenschaftliche Standpunkte.« Sie standen vor der Aedes Castoris. Möwen kreisten über den drei übriggebliebenen Säulen des Monuments. Viola Nespoli schob den Bronzering an ihrem Mittelfinger zurecht. Forster legte nach. »Ich weiß nicht, ob du informiert bist, aber für seine Maschine, für seine gottverdammten Experimente mit dieser Maschine, lässt Schmittkopf Versuchspersonen Löcher in die Schädeldecke bohren, Gehirne amputieren, Menschen zerlegen. Da geht die Wissenschaft in meinen Augen einen Schritt zu weit.«

Viola schaute auf die Via dei Fori Imperiali, die sich am Ende des Feldes wie eine Festungsmauer erhob. Musik von Leierkästen schallte herüber, wie aus einer anderen Zeit. Auf einer Aussichtsplattform ließen sich Touristen mit dem Forum im Hintergrund fotografieren. Ein Hurensohn. Viola musste sich eingestehen, dass es nicht unplausibel klang. Es passte ins Bild. Auch wenn sie nur wenig von dem wusste, was ihr Bruder bei Schmittkopf machte, war ihr schon oft durch den Kopf gegangen, dass sich hinter der Kulisse der Wissenschaft schmutzige Geschäfte abspielen mussten. Die Sache mit den Zigeunern zum Beispiel. »Mein Bruder arbeitet für Schmittkopf«, sagte Viola. Forster blieb stehen. Er saugte am Mundstück und schaute sie an. »Ich weiß nur, dass Schmittkopfs Leute gelegentlich zu den Zigeunern fahren, um Probanden zu holen«, sagte sie leise. Forster hielt die Zigarette auf Brusthöhe. Er hatte schrumpelige Bauernhände. »Probanden«, wiederholte er. Viola schaute auf seine glänzende Stirn. Vielleicht hatte sie jetzt schon zu viel erzählt und es wäre besser, nicht noch mehr preiszugeben, doch es war, als dachte eine Person und als spräche eine andere, denn Viola hörte, wie eine Stimme aus ihr heraus von der Blechhüttensiedlung in der Nähe des Triester Rangierbahnhofs erzählte. Mehr wusste sie nicht. Wirklich nicht. »Der alte Triester Rangierbahnhof also?«, näselte Forster. Viola Nespoli nickte mit geschlossenen Augen. Ein Krankenwagen zog mit aufjaulendem Martinshorn über die Via dei Fori Imperiali. Auf dem Vorsprung, wo eben noch Touristen ihre Gruppenfotos geschossen hatten, stand jetzt eine Frau in einem roten Sommerkleid und schaute herab auf die Ruinen des Forums, die Hände auf die Brüstung gestützt, die Frisur von der Abendbrise verweht. Einige Sekunden lang war es Viola, als sehe sie sich selbst dort oben stehen, ja als stehe sie selbst auf dieser anderen Ebene und blicke herunter auf ihr Double. Es war ein Bild, das Viola in eine abgrundtiefe Traurigkeit stürzte, in eine archäologische Traurigkeit. Eine Träne lief ihre Wange hinunter, sie konnte sich nicht erklären, warum. Hinter ihr spürte sie, wie Forster dicht herantrat und an seiner Zigarette saugte. Sie bewegte sich nicht. Erst als sie seine Hand auf der rechten Schulter spürte, löste sich ihre Starre. »Nimm es mir nicht übel, Silvio, aber ich muss jetzt gehen.« Sie wartete keine Antwort ab, streifte mit den Lippen seine Wange – drückte nicht einmal einen Kuss ab – und lief im Eilschritt auf den Ausgang der Stätte zu, ohne auch nur einen Augenblick daran zu denken, dass ihr Gepäck noch im Kofferraum von Forsters Cabrio lag.

Als sie hinter einer Säule verschwunden war, nahm Forster sein Handy und wählte eine Nummer. Es klingelte nur kurz, dann meldete sich eine raue Stimme: »Pronto?« – »Forster hier. Wir müssen dringend sprechen.« Am anderen Ende der Leitung hörte Forster eine grölende Menge und Staccatotöne aus einer Druckluftfanfare. »Wie dringend ist es denn?« Forster spürte die Abendkühle im Nacken. »Sehr dringend.« – »Sehr sehr dringend?« Forster räusperte sich. »Ja. Sehr sehr dringend.« – »Gut. Wenn es wirklich sehr sehr dringend ist, sehen Sie zu, dass Sie so schnell wie möglich ins Olympiastadion kommen. In einer Stunde fängt das Derby an.« – »Das Derby?« – »Ich besorg Ihnen eine Karte. Eingang 12.« Forster fragte noch einmal nach: »12?«, doch aus dem Hörer kam keine Antwort mehr.

# BŁASZCZYKOWSKI

## Das Lager

Błaszczykowski schaute zu, wie Daniela Boone die Manschette eines Blutdruckmessgeräts um Viola Nespolis Oberarm legte. Wie eine Wachsstatue lag sie ausgestreckt, glatt und regungslos, als hätte ihr Herz schon lange aufgehört zu schlagen. Auf dem Nachttisch neben ihr lag das rote Kleid, das sie am Abend ihrer Einlieferung getragen hatte. Błaszczykowski verspürte ein Seitenstechen, das seinen Atem lähmte. Es war die Gewissheit, dass jetzt nichts mehr rückgängig zu machen war. Er hatte Viola Nespoli eine Brücke gebaut und die Brücke stand. Die Selbstlosigkeit, die er eben noch im Operationssaal an den Tag gelegt hatte: jetzt nagte sie an ihm wie ein fremdes Tier. Es war ihm, als hätte nicht er, sondern ein anderer Błaszczykowski die Brücke gebaut. Er grub in der Jackentasche nach dem Kokainetui, stieß aber auf die Oberfläche einer Plastikkarte. Daniela Boone riss den Klettverschluss des Messgeräts auf. »Sie wird bald zu sich kommen. Die Wirkung der Narkose lässt nach.« Błaszczykowski zog eine himmelblaue Karte aus der Tasche: »Prof. Dr. Heinrich Schmittkopf. Klinischer Direktor«. Er schaute zu Boone hinüber. »Können wir uns darauf verlassen, dass Nespoli zu ihrem Fahrzeug findet?« Daniela Boone legte das Messgerät auf eine Arbeitsfläche. Im Morgenlicht wirkte ihre Haut gelblich. »Zweifeln Sie etwa an Ihrer eigenen Konstruktion?« Viola Nespoli wälzte sich auf ihrem engen Lager, schnob durch die Nase und schmatzte. Błaszczykowski klöppelte mit dem Zeigefinger Sechsachteltakte auf dem Plastik. »Gut«, sagte er mit plötzlicher Entschlossenheit, »gehen wir.«

Sie fuhren mit dem Aufzug. Im Erdgeschoss stieg Daniela Boone aus, Błaszczykowski blieb zurück. »Ich muss noch ins Untergeschoss«, erklärte er, als Boone sich fragend nach ihm umdrehte. Für weitere Ausführungen blieb keine Zeit, da sich die Metalltür bereits zwischen beide schob.

Im Untergeschoss angekommen, ging Błaszczykowski den Flur zum Sektor C entlang. Schmittkopfs Sektor. Er fand die Zugangstür verriegelt vor. Ein rotes Licht blinkte an der Vorrichtung. Błaszczykowski führte Schmittkopfs Karte durch den Schlitz, es piepte leise, die Lampe wechselte auf Grün. Er zog am Stahlgriff. Die Tür war offen. Dahinter setzte sich der Gang fort. Eine Neonlampe flackerte regelmäßig, wie ein stummes Metronom, das Błaszczykowski das Lauftempo vorgab. Nach einer Linkskrümmung mündete der Flur in einen schmalen Treppengang, der abwärts führte und vor einer algenbraun verfärbten Tür endete. Auch hier gab es ein Schloss mit einer rot blinkenden Lampe und auch hier sprang das Licht auf Grün, sobald er die Karte durchzog.

Błaszczykowski schob die Tür auf und trat in einen weitläufigen Raum, in dem es nach Chloroform roch. Er machte Licht. Nach und nach gingen an der Decke die Lampen an und brachten meterhohe Kühlfachreihen zum Vorschein. Zuletzt leuchteten vier Scheinwerfer in der Mitte des Raumes auf, die tief über vier Seziertische herabhingen. An einem davon musste bis vor kurzem noch jemand gearbeitet haben. Operationsbesteck lag auf der silberchromierten Oberfläche. Unter dem Tisch standen drei gelbe Plastikboxen mit einem Verschlusssystem, wie man es von Kisten für den Transport von Insekten oder Reptilien kennt. Błaszczykowski trat an den Tisch, der stellenweise mit Gewebefetzen und Blut verklebt war. Das Einzige, was er deutlich zu erkennen vermochte, war eine sauber abgetrennte Nase. Błaszczykowski wandte sich an eine Kühlfachreihe, an der es rot blinkte. Er hielt die Karte über den Magnetleser eines Fachs. Das Licht wurde grün, das Schloss sprang auf. Als Błaszczykowski die Stahllade ausgezogen hatte, musste er zunächst mehr über seine eigene Kaltblütigkeit staunen als über seinen grausigen Fund. Seit seiner Studienzeit hatte er es nicht mehr mit Leichen und Körperteilen zu tun gehabt, und doch behielt er angesichts der Brutalität, die sich vor seinen Augen eröffnete, eine bemerkenswerte Ruhe. Auf der Stahlplatte vor ihm lag ein Kinderkopf, dem Nase und Ohren abgeschnitten worden waren. Er öffnete ein weiteres Fach. Noch ein nasenloser Kopf. Und noch einer in einem dritten Fach. Das war sie also, die Schmittkopffabrik. Von hier aus wurde Kottwitz versorgt.

Błaszczykowski hatte genug gesehen. Gerade wollte er die Kühlfächer wieder verriegeln, als sich die Tür des Raums öffnete. Im Rahmen erschien ein großgewachsener Mann in dunklem Anzug mit kurz gebundener blauer Krawatte. Die Tracht schien Błaszczykowski dermaßen unpassend zur Szenerie, dass er eine Sekunde lang daran zweifeln musste, ob er sich doch nicht einfach nur in einem merkwürdigen Traum befand. Ein Adrenalinschub weckte ihn jedoch schnell aus seiner Apathie und ließ ihn einen Kinderkopf gegen den Unbekannten schleudern, der, als Błaszczykowski schon am anderen Ende des Raumes etwas wie einen Notausgang ausgemacht hatte, immer noch um Fassung rang. Błaszczykowski gelangte in einen Nebenraum, in dem Chemikalien und Desinfektionsmittel lagerten. Er griff nach einer Literflasche Ethylalkohol und rannte damit auf eine Treppe zu, die ins Dunkle hinaufführte. Kurz bevor er die erste Stufe erreicht hatte, stürmte der Unbekannte im schwarzen Anzug in den Raum, gefolgt von zwei weiteren Männern. Błaszczykowski öffnete die Flasche, nahm sein Feuerzeug aus der Jackentasche und steckte die Flüssigkeit an, um den Cocktail auf seine Verfolger zu schleudern, die jedoch auswichen und auf ihn zuliefen, während sich hinter ihnen schon eine Feuerschneise an der Kunststoffverkleidung einer Wand hinauffraß. Błaszczykowski rannte die Treppe hoch. Eine Stahltür verbaute ihm, oben angelangt, den Fluchtweg. Er hielt die Karte an den Leser. Das Licht blieb rot. Er scheuerte sie am Magnetsensor. Rot. Erst beim dritten Mal blinkte es grün auf und Błaszczykowski entwischte seinen Verfolgern, von denen der erste, als Błaszczykowski schon in Greifweite war, unglücklich stolperte und mit dem Gesicht hart auf eine Stufenkante aufschlug. Über einen betongrauen Flur gelangte Błaszczykowski schließlich in die Maschinenräume des Krankenhauses und von dort aus ins Freie. Er fand sich zwischen den Sondermüllcontainern wieder, direkt vor dem Parkplatz. Zwischen den Abzugsgittern am Boden sah er Rauchschwaden emporsteigen. Das Lager brannte. Sollte es brennen. Nur Viola Nespoli musste er noch aus dem Gebäude retten. Alles andere war unerheblich. Schon wollte er über den Parkplatz zurück zum Eingang des D-Trakts, als er sie von weitem erkannte. Sie trug ihr rotes Kleid und lief quer über den Platz. Hinter dem Ausgangstor des Krankenhauses verschwand sie. Błaszczykowski schloss die Augen und nahm einen tiefen Atemzug. Er wunderte sich, dass der Feueralarm noch nicht ausgelöst worden war. Am Taxistand stieg er in das erste Auto. »Wohin?«, fragte der Fahrer, während er den Motor startete. »Zum Flughafen.« Der Mann sah durch den Spiegel zu Błaszczykowski. Der Motor gluckerte im Leerlauf. »So ganz ohne Gepäck?« Błaszczykowski zögerte. Er hätte antworten können, dass er nur jemanden abholen wollte. »Ich mag kein Gepäck«, sagte er ernst. Der Fahrer legte den Gang ein und setzte das Auto in Bewegung. Erst als sie nach einer Viertelstunde die Auffahrt zur Stadtautobahn erreichten, meinte Błaszczykowski in der Ferne die Feuersirenen des Krankenhauses zu hören.

## Das Triebwerk

Błaszczykowski schaute aus dem Oval auf die Lichttupfen am Ufer des Eriesees. In der Ferne erkannte er schon die ersten Siedlungen auf amerikanischer Seite, dahinter vielleicht Cleveland. Sanft stieg das Flugzeug in die Nacht empor, feine Wolkenschleier streiften die Tragflächen, als ein heftiger Ruck die Maschine erschütterte und abrupt absacken ließ. Ein Kreischen füllte die Kabine, dann wurde es schlagartig still. Sie mussten durch ein Luftloch geflogen oder von einer Bö erfasst worden sein. Die Maschine neigte sich leicht nach Süden, wo die Stadtlichter glimmerten. Das weiße Glühen am Horizont – da war Błaszczykowski sich jetzt sicher – musste Cleveland sein. Die Maschine flog in eine Wolkenmasse, es ruckelte. Vor dem wattigweißen Hintergrund schienen die Positionslichter jetzt viel heller zu blinken, ein stetiges Orange mit roten Akzenten. Błaszczykowski musterte die Tragfläche. Er flog zwar nicht oft in letzter Zeit, aber ihm war klar, dass etwas nicht stimmte. Es ging ihm durch den Kopf, dass es inzwischen neue Normen für Farbe und Stroboskopfrequenz von Positionslichtern geben könnte. Unwahrscheinlich. Warum sollte man ein funktionierendes System umkrempeln? Plausibler schien ihm die Hypothese, dass die Lichter dieser Maschine defekt seien. Erst als sich der Wolkenschleier lichtete und das Weiß im Hintergrund opakem Schwarz wich, begriff Błaszczykowski, woher das Flackern kam. Das Triebwerk brannte. Daher auch das Rütteln, das nicht nachließ. Eine Flugbegleiterin eilte durch den Flur und gab Anweisungen an einen jungen Steward am hinteren Ende der Kabine. Irgendwann bemerkten auch andere Fluggäste, was vor sich ging. Eine nervöse Stimmung machte sich breit und übertrug sich nicht zuletzt auch auf Błaszczykowskis Platznachbarin. Als diese sich zum Fenster lehnte und eine Flammenzunge aus der Turbine schießen sah, klammerte sie sich an Błaszczykowskis Arm und stammelte ein theatralisches »O my god!«, das sich in den nächsten Sekunden überall in der Kabine wiederholte, um in stetem Crescendo in Geschrei überzugehen. Das Flugzeug befand sich jetzt spürbar im Sinkflug, einige Fluggäste schluchzten, in den Sitzreihen hinter Błaszczykowski wurden Vaterunser auf Spanisch und Englisch gebetet. Błaszczykowskis Sitznachbarin, eine junge Asiatin, hatte Tränen in den Augen. »Es tut mir leid, dass ich mich so an Ihren Arm geklammert habe«, entschuldigte sie sich. »Keine Sorge.« Błaszczykowski bückte sich, um etwas in der Tasche unter seinem Vordersitz zu suchen, holte seine Kamera hervor, nahm den Schutz vom Objektiv und drehte den Blendenring auf 1,4. »Um Gottes Willen, Sie werden doch jetzt keine elektronischen Geräte benutzen«, flüsterte die Asiatin entsetzt. Błaszczykowski richtete die Kamera auf das flammenspuckende Triebwerk, zog die Schärfe, löste ab. »Keine Sorge.« Er spulte vor. »Die Kamera ist analog.« Błaszczykowski stellte die Belichtungszeit um und schaute durch den Sucher. Er schoss jetzt eine Reihe von Fotos mit verschiedenen Verschlusszeiten, zwischendurch gingen ihm Ausdrücke wie »unglaublich« oder »fantastisch« über die Lippen. »Haben Sie denn keine Angst?«, fragte die Asiatin. Ein erneuter Ruck, den der Kreischchor fast schon antizipierte, ließ die Lichter in der Kabine erlöschen. In der Dunkelheit sah Błaszczykowski nur die Umrisse des Gesichts und das Weiß in den Augen seiner Nachbarin. »Solange nicht auch das zweite Triebwerk brennt, ist alles in Ordnung.« Die Maschine musste jetzt schon sehr tief fliegen, doch über dem Wasser war die Flughöhe schwer abzuschätzen. »Sind Sie Ingenieur, wenn ich fragen darf?« Das flackernde Feuerlicht ließ jetzt ein wenig mehr vom Gesicht der Asiatin erkennen. Sie musste um die 20 sein, möglicherweise sogar jünger. »Ich baue Brücken.« Hinter ihnen wurden weiterhin Vaterunser geflüstert, kaum vernehmbar noch, dafür schneller, als gelte es vor der drohenden Katastrophe noch ein Pensum abzuarbeiten. »Und was weiß ein Brückenbauingenieur über Flugzeuge?« – »Einiges.« Am

Boden waren Stadtlichter zu erkennen, sie hatten das Ufer des Erie-sees erreicht. Das Einsetzen eines lauten Fiepgeräuschs klang zunächst nach einem weiteren technischen Ausfall, doch dann meldete sich durch die Lautsprecheranlage eine Frau zu Wort. Die Kapitänin. Ein Raunen ging durch die Kabine. Die Lautsprecherstimme klang wie aus einem Kurzwellenradio und hatte einen leichten Doppler. Mit ruhiger, sachlicher Stimme erklärte die Kapitänin, dass das linke Triebwerk ausgefallen sei und dass man in wenigen Minuten notlanden würde. Da der Flughafen in Detroit aus technischen Gründen nicht angeflo-gen werden könne, würden sie den Fostoria Metropolitan Airport an-steuern. Die Kapitänin bewies Humor, denn sie beendete die Durch-sage mit einem süffisanten »women can't drive cars, all right, but this is not a car«, eine Bemerkung, über die Błaszczykowski als Einziger in die Todesstille hinein lachen konnte. Sie flogen dicht über einen Wald, zwischendurch leuchteten Häuser auf oder Autolichter auf einer Land-straße. Sie mussten kurz vor der Landung sein, das Fahrwerk war bereits ausgefahren. Inzwischen waren die Flammen, die aus dem Triebwerk schossen, größer geworden, eine Zunge leckte an der Tragfläche. In der Dunkelheit der Kabine warfen die Flammen tanzende Schatten an die Decke. Auch dieses Motiv wollte Błaszczykowski einfangen. Wahr-scheinlich würden die Bilder verwackelt, aber er löste dreimal aus, mit verschiedenen Verschlusszeiten. Mit dem dritten Klick schlug auch das Flugzeug hart auf dem Asphalt auf, aus den Gepäckfächern wurden Rücksäcke und Mäntel durch die Kabine geschleudert, es quietschte und ratterte laut, eine Ewigkeit lang. Dann stand die Maschine still. Mehrere Sekunden lang blieb es ruhig, als wären alle Insassen vor Schreck gestorben, dann standen plötzlich die Ausgänge offen und die Passagiere drängelten sich in die Öffnungen, um über Notrutschen auf die Landebahn zu gelangen.

Błaszczykowski wartete, bis alle Passagiere die Maschine verlas-sen hatten und stand als Letzter von seinem Platz auf. Auf dem Weg zum Notausgang lief er an der Kapitänin vorbei und zwinkerte ihr zu: »Heute ist dann wohl früher Feierabend.« Sie klopfte ihm auf die Schulter. »Mal schauen. Eigentlich wollte ich die Canadiens spielen

sehen, aber das wird wohl knapp.« Während Błaszczykowski sich auf
die Rutsche schwang, schritt die Kapitänin durch den Flur zu einer
letzten Inspektion.

Um die Maschine herum standen Feuerwehrwagen und Ambulan-
zen, einige Passagiere mit leichten Verletzungen wurden am Start-
bahnrand behandelt. Zwei 5000-Watt-Scheinwerfer strahlten auf das
beschädigte Triebwerk, das vor kurzem noch gebrannt hatte. Männer
in Technikermontur schauten in den Einlauf, Błaszczykowski gesellte
sich dazu und versuchte, einen Blick in die Turbine zu ergattern. Ein
Feuerwehrmann, der ihn dabei bemerkte, erklärte in einem Tonfall,
der seine Enttäuschung nicht zu überspielen vermochte, dass es nichts
mehr zu sehen gebe. »Als wir angekommen sind, hatte das Löschsys-
tem des Flugzeugs den Brand schon gelöscht.«

Eine Leiter wurde gerade in die Höhe gefahren, um den Technikern
einen Zugang auf die Tragfläche zu ermöglichen, als die Kapitänin erschien. »Und? Erste Erkenntnisse?« Sie schnippte eine Zigarette aus
einem Softpack. »Schwierig«, entgegnete der Feuerwehrmann, und bemühte einige Sätze über seinen Nichteinsatz. Die Kapitänin tastete ihre
Taschen ab, fand aber kein Feuerzeug. Eine aufmerksame Hand hielt ihr
eine Flamme hin. »Danke.« Błaszczykowski mimte eine Verbeugung.
»Bitte.« – »Ich hatte den Eindruck, es könnte ein Vogelschlag gewesen
sein«, sagte die Pilotin und paffte in die Luft. »Kurz nach dem Start sind
wir haarscharf an einem Storchenschwarm vorbeigeflogen.« – »Ist ein
Storch in der Turbine?«, rief der Feuerwehrmann den Technikern zu.
»Nichts zu sehen«, sagte einer. »Das bedeutet überhaupt nichts«, erwiderte die Kapitänin und erzählte von einem Landeanflug auf Vancouver,
bei dem ihr linkes Triebwerk einen halben Trupp von Kieferntangaren
geschluckt hatte. Auch in dem Fall habe man nach der Landung auf den
ersten Blick nichts erkennen können. »Erst nachdem man den Motor
auseinandergenommen hatte, sah man die Bolognese.«

Ein kleingewachsener Feuerwehrmann trat hinzu und verteilte Cola-
dosen. Die Kapitänin bot ihm im Gegenzug eine Zigarette an und
fragte nach seiner Meinung zum Thema Vogelschlag. Er begegnete
ihr trocken, dass er von Vögeln nichts verstehe, sondern allenfalls

von Bränden, eine Bemerkung, die er sofort zu einer Erzählung ausbreitete, von dem Schiffsunglück eines Benzintankers, in dessen Folge das Wasser des Eriesees tagelang gebrannt hätte. Er selber sei an den Löscharbeiten beteiligt gewesen und habe irgendwann die furchtbare Gewissheit gehabt, dass das Wasser für alle Ewigkeit brennen würde. Einen weiteren Feuerwehrmann aus der Runde erinnerte diese Episode an die Legende des Rudergängers Augustus Fuller, alias John Maynard, der Mitte des neunzehnten Jahrhunderts den brennenden Passagierdampfer »Erie« unter Aufopferung des eigenen Lebens an Land gesteuert hatte. Heroisch habe er bis zum Ende seinen Posten am Ruder gehalten, ehe er – als das Schiff schon in Buffalo einlief – selbst in der Flammenhölle umkam.

Eine gute Stunde musste vergangen sein, als aus der Dunkelheit eine Flugbegleiterin erschien, um der Kapitänin mitzuteilen, dass ein Minibus für die Besatzung bereitstehe. Błaszczykowski und die Kapitänin verabschiedeten sich von den Feuerwehrleuten und folgten der jungen Frau, die als Erstes wissen wollte, ob Błaszczykowski zum Flughafenpersonal gehörte. »Nein. Ich bin ein Passagier. Ich war an Bord der Maschine«, erklärte Błaszczykowski. Die junge Frau blieb stehen. Ihre weinrote Air-Canada-Mütze saß schief auf dem Pony. »Wo waren Sie denn dann bis jetzt?« – »Dort, wo Sie mich eben noch haben stehen sehen.« Die Stewardess schaute ihre Vorgesetzte an, dann wieder den Fremden. »Gerade sind drei vollbesetzte Busse nach Detroit abgefahren.« Błaszczykowski stülpte seine Unterlippe hervor. »Das ist doch alles kein Problem«, entschied die Kapitänin, »Sie können mit uns kommen.« Sie folgten einem Taxiway, der durch ein offenstehendes Schiebetor auf einen Parkplatz führte. »Unser Hotel ist sehr klein«, gab die Stewardess zu bedenken. Die Kapitänin deutete auf das Fahrzeug, einige Meter weiter: »Wir regeln das schon, ist das unser Taxi?« Im Minibus warteten die anderen Crewmitglieder. Die Kapitänin bat Błaszczykowski einzusteigen. Er grüßte in den Wagen hinein und nahm auf der Rückbank neben einem Steward Platz. Dann fuhren sie los, durch die Nacht von Ohio.

Nach dreißigminütiger Fahrt erreichten sie die Ortschaft Upper Sandusky. Vor einem Backsteinhaus machte der Fahrer halt. »Crawford's Bed & Breakfast« stand auf einem Holzschild über dem Eingang. Die Gruppe trat ins Foyer ein, die Kapitänin selbst erkundigte sich nach den Zimmern, die im Namen von Air Canada reserviert worden waren. Die Rezeptionistin blätterte in einem Buch mit Ledereinband. »Sieben Zimmer, richtig?« – »Acht«, korrigierte die Kapitänin. Die Angestellte lief mit dem Mittelfinger die Einträge ab. »Die 129 ist noch frei.« – »Die 129 nehmen wir«, sagte die Kapitänin und hielt den Daumen zu Błaszczykowski hoch.

Nach dem Check-in führte die Gastgeberin die Crew in einen altmodisch eingerichteten Speisesaal. Aus einer Sofaecke flimmerte stumm ein Fernseher. Gerade lief der Vorspann von *Inspektor Czarny,* einer osteuropäischen Kultserie, die es inzwischen auch in Amerika zum Publikumsliebling gebracht hatte. Die Folge des Tages begann in einem Altersheim, so viel bekam Błaszczykowski noch mit, dann schaltete die Wirtin das Gerät aus und nahm die Bestellungen auf. Die Crew bestellte reihum Crawford-Burger, Błaszczykowski entschied sich für die Shrimpslasagne. »Und Sie?«, fragte die Wirtin die Kapitänin, die noch unentschlossen durch die Speisekarte ging. Sie überlegte kurz und schaute hinüber zu Błaszczykowski, als wäre er der Kellner. »Ich probiere die Lasagne.« Erst jetzt fiel Błaszczykowski das übergroße Gemälde auf, das hinter der Kapitänin an der Wand hing. Die Leinwand zeigte in der Mitte einen nackten Mann mit geschwärztem Gesicht. Er war an einen Marterpfahl gefesselt, genau in der Mitte eines Feuerkreises. Eine vermutlich stundenlange Folter hatte seinen Körper ganz und gar mit schwarzen Flecken übersät. Um ihn herum scharten sich Indianer. Einige standen, andere saßen im Schneidersitz und unterhielten sich, daneben wurde getanzt. Im Hintergrund ragte aus der Menschenmenge ein Schimmel heraus, der Schimmel des Häuptlings oder Medizinmanns, der mit ausgestreckter Hand auf den Gemarterten zeigte.

Als die Wirtin die Speisen auftischte, erkundigte sich Błaszczykowski nach dem Gemälde. Die Wirtin fand offenbar Gefallen an der Neugier des Fremden und erklärte, dass es sich bei dem Bild um eine Darstellung des Todes von Colonel William Crawford handele, ein historisches Ereignis, das sich nur wenige Meilen von Upper Sandusky zugetragen habe. »Das Crawford Memorial Site kann man vom Hotel aus in einer Stunde zu Fuß erreichen. Ein schöner Spaziergang, wenn Sie morgen Zeit haben.« Błaszczykowski nickte. »Wissen wir schon, wann es morgen weiter nach Mexiko geht?«, fragte er in die Richtung der Flugzeugcrew. »So wie es aussieht, bekommen wir erst am Nachmittag eine Ersatzmaschine«, antwortete die Kapitänin und streckte Błaszczykowski die Hand über den Tisch. »Übrigens, wir haben uns noch gar nicht vorgestellt: Boone. Daniela Boone.« – »Roman Błaszczykowski.« Die Kapitänin stellte ihre Crew vor, Błaszczykowski folgte den Namen mit dem Blick. »Ich muss sagen«, begann er, als die Vorstellungsrunde zu Ende war, »dass ich sehr erstaunt darüber bin, wie routiniert Sie den heutigen Zwischenfall gemeistert haben. Bemerkenswert. Auch, dass Sie so schnell Unterkünfte für hundertfünfzig Menschen organisiert haben … Überhaupt ging alles sehr schnell, ich bin erstaunt.« Ein Kabinenmitglied, dessen Namen Błaszczykowski nicht richtig verstand, spielte die Sache herunter. Der Umgang mit einer solchen Situation gehöre eben auch zum Alltag der Besatzung. Für ihn persönlich sei es bereits die dritte Notlandung gewesen. »Auch Zwischenfälle sind Normalfälle«, so einfach erklärte sich das.

Nach dem Essen verabschiedete sich das Kabinenpersonal. Nur Boone und Błaszczykowski blieben zurück, tranken einen Kamillentee und unterhielten sich noch eine gute Viertelstunde über Eishockey und über das Indianergemälde, über den amerikanischen Westen und den polnischen Osten. Dann holten sie ihre Zimmerschlüssel an der Rezeption und stiegen zur ersten Etage hinauf. Ein Flur mit hellem Sisalläufer führte um mehrere Ecken an einer Reihe von Kirschholztüren vorbei. Die Zimmernummern standen auf rechteckigen Messingschildern. 123, 124, 126. »Hier bin ich.« Vor der Nummer 128 blieb Boone stehen. »Kurios.« Błaszczykowski zeigte ihr seinen Schlüsselanhänger. 129. Die Tür gegenüber. Boone schaute auf das Metallschildchen in Błaszczykowskis Hand. »Hat mich gefreut«, sagte sie langsam, während sie die Tür öffnete. »Wenn es morgen klappt, können wir uns das Crawford-Denkmal anschauen. Ich würde mich freuen.« Błaszczykowski war einverstanden, er hielt ihr die Hand zum Abschied hin, sie griff aber kaum danach, streifte sie nur. Er hatte nicht den Eindruck, dass er schob, auch nicht, dass sie zog oder zerrte, aber mit einem Mal waren ihre Lippen zu einem Isthmus vereint, die Arme um- und ineinander verschlungen, und sie drehten sich in das Zimmer der Kapitänin hinein, wie in einem Tanz.

## Das Feuer

Sie zog eine Kralle über seinen Rücken, er nagte an ihrer Ohrmuschel, tastete ihre Hüfte unterm Rock ab, sie stöhnte leise. Im nächsten Bild war sie nur als Silhouette zu sehen, während sie ihr Hemd aufknöpfte und an den Armen entlang abstreifte. Sie nahm die Mütze ab, schüttelte den Kopf, dunkle Locken rieselten über die Schultern. Er legte seine Jacke ab, mit zwei Handgriffen hatte sie sein Hemd aufgeknöpft und beide ließen sich auf das Bett gleiten, sie schob sich auf ihn, saugte wie ein Vampir an seinem Hals und zog dabei seine Arme auseinander, als würde sie ihn kreuzigen oder fesseln wollen. Mit der Zunge tastete sie seine Nase ab, die rechte Hand wanderte aus dem Bildausschnitt hinaus zu den Lenden. Dann war mit einem Mal alles vorbei. Sie war in die Bettdecke eingerollt und schaute ihm dabei zu, wie er am Bettrand saß und sein Hemd zuknöpfte, alles ohne Dialog. Ein Kunstfilm.

Czarnys Bier war schal geworden. Er griff nach der Fernbedienung und schaltete um auf eine Nachrichtensendung. Wieder gab es Demonstrationen vor den Schmittkopfwerken. Eine aufgebrachte Menge skandierte »Spra-wie-dli-wość! Spra-wie-dli-wość!«, Tom-Tomasz-Plakate wurden wie Kreuze bei einer Prozession in die Luft gehalten. Auf einem Transparent wurde die Todesstrafe für die Mörder gefordert. Eine krächzende Stimme setzte aus dem Off ein, erst nach einer Weile schnitt die Regie auf den Sprechenden: Schmittkopf. Sein Haar wirkte spröde, der Schnurrbart war wie eine Attrappe. Er sprach undeutlich, zum Teil gingen die Wörter im Genuschel unter. Manchmal fuchtelte er mit seinem verstümmelten linken Arm in der Luft, was aber letztlich nur von dem ohnehin schwer zu verstehenden Inhalt seiner Rede ablenkte. Er ließ sich über die Medien aus, bezichtigte sie der Effekthascherei und Voreingenommenheit bei der Berichterstattung. Gezielt würden rote Heringe durch die Fährten der Täter gezogen und die Wege zur Wahrheit verwischt. Alle – es war nicht klar, wer gemeint war, aber Schmittkopf verwendete wiederholt das Wort »alle« – täten es nun den Hunden gleich, die dem Magen statt dem Verstand folgten. Alle lechzten sie nach Heringen. Schmittkopfs Blick war trüb, er schaute wie hypnotisiert in die Kamera und schwieg lange, bevor er seine Rede mit einer wirren Erörterung über das Wesen des Staubsaugers abschloss. Dann wurde abrupt ins Studio geschaltet. Expertenrunde. Die Moderatorin befragte einen Psychiater, der in den Demonstrationen und Mahnwachen vor den Schmittkopfwerken nichts anderes als das Symptom einer Massenhysterie sah. Als Hersteller von Staubsaugern, die von unbekannten Tätern zur Eliminierung von Leichen zweckentfremdet wurden, könne man Schmittkopf genauso wenig belangen wie den Hersteller eines Hammers, mit dem eine Person erschlagen wurde. Die Runde war empört. Eine Soziologin warf dem Psychiater Borniertheit vor und argumentierte, dass man sich angesichts der Komplexität des Falles nicht auf eine derart simplizistische Logik stützen dürfe. Um die Tatsachen nicht gänzlich zu verstellen, gelte es, sich von der Bequemlichkeit und das hieße auch von der vertrauten Logik zu verabschieden und ohne Furcht den Blick in die menschlichen Abgründe zu wagen.

Czarny rieb sich am Auge, der Fall war vertrackt. Aber es stimmte schon, etwas war faul mit diesem Schmittkopf. Seine Unbeholfenheit war zu grotesk, zu gespielt. Czarny stellte den Ton leiser. Es kostete ihn einige Mühe, vom Sessel aufzustehen. In den letzten Tagen hatte sich das Phlegma in ihm verdichtet. Er taumelte in die Küche. Im Kühlschrank waren noch ein Bier und ein hartes Stück Käse. Er müsste endlich die Zeit finden für den Einkauf. Seit er in den Fall Błaszczykowski eingeschaltet worden war, hatte er keine freie Minute gehabt. In den letzten Tagen hatte er die Bewohner und Mitarbeiter des Heims befragt und war noch keinen Schritt vorangekommen. Auch die Autopsie hatte keinen Aufschluss gegeben. Ein Mord war nicht auszuschließen, ein Unfall auch nicht. Und dann waren da auch noch die Fotos, auf die er im Büro gestoßen war. Er hatte die Bilder inzwischen beschlagnahmt und zur weiteren Untersuchung zunächst aufs Kommissariat und später, als eines der Bilder, die er auf seinem Arbeitstisch zu thematischen Stapeln geordnet hatte, spurlos verschwunden war, aus Sicherheitsgründen zu sich nach Hause gebracht. Den Küchentisch, den einzigen in seiner Wohnung vorhandenen Tisch, hatte Czarny zu seinem Arbeitsplatz gemacht. Auf der buntkarierten Vinyldecke hatte er die Bilder in parallel verlaufenden Reihen angeordnet. Viele Fotos waren auf der Rückseite mit Datum, einige sogar mit dem Entstehungsort versehen, was die Arbeit um einiges erleichterte. Czarny ging von drei verschiedenen Reihen aus, von denen sich eine Molchsammlung am deutlichsten herausbildete. Bei den anderen beiden Reihen handelte es sich um Fotos von Menschen, welche er in eine Greisen- und eine Aktserie unterteilte.

Czarny öffnete die Bierflasche. Da klaffte noch eine Lücke. Seit Tagen plagte ihn diese Gewissheit. In seinem jetzigen Zustand, nach mehreren schlaflosen Nächten, schien sie ihm unerträglich. Irgendwo müsste es noch mehr Bilder geben. »Irgendwo«, murmelte Czarny, in der Küche auf- und abgehend, »irgendwo«. Er blieb stehen. »Nein. Nicht einfach irgendwo!« Er wusste, wo, er hatte nur keinen klaren Kopf gehabt, die letzten Tage hindurch und hatte es schlichtweg versäumt, Błaszczykowskis Haus zu durchsuchen. Ein schwerer Fehler, denn wo, wenn nicht dort, würde er den Schlüssel zu seinen Ermittlungen finden? Die Wanduhr zeigte kurz nach halb elf, zu spät also, um einen Durchsuchungsbefehl einzuholen. Das müsste er morgen früh erledigen. Das wäre der nächste, der einzig sinnvolle Schritt, um die Suche voranzubringen.

Nachdem Czarny das Bier ausgetrunken hatte, legte er sich ins Bett, kam aber nicht zur Ruhe. Wenn er die Augen schloss, erschienen vor ihm die aneinandergereihten Fotos und wechselten wie in einem Stop-Motion-Film immerfort ihre Positionen. Die Kombinationsmöglichkeiten waren unendlich. Stets kamen neue Bilder hinzu, die das Konstrukt veränderten. Die abgebildeten Motive wurden lebendig, ein Lurch kroch aus einem Foto in das andere, die nackte Italienerin schwang ihre Hüften in einem sinnlichen Tanz, während im Hintergrund ein Waldbrand loderte. Mit jeder Bewegung alterte die Frau, sie vergreiste und vergraute, bis ihre Haut ganz verschrumpelt war und sich in die Augenhöhlen ein Tunnel gefressen hatte, aus dem Feuersalamander herausschossen. Czarny schreckte auf und tappte nach der Nachttischuhr. Halb drei. Laken und Kopfkissen waren nassgeschwitzt. Czarny schmiegte sich an die kühle Wand. Er musste schlafen, er brauchte endlich Ruhe. Sobald aber seine Augen zufielen, begann wieder der Tanz der Bilder. Die Salamander krabbelten über das Foto, auf dem die Blondine tanzte und sich lüstern auf die Unterlippe biss. Aus einem Ginsterbusch im Hintergrund tauchte der alte Schmittkopf auf, beide Hände verkrüppelt, der Schnurrbart vergilbt. Er lief auf die Frau zu, den Blick auf Czarny gerichtet. Automatisch griff er nach seiner Pistole und richtete sie auf Schmittkopf, der aber den Blick auch nicht für den Bruchteil einer Sekunde abwandte. Czarny spürte, wie die Lurche an seinen Beinen hinaufkrochen. Er drückte ab. Blut spritzte über alle Fotos.

Czarny schnellte luftschnappend hoch. Draußen hellte sich der Horizont schon auf, im Geäst vor seinem Fenster zirpte ein Wintergoldhähnchen seinen hohen, violinenartigen Gesang. An Einschlafen war nicht mehr zu denken. Czarny folgte der Sekundenanzeige auf der Nachttischuhr, fast eine Minute lang. »Los!« Grobgliedrig wälzte er sich aus dem Bett, trippelte in die Küche, braute Filterkaffee. Er würde keine kostbare Zeit mehr verlieren, sondern sofort zu Błaszczykowski fahren. Den Durchsuchungsbefehl könnte er auch nachträglich einholen. Die Formalitäten konnten warten.

Błaszczykowskis Haus lag am Rande eines Weilers, etwa zehn Kilometer südlich von Kołobrzeg. Czarny parkte sein Auto in einem Fichtenhain einige hundert Meter von dem Grundstück entfernt. Über den Hintereingang verschaffte er sich Zugang zum Haus, ein Leichtes für einen, der sich an der Polizeiakademie auf zerstörungsfreie Aufsperrtechnik spezialisiert hatte. Die Luft in den Zimmern war schwer, Czarny musste Durchzug schaffen. Er öffnete die Fenster, die weißen

Vorhänge verwehten sich zu Zöpfen. Czarny schritt das Wohnzimmer ab. Es herrschte eine tadellose Ordnung. Er ging eine Regalwand durch, überflog die Buchrücken. Unter dem Regal war ein Schrank mit Schiebetür eingebaut. Mit Hilfe eines Dietrichs ließ Czarny das Schloss aufspringen. Ein Schuhkarton lag im Innenraum. In geschwungener Schrift war »Scarpe Settembre« auf dem Deckel zu lesen, an der Seite standen Angaben zu Schuhgröße und Schuhfarbe, »schwarz, negro, czarny, nero«. Czarny öffnete die Schachtel. Er konnte ein »Ach du Scheiße!« nicht unterdrücken, als er begriff, worauf er gestoßen war. Die Schachtel war bis zum Rand mit Fotos gefüllt.

Die anfängliche Begeisterung über den Fund legte sich schnell, denn die Bilder schienen nur wenige Gemeinsamkeiten mit den Fotos aufzuweisen, die er im Heim gefunden hatte. Czarny befürchtete, dass es sich um Überbleibsel handeln könnte. Es gab Bilder von Versammlungen, Szenen in Restaurants, Ausflugsfotos. Weiter unten in der Schachtel stieß Czarny auf eine Reihe süditalienischer Landschaften sowie eine Plastikhülle, in der neben einem Dutzend Abzügen auch ein sorgfältig gefalteter Zeitungsausschnitt lag. Czarny nahm das vergilbte Papier heraus und überlas die Meldung. Es handelte sich um einen Bericht über einen Krankenhausbrand. Ein Foto in der Mitte zeigte einen ausgebrannten Teil des Gebäudes. Im Text fand Czarny aber keine Angaben zum Ort der Katastrophe. Er schaute auf die Rückseite. Werbung. Ein Ausschnitt von einer Zahnpastareklame. Czarny faltete das Papier wieder zusammen und ging auf die Fotos über, die in derselben Plastikhülle gelegen hatten. Auf einem erschien das Krankenhaus, offenbar noch vor dem Brand. Es folgte ein Foto von einer schwarzen Limousine in einer italienischen Stadt. Um den Wagen standen drei Männer, die gerade ausgestiegen sein mussten. Sie trugen dunkle Anzüge und blaue Krawatten. Dieselben Männer waren noch auf vier weiteren Bildern vor einer Stadtkulisse zu sehen, immer aus einiger Entfernung. Am Ende des Stapels gab es dann wieder Bilder vom Krankenhaus, das jetzt in Flammen stand. Da war eine Fährte. Czarny begann, die Bilder auf Błaszczykowskis Wohnzimmertisch anzuordnen, so wie er es bei sich zu Hause getan hatte.

Nach langwieriger Sortierarbeit hatte Błaszczykowski vier parallel verlaufende Fotoreihen auf dem Tisch liegen. Ganz unten verlief eine Reihe von Lurchen, darüber weitere Aktfotos und eine ihm bislang nicht bekannte Reihe von Fotos aus Amerika. Das oberste Geschoss des Konstrukts bildete die »Flucht in den Süden«. Sie las sich wie ein Fototagebuch oder vielmehr wie ein Krimi. Es lag nahe, dass Błaszczykowski den Männern in der Limousine auf der Schliche war. Weshalb, ließ sich zwar nicht mit Gewissheit feststellen, doch es musste wohl einen Zusammenhang mit den Krankenhausbildern geben. Für möglich hielt Czarny, dass Błaszczykowski die Männer beim Feuerlegen ertappt und daraufhin eine Verfolgung aufgenommen hatte. Doch das war alles Spekulation. Fest stand nur, dass ein Großteil der Bilder in Süditalien entstanden war, worauf auch eine in Palermo ausgestellte Quittung deutete, die sich unter den Fotos befand.

Czarny stand von seinem Stuhl auf und ging drei Schritte zurück, um die Reihen aus der Entfernung zu betrachten. Es gab auffällig viele Motive mit Feuer und Bränden. Da war die »Flucht in den Süden« mit dem brennenden Krankenhaus. In der Amerikareihe gab es Fotos von einem brennenden Flugzeugtriebwerk, geschossen aus dem Inneren der Maschine. Dann war da das Feuer in der Landschaft, die Rauchsäulen hinter den nackten Frauen. Czarny spürte, wie seine Hände feucht wurden. Das Feuermotiv verlief quer durch die Fotoreihen. Als Diagonale. Überall brannte es. Außer in der Lurchreihe. Da war eine Lücke, da gab es keinen Brand. Czarny schaute sich die Stelle genau an. »Nein, da ist keine Lücke!« Ein Schaudern überfiel ihn. Es war nicht seine Einbildung. Nicht seine Konstruktion, die er der Realität aufzwang. Nein. Da war wirklich keine Lücke: Drei Fotos von Feuersalamandern vervollständigten die Diagonale. Das war der Schlüssel, das war der gemeinsame Nenner, das Motiv, das sich quer durch alle parallelen Fotografieschichten hindurchzog. Feuer.

Czarny musste sich setzten. Unbewusst griff er nach der Fernbedienung und schaltete den Fernseher an. Im ersten Programm lief wieder eine Reportage über die Affäre Schmittkopf. Nichts Neues. Czarny zappte weiter. Im Lokalsender pries eine Köchin im Sportleroutfit die

Beschichtung einer Bratpfanne, während sie Karotten kleinhackte. Erst beim dritten Sender machte Czarny halt. Es liefen Nachrichten. Zu sehen war eine Luftaufnahme von einem brennenden Gebäude. Ein Krankenhaus. Wieder ein Krankenhaus. Auch im Fernseher brannte es, auch dort lief die Diagonale weiter. Ein Sprecher kommentierte die Bilder monoton. Es bestehe der Verdacht, dass es sich bei dem Brand um einen Racheakt von verfeindeten kriminellen Gruppierungen handele. Auf dem Bildschirm war die Fassade des Gebäudes zu sehen, davor Feuerwehrleute bei der Löscharbeit. Ein Reflex ließ Czarny aufstehen. Er ging an den Tisch zurück und schaute sich eines von Błaszczykowskis Krankenhausfotos an. »Nein.« Er schaute wiederholt auf das Foto und auf den Fernseher, solange bis zurück ins Studio geschaltet wurde. Czarny schaltete das Gerät aus. »Das gibt es nicht. Das gibt es nicht.« Während er den Satz vor sich hin flüsterte, spürte er zugleich, dass er sich nicht mehr von der Gewissheit – so verrückt sie auch sein mochte – zu lösen vermochte, dass kein anderer als Błaszczykowski für die Brandstiftung im Fernsehen verantwortlich sein musste. Mehrere Sekunden lang wurde ihm weiß vor Augen. Er war überarbeitet, kein Zweifel. Langsam packte er die Fotos wieder in den Schuhkarton und legte ihn zurück in den Wandschrank. Er würde die Bilder später abholen, mit dem Durchsuchungsbefehl in den Händen. Zuerst aber würde er an den Strand fahren. Seit Tagen schon wartete seine blaue Badehose im Kofferraum. Es war an der Zeit, sich abzukühlen.

## Das Schwimmbad

Nero parkte am Straßenrand des Viale Miramare. Aus dem Kofferraum holte er eine orangerote Frotteerolle, in die seine Wasserballshorts eingeschlagen waren. Die blaue Polyacrylhose stammte noch aus der Zeit, als er für die italienische Jugendauswahl gespielt hatte. Mit dem Bündel über der Schulter schlenderte er über den von der Hitze aufgeweichten Asphalt. Der Viale Miramare war vom Meer durch einen Streifen der Eisenbahn getrennt. Dahiner lag die Adria. Über ein Delta von zwölf Zuggleisen, das in die Küstenlandschaft hinein gewuchtet worden war, führte ein rostiges Brückengerippe zum Bagno Ferroviario. Zwischen Meer und Eisenbahn stand wie ein Damm ein langgezogenes gelbes Gebäude von unbekanntem Alter. Nero zahlte an der Kasse und betrat den schlauchartigen Umkleideraum mit grünen Holztüren vor den Kabinen. In der letzten kleidete er sich um. Er stellte fest, dass die Badehose enger geworden war. Er griff mit beiden Händen in die Hose und straffte den Stoff. Der Noppenboden war nass und kalt. Von dem Gebäude führte ein Steinfliesenweg zum Bad. Draußen glühte der Steinboden, Silikate glitzerten in der Nachmittagssonne. In einer Betonkuhle standen blaue Duschmasten aneinandergereiht, dahinter befanden sich Plastikliegen für die Badegäste. Ins Wasser führte eine Steintreppe mit einem blauen, aus dem Metall der Duschen geformten Geländer. Einige der Küste vorgelagerte Felsen waren mit einem Betonblock verbaut worden, der über einen Steg erreichbar war. Aus diesem Betonblock ragte ein Fünfmeterturm, dessen Geländer anders als die Treppengeländer nicht blau, sondern gelb gestrichen war.

Nero lief auf das Wasser zu, als ihm ein Arm von einer Liege zuwinkte. »Ciao!« Er musste das Gegenlicht mit der Hand abschirmen, ehe er ein Gesicht erkannte, das ihm vertraut vorkam, ohne dass er wusste, woher. »Wir kennen uns aus dem Istituto Adriatico. Błaszczykowski.« Nero zog ein »Ja« in die Länge. »Der Platz ist frei, wenn Sie wollen«, lud Błaszczykowski ein, woraufhin Nero sich noch einmal umschaute, bevor er ein Palmenmotiv mit der Aufschrift »Cancún« über die Liege aufrollte. Ein Mädchen im lila Bikini lief vorbei in Richtung Schwimmbad, die Panty saß schief und zu locker. Błaszczykowski schlürfte an einer Chinottodose. Das Mädchen steuerte auf den Turm zu. »Kommen Sie gerade aus dem Institut?«, warf er Nero zu, der das Badetuch zurechtlegte. »Ich arbeite nicht mehr im Institut«, antwortete er ohne Satzmelodie. Błaszczykowski trank den Chinotto aus und zerknüllte die leere Dose. »Ich bin nur selten am Institut. Da fallen mir solche Sachen nicht auf.« – »Besser so.« Błaszczykowski legte die Dose unter die Liege. In der Luft kreischten Mauersegler. Ein helles Geschwader flog eine Ellipse über die Anlage. »Ich weiß ja selber auch nicht viel über Schmittkopf und seine – um es mal so zu formulieren – wissenschaftlichen Experimente«, sagte Nero unvermittelt, »was ich aber mit Sicherheit weiß, ist, dass dieser Mann seine Hände ellbogentief in der Scheiße stecken hat.«

Das Mädchen im lila Bikini stand jetzt auf der Spitze des Sprungbretts, den Rücken zum Wasser. Es wartete eine Weile, ehe es sich sekundenschnell in die Höhe federn ließ, mit einem doppeltem Salto durch die Luft rollte und im sprudelnden Wasser verschwand. »Keine schlechte Springerin«, kommentierte Błaszczykowski. Sie schwamm rücklings an den Beckenrand, stemmte sich aus dem Wasser und lief sofort zurück zum Turm. Die Bikinihose saß immer noch schief. »Ich kann, ehrlich gesagt, wenig über Schmittkopf sagen«, sagte Błaszczykowski, »außer dass er mir gegenüber immer sehr höflich war. Entgegenkommend. Großzügig. Wobei ich den Mann zugegebenermaßen nur oberflächlich kenne – und von seiner Forschungsarbeit so gut wie gar nichts weiß. Ich bin schließlich Freiberufler und nehme im Institut nur gelegentlich Aufträge an. Eigentlich nur, wenn irgendetwas an einer Schnittstelle nicht läuft.« – »Sie brauchen sich nicht zu rechtfertigen«, unterbrach Nero. Błaszczykowski verfolgte die Formationen der Mauersegler. In atemberaubendem Tempo flog ein lärmender Trupp knapp um das Gebäude des Bagno Ferroviario. Weiter weg, über dem Hafen, erkannte Błaszczykowski einige höher hinaus schießende Segler. »Die Mauersegler schlafen im Flug. Wussten Sie das?«, fragte Błaszczykowski. Es platschte laut. Schwimmbadwasser schwappte über den Felssteinrand, dann tauchte der Kopf der Schwimmerin an der Wasseroberfläche auf. »Ich wusste nicht einmal, dass ein Mauersegler ein Vogel ist«, sagte Nero und stand von seiner Liege auf. »Kann ich Ihnen etwas vom Kiosk mitbringen? Einen Chinotto vielleicht?« Błaszczykowski kippte den Kopf zur Seite. »Danke, warum nicht?« Er wollte nach seiner Tasche greifen, aber Nero schlenkerte schon über den Rasen. Sein rechtes Bein kam Błaszczykowski kürzer vor als das linke, wobei ihm Zweifel daran blieben, ob es ein Humpeln war oder ein Tick. Jedenfalls passte der Gang zu Neros Verfassung. Es war der Gang eines Verbitterten. Eines ernsthaft Verbitterten, dem es nicht bloß darum gehen konnte, einen alten Professore zu verleumden. Dann hätte er Beispiele gebracht, bunte Inhalte aus der Gerüchteküche, Beweise. Aber nein. Neros Haltung war nicht der Spiegel einer Aversion, sondern schlichtweg einer Verletztheit.

Am Kiosk mit der Bambusfront drängte sich Nero zwischen zwei Jungen an den Ausschank. Einige Meter weiter hinten sah Błaszczykowski wie gerade eine Gruppe von Straßenkindern über den Schwimmbadzaun kletterte. Zwei von ihnen rannten sofort auf das Becken los und sprangen Bomben, ein dritter riss die Springerin, die soeben aus dem Wasser gestiegen war, wieder mit in den Pool hinein. Unter den Badegästen machte sich Nervosität breit, eine Gruppe von Schulmädchen räumte schon die Sachen zusammen. »Zigeuner«, zischte eine füllige Dame, die an Błaszczykowski vorbeilief. Inzwischen hatte eine Traube von Verwahrlosten die Gäste am Kiosk umstellt. Von weitem sah es so aus, als würden sie nach Geld betteln, bis aber ein dickerer Junge herantrat und Nero demonstrativ mit Dreck bewarf. Noch bevor dieser auf die Aggression reagieren konnte, rempelte der Dicke ihn an, so dass

Nero über einen anderen Jungen, der sich hinter ihm gebückt hielt, stolperte, den Halt verlor und rücklings auf dem Boden aufschlug. Was zunächst wie ein dummer Streich aussah, nahm schnell ernstere Züge an. »Das ist er! Das ist eins von den Schweinen!«, schrie der Dicke so laut, dass Błaszczykowski am anderen Ende der Wiese jedes einzelne Wort verstehen konnte. Eine Horde von Kindern trat im nächsten Moment auf den am Boden Zusammengekauerten ein, die Jungen, die schon im Wasser waren, hörten auf, die Springerin zu belästigen und rannten zur schlagenden Bande. Einige Badegäste eilten auf engem Raum hin und her, unschlüssig, ob sie helfen sollten, Błaszczykowski saß schockstarr auf seiner Liege. Erst das wenig zimperliche Einschreiten des Kioskverkäufers, der entschlossen aus seinem Verschlag heraus auf die Verwahrlosten losstürmte, vermochte es, die wütende Schar zu vertreiben und dem Spektakel ein Ende zu setzen.

In Sekundenschnelle waren die Kinder aus dem Bagno Ferroviario verschwunden und die Wellen des Meeres plätscherten wieder hörbar gegen die Hafenbefestigung. Nero blieb unbewegt am Boden liegen. Błaszczykowski ahnte den Ernst der Lage und eilte zu ihm hinüber. Der Kioskbesitzer legte den Kopf des Verletzten auf ein zusammengerolltes Handtuch. Aus dem Inneren des Gebäudes brachte jemand eine Bahre. Neros Gesicht war blutverschmiert, seine Atmung nur ein Röcheln. Am rechten Auge quoll Blut aus einer Platzwunde. Die Badehose hatten die Kinder zerfetzt, Neros Geschlecht baumelte schlaff wie ein Gehängter herab. Als Nero Błaszczykowski in seinem Blickfeld mehr erahnte als erkannte, versuchte er zunächst vergeblich, die Hand in seine Richtung zu heben. Neros Brustkorb wölbte sich, er rang nach Luft, um unter größter Anstrengung und sichtbaren Schmerzen einen Satz zu stammeln, den nur Błaszczykowski verstand: »Sehen Sie? Das passiert, wenn man für Schmittkopf arbeitet.« Über der Adria kreischte der Chor der Mauersegler.

SCHMITTKOPF

## Der Husten

Schmittkopf saß am Fenster und schaute auf ein Meer von gleichmäßig flackernden Stadtlichtern. In der Hand hielt er einen Brief von Kottwitz. Eine Seltenheit, denn Kottwitz – das war allgemein bekannt – schrieb nie. Schmittkopf hielt sie in der Hand, diese Seltenheit. Eine zerknitterte Briefseite, beschrieben in weit geschweifter Füllfederschrift, bei dermaßen engem Zeilenabstand, dass einzelne Ober- und Unterlängen über zwei, drei Zeilen hinweg ragten. Es war aber nicht so sehr die Schrift, die das Lesen erschwerte, sondern vielmehr der Hang des Verfassers zu kryptischer Bildersprache. In seinem Brief bemühte er verschiedene aus der Luft gegriffene Vogelmetaphern, daneben auch Bilder von Nacht- und Schattengewächsen, aus denen er Rätsel dichtete, über die sich Schmittkopf stundenlang den Kopf zerbrach. Zwei ernstzunehmende Botschaften hatte er dem Schreiben bei alldem entnehmen können: Erstens, dass Kottwitz mit dem Gedanken spielte, sich von den Lieferungen des Kartells unabhängig zu machen, indem er seine Rohstoffe in Zukunft direkt von einer neu formierten Gnadenhüttlermafia bezöge. Zweitens, dass das Kartell, sofern Interesse daran bestehen sollte, ein solches Szenario abzuwenden, nicht nur die Preise überdenken, sondern auch eine inzwischen überfällige Sendung zu den von ihm, Kottwitz, festgelegten Bedingungen umgehend auf den Weg schicken müsse.

Schmittkopf nahm zwei Barbiturate, spülte sie mit kaltem Tee hinunter. Das musste reichen, als Antidot gegen die Kokainbohnen, die sein Herz immer schneller pumpen ließen. Im Kopf ging er seine Vertrauensleute durch. Pallante, Kowalski, Nespoli. Alle tot. Seine besten

Leute, die einzigen halbwegs Kompetenten. Wen hatte er überhaupt noch? Es gab da die drei blonden Krankenhauswächter, die er auf Batzingers Empfehlung eingestellt hatte. Sie waren pflichtbewusst, kein Zweifel. Seriös. Diskret. Nur selten waren sie in den Krankenhausfluren zu sehen, manchmal erschienen sie in der Ferne als Schatten. »Einen Volltreffer« hatte Schmittkopf die Verpflichtung des Trios genannt. Doch das war, bevor er die drei einmal für eine andere Aufgabe einplanen wollte. Erst da begann er, das Problem, das er sich ins Haus geholt hatte, zu erahnen. Mit den Männern war nämlich nicht zu reden. Sie schienen zwar zuzuhören, wenn Schmittkopf mit ihnen sprach, einer von ihnen nickte zwischendurch. Mehr aber nicht. Schmittkopf erklärte ihnen die neuen Aufgaben, doch sie hielten am ursprünglichen Auftrag fest. Auch als Schmittkopf nach einer wütenden Rede, in seiner Rage halb erstickend, den dreien mit dem Tod drohte, sollten sie sich weigern, die neuen Anweisungen zu befolgen, schwiegen sie und starrten ihn an. Schmittkopf gab schließlich auf und schickte die Männer zurück an ihre ursprüngliche Arbeit, die sie weiterhin zuverlässig erfüllten.

Schmittkopf überlegte. Die Barbiturate verlangsamten das Denken. Schwarz vielleicht. Schwarz hatte als Einziger das Gnadenhüttenmassaker überlebt. Er war ein Tolpatsch und ein Schisser, aber er würde den Auftrag nicht ablehnen in Zeiten wie diesen. Schwarz. Schmittkopf durchlief die Personaldatenbank. Rütters war noch da. Schwarz und Rütters würde er einbestellen. Das waren beileibe nicht die Besten, aber sie würden sich zu Kottwitz schicken lassen.

Noch einmal blätterte Schmittkopf durch das Verzeichnis. Bei Franco Nespoli machte er halt. In grüner Farbe war eine »Aktualisierung des Profils« vermerkt. Was sollte es da schon für Aktualisierungen geben, der Mann war tot. Schmittkopf rief das Profil auf. Er vergrößerte den Ausschnitt oben links, in dem eine im Telegrammstil formulierte Meldung stand, versehen mit der Angabe »vor zwei Tagen«: »V. Nesp. im Krkh. (Psychiatr.) eingeliefert. Befund unklar. Spasmod. Anf. Konstante Wdh. des Pers.-Pron. ich. Nicht vernehmungsfhg. Headscan vorerst n. mögl.« Die Witwe lag in der Psychiatrie, wen sollte das überraschen. Sollte sie dort schmoren. Nicht einmal Franco hätte ihr nachgetrauert, nach all dem, was sie ihm angetan hatte. Schmittkopf war das nicht entgangen. Einmal saß er mit Franco Nespoli, Batzinger und Pallante am Tisch nach einer Pokerpartie. Man rauchte. Nespoli war mit den Nerven am Ende. Viel Geld hatte er nicht verspielt – sie hielten sich mit den Einsätzen immer sehr zurück – und doch drängte sich beim Anblick seiner Miene der Gedanke auf, der Mann hätte sich an dem Abend bis aufs letzte Hemd verschuldet. Batzinger und Pallante unterhielten sich mit Schmittkopf über Flugzeuge, Franco Nespoli saß teilnahmslos daneben und trank einen Cognac nach dem anderen. Erst als Batzinger und Pallante gegangen waren, überwand er sich und flehte Schmittkopf, lallend, aus dem Mundwinkel heraus, an, er möge ihn auf dem Wohnzimmersofa übernachten lassen, zu Hause erwarte ihn die Hölle, da könne und wolle er nicht hin. Schmittkopf brachte eine Wolldecke, Nespoli wickelte sich auf der Couch ein. »Danke, dass Sie mich vor dieser Schlampe retten«, stammelte er im Rausch. Mit einem Mal fand Schmittkopf sich in der merkwürdigen Rolle des Vaters wieder, der sich nach dem ersten Saufabend um den betrunkenen Sohn kümmert. Viele Worte wollten ihm nicht einfallen, er beließ es bei einem sachlichen »wir reden morgen, Nespoli«. Als Schmittkopf das Licht ausknipste, rief Nespoli ihm von seinem Nachtlager zu: »Schmittkopf!« – »Was ist, Nespoli?« – »Sie werden sehen, Schmittkopf, die Schlampe wird mich eines Tages noch dem Henker ausliefern, nur um mich loszuwerden.« – »Wir reden morgen, Nespoli.« Am nächsten Tag spielte Schmittkopf mit nur einem halben Satz auf das Thema an, während Nespoli stumm seinen Kaffee umrührte. Mehr musste er nicht sagen. Franco hatte verstanden. Fortan behielt er sein Privatleben für sich.

Schmittkopf schaute auf die Couch, auf der Nespoli an jenem Abend geschlafen hatte. Dem Henker würde sie ihn ausliefern. »Dem Henker«, sagte Schmittkopf. Das Wort hinterließ einen Nachgeschmack von Eisen im Mund. Was, wenn Franco Nespoli das nicht bildhaft gemeint hatte? Er hatte ja nicht nur das eine Mal über seine Frau gelästert. Hatte er nicht sogar irgendwann davon gesprochen, dass Viola, diese Hure, mit einem der Forsterbrüder ein Techtelmechtel gehabt hatte, etwas in der Art? Schmittkopf blätterte in Nespolis Profil, auf der Suche nach Hinweisen, die seinen Verdacht bestätigen könnten. Er ging die Bewegungsdaten von Viola Nespoli durch. An einer Stelle war eine Verortung tief in der Marderheide eingetragen, in unmittelbarer Nähe des Fort Togliatti, möglicherweise sogar im Fort, das war nicht mit Sicherheit festzustellen. Was hatte sie da getrieben? Schmittkopf schaute aus dem Fenster in die Ferne. Ohne seine Brille wirkten die Lichter der Stadt wie eine gigantische Galaxie, durch die sein Haus segelte. Wenn er die Augen schloss, hatte er tatsächlich den Eindruck, als würde der Raum schaukeln wie ein Boot am Kai. »Verfickte Scheißfotze!« Er nahm sein Telefon und wählte die Nummer von Schwarz. Als er durchgekommen war, ließ er Schwarz gar nicht erst zu Wort kommen, sondern befahl ihm, unverzüglich, mit Rütters zusammen, in die Residenz zu kommen. »Jetzt?«, fragte Schwarz am anderen Ende der Leitung, und versetzte Schmittkopf in eine derartige Wut, dass das »Sofort!«, das er in die Muschel brüllte, in einen Hustenanfall überging, mit dem Schmittkopf eine gute halbe Stunde zu kämpfen hatte.

Kurz nach elf erschienen Schwarz und Rütters. Schmittkopf ließ sie in seinem Büro auf zwei Holzstühlen Platz nehmen. »Meine Herren«, begann er mit zeremoniösem Ernst, während er an einer Metallschatulle nestelte, »es gäbe da zwei dringende Angelegenheiten. Die erste sehen Sie dort.« Er deutete auf einen weinroten Lederkoffer, der an der Tür stand. »Den Koffer bringen Sie bitte zu Kottwitz.« Schwarz und Rütters wagten weder zu blinzeln noch sonst eine Regung von sich zu geben. Es entstand eine kurze Pause. Schweigen. Schmittkopf nestelte noch immer an der Schatulle herum. Irgendwann klappte sie auf. Schwarz und Rütters starrten auf eine in roten Samt gebettete Nase. Schmittkopf klappte die Schatulle wieder zu und fuhr fort. »Viel wichtiger ist aber die zweite Angelegenheit.« Erneut machte Schmittkopf eine Pause und schaute Schwarz und Rütters abwechselnd an. Es war seine Art. Seine ganze Rhetorik beruhte auf Pausen. Er setzte seine Erklärungen immer erst dann fort, wenn die Anspannung ihren Höhepunkt erreicht hatte. »Sie gehen morgen bitte ins Krankenhaus, in die

Psychiatrie, zu Oberarzt Błaszczykowski. Bei Błaszczykowski weiß man nie recht, woran man ist. Besser ist es daher, wenn Sie ihn ein wenig einschüchtern.« Schmittkopf hielt inne. »Die Sache ist nämlich folgende: Franco Nespolis Frau wurde vorgestern in die Psychiatrie eingeliefert.« – »Viola Nespoli?«, unterbrach Schwarz. Schmittkopf schaute ihn mit funkelnden Augen an und presste seine Zähne fest zusammen, bevor er aus ganzen Kräften brüllte: »Sie sorgen dafür, dass Błaszczykowski diese Frau nicht aus der Klinik lässt! Ja? Sie kann jetzt weder gescannt noch vernommen werden, aber sobald das geht, soll Błaszczykowski mir persönlich Bescheid geben, damit ich über das weitere Vorgehen entscheide. Drohen Sie ihm. Sagen Sie ihm, dass wir ihm den Schwanz abschneiden. Diese Frau darf uns nicht durch die Lappen gehen, verstanden?« Schwarz stotterte den Anfang einer Frage, wurde aber sofort von einem lauten Hustenanfall unterbrochen. Schmittkopf hustete den berühmten Schmittkopfhusten, einen Husten voller Dogmen, angeraut von Brutalität und belegt mit Verdrängung, den Husten eines Mannes, der die ganze, über Jahre hinweg angelagerte Schuld von den Lungen wegzuhusten versuchte, als wäre sie Schleim. Schwarz und Rütters räusperten sich leicht. Sie blieben kurz wie angewurzelt stehen, merkten jedoch gerade noch früh genug, dass es besser war, sich zu verabschieden, als Schmittkopf zuzusehen und nicht länger auf seinen vom Husten erstickten Abschiedsgruß zu warten. Sie traten zur Tür hinaus und ließen Schmittkopf mit seinem kaukasischen Husten zurück.

Ermattet legte Schmittkopf sich auf das Sofa, es brauste unter seiner Schädeldecke. An den Henker würde die Schlampe Nespoli ausliefern. An den Henker. Schmittkopfs Augen hafteten am diffusen Weiß der Zimmerdecke. Er musste erfahren, was sich im Kopf von Viola Nespoli zutrug. Egal wie. Er musste ihr in den Kopf schauen.

# Der Pferdekopf

Die Zimmerdecke war nur auf den ersten Blick eben. Schmittkopf studierte sie eingehend, er lag auf dem Rücken mit offenen Augen und versuchte, seine Nervosität zu dimmen, indem er nichts anderes in seinen Kopf hineinließ als die von dem noch nahezu runden Mond illuminierte Struktur der weißen Decke, die von vier schweren Eichenholzstreben diagonal durchzogen war und sich als nicht mehr plan erwies, sondern von Runzeln, Miniaturkratern und der Last der Jahrzehnte gewölbt. So porös wie die Decke im Landgasthof war auch Schmittkopfs Zustand. Die Wölbung der Decke führte ihn unweigerlich auf den sanft gewölbten Rumpf seines Falben. Und er selbst fühlte sich seinerseits merkwürdig gewölbt und zugleich ausgestülpt, verformt und durchscheinend. Seine Nervosität war ein Schleier, der außerhalb von ihm selbst im Raum zu hängen schien, ihn von seinem eigenen Körper trennte und diesen vom Schlaf. In dieses feine Gewebe hatte sich wie ein Eindringling ein Wunsch eingenistet. Eingehüllt in die Häute der Nervosität hauchte er seinen leisen, aber dringenden Befehl. Schmittkopf, der sonst keine Neigung zu Selbstgesprächen verspürte, übersetzte sich flüsternd seinen inneren Schub in die Nachtstille hinein: »Sieh nach deiner Stute, Enrique, sieh sie dir noch einmal an, streichle ihr das Fell, Enrique, und kraul ihr das Ohr.« Seitdem er sich aufs Bett gelegt hatte, hatte Schmittkopf die quälende Frage nicht verdrängen können, was in Viola Nespolis Kopf vorging. Auf der Handinnenfläche spürte er die Erinnerung an das Pulsieren ihrer Halsschlagader, ihr mattweiches Fell mit einem Film aus weiß-marmoriertem Schweiß wie die Decke seines Hotelzimmers.

Es war die Nacht vor dem letzten Springen. Am nächsten Tag würde er den wichtigsten Wettkampf seines Lebens bestreiten: das Finale der Weltmeisterschaft im Springreiten bei den Weltreiterspielen in Kopenhagen. Jetzt war alles möglich. Immer wieder sagte er sich das. Alles war möglich.

Ein Rumpeln im Nebenzimmer riss ihn aus seinem inneren Monolog. Er lauschte in die Leere, durch die Wand hörte er ein Stöhnen. Da ficken welche, dachte Schmittkopf, und richtete den Blick auf die Zimmerwand, an der ein Gemälde von einer grünen Landschaft hing. Schmittkopf horchte in die Leere des Zimmers. Nein, das war vielleicht gar kein lüsternes Stöhnen, sondern Traurigkeit, die eine Frau im Kopfkissen zu ersticken suchte. Schmittkopf setzte sich an den Bettrand. Einschlafen könnte er bei dem Gewimmer mit Sicherheit nicht. Ein Grund mehr, seinem Verlangen nachzugeben und zu seiner Stute in den Stall zu gehen.

Vorsichtig schloss Enrique Schmittkopf die Zimmertür und ging auf Zehenspitzen zur Nachbartür. Er lauschte. Es blieb still, nur für einen kurzen Augenblick meinte er einen gedämpften Seufzer zu hören. Schmittkopf wandte sich ab und schlich den Flur entlang, am Zimmer seiner Bodyguards vorbei, die entweder schliefen oder den gesamten Inhalt der Minibar versoffen, während sie Pornos schauten oder Karten spielten. Schmittkopf stieg in den Fahrstuhl und drückte die Null. Auch das war gewöhnungsbedürftig: Dass in Europa die Null für die Eins stand. In der Lobby klebte der Nachtportier am Computerbildschirm. Er nahm Schmittkopf nicht einmal wahr, als er an der Rezeption vorbeilief und durch die Glastür hinaustrat.

Es war eine milde Septembernacht, unüblich warm für einen dänischen Spätsommer. Während Schmittkopf den Hof durchquerte, entlang an den geparkten Autos, in deren Lack sich die Mondkugel spiegelte, vorbei an einer Reihe von Pferdeanhängern, die vor einem alten Lagerhaus standen, während seine Schritte im weißen Kiesel rauschten und durch die Nacht schallten, verdichteten sich seine Gedanken zur Erkenntnis, dass die Kunst des Springreitens wie jede Kunst auf Selbstvergessenheit beruhte. Das war das Wesentliche. Das war seine

Chance. Nichts wollen. Nicht einmal eine Chance. Den Sieg für lächerlich halten. Ein Spiel für Kindsköpfe. Sich selbst auslöschen und alles Wollen an der Grenze zur unwillkürlichen Bewegung zu einem Zucken der Muskeln werden lassen, als sei der Wunsch zu springen der Wunsch der Stute, als ginge deren Wille zu springen in seine eigenen Muskelzuckungen über. In dieser Paarung, dachte Schmittkopf, durch den Laubgang der Hotelanlage schreitend, lag das Mysterium des Reitens.

Über dem Eingang zu den Stallungen bildeten zehn morsche und teils schief hängende Holzlettern den Namen des Gasthauses: *Hestehoved*. Schmittkopf trat ein. Er vernahm den Pferdegeruch eher auf der Zunge als in der Nase, ein pelziges Aroma, das die ohnehin feuchte Luft schwängerte. Dunkelbraun war das Holz des Verschlags. Es ging eine Lockung von ihm aus. Schmittkopf fühlte die stumme Existenz der Stute, ihre Muskelfleischpräsenz. Beim Anblick ihres Auges, ein schwarzer See in rotbrauner Heide, auf dessen Oberfläche er sich selbst sah, spürte Schmittkopf erneut das Verlangen, ihr so nah wie möglich zu sein. Die Stute stand still. Sie spürte die Hand ihres Reiters auf ihrem Hals. Mit den Fingerkuppen fuhr Schmittkopf über ihre Wirbel. Abwärts vom Hals über den Rücken, dann die Rippen entlang, über den Bauch hinweg bis zu den Ausläufern ihrer Schenkel reizte er ihre Muskelbahnen, die Adern ihres Empfindungsvermögens. »Viola Nespoli«, flüsterte er und die Stute zuckte. Was hatte er sich nicht für Probleme eingehandelt mit diesem Namen: Viola Nespoli. Die einzige Tochter des einstmals besten Freundes seines Vaters. Wie oft hatten sie nicht zusammen gespielt, Viola und er, als sie Kinder waren. Im Arbeitszimmer brüteten die Väter Geschäfte aus, im Garten saßen Viola und er auf der Schaukel oder lagen im Gras. Einmal, als er zehn war, hatten sie Verstecken gespielt. Lange schon hatte Viola nach ihm gesucht, der Horizont lief dunkelrot an, bald würde das Abendessen aufgetischt. Enrique hielt sich in einem ausgehöhlten Buschwerk versteckt. Es war die perfekte Tarnung, von außen sah man nur das leuchtende Grün des Oleanders. Dann spürte er eine Hand an seiner Schulter und schrak zusammen. Er hätte beinahe losgeschrien, doch Viola hielt ihren

Finger an seine Lippen. »Te pillé!« Dann gab sie ihm einen Kuss auf die Wange und rannte den schmalen Sandweg zurück zum Haus, wo die Dienstmädchen schon den Tisch deckten. Zwei Wochen später hatten sich die Väter zerstritten, ohne dass er jemals verstanden hätte, warum.

Schmittkopf kraulte die Unterseite von Viola Nespolis Bauch. Sie schnaubte. Es ging ihr gut. Schmittkopf wusste das. Mit seinen Fingern begann er, den Kopf zu massieren. Er folgte der hellen Rautenform auf ihrer Stirn. Mit den Bewegungen seiner zehn Finger dachte er sich in sie hinein, die Augen geschlossen. In einer Steppe, fern von Dänemark, ferner noch von Mexiko, in einer Landschaft, zum Laufen geschaffen, bewegten sich ihre Beine im Galopp der Flucht, im Rhythmus einer zum Fortstürmen geborenen Angst, da nur im Tempo der Höchstgeschwindigkeit eine Rettung möglich war. In der Weite erschien wie von einem unbegabten Maler gezeichnet ein Gebüsch, genommen im Flug, drei Schritte weiter, noch immer im ewigen Muskelgewitter der Flucht, dieser Feier der Ebene, ein Zaun, ein Blinzeln nur der Landschaft, und hoch ging es über den Zaun, als sei er tausend Zäune lang und tausend Zäune hoch, bis in der Weite der Heide eine Mauer stand, ein Wassergraben, eine Zwei-, eine Dreifachkombination von Hindernissen, das Gatter einer Ranch, die Palisaden eines Forts, über die der Flug der Flucht hinwegglitt, denn es gab keine Mauern und Gräben in der unendlichen Weite des Fluchtraums einer mexikanischen Stute im Stall eines dänischen Landhotels. Schmittkopf lockerte die Finger und drückte der Stute einen Kuss auf die Raute. »Schlaf gut«, sagte er und schaute sich noch einmal in der Stille um. So ein europäischer Stall war schon sehr anders, dachte er bei sich, fast schon wie ein Wohnzimmer. Weder feiner noch luxuriöser, dennoch wohnzimmerartig, dachte Schmittkopf, während er den Stall verließ. Vielleicht war auch nur der Geruch anders, weil der Pferdekot in Dänemark anders roch – was am Fressen liegen mochte – und auch weil es feuchter war als in Chihuahua, sehr viel feuchter. So etwas wirkte sich auf die Gerüche aus und die Gerüche auf den Gesamteindruck, vielleicht war es auch das.

Schmittkopf trat in das Foyer ein. Er spazierte am Portier vorbei, der noch immer am Computerbildschirm hing, stieg in den Fahrstuhl, der, wie Schmittkopf erst jetzt auffiel, ganz und gar nicht zum jahrhundertealten Gasthaus passen wollte, und fuhr in die zweite Etage. In seinem Zimmer wusch er sich gründlich die Hände und zog sich aus. Als er schon im Bett lag und das Kopfkissen zurechtgeklopft hatte, als seine Hand schon auf dem Schalter lag, um die Nachttischlampe auszuknipsen, vernahm er im Nebenzimmer ein Poltern und ein Klirren, dann wieder das Schluchzen von vorher, nur lauter und verzweifelter, fast wie Gelächter – oder wie Pferdewiehern, schoss es ihm durch den Kopf. Er lauschte in den Raum. Lange tat sich nichts, dann hörte er Schritte und, ganz eindeutig, den Seufzer einer Frau, der in ein stetes Wimmern überging. Die Gewissheit, dass die Laute von einem Menschen stammten, beruhigte Schmittkopf. Er knipste das Licht aus. In der Dunkelheit schien das Weinen in eine unbestimmbare Ferne entrückt, ein fadendünnes Gejammer nur noch, das jedoch unaufhörlich fortdauerte.

### Der Schmerz

Violas Kehlkopf schmerzte vom Schluchzen. Sie biss in das Bettlaken, knebelte sich, um ihr Schreien zu dämpfen, versank Fausthiebe in die widerstandslose Matratze, unbefriedigende Schläge, die ihre Wut nicht stillten. Erst als sie den Nachttisch umboxte und dieser mit lautem Poltern und Klirren zu Boden fiel, hielt sie inne, atmete zittrig. Sie spürte ein Pochen in der rechten Hand, aus der aufgeschürften Haut sickerte Blut hervor. Auf dem Boden breitete sich eine Wasserlache über die rechteckigen Klinkerfliesen aus, durch eine Rille zwischen den Platten wurde ein dünner Faden durch das Zimmer geleitet.

Viola spürte den Sand an ihren Gliedern, die Laken klebten überall an der Haut. Sie rutschte hin zur Wand, schmiegte sich an den kühlen Kalk. Es half nichts. Ihre Wangen glühten, die Augäpfel brannten. Außerdem drückte es in der Blase, sie musste auf die Toilette. In Wirklichkeit hätte sie auch hier pinkeln können, auf den Zimmerboden, in die Ecke, schräg gegenüber von dem Nachttisch, den sie umgekippt hatte. Dann würde ihre Pisse von dort aus im Zickzack zwischen den Fliesen laufen und irgendwann auf das Wasser treffen, sich mit dem Wasser vermengen, sich im Wasser reinigen. Warum sollte sie nicht einfach auf den Boden pinkeln? Oder auf das Bett, das sowieso nassgeschwitzt und ekelhaft war. Die Kälte von den Fliesen durchdrang ihre Knochen, als sie die Füße auf dem Boden aufsetzte. Was hinderte sie daran, hier in die Ecke zu pinkeln? Sie hätte es allein schon aus Protest gegen diese unwürdige Unterkunft machen können. Nicht einmal ein Bad gab es im Zimmer, das hatte sie bei keinem anderen Festival erlebt. Alles andere war in Ordnung, das sah sie ein, selbst das Essen. Aber die

Unterkunft! Eine einzige Damentoilette gab es auf der Etage und die befand sich obendrein noch in einem anderen Flügel.

Viola schob sich durch die Tür und trat auf den Flur. Es war still. Durch die hohen Klosterfenster schien gräuliches Dämmerungslicht. Barfuß schlich Viola den Gang entlang. Irgendwo krähte ein Hahn. Etwa in der Mitte des Ganges bog sie in den schmalen fensterlosen Flur, der zum Bad führte. Sie machte Licht. Links und rechts schmutzverschmierte Wände. Krankenhauslicht. Altenheimlicht. Ein Gefährt, das in einer Einbuchtung stand, verstärkte diesen Eindruck. Es handelte sich um eine Art Bahre mit großen Reifen und einem kompliziert wirkenden Steuerknüppel. Sie hatte es schon mehrmals hier stehen sehen, ohne jemals verstanden zu haben, was es im Kloster zu suchen hatte. Verlassen schien es nicht. Es war weder verstaubt, noch sah es wie ein altes Modell aus. Im Gegenteil. Das Gefährt wirkte modern, auf eine gewisse Art und Weise sogar futuristisch. Am Ende des Flures befand sich die Badezimmertür. Viola drückte die Klinke herunter. Die Tür war schwer und quietschte. Ein taubes Gefühl kroch ihre Wirbelsäule hinauf und verdichtete sich im Hinterkopf zu einem Bild, das sie sofort abzuschütteln suchte, wie eine Hand, die sich wider Willen auf den Nacken legt. Es war das Bild eines Toten. An der rechten und linken Flanke ihres Rückens erschauderte sie vor der Ahnung, dass hinter der Tür, in den Toiletten, ein Toter liegen musste, seit Jahrhunderten, im Waschraum am Ende des Klosterganges. Viola ließ die Türklinke nicht los. Auch dann nicht, als sich das entstellte Gesicht des Toten vor ihrem inneren Auge mit den Gesichtszügen des Försters deckte. Sie würde jetzt keiner Panik nachgeben, nicht jetzt, und überhaupt: Nie. Sie hielt die Türklinke fest, erst zitternd, dann schlotternd, mit Tränen im Gesicht. Vorsichtig, wie etwas Zerbrechliches drückte sie die Tür auf. Sie knarrte, und mit jedem Zentimeter, mit dem die Tür unter Knarren nachgab, wuchs Violas Angst wie eine Lust. Dann, gerade als sie den Fuß über die Schwelle gesetzt hatte, hörte sie wieder das Krähen des Hahnes. Nicht das Hundegebell von früher, sondern ein Krähen. Sie suchte nach dem Lichtschalter.

Eine nach der anderen gingen die Neonleuchten des Badezimmers an. In den Wasserröhren, die an der Deckte entlangführten, brummte es metallisch. An einigen Stellen leckte es, Wasserfäden liefen auf dem Zementboden in Pfützen zusammen. Auf Zehenspitzen lief sie die Reihe von Toilettenkabinen entlang und öffnete, eine nach der anderen, die Türen. Nichts. Sie ging weiter bis in den Duschraum mit seinen jahrhundertealten olivgrünen Fliesen. Wie verstümmelte Arme ragten die Duschröhren aus der Wand. Verrostet. Aus einer tröpfelte es. Viola trat näher heran. Unter der Röhre war ein Eisenrädchen. Sie fasste es an, fühlte die Kälte des Metalls an ihren Fingern, während sie es zudrehte. Das Tröpfeln hörte auf. Sie ging zurück zu den Toiletten, die letzte war nicht sauber, sie nahm die vorletzte. Beim Wasserlassen brannte es wieder, schlimmer noch als die Tage davor. Diesmal aber empfand sie den Schmerz als Reinigung, es konnte nicht genug wehtun. Das Brennen desinfizierte sie von innen, wusch das Gallert aus ihr. Das Toilettenpapier kratzte wie Sandpapier, sie rieb sich die Schleimhäute damit fast blutig. Am Ende betätigte sie die Klospülung, das Wasser brauste, sie drückte noch einmal und noch einmal, bis der Wasserbehälter leer war und es nicht mehr rauschte und sprudelte.

Draußen bellten jetzt wieder die Hunde, die Hunde hatten den Hahn gefressen. Sie schienen jetzt noch viel lauter zu bellen als vorhin. Viola ging zur Badezimmertür, knipste das Licht aus, der Himmel draußen wölbte sich bleigrau über die Waldwipfel. Sie trat an das Badezimmerfenster. Eine Silhouette von Kirschbäumen war in den von unten her aufhellenden Farbverlauf eingestanzt. Sie wirkten aufgeschwollen von der Hitze, so als litten sie an einer Krankheit. Ein blasser Mondrest hing noch am Himmel. Polen. Sie war in Polen. Der Gedanke machte sie schwindelig. Polen. Hinter einem Schuppen, huschte ein Schatten durchs Gebüsch. »Fuck, no!« Es war wie in einem Alptraum, wenn man laufen will und nicht kann. Sie tat zwei Schritte zurück, stützte sich am Waschbecken. Ein Schwindelgefühl schraubte sich in ihr hoch, als würde sie sich im nächsten Moment übergeben. Sie war sicher, dass sie den Förster gesehen hatte, draußen, im Klostergarten.

Viola stolperte aus dem Bad, ihre Füße platschten über den Flur, sie rannte so schnell sie konnte in ihr Zimmer, riegelte die Tür ab und schob den Nachttisch davor. Aus ihrer Tasche nahm sie das Handy und wählte Danielas Nummer. Es klingelte lang, dann meldete sich die Stimmer des Anrufbeantworters. Wahrscheinlich lag sie noch am Strand mit dem Schweizer. Oder sie waren auf sein Zimmer gegangen. In ihrem Zimmer jedenfalls war sie nicht, sie hatte als Erstes nach ihrer Rückkehr dort geklopft, lange, aber hinter der Tür hatte sich nichts geregt. Sie müsste vor dem Frühstück zu Batzinger gehen und mit Batzinger dann zur Polizei. Batzinger würde helfen, ihm konnte sie vertrauen. Alleine würde sie auf keinen Fall gehen, das war ausgeschlossen. Und mit Daniela zu gehen, war vielleicht auch nicht die beste Idee. Zwei Frauen alleine im Kommissariat? Zwei Ausländerinnen? Was wusste sie schon, wie die Bullen hierzulande tickten. Sie würde Batzinger ansprechen. Vor dem Frühstück. Sie musste nur eine Weile durchhalten. Zwei Stunden. Maximal drei.

Auf dem Tisch lag noch die Zeitung vom Vortag. Viola hatte sie mitgebracht, um Polnisch zu üben. Sie setzte sich mit dem Blatt ins Bett und versuchte sich an den Schlagzeilen. »Schmittkopfs Geheimnisse« stand in dicken Lettern über dem Foto von einem alten Mann, dem alle Leiden der Welt in den Blick geschrieben waren. Eine ganze Doppelseite war Schmittkopf gewidmet, im Restaurant hatte ein Mitarbeiter des Festivals von der Geschichte erzählt. Nichts bewegte die Nation zurzeit mehr als dieser alte Mann. Sie schaute in den Artikel, mühte sich langsam durch den Text. Viele Wörter kannte sie nicht, sie verstand wenig mehr als das, was sie schon wusste: dass Schmittkopf in den Augen vieler der Hauptverdächtige in einem Mordfall war und dass sich obskure Geschichten um den Mann rankten. Ein vermeintlicher Kindheitsfreund erzählte, Schmittkopf habe zu Schulzeiten Frösche Zigaretten rauchen lassen, bis sie explodierten, oder Hühnern Schläuche in den Arsch geschoben, um sie mit Wasser vollzupumpen. Ein »sadysta« sei dieser Schmittkopf. Auf der Seite war ein Foto abgedruckt, das den Mann in jüngeren Jahren zeigte, Ende 20, höchstens Mitte 30. Mit ernstem, aber freundlichem Blick schaute er in die Kamera, kein hässlicher Mann, aber auch kein gutaussehender. In ihrer Müdigkeit bildete Viola sich ein, er würde sie aus der Zeitung heraus hypnotisieren wollen, ein Gefühl, das im nächsten Augenblick in eine vollkommene Irrealität kippte und in die absurde Gewissheit, dass alles, was sich in den letzten Stunden zugetragen hatte, in einem fremden Kopf geschehen war. Im Kopf dieses Mannes etwa oder im Kopf eines Tieres, sie hatte einen Pferdekopf vor Augen.

Ein Klingeln riss sie zurück in die engen zehn Quadratmeter ihrer Wirklichkeit. Auf dem Tisch sah sie ihr Handy aufleuchten, dann klingeln, während draußen auf dem Flur Schritte zu vernehmen waren. Als wäre jemand auf der Suche nach ihr und versuchte, sie über das Klingeln zu orten. »Nein«, bibberte sie, »nein«, und sie ahnte schon, dass im nächsten Moment der Förster die Tür aufreißen würde, um sich vor ihr aufzubäumen. Als das Klingeln jedoch aussetzte, entfernten sich auch die Schritte. Eine halbe Minute lang war es still, dann setzte das Läuten wieder ein. Viola stand auf und lief an den Tisch. »Unbekannte Nummer.« Sie sah auf die blinkende Anzeige, Tränen liefen ihr die Wangen hinab. Mit einem Schrei schleuderte sie den Apparat gegen die Wand. Das Klingeln verstummte, sie hörte nur noch ihr eigenes Schluchzen.

## Die Flucht

Schmittkopf griff nach dem Telefon. Er hämmerte eine Nummer in die Tastatur. Es tutete. Wie oft hatte er das Tuten gehört, doch dann, ganz unerwartet, dass es ihn erschreckte, hörte er ihre Stimme: »Pronto?« – »Frau Nespoli? Endlich erreiche ich Sie.« – »Professore.« – »Frau Nespoli, es geht um das Experiment. Ich hatte Ihnen schon geschrieben, dass wir bei unserer letzten Sitzung sehr interessante Ergebnisse erzielt haben. Jetzt wäre es aber wichtig – auch für Sie –, dass wir weitermachen. Die Geschichte ist noch nicht zu Ende.« – »Professore.« Es entstand eine Pause. Schmittkopf wartete, dass Viola Nespoli das Wort ergriff. Sie haderte. »Professore«, begann sie langsam, »ich bin gerade zeitlich nicht in der Lage, das Experiment fortzusetzen, es tut mir leid. Erst gestern bin ich aus Bologna zurückgekehrt, nächste Woche ist schon die nächste Konferenz, und dann habe ich noch einen Film zu übersetzen.« – »Zeitlich nicht in der Lage? Aber Frau Nespoli, wir müssen doch wissen, wie es weitergeht. Die ganzen offenen Stränge … Wollen Sie nicht erfahren, was Franco im Gerichtssaal widerfährt? Die polnischen Torturen? Der mexikanische Zug? So viele Fragen, Frau Nespoli, so viele Fragen!« – »Professore, ich hoffe, Sie verstehen. Ich habe momentan keine Zeit für Parallelwelten.« Ein rauer Katarrh platzte bei diesem Wort aus Schmittkopfs Lunge, wie schweres Geröll, das einen Berghang hinunterdonnert. »Professore?« Es dauerte eine ganze Minute, bis der Husten sich gelegt hatte. »Frau Nespoli«, räusperte sich Schmittkopf mit einer plötzlichen Ruhe, als hätte er seinen Eifer ausgehustet, »ich akzeptiere ja Ihre Entscheidung.« Seine Stimme klang angestrengt dünn. »Dennoch. Ich würde Ihnen gern wenigstens die Auswertung unserer Sitzung zeigen.« Ein Ticken wie von einem Sekundenzeiger war in der Leitung zu hören. »Hätten Sie heute Abend Zeit?« Schmittkopf wartete kurz, bevor er hinzufügte: »Am besten ist es, wir treffen uns an einem neutralen Ort. Was halten Sie vom Café Sehnsucht? 21 Uhr.« – »Eine Auswertung?« In der Leitung klang das Rauschen von Verkehr. »Gut, Professore. Bringen wir die Geschichte zu Ende. Um 21 Uhr also.«

Viola Nespoli legte auf. Schmittkopf hielt noch den Hörer in der Hand und schloss die Augen. Vielleicht hatte er den Bogen überspannt. Seit Tagen hatte er versucht, sie zu erreichen, immer wieder ihre verschiedenen Nummern gewählt. Er musste die Sitzungen weiterführen. Spätestens seit dem Konzert im Teatro Rossetti hatte sich der Gedanke in ihm gefestigt, dass in den Bildern, die er aus Viola Nespoli herausbefördert hatte wie Bodenschätze aus einem Schacht, ein Schlüssel zu seiner eigenen Welt lag. Nach dem brutalen Überfall auf seine Leute am Rangierbahnhof wirkte ihre Erzählung sogar fast wie eine Prophezeiung. Es musste einen Weg geben, die Frau zurück ins Labor zu kriegen. Im Dienste der Erkenntnis.

Schmittkopf stand von seinem Sessel auf und ging an den Chemieschrank. Aus einem Aluminiumbehälter nahm er eine Spatelspitze von einem grünlichen Pulver, das er in einen Plastikbeutel schüttete. Nachdem er diesen verschlossen hatte, nahm er wieder das Telefon und wählte reflexartig Neros Nummer. Er ließ nicht einmal klingeln, sondern besann sich und schlug den Hörer auf die Gabel. »Cazzo!« Nero hatte ja geschmissen. Nach dem Vorfall am Rangierbahnhof war er ins Institut zurückgekommen, das Gesicht kreidebleich, hatte die Dienstschlüssel auf den Tisch gelegt und seine Kündigung erklärt. »Ich sterbe nicht für die Wissenschaft«, hatte er gesagt. Nero war weg. Franco Nespoli und Toni Pallante waren an die Fische verfüttert worden. Langsam wurde die Luft dünn, langsam musste er aufpassen. Er kniff sich mit Daumen und Mittelfinger an der Nasenwurzel. »Fanculo!« Aufpassen könnte er später, jetzt gab es andere Prioritäten. Rutero war noch da. Schmittkopf wählte seine Nummer. Es läutete kurz, dann hörte er ein Krächzen am anderen Ende der Leitung. »Rutero?

Ich bräuchte Sie heute Abend.« – »Professore.« – »Es handelt sich um eine wissenschaftliche Aufgabe. Sie werden sehen, es ist recht einfach. Sie müssen nur an einem Cafétisch sitzen und solange Spritz trinken, bis ich Ihnen Anweisungen gebe.« Rutero seufzte. »Professore, ich bin noch etwas erkältet. Ich hatte die ganze Woche über hohes Fieber.« – »Punkt neun im Café Sehnsucht.« Rutero zog Nasenschleim hoch. »Va bene, Professore, va bene.« Schmittkopf rieb sich die Hände. Immerhin gab es noch einen, dem er vertrauen konnte.

Kurz nach neun fand sich Schmittkopf im Café Sehnsucht ein. Rutero war schon da, er saß an einem Tisch und blätterte in der Gazzetta dello Sport. Schmittkopf setzte sich an den Tresen und bestellte zwei Spritz. Das Lokal war so gut wie leer. An einem Ecktisch saß ein junges Pärchen und trank Cocktails. Sie erzählte mit überbordender Gestik, er hörte zu und saugte an einem rosa Strohhalm. Mit den Fingerspitzen tastete Schmittkopf nach dem Päckchen in der Hosentasche. Der Kellner polierte Weingläser. Vorsichtig öffnete Schmittkopf den Verschluss und löste das Pulver im Spritz auf. Die ganze Tüte. Ein Prickeln fuhr durch seine Glieder, als sei er selbst Pulver und Spritz. Er rührte das Gemisch einmal mit dem kleinen Finger um, dann öffnete sich die Tür. Viola Nespoli erschien im Raum. Schmittkopf wischte den Finger an seiner Hose trocken. »Guten Abend, Professore. Entschuldigen Sie die Verspätung. Es war nicht leicht, einen Parkplatz zu finden.« Sie zog ihren Mantel aus und setzte sich auf den Hocker links neben Schmittkopf. Ihr rotes Kleid betonte, ohne aufdringlich oder vulgär zu wirken, die Rundung des Busens. Um den Hals trug sie ein locker umgebundenes Halstuch mit Pferdemotiv. Ein süßlicher Parfumgeruch stieg Schmittkopf in die Nase. »Sie kommen im richtigen Moment, ich habe gerade bestellt.« Er schob Viola Nespoli ihr Glas zu, sie bedankte sich. »Cin cin!« Schmittkopf trank einen Schluck. Wie es mit der Arbeit laufe, wollte er wissen. Viola erzählte von der Tagung in Rom, vom Forschungsinstitut, von Vorträgen, die ihr gefallen hatten. Danach war sie kurz in Trieste gewesen, dann drei Tage in Bologna, an der Uni. Und in der kommenden Woche stand wieder Arbeit an, diesmal in Slowenien, es nahm einfach kein Ende mit der Reiserei. Sie unterhielten sich eine Weile über Schnellzüge, bis Schmittkopf das Gespräch auf das Experiment und die Auswertung lenkte. Aus seinem Jackett holte er einen Zettel, auf den er mit Bleistift einige Notizen gekritzelt hatte. Viola blickte misstrauisch auf das Papier: »Das soll die Auswertung sein?« – »Nun. Für das Wichtigste reicht immer ein Zettel.« Schmittkopf trank seinen Spritz mit einem großen Schluck aus und winkte dem Kellner mit dem leeren Glas. Viola Nespoli hatte ihr Getränk immer noch nicht angerührt. »Gibt es denn keine Bilder?« Schmittkopf legte das Blatt auf den Tisch. Auf dem karierten Papier war ein unverständliches Schema gezeichnet. »Die Bilder, nun ja ... Das Verfahren ist noch nicht ganz ausgereift, insbesondere bei der Bildgebung. Aber das ist eigentlich unwichtig.« Er klopfte mit dem Finger auf den Papierfetzen. »Was sich hier abzeichnet, Frau Nespoli, ist alles andere als beruhigend. Das lässt sich auch ohne visuelle Repräsentation erkennen. Insbesondere das Verhältnis zu Ihrem Bruder wirft schwierige Fragen auf. Warum taucht er mit geschwärztem Gesicht auf? Warum sitzt er in einem Kaninchenkäfig? Und dann ist da noch der mysteriöse Jäger, von dem wir ja wissen, dass er unserem gemeinsamen Bekannten Forster ähnelt: Eine offensichtliche Feindfigur, auf dessen Seite Sie sich aber unverhohlen schlagen.« Viola Nespoli schaute auf ihren Schoß hinunter, dann wieder zu Schmittkopf. »Sind das nicht einfach Traumbilder, Professore?« – »Ein Traum, liebe Frau Nespoli, geht immer nur im Kopf vonstatten.« Schmittkopf spürte eine schleichende Nervosität. Viola Nespoli schob ihr Glas an einer Holzader des Tresens entlang. »Professore. Ich bin heute nur gekommen, weil mich – wie ich zugeben muss – die Ergebnisse der letzten Sitzung beunruhigen. Ein bisschen, mehr aber nicht. Sie nehmen mir nicht den Schlaf, um es mal so zu sagen. Seit Tagen habe ich allerdings das absurde Gefühl, dass die Bilder aus unserem Experiment allmählich Realität werden. Seit Tagen weiß ich nichts von meinem Bruder. Als ich in Bologna war, habe ich eine SMS von ihm bekommen. Er würde bei einem Freund einziehen. Bei Vicenzo. Dann kam nichts mehr. Wenn ich jetzt an ihn denke oder von ihm träume, erscheint er immer in einem Kaninchenkäfig, mit geschwärztem Gesicht. Es lässt mich nicht mehr los, verstehen Sie?« Schmittkopf wischte sich den Schweiß von der Stirn. Der Kellner stellte einen frisch sprudelndem Spritz auf den Tresen. »Das Letzte, was er mir gesagt hat, war, dass er viel für Sie zu tun hätte.« Schmittkopf kratzte mit dem Zeigefinger an seinem Glas. »Ihr Bruder hat viel zu tun, das stimmt wohl. Meine Mitarbeiter haben immer viel zu tun. Allerdings genießen sie bei der Umsetzung ihrer Arbeit viel Freiheit, so dass ich nicht immer wissen kann, wer wann wo ist. Es wäre ja verrückt, wenn ich jeden Einzelnen ständig kontrollieren würde. Da käme ich ja zu nichts anderem.« Zwei Touristen in Wanderhose traten in das Lokal und setzten sich an einen freien Tisch. Der Kellner fragte vom Tresen aus nach ihren Wünschen. Sie bestellten mit deutschem Akzent: Spritz mit Aperol. »Spritz mit Aperol«, wiederholte Schmittkopf in abwertendem Tonfall. Er deutete auf Viola Nespolis volles Glas. »Mögen Sie Ihren Spritz etwa auch lieber mit Aperol?« – »Ich bitte Sie, Professore. Wir sind doch hier nicht in Venedig!« Als gelte es, den Triester Spritz vor den Augen der Touristen mit Handlungen zu verfechten, nahm Viola Nespoli einen großen Schluck aus ihrem Glas. Schmittkopf atmete tief durch die Nase. Man schmeckte das Zeug nicht, das wusste er. »Professore. Ich hoffe, Sie haben Verständnis dafür, dass ich das Experiment für beendet erkläre. Ich bin zurzeit nicht in der richtigen seelischen Verfassung.« Sie nahm einen weiteren Schluck. »Es ist einfach nicht der Moment. Ich hoffe, Sie verstehen.« – »Schade, Frau Nespoli«, sagte Schmittkopf. Es war jetzt nur eine Frage von Minuten, bis das Pulver seine Wirkung entfalten würde. »Schade. Ich bin sicher, dass wir mit der Offenlegung und Sortierung ihrer Gedächtnisschichten ein anderes Licht auf Ihre Ängste und Sorgen werfen könnten.« Viola Nespoli schüttelte den Kopf. »Es würde mir nicht helfen, Professore.« Sie schaute Schmittkopf an. »Allein schon beim Gedanken, in den Parallelschichten meiner Psyche zu wühlen, wird mir bange.« Bei diesem letzten Satz hatte sich bereits ein Lallen in ihrer Aussprache spürbar gemacht. Schmittkopf sah, wie ihre Pupille schrumpfte. Ein Schwindel ergriff sie, Atemnot. Sie wollte aufstehen, aber ihre Glieder gehorchten nicht, die Lippen waren verklebt. Wie ein Kartoffelnetz sackte sie zu Boden. Schmittkopf versuchte, sie zu stützen, rutschte dabei aber aus und stürzte. »Junger Mann«, rief er Rutero zu, der sofort die Zeitung beiseite legte und herbeieilte. »Was ist passiert, soll ich einen Arzt rufen?«, fragte der Kellner. Auch das Pärchen und die beiden Touristen hatten ihre Getränke stehen lassen und wollten helfen. Schmittkopf, der sich inzwischen aufgerichtet hatte, versuchte, die Runde zu beruhigen. »Es gibt keinen Grund zur Sorge. Meine Kollegin leidet unter katatonischen Anfällen. Es ist nicht das erste Mal. Ich werde sie zum Krankenhaus fahren, mein Auto steht draußen.« – »Ein Anfall?«, fragte der Kellner. Schmittkopf hörte gar nicht hin. »Würden Sie mir helfen, junger Mann?«, fragte er Rutero, der aber erst als Schmittkopf ein entnervtes »Dai, cazzo!« durch die Zähne zischte, der Frau unter die Arme griff und sie aus dem Lokal schleppte. Schmittkopf legte einen viel zu großen Geldschein auf den Tresen und folgte ihnen.

Von der Bucht wehte eine kühle Herbstbrise. Schmittkopf musste niesen. Kurz bevor das Trio das Auto erreichte, begann sich die Last in den Armen des Assistenten zu schütteln. Starke Krämpfe zogen Viola Nespolis Körper zusammen. Rutero musste anhalten. »Dai, cazzo«, fauchte Schmittkopf, der schon die Hintertür der Limousine geöffnet hielt. Viola Nespolis Zuckungen gingen in einen bebenden Husten über. Sie spuckte und erbrach sich auf die Hände von Rutero, der sie unter Fluchen auf dem Boden absetzte, um sich die Hände abzuwischen. »Cazzo!« Schmittkopf donnerte die Autotür zu. Mit einem Mal legten sich Nespolis Konvulsionen. Sie richtete den Kopf auf und sah Schmittkopfs verschwommene Umrisse, wie mit einem Autofokus, dem es nicht gelingt, das Objekt scharf zu stellen. Sie sah, wie er auf sie zukam, hörte seine Stimme, wie aus einem Brunnen. Die Gewissheit der Bedrohung ließ sie mit einem animalischen Schrei hochschnellen. Schmittkopf versuchte noch, sie an ihrem Halstuch zurückzuhalten, doch sie streifte es ab und rannte auf die Fahrbahn. »Cazzo!« Fassungslos starrten beide Männer auf das Halstuch, das Schmittkopf in seinen Händen hielt. »Dai, merda!«, schrie Schmittkopf und klatschte Rutero auf den Nacken. Dieser reagierte sofort und rannte Viola Nespoli hinterher, wobei er jedoch ein Auto übersah, das, von rechts kommend, gerade noch ausweichen konnte und mit einem langgezogenen Quietschen in Schmittkopfs Limousine krachte. Wie angewurzelt blieb Rutero mitten auf der Fahrbahn stehen. Aus der zerquetschten Motorhaube zischte es, die Hupe heulte ununterbrochen wie ein Wolfsrudel. Viola Nespoli war in der Nacht von Trieste verschwunden.

# INHALTSVERZEICHNIS

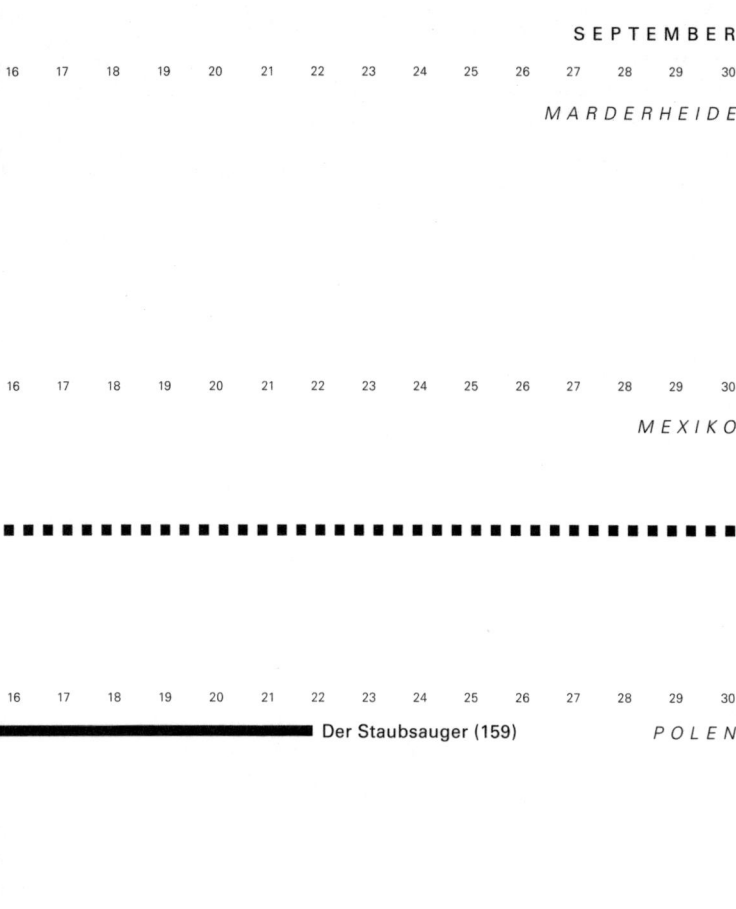

S E P T E M B E R

— 16  17  18  19  20  21  22  23  24  25  26  27  28  29  30

*MARDERHEIDE*

— 16  17  18  19  20  21  22  23  24  25  26  27  28  29  30

*MEXIKO*

— 16  17  18  19  20  21  22  23  24  25  26  27  28  29  30

Der Staubsauger (159)    *POLEN*

— 16  17  18  19  20  21  22  23  24  25  26  27  28  29  30

*ITALIEN*

Der Olm (198)

Der Hinterhalt (192)

Das Schwimmbad (278)

Die Flucht (300)

Die Arbeit an diesem Roman wurde vom Berliner Senat
mit einem Arbeitsstipendium unterstützt.


1. Auflage 2016
© diaphanes, Zürich-Berlin
www.diaphanes.net

Satz und Layout: 2edit, Zürich
Inhaltsverzeichnis: Inês Gomes
Korrektur: Francisco Gomes
Druck: Steinmeier, Deiningen


ISBN 978-3-03734-897-0